꼬마 철학자

옮긴이 · 김혜경

연세대학교 불어불문학과 졸업. 한국외국어대학교 통번역대학원 한불과 졸업.
파리 한불 통번역학교(ESIT) 번역부 졸업. 현재 한불 통번역 프리랜서로 활동.
번역서로 《아카데미의 유령》이 있다.

꼬마 철학자

초판 1쇄 | 2003년 2월 27일
초판 4쇄 | 2009년 6월 1일
지은이 | 알퐁스 도데
옮긴이 | 김혜경
펴낸이 | 김영재
펴낸곳 | 책만드는집

주소 | 서울 마포구 합정동 428-49 4층 (121-886)
전화 | 3142-1585 · 6
팩시밀리 | 336-8908
E-mail | chaekjip@chol.com
등록 | 1994. 1. 13. 제10-927호

ISBN 89 · 7944 · 163 · 0 (03860)

꼬마 철학자

알퐁스 도데 지음 | 김혜경 옮김 | 성혜영 그림

책만드는집

차례

어린 시절의 추억

나는 18××년 5월 13일 랑그도크 지방의 한 도시에서 태어났다. 그곳은 프랑스 남부의 다른 도시들처럼 햇볕이 좋고 공기가 맑은 곳이었다. 카르멜파 교회의 수도원과 로마 시대의 유적이 몇 군데 있는 곳이기도 했다.

아버지 에세트는 당시 머플러 장사였는데, 도시의 성문 근처에 커다란 공장을 갖고 있었다. 아버지는 공장의 한 귀퉁이에 우리 식구가 살 집을 지었다. 널따란 정원을 사이에 두고 공장 작업장과 떨어져 있는 살림집은 플라타너스 그늘에 가려져 있었다. 바로 그곳이 내가 태어나서 내 인생에서 유일하게 행복했던 시절을 보낸 곳이다. 그렇기 때문에 나는 그 정원과 공장과 플라타너스에 대해 잊지 못할 추억을 간직하고 있다. 또 아버지의 사업이 망해서 그곳을 떠나야 했을 때 마치 오래 사귄 친구와 헤어지는 양 무척이나 아쉬워했다.

우선, 내가 태어나면서부터 불행이 시작되었다는 사실을 말해 두어야겠다. 가정부였던 아누 아주머니가 종종 나에게 말해 주었듯이 당시 아버지는 내가 태어났다는 소식과 마르세유에 있는 사업상 거래처 하나가 4만 프랑이 넘는 돈을 떼어먹고 도망갔다는 소식을 동시에 들었다. 그래서 기쁨과 슬픔을 한꺼번에 맞닥뜨린 아버지는 마르세유의 거래처가 사라져 울어야 할지 아니면 꼬마 다니엘이 무사히 세상에 태어났으므로 웃어야 할지 갈피를 잡지 못했다. 아버지는 울었어야 마땅하다. 그것도 아주 큰 소리로 말이다.

솔직히 나는 부모에게 불행을 가져다 준 아이였다. 내가 태어난 날부터 불행한 일이 곳곳에서 부모님께 들이닥쳤다. 마르세유의 거래처가 도망간 일 외에도, 같은 해 집에 두 번이나 화재가 일어났고 직조를 맡은 여공들의 파업이 있었으며, 바티스트 외삼촌과 우리 집의 사이가 벌어졌고, 염료 상인과 큰 소송에 휘말렸다. 그리고 마침내 18××년의 혁명이 우리 집에 최후의 일격을 가했다.

그때부터 공장은 날개를 잃은 꼴이 되어버렸다. 차츰차츰 공장 작업장이 비어갔다. 한 주일이 지날 때마다 직조기가 한 대씩 작업을 멈추었고, 한 달이 지날 때마다 무늬를 찍는 작업대가 하나씩 사라져버렸다.

병든 육체로부터 생명의 기운이 조금씩 빠져나가듯이 집안이 기울어져 가는 것을 보는 것은 고통스러운 일이었다. 처음에는 3층 방에 대한 출입 금지령이 내리더니 얼마 안 있어 구석 마당도 막아버렸다.

그렇게 두 해를 끌었다. 두 해 동안 공장이 서서히 망해 갔다. 어느 날부터 직공들이 나타나지 않았다. 공장 작업장에서 나던 종소리도 그쳤고 우물의 도르래가 삐걱거리는 소리도 더 이상 들리지 않았고 천을 헹굴 때 출렁대던 커다란 세탁조의 물도 잠잠해졌다. 얼마 되지 않아서 공장에는 아버지와 어머니, 아누 아주머니와 자크 형과 나, 그리고 작업장을 지키는 문지기 콜롱브와 그의 아들 루제만 남고 모두 떠났다.

끝장이 났다. 우리 집은 망한 것이었다. 내가 여섯 살 아니면 일곱 살 되던 해였다. 병치레가 잦은 허약 체질의 나를 부모님은 학교에 보내지 않았다. 어머니가 읽기와 쓰기와 스페인어 단어 공부를 가르쳐주었다. 기타 연주도 배워 두세 곡은 연주했는데, 이로 인해 나는 집안에서 천재 소리를 듣기도 했다. 어머니의 교육 방식 덕분에 나는 대부분을 집에서 보냈다. 따라서 우리 집안이 몰락해 가는 모습을 모두 다 지켜볼 수 있었다. 이런 일을 보면서도 나는 슬퍼하지 않았다. 오히려 전에는 일요일에나 놀 수 있었던 공장 안을 내 마음대로 훨훨 돌아다닐 수 있는 게 좋았다. 나는 어린 루제에게 심각한 얼굴로 말했다.

「이제 공장은 내 거야. 여기서 놀라고 내게 준 거야.」

루제는 그런 내 말을 그대로 믿었다. 그 바보는 내가 하는 말은 모두 그대로 믿었다. 식구들은 집안의 몰락을 나처럼 즐겁게 받아들이진 않았다.

아버지는 갑자기 끔찍한 사람으로 변했다. 원래부터 깨부수고 으르렁대며 소리지르기를 좋아하는 폭력적이고 극단적이며 불같은 성격의 사람이었다. 사실 위압적으로 말하며 주위 사람들이 자기 앞에서 바들바들 떠는 것을 즐기는 것뿐이었지 보통 때는 정말이지 좋은 사람이었다. 그는 불행 앞에서 쓰러지기는커녕 오히려 기가 살았다. 누구한테 분풀이를 해야 할지 모르고, 그 상대가 태양이든 바람이든 자크 형이든 아누 아주머니든 혁명이든 보이는 것이면 무엇이든 가리지 않고 밤낮 없이 화를 냈다. 아, 특히 그 혁명에 대한 아버지의 원한은 깊었다.

아버지의 말에 따르면 18××년의 혁명 때문에 우리가 망했고, 그 혁명이 유독 우리 집을 몰락시키기 위해 일어난 것이라고 했는데 그대로 믿을 수밖에 없었다. 따라서 집에서는 혁명주의자들을 곱게 보지 않았다. 당시 그들에 대해서 별의별 말을 다했다. 세월이 지난 지금도 늙은 아버지는 통풍이 도질 때면 긴 의자에 힘들게 누워 내뱉는다.

「아, 그놈의 혁명주의자들……!」

그 당시에는 아버지가 아직 통풍에 걸리지 않았으나 몰락하는 자신의 무력감 때문에 감히 누구도 접근하길 꺼리는 끔찍한 인간으로 바뀌어 있었다. 아버지는 보름에 두 번 정도는 울화를 터뜨려야 했다. 주위 사람들은 아무 말도 못 하고 입을 다물어야 했다. 아버지가 무서웠던 것이다. 식탁에서 빵을 달라고 말할 때도 우린 조용조용 말했다. 아버지 앞에서는 감히 울지도 못했다. 어쩌다 아버지가 자리를 뜨면 그 즉시 온통 울음바다로 변했다. 어머니, 아누 아주머니, 자크 형, 가끔 집에 오는 신부가 된 큰형까지 참았던 설움을 토해 냈던 것이다. 어머니가 우는 것은 분명 불행한 아버지의 모습이 딱해서고, 큰형과 아누 아주머니는 어머니가 우는 것을 보고 따라 울었고, 나보다 딱 두 살밖에 더 먹지 않은 자크 형은 아직 집안의 불행을 이해하기에는 너무 어려 그저 자기가 울고 싶어서 우는 것이었다.

자크 형은 참 이상한 아이였다. 타고난 울보였다. 지금도 내가 기억하는 형은 항상 눈이 붉게 충혈되어 두 볼 위로 눈물을 줄줄 흘리고 있는 모습이다. 아침저녁 밤낮 할 것 없이 학교에서나 집에서나 길을 걸을 때나 항상 울고 다녔다. '왜 그러니?' 하고 누가 물으면 형은 '아무 일도 아니야' 라며 소리내 울먹였다. 가장 희한한 일은 형에게 울 만한 일이 정말 아무것도 없었다는 것이다. 형에게 우는 일은 그저 코를 푸는 것처럼 생리 작용이었던 것이다. 신경이 거슬린 아버지는 때로 어머니에게 말하곤 했다.

「쟤는 참 우습다니까……. 쟤 좀 봐요……! 강물이야 강물.」

「그러니 어쩌겠어요? 나이가 들면 나아지겠죠. 나도 저애 나이 때에는 그랬어요.」

부드러운 목소리로 어머니가 대꾸했다.

자크 형은 많이 자라 키도 컸지만 그 '버릇'만은 없어지지 않았다. 아무 이유 없이도 눈물을 흘리는 그의 이상한 버릇은 오히려 나날이 더했다. 부모님의 실망은 그에게는 마음놓고 울 수 있는 훌륭한 구실이 되었다. 형은 하루 종일 울었고 아무도 무슨 일이냐고 묻지 않았다.

결국 집안의 몰락은 나에게나 자크 형에게나 재미있는 일을 가져다주었다.

나는 너무 행복했다. 어른들은 내게 간섭하지 않았다. 그 덕에 나는 마치 성당처럼 발걸음 소리가 크게 울려퍼지는 썰렁한 공장 작업장과 잡초로 뒤덮여 내버려진 널따란 마당에서 종일 루제와 놀았다. 루제는 열두어 살 먹었는데 몸집이 커 마치 황소처럼 힘이 세며 개처럼 충성스럽고 거위처럼 우둔했다. 특히 루제의 머리카락은 빨갰다. 붉다는 의미의 루제라는 별명도 그 머리칼 때문에 붙여진 것이다. 그러나 사실 나에게 있어 루제는 루제가 아니었다. 그는 내가 원하는 것이라면 충실한 프라이데이가 되기도 하고 미개인 종족이 되기도 하고 반항하는 선원이 되기도 했다. 나 자신도 다니엘 에세트가 아니라 짐승의 가죽으로 옷을 만들어 입고 모험에 빠진 로빈슨 크루소가 되었다. 모험놀이에 빠지면 정말 어떻게 시간이 가는지 몰랐다. 저녁 식사를 마치고 〈로빈슨 크루소〉를 다시 읽으면서 이야기를 아예 외웠다. 낮이 되면 또 읽은 대로 로빈슨 크루소가 되어 모험을 즐겼다. 나는 주위에 있는 모든 것을 무인도와 관련된 것으로 이름 붙였다. 공장은 내가 맨 처음 발견한 무인도였다. 정말 그곳에는 아무도 없었다. 세탁조는 바다였고 마당은 원시림이었다. 플라타너스 숲에는 매미들이 살고 있었다. 그 매미들도 나의 모험극에 등장시켰다. 그러나 매미들은 자신들이 연기하고 있다는 사실을 까맣게 몰랐다.

루제도 자신의 역할이 얼마나 중요한지 모르고 있었다. 누가 루제에게 로빈슨이 누구냐고 물었다면 그는 어떻게 대답할지 몰라 당황했을 것이다. 하지만 자기 역할만은 우직하고 멋지게 해냈다. '아후후' ……. 이 원시인의 고함 소리를 누가 루제만큼 잘할 수 있었을까? 대체 어디서 그런 것을 배웠는지 모르겠다. 어쨌든 루제가 빨간 머리칼을 흔들어대면서 목구멍 깊숙한 곳에서 끌어내는 야만인의 우렁찬 고함 소리를 들으면 제아무리 용감한 사람이라도 바들바들 떨 수밖에 없다.

나 로빈슨 크루소도 때로는 그 소리를 듣고 가슴이 철렁해서 그에게 작은 소리로 말해야만 했다.

「루제, 그렇게 크게 외치지 마. 무섭다구.」

루제는 야만인의 고함 소리 흉내만 잘 내는 것이 아니었다. 불행히도 거리의 불량배들이 뱉는 욕지거리나 우리 하느님의 이름이 들어가는 욕도 서슴지 않았다. 루제랑 같이 놀면서 나도 욕하는 것을 배웠다. 하루는 식사 시간에 나도 모르게 상소리가 튀어나왔다. 식구들은 경악을 했다. 그것은 사건이었다.

「누구한테 그런 걸 배웠니? 어디서 그런 소릴 들었어?」

아버지는 나를 소년원에 보내야 된다고 했고 신부인 형은 내가 철이 들 나이가 되었으므로 무엇보다도 고해성사를 시켜야 한다고 했다. 나는 고해실로 끌려갔다.

그야말로 일생일대의 대 사건이었다! 7년 동안 나의 양심에 차곡차곡 쌓아온 온갖 죄를 찾아내야 했다. 나는 이틀 동안이나 잠을 자지 못했다. 그것은 내가 지은 고약한 죄가 한 바구니도 넘었기 때문이다. 나는 가장 작은 죄를 맨 앞에 놓았다. 하지만 소용없었다. 다른 죄들도 감출 수가 없었다. 떡갈나무로 된 작은 고해실에서 무릎을 꿇고 그 모든 죄를 성프란체스코회 주임 신부에게 고할 때 나는 공포와 죄스러운 마음으로 거의 초주검이 되었다.

그 일은 일단락이 되었다. 나는 더 이상 루제와 놀 생각이 없었다. 성자 바울로도 그랬고 성프란체스코회 주임 신부도 말했듯이 이제 나는 악마가 먹이를 찾아서 우리 주위를 영원히 어슬렁거린다는 사실을 알고 있었다.

아, 먹이를 찾아서라는 말이 얼마나 강한 인상을 주었던지! 나는 음모가인 루시퍼가 우리를 유혹하기 위해서 그 어떤 모습으로든 변장할 수 있다는 사실도 알았다. 루시퍼가 루제 몸 안에 숨어서 나로 하여금 신의 이름을 욕되게 하도록 가르쳤다는 생각을 확신하게 되었다. 따라서 나는 공장으로 돌아오자마자 '이젠 집에 틀어박혀 있어야 한다'고 프라이데이에게 경고했다.

불쌍한 프라이데이! 내가 내린 명령은 그의 가슴을 에이는 것이었으나 그 아이는 한 마디의 불평도 없이 따랐다. 이따금 루제가 자기 집 문가에 기대 이쪽을 바라보고 서 있는 것이 눈에 띄곤 했다. 그 아이는 처량하게 서 있었다. 내가 자기를 보고 있다는 것을 알아차리면 가련한 루제는 내 마음을 바꾸기 위해서 붉게 출렁이는 머리칼을 흔들어대며 무시무시한 원시인의 고함 소리를 질러댔다. 하지만 그애가 고함을 지르면 지를수록 나는 그로부터 멀어져갔다. 내 눈에는 그 아이가 먹이를 찾아 헤매는 사자처럼 비쳤다. 나는 그애에게 소리를 질렀다.

「저리 가! 널 보면 구역질 나!」

루제는 그 후 며칠 동안이나 끈질기게 원시인의 고함 소리를 질러댔다. 루제의 아버지는 아이가 집에서 소리를 지르는 데에 질려서 그를 견습공으로 보내버렸다. 그 뒤로 나는 그 아이를 다시는 보지 못했다.

이런 사건이 있었지만 로빈슨 크루소에 대한 나의 열정이 식은 것은 아니었다. 그 무렵 바티스트 외삼촌이 어느 날 싫증 난 자신의 앵무새를 나에게 주었다. 그 앵무새가 프라이데이 역할을 대신했다. 나는 그 앵무새를 내 겨울 오두막의 아름다운 새장 안에 넣어두었다. 이제 그야말로 로빈슨 크루소처럼 외톨이가 된 나는 나의 유일한 관심거리인 앵무새에게 '로빈슨, 가련한 나의 로빈슨!' 이라고 말하게 하려고 애를 썼다.

하지만 어처구니없게도 바티스트 외삼촌이 수다에 질려 나에게 준 그 앵무새는 나한테 오면서부터 '나의 가련한 로빈슨' 이고 뭐고 한 마디도 하지 않았다. 그래도 나는 그 앵무새를 온 정성을 다해 애지중지 보살폈다.

앵무새와 나는 그처럼 지독한 고독 속에서 지냈다. 그러던 어느 날 아침 굉장한 일이 일어났다. 나는 아침 일찍부터 오두막을 나와 단단히 무장을 한 채 나의 섬을 탐험하러 나서던 중이었다. 서너 명의 사람이 갑자기 내 쪽으로 오는 것이 보였다. 그들은 요란한 손짓과 함께 큰 소리로 말하고 있었다.

「저런, 나의 섬에 사람들이 나타났다!」

간신히 우거진 협죽도 뒤에 배를 깔고 엎드릴 시간밖에는 없었다.

'아, 제발……'

사람들은 다행히 나를 보지 못하고 지나쳤다. 콜롱브 아저씨의 목소리가 들려왔다. 그들이 어느 정도 멀어지자 나는 어떤 일이 벌어지나 보려고 그들의 뒤를 쫓았다.

　그 이방인들은 오랫동안 나의 섬에 머물렀다. 그들은 섬을 샅샅이 훑어보았다. 그들이 나의 동굴에 들어가는 것도 보았고 지팡이를 가지고 나의 바다의 깊이를 재는 것도 보았다. 그들은 때로 발걸음을 멈추고 고개를 갸웃거렸다. 내가 걱정한 것은 그들이 내 거처를 발견하는 것이 아닐까 하는 것이었다.

　'아이고, 그렇게 되면 나는 도대체 어떻게 되는 거야?'

　하지만 아무 일도 일어나지 않았다. 한 30분쯤 있다가 그들은 섬에 사람이 살고 있다는 것을 모르는 채 떠났다. 그들이 사라지자 나는 재빨리 뛰어가 나의 오두막에 틀어박혔다. 나는 그 날 하루를 '그 사람들이 무엇 하는 사람들이며 여기에는 무슨 일로 왔을까'를 생각하면서 보냈다.

　나는 그 날 밤 그 의문을 풀었다. 아버지가 저녁 식사 때 공장이 팔렸다고 담담하게 선언했다. 한 달 후면 온 가족이 앞으로 살게 될 리옹으로 떠난다고 했다. 그것은 큰 충격이었다. 하늘이 무너지는 것 같았다. 공장이 팔리면 나의 섬과 나의 동굴들과 나의 오두막들은? 섬이고 동굴이고 오두막이고 할 것 없이 아버지가 모두 팔아 넘겼다. 그 모든 것을 버리고 떠나야 하는 것이었다. 그 날 밤 나는 얼마나 울었는지 모른다.

　한 달 동안 집에서 식구들이 거울이며 접시며 짐을 꾸리는 사이에 나는 나의 추억 어린 공장 구석구석을 혼자 쓸쓸하게 오락가락했다. 놀고 싶은 마음도 없었다. 아! 말도 안 돼……. 나는 여기 저기 앉아보았다. 주위에 있는 사물을 바라보며 마치 사람에게 말하듯 중얼거리기도 했다. 플라타너스에게는 '친구여 잘 있어!', 세탁조에게는 '이제 끝이야. 우리 이젠 다시 못 보겠구나!' 라고 말했다. 마당 구석에 있는 커다란 석류나무의 빨간 꽃들이 햇빛 속에서 활짝 피어 있었다. 나는 울먹이면서 말했다.

「나에게 꽃 한 송이만 주렴.」

석류나무는 나에게 자기 꽃을 한 송 주었다. 나는 석류나무에 얽힌 추억으로 그 꽃을 가슴속에 품었다. 나는 너무 불행했다.

그런 괴로움 중에서도 나를 설레게 하는 두 가지 일이 있었다. 첫째는 배를 탄다는 일이었고, 둘째는 앵무새를 데려가도 좋다는 허락을 받은 일이었다. 나는 로빈슨 크루소도 비슷한 처지에서 무인도를 떠났을 것이라고 생각했다. 그러자 용기가 났다.

마침내 떠나는 날이 되었다. 아버지는 이미 일주일 전부터 리옹에 가 있었다. 덩치가 큰 가구들을 가지고 우리보다 먼저 갔다. 따라서 나는 자크 형, 어머니, 아누 아주머니와 함께 갔다. 신부인 큰 형은 우리와 함께 떠나지는 않지만 보케르행 합승마차까지 우리를 배웅해 주었고 콜롱브 아저씨도 우리를 배웅했다. 콜롱브 아저씨는 가방을 실은 커다란 외바퀴 손수레를 밀고 앞장섰다. 그의 뒤로 신부인 형이 어머니를 부축하며 따라갔다.

아, 가련한 신부 형! 나는 그 후로 형을 다시는 보지 못했다.

그 뒤로 커다란 파란색 우산을 든 아누 아주머니와 자크 형이 뒤따랐다. 형은 리옹에 가게 되어 기뻐하면서도 여전히 울고 있었다. 나 다니엘 에세트는 일행의 맨 뒤에서 앵무새가 든 새장을 조심스레 들고 공장 쪽을 몇 번이고 돌아보면서 뒤따라갔다.

석류나무는 우리 가족이 차츰차츰 멀어져가는 것을 한 번 더 보기라도 하듯 애써 담 위로 머리를 내밀고 있었다. 플라타너스들은 작별 인사인 양 가지를 흔들었다. 작지만 소중한 감동이 전해져오는 것을 느낀 다니엘 에세트는 아무도 모르게 손끝으로 그들 모두에게 키스를 보냈다.

나는 18××년 9월 30일에 그렇게 나의 섬을 떠났다.

꼬마 철학자 다니엘

아, 어린 시절! 다시는 돌아갈 수 없는 그 시절이 내 가슴속 깊이 자리잡고 있다. 론 강을 거슬러 오르던 것이 바로 엊그제 일같이 떠오른다. 배의 승객과 선원들이 아직도 눈에 선하고, 타륜 돌아가는 소리와 배의 증기 기관 소리가 아직도 귓가에 남아 있다. 선장은 제니에스라는 사람이고 주방장의 이름은 몽텔리마르였다. 나는 그때 일들을 아직도 기억하고 있다.

3일 동안 론 강을 항해했다. 3일 동안 나는 먹을 때와 잘 때를 제외하곤 대부분을 갑판 위에서 지냈다. 그리고 나머지 시간에는 배의 뾰족한 한쪽 끝, 닻이 있는 곳에 있었다. 그곳에는 뱃고동을 울리는 커다란 경적이 달려 있었는데 나는 그 옆 밧줄 더미에 앉아 앵무새가 든 새장을 다리 사이에 놓고 흘러가는 론 강을 바라보고 있었다. 론 강이 얼마나 넓던지 강기슭이 보일 듯 말 듯했다. 나는 해안이 좀더 넓었으면, 그리고 강이 아니라 바다였으면 하고 바랐다. 하늘은 밝게 빛났고 물결은 초록빛이었다. 물길을 따라 커다란 배들이 내려왔고, 암노새 등에 올라 강을 건너는 뱃사람 무리가 우리 곁을 지나면서 노래를 불렀다. 배가 골풀과 버드나무 무성한 섬을 끼고 지나갈 때면, 나는 '와 무인도다!' 라고 혼잣말을 하고는 그 섬이 사라질 때까지 바라보았다. 3일째 되는 날, 갑자기 하늘이 어두워지면서 짙은 안개가 강 위에서 일렁였다. 폭풍이 밀려오는 것 같았다. 뱃

전의 커다란 칸델라 불빛만이 빛나고 있었다. 그 갑작스런 변화에 나는 흥분되기 시작했다. 바로 그때 누군가 내 옆에서 외쳤다.

「리옹이다!」

커다란 경적이 울리기 시작했다. 리옹이었다.

강의 양쪽 연안을 비추는 불빛이 안개 속에서 희미하게 보였다. 우리는 다리를 하나 지나고 또 하나 지났다. 그때마다 배의 커다란 굴뚝에서는 검은 연기를 토해 냈다. 배 위에서는 사람들이 부산하게 움직이고 있었다. 승객들은 저마다 짐 가방을 찾고 있었고, 선원들은 어둠 속에서 드럼통을 굴리면서 욕을 내뱉고 있었다.

리옹에는 비가 내리고 있었다. 나는 서둘러 갑판 다른 끝에 있는 어머니와 자크 형, 아누 아주머니에게로 갔다. 우리는 아누 아주머니의 커다란 우산 밑으로 들어갔다. 그 사이 배는 부두에 정박했고 사람들이 배에서 내리기 시작했다. 사실 아버지가 마중 나오지 않았더라면 우리는 계속 우산 속에서 한 발짝도 움직이지 못했을 것이다. 아버지는 두리번거리며 우리 쪽으로 왔다.

「누구냐? 자크냐! 다니엘?」

익숙하게 듣던 아버지의 목소리를 듣고 우리는 온몸이 따뜻해지며 표현할 길 없는 안도감에 젖어 「여기요!」라고 일제히 대답했다. 아버지는 우리를 와락 껴안더니 한 손으로 형의 손을 다른 손으로는 내 손을 잡고 어머니와 아누 아주머니에게 말했다.

「나를 따라와요!」

앞장서는 아버지의 어깨가 유난히 넓어보였다. 우리는 어렵사리 사람들을 뚫고 앞으로 나갔다. 밤인데다가 다리는 미끄러웠다. 발걸음을 옮길 때마다 트렁크에 발이 부딪쳤다. 그때 갑자기 배 쪽에서 날카롭고 구슬프게 외치는 소리가 들려왔다.

「로빈슨! 로빈슨!」

「어, 어떻게 해!」

나는 아버지 손에서 내 손을 빼내려고 안간힘을 썼다. 아버지는 내가 발이 미끄러지기라도 했다고 생각했는지 나를 더욱 세게 붙잡았다. 한층 더 날카롭고 더 애처로워진 목소리가 다시 들렸다.

「로빈슨! 가련한 나의 로빈슨!」

나는 손을 빼내려고 다시 애를 썼다. 나는 외쳤다.

「내 앵무새! 내 앵무새!」

「그놈이 이제 말을 하는 거야?」

자크 형이 말했다. 앵무새가 말을 하느냐고? 물론이다. 나는 멀리 떨어져 있어도 앵무새가 말하는 소리가 들렸다. 내가 당황해 그놈을 배에 그대로 놓아두고 온 것이다. 그놈이 거기서 울부짖으며 나를 찾고 있었다.

「로빈슨! 가련한 나의 로빈슨!」

하지만 우리는 너무 멀리 떨어져 있었다.

「서두르자. 내일 찾으러 오자. 배에 있는 것은 없어지지 않아.」

아버지는 그렇게 말하고 내 눈물도 아랑곳하지 않은 채 나를 끌고 갔다. 저런, 불쌍한……! 다음 날 사람을 보냈지만 앵무새는 찾을 수가 없었다. 내가 얼마나 절망했을지는 가히 상상이 될 것이다. 이제는 프라이데이도 앵무새도 없으니 로빈슨도 끝장이었다. 게다가 아무리 의욕이 있다고 해도 랑테른 거리 5층에 있는 지저분하고 축축한 집에다 무인도를 만들 수도 없는 노릇이었다.

아, 그 집에서 살아야 한다는 것이 정말 끔찍하게 느껴졌다. 아마 나는 죽을 때까지 그 집을 절대 잊지 못할 것이다. 계단은 오물로 끈적거리고 좁은 마당은 마치 우물 같았다. 문지기는 구두를 수선하는 사람이었는데 펌프 옆에 구두 수선방을 차려놓고 있었다. 우리가 도착한 날 저녁, 아누 아주머니는 부엌을 정리하면서 갑자기 비명을 질렀다.

「으악, 바퀴벌레다! 바퀴벌레야!」

그 소리를 듣고 우리는 뛰어갔다. 아니 세상에……! 부엌에는 그 몹쓸 벌레들 천지였다. 식기장이며 벽이란 벽, 서랍 안, 벽난로 모두 그놈들 천지였다. 하고 싶진 않았지만 우리는 그놈들을 으스러뜨렸다. 아누 아주머니가 제일 많이 죽였다. 그렇지만 죽일수록 더 많은 놈들이 몰려들었다. 바퀴벌레들은 개수대 구멍으로 나왔다. 우리는 개수대 구멍을 막았지만, 그 다음 날 저녁에는 다른 구멍으로 나왔다. 그 구멍이 어딘지 알 수가 없었다. 그놈들을 죽이기 위해서 고양이까지 길러 보았지만 소용없었다. 매일같이 부엌에서는 바퀴벌레와의 전쟁이 계속됐다.

바퀴벌레들 때문에 첫날부터 리옹이 싫어졌다. 그 다음 날은 더 심했다. 우리는 새로운 습관에 익숙해져야 했다. 식사 시간이 바뀌었고 빵의 모양도 랑그도크에서 먹던 것과 달랐다. 여기서는 그 빵을 '쿠론'(왕관)이라고 불렀다. 무슨 빵 이름이 그렇담! 또 아누 아주머니는 정육점에 다녀와 화가 잔뜩 나 있었다. 우리가 흔히 카르보나드라고 하는 숯불용 고기를 달라고 했더니 점원이 대놓고 비웃었다는 것이다. 그 무식한 점원이 '카르보나드'가 무엇인지도 몰랐다는 것이다. 나는 리옹 생활이 지겨웠다. 일요일에는 우리 모두 기분 전환을 위해 자주 우산을 들고 론 강변을 산책했다. 우리는 누가 먼저랄 것도 없이 옛집이 있던 남쪽을 향해 걸었다. 속으론 나보다 더 이곳이 지겨운 어머니는 이렇게 말했다.

「고향에 좀더 가까이 가는 기분이 든다.」

가족 산책은 우울했다. 아버지는 투덜댔고 자크 형은 여전히 울었으며 나는 늘 맨 뒤에서 따라갔다. 나는 왠지 길에 나서는 것이 부끄러웠다. 아마도 우리가 가난했기 때문이었던 것 같다.

한 달쯤 지나 아누 아주머니가 병이 들었다. 안개가 건강을 해쳤던 것이다. 아주머니를 남부 지방으로 보내야 했다. 그 가련한 아주머니는 오래 같이 있던 탓에 우리와 떨어진다는 생각을 아예 하지 않으려 했다. 아주머니는 자기가 죽을 정도는 아니니까 제발 곁에 있게 해달라고 애원했다. 햇빛이 내리쬐는 남부로 보내기 위해 아주머니를 강제로 배에 태워야 했다.

아누 아주머니가 떠나고 집에 새로이 가정부를 들이지 않았다. 내게는 이 일이 가장 궁색하게 느껴졌다. 문지기의 부인이 올라와서 허드렛일을 했다. 내가 늘 만지작거렸던 어머니의 아름답고 하얀 손은 화덕 불로 검고 거칠게 변했다. 장 보는 일은 자크 형 몫이었다. 형의 팔에 커다란 바구니를 걸어주고 '이것과 이것을 사 와라' 하고 일러주면 형은 계속 울면서도 하나도 빠뜨리지 않고 사 왔다.

불쌍한 형 자크! 형도 행복하지는 않았다. 아버지는 늘 눈물을 달고 사는 형을 보고는 갑자기 화를 내며 따귀를 올려붙이곤 했다.

「자크, 이 버르장머리 없는 놈아! 너는 멍청이야!」

이 소리가 늘 아버지 입에서 떠나지 않았다. 사실 자크 형은 아버지 앞에만 서면 주눅이 들어 당황했다. 억지로 눈물을 참느라 형의 얼굴은 일그러져 갔다. 아버지가 형을 불행하게 만들었다.

집안에서 '항아리 사건'이라고 전해져 내려오는 이야기가 있다.

어느 날 저녁, 막 식사를 하려는 순간 우리는 집 안에 물이 한 방울도 없다는 것을 알았다.

「제가 물을 길어올게요」

착한 자크 형이 도자기로 된 항아리를 집어들자 아버지가 말했다.

「자크가 간다니 항아리가 분명히 깨질 게 뻔하군.」

「자크야, 항아리 깨뜨리지 않도록 조심하거라.」

어머니가 조용한 목소리로 이르자, 아버지가 이어 말했다.

「아! 깨지 말라고 해봐야 소용이 없어요. 그 아이는 그래도 깨고 말걸.」

자크 형이 울먹이며 말했다.

「도대체 왜 제가 항아리를 깨뜨릴 거라고 하시는 거예요? 그걸 바라시는 건가요?」

「내가 바란다는 말이 아니라 네가 그걸 깨먹을 거란 얘기다.」

아버지는 대꾸를 용납하지 않는 어조로 말했다. 자크 형은 아무 대꾸도 못 하고 떨리는 손으로 항아리를 들고 급히 밖으로 나갔다. 형은 속으로 이렇게 말했을 것이다.

「내가 항아리를 깰 거라구요? 그래요, 두고 보자구요.」

5분이 지나고 10분이 지나도 자크 형이 돌아오지 않았다. 어머니가 걱정하기 시작했다.

「제발 아무 일도 일어나지 않았으면 좋으련만!」

그러자 아버지가 퉁명스럽게 말했다.

「일은 무슨 일? 항아리를 깨고 감히 들어올 생각을 못하고 있는 거지.」

역시 아버지다웠다. 퉁명스럽게 말하면서 아버지는 일어나 현관 문을 열고 자크 형에게 무슨 일이 일어났는지 살폈다. 멀리까지 갈 필요도 없었다. 자크 형이 문 앞 계단 위에 넋이 빠진 채 빈손으로 서 있었다. 아버지를 보자 형은 얼굴이 하얘지면서 죽어가는 목소리로 말했다.

「항아리를 깨뜨렸어요.」

형은 기어이 항아리를 깨뜨렸던 것이다! 이것이 '항아리 사건'의 내용이다.

리옹으로 온 지 한두 달 정도 되었을 때 부모님은 우리의 학교 문제에 대해 이야기하셨다. 아버지는 우리를 콜레주(7년제 공립 중등학교를 말하는데 우리나라의 중학교와 고등학교를 합친 과정이라고 볼 수 있다ー역주)에 보내고 싶었지만 학비가 너무 비쌌다.

「애들을 성가대 양성소(리옹에서는 성가대 어린이를 위한 중학교를 성가대 양성소라고 불렀다)에 보내면 어떨까요? 거기서 아이들에게 잘해 주는 것 같던데요.」

어머니의 그 제안은 아버지의 마음을 흡족하게 했다. 가장 가까운 성당이 생 니지에 성당이었으므로 우리들은 생 니지에 성당 성가대 양성소로 보내졌다. 성가대 양성소는 아주 재미있었다. 그곳은 다른 학교처럼 라틴어나 그리스어 주입 교육은 하지 않았다. 대신에 미사를 돕는 방법, 찬송가 부르기, 무릎을 꿇는 법, 우아하게 향을 피우는 법 등을 가르쳤다. 가끔 동사 변화나 역사 개론도 가르쳤다. 그러나 그것은 부수적인 일이었다. 우리는 그 어떤 일보다도 성당 일을 돕기 위해 거기 있는 것이었다. 적어도 일주일에 한 번은 미쿠 신부님이 엄숙한 얼굴로 선언하곤 했다.

「여러분 내일은 오전 수업이 없습니다! 장례식에 갑니다.」

우리는 장례식에 갔다. 공부보다 기분 좋은 일이다. 그뿐 아니라 세례식, 결혼식, 고위성직자께서 오신다든가 환자에게 해주는 노자성체다 뭐다 행사도 많았다. 아, 노자성체! 노자성체를 하러 갈 때에는 얼마나 자랑스러웠던지……!

사제가 성체와 성유를 들고 붉은 벨벳으로 된 이동 닫집 아래로 걸어갔다. 성가대 어린이 두 명이 닫집을 들고 다른 두 명의 어린이는 커다란 금빛 초롱 두 개를 들고 행렬의 뒤를 따랐다. 다섯번째 아이는 딱딱이를 흔들면서 맨 앞에 걸어갔다. 그 역할은 보통 내가 맡았다. 노자성체 행렬이 지나가면 남자들은 모자를 벗어 경의를 표했고 여자들은 성호를 긋곤 했다. 초소 앞을 지날 때면 보초병이 '총 들엇!' 하고 외쳤다. 병사들은 뛰어가서 대열을 지었다. 그러면 장교는 외쳤다.

「받들어 총!」

「무릎 앉아!」

총소리가 울리고 경의를 표하는 북소리가 멀리 울려퍼졌다. 그 순간 나는 미사 때 상투스(거룩하시도다)가 울려퍼질 때처럼 딱딱이를 세 번 쳤고 이어 우리 행렬이 지나갔다. 성가대 양성소 생활은 아주 재미있었다. 우리들은 각자 사물함 안에 성직자가 갖추어야 할 물건들을 갖고 있었다. 뒷자락이 기다란 검은색 수단(가톨릭 신부의 긴 옷), 미사 때 입는 흰 제복, 풀을 빳빳하게 먹인 폭 넓은 소매가 달린 겉옷, 검은색 스타킹, 나사로 된 모자와 벨벳으로 된 모자 각각 한 개, 작고 하얀 진주 구슬로 수를 놓은 가슴 앞판 장식 등 중요한 것은 다 있었다. 사람들은 신부의 복장이 나한테 아주 잘 어울린다고 했다.

「다니엘, 너 정말 멋지구나. 깨물어주고 싶을 정도로 귀엽구나.」

그러나 이런 어머니의 말도 힘이 되질 못했다. 불행하게도 나는 너무 작았다. 그래서 나는 풀이 죽어 있었다. 발끝을 들고 서도 성당 수위 아저씨 카뒤프 씨의 하얀 스타킹을 넘을까 말까 하는 키였고 가냘픈 체격이었다.

성령 강림 대축일이었다. 미사 시간에 복음서를 옮기다 책이 너무 무거워서 그만 제단으로 올라가는 계단에서 구르고 말았다. 책상이 부서지고 미사가 중단되었다. 하필 오순절에 그런 일이 벌어졌으니······. 키가 작다는 사소한 문제를 제외하고 나는 내 운명에 대해서 매우 만족했다. 저녁에 잠자리에 들 때면 나와 자크 형은 종종 서로 이렇게 말하곤 했다.

「정말이지 성가대 양성소는 굉장히 멋진 곳이야.」

불행히도 우리는 그곳에 오래 머물지 못했다. 집안 아는 분 중에 남부 지방에 있는 어느 대학구(전국을 여러 개의 지역으로 나눈 교육 행정 단위 – 역주)의 총장인 분이 있는데 어느 날 아버지께 편지를 보내왔다. 자녀 중 한 명을 리옹 콜레주에 장학금을 받는 조건으로 보낼 수 있다고 알려왔던 것이다. 아버지는 말했다.

「다니엘을 보내겠소.」

「자크는요?」

「아, 자크는 내 곁에 두겠소. 나에게 큰 도움이 될 거요. 더구나 그애가 장사를 좋아한다는 걸 깨달았어요. 그애는 상인으로 키웁시다.」

나는 자크 형이 장사에 흥미가 있다는 사실을 아버지가 어떻게 알았는지 궁금했다. 당시에 자크 형은 우는 것을 빼고는 아무 데도 관심이 없었는데 혹시 누가 형에게 물어보기나 했다면 모를까. 하지만 아무도 형이나 나에게 개인적인 의견을 묻는 일은 결코 없었다.

내가 리옹 콜레주에 등교하던 날 가장 충격적이었던 것은 덧저고리(어린이들이 옷을 더럽히지 않기 위해 위에 걸치는 헐렁한 옷)를 걸치고 있는 아이가 나 하나뿐이라는 것이었다. 리옹의 부잣집 아이들은 덧저고리를 입지 않았다. '곤느'라고 부르는 거리의 부랑아들만 덧저고리를 입었다. 내게는 공장 시절부터 입었던 덧저고리가 있었다.

나는 그 덧저고리를 입고 있었다. 그래서 '곤느'처럼 보였던 모양이다. 내가 교실에 들어가자 아이들이 히죽거리며 비웃었다.

「저것 봐, 쟤 덧저고리 입었다!」

선생님도 낯빛이 변하시더니 바로 그 자리에서 나에게 거리감을 갖고 대했다. 선생님은 그때부터 나를 무시하는 투였다. 선생님은 한 번도 내 이름을 부르지 않았다.

「이봐! 거기 꼬맹이!」

이렇게 불렀다. 나는 선생님께 내 이름은 다니엘 에, 세, 트라고 스무 번도 넘게 말했으나 소용이 없었다. 마침내 반 친구들도 나를 '꼬맹이'라고 불렀고 이것이 별명이 되고 말았다.

내가 다른 아이들과 다른 점은 단지 덧저고리 하나뿐이 아니었다. 다른 아이들은 누런 색 가죽으로 된 멋진 책가방과 좋은 향이 나는 회양목 잉크병, 하드커버로 장정이 된 노트와 아랫부분에 주가 많이 달린 새 책을 갖고 있었다. 하지만 헌책방에서 산 내 책들은 곰팡내에 색이 바랬고 너덜너덜했다. 어떤 책은 몇 장이 달아나 없는 일도 허다했다. 자크 형이 두꺼운 마분지와 풀을 사용해서 보기 좋게 다시 제본을 해주었지만 풀을 너무 많이 발라서 역한 냄새가 났다. 또 형은 주머니를 여러 개 달아서 아주 편리한 책가방도 만들어주었다. 하지만 그것 역시 풀을 너무 많이 발랐다. 이제 자크 형은 우는 일만큼이나 제본하는 일과 풀로 붙이는 일에 열심이었다. 불 앞에 항상 산더미같이 풀통을 쌓아두고는 잠시라도 짬이 생기면 두꺼운 마분지로 무엇인가를 만들곤 했다. 나머지 시간에는 시내에 배달을 가기도 하고 아버지가 부르는 것을 받아 적기도 하고 장도 보았다. 그는 조금씩 장사꾼이 되어갔다.

나는 장학생으로 들어간 탓에 수업료는 내지 않았지만 여전히 놀림을 받으며 덧저고리를 입고 다닐 수밖에 없었다. '다니엘 에세트' 보다 '꼬맹이'라고 불려져도 참아야 했고, 다른 애들보다 나은 성적을 내기 위해서는 남들보다 두 배의 노력을 해야 한다는 사실도 깨달았다. 물론 나는 젖 먹던 힘까지 발휘해 공부했다.

작지만 나는 위대했다. 한겨울에 불기 없는 냉방에서 담요를 뒤집어쓰고 책상에 앉아 있었다. 유리창에는 성에가 끼어 있었다. 가게에서는 아버지가 큰 소리로 형에게 받아쓰기를 시키는 소리가 들렸다.

「지난 8일자 귀하의 편지를 잘 받아보았습니다.」

그것을 반복하는 자크 형의 울먹이는 소리가 뒤를 잇는다.

「지난 8일자 귀하의 편지를 잘 받아보았습니다.」

어머니는 때때로 살며시 방문을 열고 발끝으로 가만가만 내게 다가왔다. 귓가에 대고 쉬……! 어머니는 아주 작은 소리로 말했다.

「공부하니?」

「예, 어머니.」

「춥지 않니?」

「아니요, 전혀!」

나는 거짓말을 했다. 사실은 매우 추웠다. 어머니는 뜨개질감을 들고 내 옆에 앉아 낮은 소리로 뜨개질의 코를 세면서 늦도록 머무르곤 했다. 어머니는 가끔 한숨을 내쉬었다.

불쌍한 어머니! 어머니는 다시 돌아갈 수 없는 정든 고향을 안타까워했다. 하지만 우리 모두에게 불어닥친 사건으로 어머니는 얼마 안 돼 고향에 다시 다녀와야 했다.

슬픈 전보

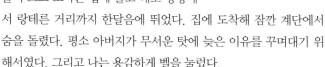

7월의 어느 월요일이었다. 그 날 나는 아이들과 술래잡기를 하느라 시간 가는 줄 모르고 놀다 집에 늦게 왔다. 나는 허리에 책보를 두르고 모자는 입에 물고 테로 광장에서 랑테른 거리까지 한달음에 뛰었다. 집에 도착해 잠깐 계단에서 숨을 돌렸다. 평소 아버지가 무서운 탓에 늦은 이유를 꾸며대기 위해서였다. 그리고 나는 용감하게 벨을 눌렀다.

「왜 이렇게 늦었니?」

문을 연 것은 아버지였다. 나는 떨면서 주절주절 지어낸 이야기를 늘어놓았다. 그러나 아버지는 미처 내가 말을 끝내기도 전에 나를 가만히 안아주었다. 심한 꾸지람을 들을 줄 알았던 나는 어안이 벙벙했다. 혹시 생 니지에 주임 신부님이 저녁 식사를 하러 오신 것이 아닌가 하는 생각이 들었다. 그런 날이면 아버지는 우리를 결코 야단치지 않았다.

그러나 식당에 들어서면서 곧 내 생각이 틀렸음을 알 수 있었다. 아버지와 내 것인 듯, 2인분의 식탁이 차려져 있었다. 나는 놀라서 물었다.

「어머니는요? 자크 형은요?」

「다니엘, 어머니와 자크는 형에게 갔다. 큰형이 몹시 아프단다.」

아버지는 평소와 달리 아주 부드러운 목소리였다. 내가 놀라고 있다는 것을 알아차린 아버지는 나를 안심시키려는 듯 밝은 목소리로 말했다.

「사실은 형이 좀 아파서 누워 있다는 편지가 왔다. 그런데 너도 엄마를 잘 알잖니? 하도 고향에 가고 싶어하는 것 같기도 하고 해서 자크와 다녀오라고 했다. 아무 일도 없을 거야! 자 앉아서 먹자. 너 기다리느라 무척 시장하구나.」

나는 말없이 식탁에 앉았다. 하지만 신부인 큰형이 많이 아프다는 생각에 슬펐다. 죽을힘을 다해 눈물을 참았다. 우리는 마주 앉아 아무 말 없이 처량하게 식사를 했다. 아버지는 급히 식사를 마치고는 포도주를 벌컥벌컥 들이켰다. 그러곤 갑자기 무슨 생각에 잠겼는지 조용해졌다.

나는 어리둥절한 채 꼼짝 않고 식탁 끝에 앉아 랑그도크의 공장에서 큰형이 나에게 들려주던 옛날 이야기들을 떠올렸다. 형이 세탁조를 건너기 위해 용감하게 신부복을 들어올리던 모습도 떠올랐고, 또한 형이 봉헌하던 첫 번째 미사도 생각났다. 온 가족이 그 미사에 참석했는데 형이 팔을 벌리고 우리를 향해 돌아서서 '도미누스 보비스쿰(주님께서 여러분과 함께)'이라고 할 때 그 모습이 얼마나 멋지던지, 어머니는 형의 미사 모습을 보고 기쁨의 눈물을 흘렸다! 그런 형이 아파서 누워 있다니! 형이 아프다는 사실도 고통스러웠지만 그 보다도 더 괴로운 것은 내 마음속 깊은 곳에서 외치는 소리였다.

「신이 너를 벌하는 거야. 네 잘못이야! 학교가 파하고 바로 왔어야 해! 거짓말을 하지 말았어야 해!」

신이 나를 벌하기 위해 큰형을 죽일 것 같은 생각에 어린 나는 절망감으로 이렇게 혼자 외쳤다.

「아냐, 다시는 절대로 거짓말 안 해! 이제는 학교에서 오는 길에 절대로 술래잡기 같은 건 하지 않을 테야!」

식사가 끝나자 아버지는 디저트 부스러기가 어지럽게 남아 있는 식탁 한가운데에 커다란 장부를 펼쳐놓고 큰 소리로 계산을 하기 시작했다. 바퀴벌레를 잡기 위해 산 고양이 피네가 식탁 주위를 어슬렁거리면서 '야옹 야옹!' 구슬프게 울고 있었다. 나는 창문을 열고 팔꿈치를 창턱에 괴었다.

밤이었다. 공기가 눅눅했다. 저 아래 문 앞에서 사람들의 웃고 이야기하는 소리가 들렸다. 멀리 루아야스 요새의 북소리도 들려왔다.

큰형 생각으로 우울해하며 한동안 어둠 속을 멍하니 내다보고 있는데 갑자기 벨 소리가 울렸다. 나는 깜짝 놀라 창에서 물러났다. 나는 무서운 생각이 들어 아버지를 쳐다보았다. 나를 사로잡았던 불안과 전율이 아버지 얼굴에 스치는 것을 보았다. 아버지도 벨 소리가 두려웠던 것이다. 아버지가 아주 나직하게 말했다.

「누가 왔구나!」

「그냥 계세요. 제가 나갈게요.」

나는 문 쪽으로 달려갔다. 모르는 남자가 문간에 서 있었다. 어둠 속에서 그 남자가 무언가를 내게 내밀었다. 나는 그것을 선뜻 받지 못하고 머뭇거렸다.

「전봅니다.」

「전보라구요, 맙소사. 뭘 하는 건데요?」

나는 몸서리를 치면서 그것을 받아들고는 문을 닫으려고 했다. 남자는 버티고 서서 차갑게 말했다.

「사인을 해야지요.」

사인을 해야 한다고! 나는 그 사실을 몰랐다. 생전 처음 전보를 받아보는 것이다.

「다니엘, 누가 왔니?」

아버지의 떨리는 목소리였다.

「아무도 아니에요! 불쌍한…….」

나는 그 남자에게 기다리라고 손짓을 하고 내 방으로 뛰어가 간신히 펜에 잉크를 묻힌 후에 되돌아왔다. 남자가 퉁명스레 말했다.

「여기에 사인해요.」

나는 층계의 전등 불빛 아래서 떨리는 손으로 사인을 하고, 전보를 덧저고리 밑에 감추고 문을 닫았다. 전보에 무섭고 끔찍한 소식 적혀 있으리란 걸 이미 짐작하고 있었다.

「불쌍한 사람이라고?」

아버지가 물었다. 나는 아무렇지도 않다는 듯이 대답했다.

「네, 불쌍한 사람이었어요.」

그러고는 아버지가 이상하게 생각할까봐 창가로 돌아가 밖을 내다보는 척했다.

나는 전보를 가슴에 품은 채 한동안 말없이 꼼짝 않고 그곳에 서 있었다. 그러는 중에도 나는 냉정하게 생각을 해보았다. 용기를 내보려고 애도 썼다.

「네가 뭘 안다고? 좋은 소식일 수도 있잖아? 형이 나았다는 소식일 수도 있구.」

그러나 마음속 깊은 곳에서 이게 사실이 아니며 스스로에게 거짓말을 하고 있고 전보에 형이 나았다는 소식이 적혀 있지 않으리라는 생각이 들었다.

나는 전보 내용을 확인하기 위해 아무 일도 없는 듯 천천히 식당을 나와 내 방으로 갔다. 그러나 방에 와서는 서둘러서 불을 켰다. 전보를 뜯는 손은 부들부들 떨렸다. 펼치는 순간, 예상하지 못했던 일은 아니지만 너무 엄청난 사실에 숨조차 멎어버리는 것 같았다.

　눈물조차 나오지 않았다. 나는 내가 잘못 읽었기를 바랐다. 전보를 몇 번이고 다시 읽었다. 그러나 그건 사실이었다.

　그애가 죽었어요! 기도해 주세요!

　펼쳐진 그 전보를 앞에 놓고 그렇게 얼마나 울었는지 모른다. 너무 울어 눈이 퉁퉁 부어오르고 얼굴이 눈물로 범벅이 되었다. 나는 그 사실을 아버지께 알려야 한다는 생각에서 방을 나와 얼굴을 씻고 식당으로 갔다.

　'이제 이 끔찍한 소식을 아버지에게 어떻게 전해야 하나? 혼자 어떻게 해보겠다는 것이 얼마나 우스꽝스럽고 유치한 일인가? 조금 일찍 알거나 조금 더 늦게 안다는 차이지 아버지가 결국은 알게 될 텐데! 전보가 도착했을 때 바로 아버지에게 가져가기만 했어도 전보를 같이 읽었을 것이고 그랬다면 지금쯤 아버지도 이 사실을 알고 계실 텐데.'

　그렇게 혼잣말을 하면서 나는 아버지 옆자리로 갔다. 아무것도 모르는 아버지는 장부를 덮고 고양이 피네의 하얀 주둥이를 펜의 깃털로 간질이고 있었다.

　장난을 치고 있는 아버지를 보자 가슴이 콱 막혔다. 희미한 램프 불빛 아래서 아버지의 얼굴이 환하게 밝아졌다가 이내 웃음을 짓는 것이 보였다.

나는 '아버지, 웃지 마세요! 제발 지금은 즐거워할 때가 아니에요'라고 말하고 싶었다.

나는 전보를 든 채 슬픈 표정으로 그렇게 아버지를 보고 있었다. 그때 아버지가 고개를 들었다. 시선이 마주쳤다. 내 눈빛을 보고 무슨 눈치를 채셨는지 아버지의 얼굴이 갑자기 일그러지더니 그 큰 가슴에서 느닷없는 신음 소리가 새어나왔다. 아버지는 가슴을 저미는 목소리로 물었다.

「그애가 죽었지?」

내 손에서 전보가 미끄러져 떨어졌고 나도 설움이 북받쳐 아버지를 끌어안고 미친 듯이 한참을 울어댔다. 피네는 발 밑에서 그 끔찍한 죽음의 전보를 가지고 놀고 있었다.

그 일이 있은 지 오랜 세월이 흘렀고 내가 그렇게도 좋아하던 신부였던 큰형이 땅 속에서 잠든 지 오래지만 지금도 전보를 받을 때면 그때의 불안감으로 온몸이 떨린다.

'그가 죽었으니 그를 위해 기도해 달라'는 내용을 또다시 읽을 것만 같아서.

붉은 노트

소박한 채색 그림이 들어 있는 낡은 미사경본에는 칠고의 성모 (일곱 가지 고통을 겪은 성모 마리아) 모습이 있다. 그 성모 마리아의 두 뺨에는 깊은 골이 패어 있다. 화가는 얼마나 많은 눈물을 흘렸는지 보여주기 위해서 주름을 밭고랑처럼 파이게 표현한 것이다. 어머니가 큰형을 땅에 묻고 리옹에 다시 돌아왔을 때 어머니의 바싹 야윈 얼굴에서 나는 성모 마리아의 눈물로 새겨진 그 주름의 흔적을 보았다.

가없은 어머니, 그 날부터 어머니는 좀체 웃지 않았다. 어머니는 검은색 옷을 입고 있었고 얼굴은 늘 수심에 차 있었다. 옷에서나 마음으로나 어머니는 아들을 한시도 떠나보내지 않으려는 듯 언제나 상중인 듯이 살아갔다. 별다른 변화는 없었지만 집안은 늘 침울한 분위기였다. 생 니지에 주임 신부님이 큰형 영혼의 평안을 위해 미사를 여러 번 봉헌했다. 아버지가 마차를 몰 때 입던 낡은 검정 윗도리로 자크 형과 내게 검은 옷을 만들어 입혔을 뿐 달라질 게 없는 나날이었다.

큰형이 죽은 지 얼마 지나지 않은 저녁이었다. 잠자리에 들려고 하는데 자크 형이 갑자기 방문을 단단히 걸어 잠그고 문 틈새까지 다 틀어막더니 들킬세라 조심스러워하며 나에게 다가왔다.

큰형의 장례식에서 돌아온 후부터 자크 형에게 이상한 변화가 일어났다. 아무도 믿지 않겠지만 자크 형이 우는 것을 그쳤다. 그렇게 좋아하던 제본 작업도 거의 하지 않았다. 가끔 풀통이 불가에 놓이는 일이 있었으나 전처럼 매달리지 않았다. 혹시 손가방이 필요할 경우엔 내가 무릎을 꿇고 사정을 해야 할 판이었다. 믿기지 않는 일이지만 어머니가 부탁한 모자 상자는 시작한 지 일주일이 넘었는데 아직도 완성이 되지 않았다. 부모님은 눈치채지 못했지만 나는 자크 형한테 무슨 일이 있다는 것을 알 수 있었다. 형이 가게에서 이상한 행동을 하거나 혼자 중얼거리는 것을 본 적도 있다. 형은 밤에 잠도 자지 않았다. 형은 웅얼거리다가 갑자기 침대에서 벌떡 일어나 심란하게 방을 서성거리기도 했다. 자연스러운 일이 아니었다. 그 생각만 하면 겁이 덜컥 났다. 자크 형이 미쳐가는 것만 같았다. 그 날 밤, 형이 우리 방의 문을 단단히 잠그는 것을 보는 순간 '형이 미친 것이 아닐까' 하는 생각에 나도 모르게 움찔했다. 아, 불쌍한 자크 형! 형은 그런 내 마음도 모른 채 두 손으로 나의 손을 꼭 잡았다.

「다니엘, 너한테 털어놓을 게 있어. 하지만 아무에게도 말하지 않겠다고 맹세해.」

나는 형이 미치지 않았다는 사실을 순간 깨달았다.

「맹세할게, 형.」

「근데, 너 모르고 있니……? 쉬……! 나 시를 쓰고 있어, 대작이야.」

「시라고, 형! 자크 형이 시를 쓴다고?」

대답 대신 형은 자기의 웃옷 속에서 커다란 붉은 노트를 꺼냈다. 그것은 형이 제본한 것으로 책머리에는 그의 아름다운 글씨로 다음과 같이 씌어 있었다.

종교여! 종교여! / 12편 장시 / 자크 에세트 지음

커다란 그 노트를 보자 아찔했다. 열세 살짜리 어린이인 나의 자크 형, 울보에다 매일 손이 풀범벅이던 그 형이 12편으로 된 〈종교여! 종교여!〉라는 시를 쓴다는 거였다. 그것은 상상도 못 할 엄청난 일이었다. 그것도 모르고 식구들은 형에게 바구니를 들려 양념으로 쓸 허브를 사 오라고 했고, 아버지는 심하게 '멍청한 놈……!' 이라고 소리치곤 했다. 아, 사랑하는 자크 에세트! 만약 용기만 있었다면 나는 형을 끌어안았을 것이다. 하지만 그렇게 하지를 못했다. 12편으로 된 시 〈종교여! 종교여!〉. 그러나 그 시는 아직 완성되지 않았다. 제1편의 4행까지만 쓰여 있었다. 형의 말처럼 이런 일은 시작이 더 어려운 것이다. 형은 이렇게 말하곤 했다.

「이제 앞의 4행이 완성된 이상 나머지는 시간 문제야.」

종교여! 종교여!
숭고한 말! 신비!
감동적이며 고독한 목소리
연민이여! 연민이여!

형은 이 4행으로 인해 많은 고통을 받았다. '쓰는 건 시간 문제'라던 그는 나머지를 끝내 완성하지 못했다. 시에도 저마다 타고난 운명이 있는지 〈종교여! 종교여!〉는 12편으로 완성되지 못했다. 시인이 아무리 노력을 해도 결코 처음 4행 이상은 진전시키지 못했다. 그것이 이 시의 운명이었다. 결국 형은 안달이 나서 자신의 시를 멀리 내던져버리고 자신의 뮤즈를 편히 쉬게 했다.

그 날 이후 그는 또 울보가 되었고 조그만 풀통도 다시 불가에 나타났다. 무언가를 만들기 시작했다. 그렇다면 그 붉은 노트는? 아,

그 붉은 노트에게도 나름대로의 운명이 있었다. 자크 형이 어느 날 내게 말했다.

「이걸 너한테 줄게. 여기에 네가 원하는 것을 써.」

내가 거기다 무엇을 썼던가? 물론 나의 시를 썼다, 나의 시를. 자크 형의 병이 전염되었던 것이다. 나는 아직도 그때의 일을 기억하고 있다. 그 불행했던 시절의 일들을. 나는 그 시절 붉은 노트에 아픈 유년의 기억들을 쌓아갔다.

한결같이 눈물과 비참함으로 계속된 날들이었다. 지지부진한 장사, 밀려가는 월세, 집에 와 독촉하던 빚쟁이, 결국은 팔아버린 어머니의 반지, 전당포에 잡힌 은제 식기들, 구멍이 난 침대 시트, 조각조각 기운 바지, 가난, 매일 겪는 수모, 영원히 계속되는 '우리 내일은 어떻게 하지?' 라는 걱정, 느닷없이 찾아온 집달리의 초인종 소리, 우리가 지나갈 때마다 비웃던 문지기, 빚 그리고 또 부도난 어음이며 또······.

내가 철학반(고등학교 졸업반 – 역주)을 끝마치던 18××년 어느 봄날이었다. 나는 자신이 무슨 철학자나 시인이라도 되는 것처럼 잘난 척하며 폼 잡는 소년이었다. 어느 날 내가 막 학교에 가려고 나서는데 아버지가 가게 안에서 나를 불렀다. 내가 들어서자 아버지는 무뚝뚝한 목소리로 말했다.

「다니엘, 네 책들이 다 소용없게 됐다. 이제는 학교에 갈 수 없게 됐어.」

아버지는 이야기를 마치곤 아무 말 없이 가게 안을 서성거렸다. 화가 몹시 난 듯했다. 나 또한 흥분할 수밖에 없었다. 한동안 침묵이 흐르고 아버지가 말을 이었다.

「애야, 너에게 좋지 않은 소식을 전해야겠다. 아! 아주 나쁜 소식이다. 우리는 이제 뿔뿔이 흩어져 살아야 한다. 왜냐하면…….」

그 순간 반쯤 열린 문 뒤에서 커다란 울음소리가 들렸다.

「자크, 이 멍청한 놈 같으니!」

아버지는 한마디 하고는 뒤도 돌아보지 않고 계속 말했다.

「8년 전 혁명주의자들 때문에 망해서 리옹에 왔을 때 말이다, 나는 열심히 일을 하면 다시 재산을 모을 수 있을 것이라는 희망을 가졌다. 그런데 마가 끼었는지 내가 식구들을 빚과 가난의 구렁텅이로 몰아넣고 말았구나. 이제 끝장이다. 우리는 수렁에 빠진 신세가 된 거야. 이제는 딱 한 가지 방법밖에 없다. 너희들도 컸으니 집에 남아 있는 것을 팔아서 각자 자기 인생을 개척하는 도리밖에는 없다.」

문틈으로 새어나오는 자크 형의 울음소리가 아버지의 말을 중단시켰다. 하지만 아버지는 어찌나 흥분해 있었던지 화도 내지 않았다. 단지 문을 닫으라는 시늉만 했다. 문이 닫히자 다시 말을 이었다.

「나는 이렇게 하기로 했다. 다른 일이 생길 때까지 너의 어머니는 남부 지방에 있는 바티스트 외삼촌 댁에 가 계실 거다. 자크는 리옹에 남는다. 전당포에서 작은 일자리를 구했다. 나는 포도주 회사에 영업사원으로 들어갈 것이다. 딱하지만 애야, 너도 돈을 벌어야 한다. 그런데 마침 여기 대학구의 총장이 너에게 자습감독 자리를 제안하는 편지를 보내왔다. 자, 읽어봐라.」

나는 편지를 읽어 내려갔다.

「이거 보니까 이러고 있을 게 아니네요.」

「내일 떠나야 할 게다.」

「좋아요. 가겠어요…….」

꼬맹이는 그렇게 말하고 편지를 접어서 아버지에게 건넸다. 그간의 세월 탓인지 나는 의연했다. 나는 위대한 철학자였다. 그때 어머니가 가게로 들어왔고 자크 형이 그 뒤를 따라왔다. 두 사람은 내게 다가오더니 말없이 끌어안았다. 어제 저녁부터 무슨 일이 일어날지 알고 있었던 것이다. 아버지가 퉁명스럽게 말했다.

「짐을 꾸려라! 내일 오전 배로 떠난다.」

어머니는 한숨을 내쉬었고, 자크 형은 우는가 싶더니 그것으로 끝이었다. 우리 집안 식구들은 불행에 길들여지고 있었다. 가족이 뿔뿔이 헤어져야 했던 그 저녁을 영원히 잊지 못할 것이다.

그 이튿날 온 가족이 배 타는 곳까지 나를 전송해 주었다. 내가 타고 갈 배는 8년 전에 에세트 가족을 리옹으로 싣고 왔던 배였다. 선장은 제니에스, 주방장은 몽텔리마르였다! 우리는 아누 아주머니의 우산과 로빈슨의 앵무새와 배에서 내릴 때 일어났던 몇 가지 일들을 떠올렸다. 그때를 회상하면서 이별의 슬픔을 조금은 달랠 수 있었다. 어머니의 입가에 미소가 떠올랐다. 갑자기 기적 소리가 들렸다. 이제는 떠나야 할 때가 된 것이다. 나는 식구들의 품에서 떨어져 용감하게 배의 부교를 건넜다. 아버지가 소리쳤다.

「매사 조심해라.」

「건강하고.」

어머니가 말했다. 자크 형도 뭐라 말하려 했으나 너무 울어선지 아무 말도 못했다. 나는 울지 않았다. 다시 말하건대 나는 과연 위대한 철학자였다. 철학자는 정말이지 쉽게 눈물을 흘려서는 안 된다.

나는 자욱한 안개 속에 남은 저 세 사람을 사랑했다. 그들을 위해서라면 기꺼이 온몸을 다 바칠 각오가 되어 있었다. 그러나 지금 이 순간 리옹을 떠나는 기쁨과 배의 움직임, 여행의 흥취, 자유로운 인간으로 즉 홀로 여행을 하고 자기 생활비를 버는 완전한 한 인간으로 느끼는 자부심, 그 모두가 나를 들뜨게 했다. 그 때문에 론 강 부두에서 울고 있는 소중한 가족들에 대해 생각할 여지가 별로 없었다.

그러나 세 사람은 철학자가 아니었다. 그들은 천식 환자가 기침을 하듯 뿌뿌 하며 힘겹게 움직이는 배를 걱정스러워하며 바라보고 있었다. 배에서 피어오르는 연기가 지평선 멀리 아련하게 보일 때까지 손을 흔들고 있었다.

그동안에 철학자 선생은 두 손을 주머니에 찔러넣고 기분에 취해 갑판 위를 이리저리 거닐었다. 나는 휘파람을 불기도 하고 멀리 침을 뱉고, 여자들을 쳐다보고, 배를 운전하는 모습을 바라다보면서, 스스로 매력적이라고 생각했다. 마치 성년이 된 남자처럼 어깨를 으스대면서 걸었다. 아직 빈까지도 채 못 가서 꼬맹이는 몽텔리마르 주방장과 주방장 조수 두 명에게 자기가 대학에서 일을 하고 있으며 돈을 잘 벌고 있노라고 떠벌렸다. 그들은 대견스럽다며 내게 칭찬을 아끼지 않았다. 칭찬을 들으며 나는 으쓱해졌다.

갑판 위를 산책하던 중에 커다란 종이 달려 있는 배 앞머리에서 8년 전에 로빈슨 크루소가 앵무새랑 앉아 있던 그 밧줄 더미가 발끝에 걸렸다. 그 밧줄 더미를 보자 나는 얼굴을 붉히며 한참 웃었다.

「파랗게 색칠한 커다란 새장과 괴상한 앵무새를 갖고 다녔으니 내 꼴이 얼마나 우스웠을까…….」

딱한 꼬마 철학자는 이때만 해도 자신이 환상의 색인 파란색 새장과 희망의 색인 초록색 앵무새를 평생 동안 끌고 다녀야 할 운명이라는 생각은 전혀 하지 못했다. 아, 이 글을 쓰고 있는 이 순간에도 나는 아직도 커다란 파란색 새장을 가지고 있다. 달라진 것이라면 시간이 흘러 새장 창살의 파란색이 퇴색됐고 앵무새의 초록색 깃털은 이미 4분의 3이나 빠져버렸다는 것이다.

고향 랑그도크에 돌아와서 내가 가장 먼저 한 일은 총장을 찾아가는 것이었다. 아버지 친구인 총장은 큰 키의 미남으로 마른 체격에 민첩한 사람이었지만 그다지 학자 같아 보이지는 않았다. 그는 친구 아들을 따뜻하게 맞아주었다. 그렇지만 내가 방에 들어섰을 때 그는 놀란 듯했다.

「원 세상에, 작기도 해라!」

사실 나는 상상외로 작았고 어리고 허약해 보였다. 총장의 탄성을 듣고 나는 강한 충격을 받았다. 나는 속으로 '이분이 나를 문제 있다고 하면…….' 그러자 온몸이 떨리기 시작했다. 그때 총장이 말을 이었다.

「이리로 가까이 와보게……. 자네에게 자습감독 자리를 맡기려 하는데 말야……. 자네 얼굴과 체격으로는 자습감독을 하는 일이 다른 사람보다 배는 힘들 것이네. 어쨌든 자네는 돈을 벌어야 하니까, 최선을 다해 보자구. 처음부터 큰 학교로 보내기보다 여기서 몇 킬로미터 떨어진 사를랑드 마을의 공립 콜레주로 보내려 하네. 거기서 인생 수업도 하고, 사회 생활도 해보게. 때가 되면 수염도 나겠지. 그 다음은 그때 가서 다시 생각하자구!」

총장은 사를랑드 콜레주 교장에게 추천서를 써주었다. 추천서를 주면서 그 날로 바로 떠나라고 했다. 이어 총장은 내게 몇 가지 충고를 덧붙이더니 다정하게 뺨을 다독여주고 자기가 계속 관심을 기울이겠노라고 했다. 나는 나를 듯한 기분으로 유서 깊은 계단을 뛰어 단숨에 사를랑드행 마차를 예약하러 달려나갔다.

합승마차는 오후에 떠날 예정으로 네 시간이나 기다려야 했다. 나는 남는 시간 동안 햇빛이 내리쬐는 광장을 어슬렁거리면서 으스댔다. 제일 중요한 문제를 해결한 나는 요깃거리를 찾아 나섰다. 광

장 바로 앞에 '프랑스 여행자들을 위한 집'이란 간판을 단 깨끗한 집이 하나 눈에 띄었다.

「바로 저 집이다.」

나는 혼자 음식점에 들어가는 게 처음이라 잠시 망설인 끝에 용감하게 식당 문을 밀었다. 식당 안에는 아무도 없었다. 하얗게 회칠한 벽, 떡갈나무 탁자, 한 구석에 놓여진 조합의 상징물인 기다란 지팡이들…… 지팡이에는 색색의 리본 장식이 달려 있고 끝 부분은 구리로 되어 있었다. 계산대에서 뚱뚱한 남자 하나가 신문에 얼굴을 박고 코를 골고 있었다.

「여보세요! 누구 없소?」

나는 마치 주막을 드나드는 데 익숙한 사내처럼 손으로 탁자를 탁탁 치면서 말했다. 카운터의 뚱보는 그 정도로는 꿈쩍도 하지 않았다. 대신 카운터 뒤에서 여주인이 달려나왔다. 그녀는 천사의 계시처럼 나타난 손님을 보고 큰 소리로 외쳤다.

「아이구머니나! 다니엘 도련님!」

「아, 아누 아주머니!」

그리고 두 사람은 서로를 품에 안았다. 세상에 아누 아주머니를 만나다니…… 이제는 주막집 여주인이 된, 카운터에서 코를 골고 있는 뚱뚱한 남자 장 페롤의 부인인 아누 아주머니였다. 다시 만나 너무도 반가웠던 착한 아누 아주머니는 나를 숨막힐 정도로 끌어안았다. 그러는 사이 카운터의 남자가 깨어났다.

그는 아내가 낯선 젊은이를 반갑게 맞이하는 것을 보고 처음에는 조금 놀라는 눈치였다. 그러나 그 젊은이가 다니엘 에세트라는 말을 듣자 장 페롤도 기뻐서 어쩔 줄 모르며 가까이 왔다.

「다니엘 도련님, 점심은 하셨습니까?」

「아직요, 페롤 아저씨……. 그래서 이 집에 온 건데요.」

「저런……! 다니엘 도련님이 식사를 하지 않으셨네……!」

아누 아주머니는 부리나케 부엌으로 달려가고 장 페롤은 지하 창고로 내려갔다.

눈 깜짝할 사이에 상이 차려졌다. 나는 이제 먹기만 하면 된다. 왼쪽에서는 아누 아주머니가 아침에 낳은 신선한 달걀에 곁들여 먹을 빵을 자르고, 오른쪽에서는 장 페롤 아저씨가 잔 속에서 마치 한 줌의 루비처럼 빛나는 포도주를 따라주었다. 오랜만에 맞이하는 행복한 식사 시간이었다. 나는 원 없이 먹고 마셨다. 그리고 이제 막 대학에 취직을 해 스스로 자신의 생활비를 벌게 되었다는 이야기를 했다. 내가 '직접 자신의 생활비를 벌게 되었다'고 이야기하자 아누 아주머니는 넋을 잃은 채 나를 바라봤다. 그러나 페롤 아저씨는 별로 놀라는 눈치가 아니었다. 아저씨는 나보다 네댓 살 더 어린 나이에 세상에 발을 들여놓았기에 내 이야기에 시큰둥했다.

「자, 우리 다같이 건배합시다.」

페롤이 잔을 가져오자 우리는 건배를 했다. 먼저 에세트 부인을 위해 그리고 에세트 씨와 자크, 다니엘, 아누 아주머니와 남편, 대학을 위하여……. 또…… 위하여……?

그렇게 건배를 하고 떠드느라 두 시간이 지나갔다. 우리는 슬펐던 과거와 장밋빛 미래에 대해서 이야기했다. 공장과 리옹과 랑테른 거리와 우리가 그리도 사랑했던 큰형에 대해서도……. 내가 갑자기 일어섰다. 아누 아주머니가 서운해하며 말했다.

「왜, 벌써 가려고요?」

아쉽지만 매우 중요한 일로 시내에서 만나야 할 사람이 있다니까 아주머니는 더 이상 잡지 않았다.

「다니엘 도련님, 부디 즐거운 여행이 되세요! 신의 가호가 함께하기를!」

페롤 부부는 부득부득 가게 밖까지 따라 나오면서 기원했다.

내가 시내에서 만나야 할 사람이 누구였을까? 그것은 바로 공장이었다. 나 자신이 그렇게도 좋아했고 그렇게도 그리워했던 공장⋯⋯! 어린 시절 그의 친구이자 유일한 기쁨이었던 공장 뜰, 작업장, 커다란 플라타너스. 보고 싶은 걸 어떻게 하겠는가?

남자의 그리움은 깊은 법이다. 남자는 나무거나 혹은 돌이거나 하물며 공장이라도 꿈에 그리던 것을 찾는 데 목숨을 건다. 영국에 돌아온 늙은 로빈슨 크루소가 그 무인도가 보고 싶어서 바다로 나가 수천 수만 리를 마다 않고 항해했다는 이야기도 있지 않은가. 그러므로 내 유년이 묻혀 있는 무인도를 보기 위해 서두른 것은 오히려 당연한 일이다. 집들 위로 무성하게 큰 플라타너스가 옛 친구가 자기들을 향해서 전속력으로 달려오는 것을 벌써 알아차렸다. 플라타너스들이 멀리서 그에게 손짓을 했다. 마치 '봐, 저기 다니엘 에세트야⋯⋯! 다니엘 에세트가 돌아오고 있어!' 라고 말하는 듯 자기들끼리 몸을 비볐다.

나는 서둘렀다. 서둘러 가던 나는 공장 앞에서 석고처럼 굳어버렸다. 담 위에는 협죽도도 석류나무도 없었다. 그저 높다란 회색 담 뿐이었다. 창문도 천장도 작업장도 없고 작은 성당이 하나 있었다. 성당 문 위에는 빙 둘러서 라틴어가 몇 구절 씌어 있는 붉은색 십자가가 달려 있을 뿐이었다!

공장은 더 이상 공장이 아니었다. 그곳에는 남자는 들어갈 수 없는 카르멜회 수녀원이 들어서 있었다.

생활비는 내 힘으로

사를랑드는 산으로 둘러싸인 좁은 골짜기 한가운데 세워진 세벤느에 있는 작은 도시이다. 햇빛이 날 때면 한증막으로 변하고 북풍이 불어오면 냉동실로 변하는 곳이다.

내가 도착한 그 날도, 이미 봄이었지만 아침부터 불기 시작한 매서운 북풍이 위세를 떨고 있었다. 합승마차 위에 앉아 시내로 들어서는데 심장까지 얼어붙는 듯했다. 인적이 끊긴 거리는 캄캄했다. 아르므 광장의 희미하게 불이 켜진 사무실 앞에서 몇몇 사람이 마차를 기다리며 발을 동동 구르고 있었다.

나는 마차에서 내리자마자 거리구경이고 뭐고 그만두고 지체 없이 콜레주를 찾아갔다. 일을 빨리 시작하고 싶었다. 학교는 광장에서 가까웠다. 내 짐 가방을 든 남자는 앞장을 서서 조용하고 널따란 길을 두세 번 건너더니 이미 오래 전부터 모든 것이 죽어버린 듯이 보이는 커다란 집 앞에 멈췄다. 문 두드리는 고리쇠를 들어올리면서 그가 말했다.

「여기입니다. 다 왔습니다.」

고리쇠는 무겁게, 아주 육중하게 부딪쳤다. 문이 저절로 열렸다. 우리는 안으로 들어갔다. 나는 잠시 어둠 속에서 기다리며 현관 입구에 서 있었다. 내가 돈을 지불하자 남자는 내 짐 가방을 바닥에 내려놓고는 급히 사라졌다. 내 뒤에서 거대한 문이 무겁게, 참으로 무겁게 닫혔다. 이어 손에 커다란 호롱불을 든 수위가 내게 다가왔다.

졸린 듯한 목소리로 그가 내게 말했다.

「새로 온 학생인가?」

「저는 학생이 아닙니다. 자습감독 교사로 왔습니다. 교장실로 안내해 주세요…….」

수위는 놀라는 눈치였다. 그는 모자를 약간 들어 인사를 하고는 나를 잠시 수위실로 안내했다. 교장은 지금 학생들과 성당에 있다며 저녁 예배가 끝나는 대로 교장실로 안내하겠다고 했다.

수위실 안에서는 이제 막 저녁 식사를 마치는 중이었다. 콧수염에 키가 크고 잘생긴 남자가 브랜디를 음미하고 있었다. 그 곁에는 마르멜로 열매처럼 노란 피부의 작고 마른 데다 허약해 보이는 여인이 낡은 숄을 목까지 푹 덮어쓰고 있었다. 콧수염을 기른 남자가 물었다.

「카사뉴 씨, 무슨 일이에요?」

수위가 나를 보며 말했다.

「새로 오신 자습감독 선생님이세요. 선생님이 하도 작아서 처음에는 학생인 줄 알았습니다.」

콧수염을 기른 남자가 잔 너머로 나를 바라다보며 대답했다.

「사실, 이곳 학생 중에 선생보다 훨씬 크며 심지어는 나이도 더 많은 학생들이 있지요. 배용네 장남 같은 경우가 그렇지요.」

수위가 덧붙였다.

「크루자도 있어요.」

여자가 말했다.

「수베롤도요…….」

그들은 거기까지 말하고 브랜디 잔 위로 고개를 숙이고는 나를 흘금거리며 자기네들끼리 작은 소리로 이야기하기 시작했다. 바깥에서는 북풍이 윙윙대는 소리와 성당에서 학생들이 째지는 목소리로 기도문을 외우는 소리가 들려오고 있었다. 갑자기 종소리가 울리자 현관 쪽으로부터 발소리가 시끄러워졌다. 카사뉴 씨가 몸을 일으키며 말했다.

「예배가 끝났습니다. 교장실로 올라갑시다.」

그는 램프를 들고 나는 그 뒤를 따랐다. 학교는 거대하게 보였다. 끝없이 이어지는 복도며 널따란 현관 입구, 정교한 세공의 철제 난간이 달린 대형 층계……. 그 모두가 세월을 말해 주듯 검고 우중충했다. 1789년 전까지 그곳은 귀족의 자제들만 다닐 수 있는 해군 학교로 학생수가 800명에 달했다고 수위가 설명했다.

수위의 학교 자랑이 거의 끝나 갈 무렵 우리는 교장실 앞에 다다랐다. 카사뉴 씨는 외장이 독특한 이중문을 가만히 밀더니 나무로 된 부분을 두 번 두드렸다.

「들어오시오!」

초록색 양탄자가 깔린 굉장히 큰 사무실이었다. 교장은 안쪽 긴 테이블에 앉아서 갓이 드리워진 램프 아래서 무엇인가를 쓰고 있었다. 수위가 그의 앞으로 내 등을 떠밀며 말했다.

「세리에르 선생님 후임으로 오신 선생님입니다.」

교장은 꼼짝도 않고 말했다.

「아, 그래요.」

수위는 인사를 하곤 나갔다. 나는 모자를 만지작거리며 방 한가운데 서 있었다. 교장이 쓰는 일을 마치고 내 쪽으로 몸을 돌렸다. 나는 파리하고 마른 몸집에 눈에서 광채가 나는 그의 얼굴을 찬찬히 훑어보았다. 그 또한 나를 잘 보기 위해서 램프의 갓을 들어올리고 코에 안경을 걸쳤다. 그가 의자에서 뛰어오를 듯이 외쳤다.

「아니, 이건 어린애가 아냐! 애를 어디다 쓰라는 거야!」

나는 이번에야말로 진짜 겁을 먹었다. 순간 가진 것도 없이 길거리로 내쫓긴 자신의 모습이 떠올랐다. 나는 간신히 두세 마디를 더 듬거리고는 소개장을 교장에게 내밀었다. 교장은 편지를 받아 읽었다. 그것을 다 읽고 접었다가 다시 펴서 또 읽었다. 그러더니 총장의 특별한 추천장과 나의 집안의 명예를 생각해 비록 내가 너무 젊다는 것이 걱정되나 채용하겠다고 말했다. 이어서 그는 내가 맡은 일의 중대성에 대해서 일장 연설을 늘어놓았다. 하지만 내 귀에 그의 말이 들어오지 않았다. 내게 중요한 것은 나를 쫓아내지 않았다는 것이었다. 쫓겨나지 않았으므로 나는 행복했다. 미칠 듯이 행복했다. 교장에게 손이 천 개라 해도 그 천 개의 손에 모두 다 입맞추고 싶은 심정이었다.

그때 갑자기 뒤에서 멋진 금속성 소리가 흥분된 나의 동작을 중단시켰다. 내 뒤에는 어느새 붉은 구레나룻의 키 큰 사람이 서 있었다. 학생감이었다. 그는 더없이 부드러운 미소로 나를 바라보았다. 그의 집게손가락에선 열쇠 꾸러미가 흔들리고 있었다. 그의 미소에는 나에 대한 호감이 나타나 있었지만 열쇠의 쩔렁! 쩔렁! 소리가 나를 불안하게 했다.

「비오 선생, 세리에르 선생 후임자로 오셨습니다.」

교장의 말에 비오 선생은 몸을 숙여 인사를 하고 여전히 부드러운 미소를 지었다. 그러나 그의 열쇠는 '이 어린 꼬마가 세리에르 선생 후임자라! 설마! 설마!'라고 빈정대듯이 쩔렁거렸다. 교장도 나와 마찬가지로 쩔렁대는 열쇠 느낌을 이해하는 듯했다. 그는 한

숨을 내쉬면서 덧붙였다.

「세리에르 선생을 잃은 것이 우리에게는 돌이킬 수 없는 손실이라는 것을 압니다. 하지만 비오 선생께서 특별히 새로 오신 자습감독 선생님께 선생의 교육 사상을 불어넣어 주신다면, 그리 어렵지 않게 본 학교의 질서와 규율을 지켜 나갈 수 있으리라 생각합니다.」

비오 선생은 여전히 웃음과 부드러움을 잃지 않은 채, 나에게 친절과 호의로 대할 것이며 기꺼이 조언을 아끼지 않겠다는 대답을 했다. 그러나 열쇠만은 전혀 호의를 보여주지 않았다. '이 꼬마, 두고 보자. 혼날 줄 알아!' 라고 말하는 듯이 열쇠 꾸러미는 쩔렁거렸다.

「에세트 선생, 이제 가셔도 됩니다. 오늘 저녁까지는 호텔에서 묵으셔야 하겠고, 내일 8시에 출근하세요. 자, 그럼…….」

그는 점잖게 나에게 작별 인사를 건넸다. 비오 선생은 전보다 더 다정한 미소를 지으며 나를 문까지 배웅했다. 그는 헤어지기 전에 내 손에 작은 책자 하나를 쥐어주었다.

「학교의 규칙이 적혀 있습니다. 읽어보세요.」

그는 열쇠를 쩔렁, 쩔렁 흔들며 문을 열어주곤 이내 문 뒤로 사라졌다.

그는 내게 불을 켜주는 것을 잊었다. 나는 완전한 어둠 속에서 잠시 동안 벽을 더듬으면서 이리저리 난 널찍한 복도들 사이를 헤맸다. 높은 창문의 창살 사이로 희미한 달빛이 들어와서 길을 밝혀주었다. 그때 갑자기 캄캄한 복도에서 불빛 하나가 나를 향해 다가오고 있는 것이 보였다. 내가 몇 걸음을 걸었을까, 불빛이 더 커지더니 나에게 다가와서는 내 옆으로 지나갔다. 마치 환영을 본 듯했다. 빠르게 스쳐갔지만 나는 아주 세세한 부분까지 볼 수 있었다.

두 명의 여자를, 아니 두 개의 그림자를……. 한 사람은 늙고 주름이 있으며 쪼그라들어서 허리가 몹시 굽었고 거의 얼굴 반을 덮는 커다란 안경을 끼고 있었으며, 다른 사람은 젊고 날씬하며 유령처럼 창백했다. 그런데 다른 유령에게는 볼 수 없는 커다란 눈, 아주 크고 정말로 까만 눈동자를 가졌다. 노파는 손에 구리로 된 작은 램프를 들고 있었고, 검은 눈동자의 여자는 아무것도 들고 있지 않았다. 두 그림자는 나를 보지 못한 채 빠르게 내 곁을 스쳐갔다. 나는 홀린 듯 그러나 공포에 휩싸인 채 그들이 가버리고도 한참이나 움직이지 못했다. 나는 다시 더듬거리며 길을 찾아야 했는데 심장은 벌렁벌렁 뛰고 있었다. 어둠 속에서 안경을 낀 유령이 튀어나올 것 같았다.

밤을 보낼 곳을 찾아야 했다. 쉽지 않은 일이었다. 다행히 수위실 앞에서 파이프 담배를 피우고 있던 콧수염의 남자가 너무 비싸지 않으면서 왕자 같은 대접을 받을 수 있는 작은 호텔로 안내해 주겠다고 나섰다. 나는 그의 제안을 기꺼이 받아들였다.

콧수염의 남자는 어린아이 같은 인상이었다. 함께 걸어가면서 그의 이름이 로제이며 사를랑드 콜레주에서 무용, 승마, 펜싱 및 체조를 가르치고 있고, 젊어서는 오랫동안 경기병으로 복무한 경력이 있다는 사실을 알게 되었다. 나는 그가 군대에 있었다는 것에 호감이 갔다. 아이들은 군인을 좋아하게 마련이다. 우리는 호텔 앞에서 악수를 나누며 친구로 지내기로 굳게 약속하고 헤어졌다.

이제 한 가지 고백할 일이 있다.

자기가 사랑하는 사람들과 멀리 떨어져 낯선 곳의 누추한 여관 차가운 방에 혼자 남게 되자 위대한 꼬마 철학자고 뭐고 삶이 무서웠다. 삶 앞에서 한없이 무기력한 자신의 존재를 깨닫고 나는 울고 또 울었다. 그러던 중에 불현듯 식구들 얼굴이 스쳐 지나갔다. 황량하게 버려진 집이 떠올랐다. 어머니는 바티스트 외삼촌 댁으로, 아버지는 리옹에……. 이제는 더 이상 집도 없고 가정도 없었다. 초라한 가족들을 생각하자 지금의 처량함 따위는 잊어야 했다. 나는 아주 위대하고 아름다운 결심을 했다. 내 힘으로 거덜난 에세트 집안을 재건하겠다는 것이었다. 나 스스로 고귀한 계획을 세운 것에 대해 만족하면서 가문을 일으킬 성인에게는 불필요한 눈물을 닦아냈다. 그러곤 비오 선생이 준 학교의 규칙서를 읽기 시작했다.

규칙 제정자인 비오 선생이 정성 들여 직접 손으로 쓴 이 규칙서는 세 부분으로 된 체계적인 지침서였다. 제1부 상관에 대한 자습감독의 의무, 제2부 동료들에 대한 자습감독의 의무, 제3부 학생들에 대한 자습감독의 의무.

유리창이 깨진 경우에서부터 두 명의 학생이 동시에 손을 든 경우까지 모든 예가 적혀 있었다. 자습감독의 생활에 관한 것도 들어 있었는데 월급에서부터 식사 때 포도주 반 병까지는 마실 수 있다는 것까지 시시콜콜 기록되어 있었다. 규칙의 끝에는 규칙의 필요성을 강조하는 웅변조의 연설문이 실려 있었다. 하지만 여행에 지친 나는 가장 훌륭한 대목에서 그만 잠이 들고 말았다.

그 날 밤에 나는 악몽에 시달렸다. 환영이 꿈속에 나타나고 쩔렁! 쩔렁! 소리를 내는 비오 선생의 열쇠 꾸러미가 나타나는가 하면, 안경을 낀 유령 노파가 내 머리맡에 나타나 소스라치게 놀라 벌떡 일어나기도 했다. 검은 눈동자의 여자가 내 침대 발치에서 나를 뚫어지게 바라보기도 했다. 아! 그 눈동자가 얼마나 까맣던지……!

그 다음 날 나는 8시에 출근했다. 비오 선생이 열쇠 꾸러미를 손에 들고 정문에 서서 학생들을 감독하고 있었다. 그는 특유의 부드러운 미소로 나를 맞이했다.

「현관 입구에서 기다리세요. 학생들이 들어가고 나면 동료들에게 소개시켜 드리겠습니다.」

나는 현관에서 이리저리 왔다갔다하며 헐레벌떡 뛰어들어오는 선생들에게 허리를 굽혀 인사하며 시간을 보냈다. 다들 바빠선지 건성이었는데 딱 한 명이 내 인사에 답례했다. 그는 철학 교사로 있는 신부였는데, 비오 선생은 그를 '별난 사람'이라고 했다. 나는 금세 그 괴짜를 좋아하게 되었다.

종이 울렸다. 교실에 아이들이 들어찼다. 평범한 차림에 평범한 얼굴을 한 스물다섯에서 서른 살 정도 된 청년들 네댓 명이 껑충거리며 뛰어오다가 비오 선생을 보고 놀라서 멈췄다. 비오 선생이 나를 가리키면서 그들에게 말했다.

「이분은 새로 오신 여러분의 동료 다니엘 에세트 선생입니다.」

그는 소개를 마치고 허리를 굽혀 길게 경례를 한 다음 여전히 특유의 미소를 지으며 머리를 한쪽으로 갸웃한 채 열쇠를 쩔렁거리면서 물러갔다. 우리는 한동안 아무 말 없이 서로 눈치만 살폈다. 그들 중에서 가장 크고 가장 뚱뚱한 사람이 제일 먼저 입을 열었다. 나의 전임자인 그 유명한 세리에르 선생이었다. 그는 장난스러운 어투로 말했다.

「아무렴, 새로운 선생이 오는데 나와는 딴판이라더니 정말이로구만!」

그와 나의 엄청난 키 차이를 빗대어 하는 말이었다. 모두 큰 소리로 웃었다. 맹세하건대 그 순간 나는 십여 센티미터라도 키가 더 자랄 수 있다면 악마에게 영혼이라도 팔아 넘기고 싶을 만큼 처절했다. 뚱보 세리에르 선생이 나에게 손을 내밀면서 말했다.

「상관없습니다. 키가 비교된다고 해서 같이 한잔할 수 없는 것은

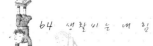

64 생활비는 내 힘으로

아니죠. 같이 가십시다. 제가 바르베트 카페에서 송별주를 한잔 사기로 했습니다.」

그는 내가 대답할 틈도 주지 않고 나의 팔을 잡아끌고 밖으로 나갔다. 바르베트 카페는 아르므 광장에 있었다. 주둔 부대의 하사관들이 자주 드나드는 곳으로, 벽걸이에 둥근 원통형의 보병 모자와 허리띠가 걸려 있는 것이 인상적이었다.

그 날 세리에르 선생이 한턱 내는 송별 파티에는 카페의 단골들도 모두 모여들었다. 카페에 들어서자 세리에르 선생이 나를 소개했고 그들은 반갑게 맞아주었다. 사실 나의 출현은 오랫동안 시선을 끌지 못했다. 곧 그들은 자기들끼리 어울리고, 나는 카페 한 구석에 따로 앉았다. 잔이 채워지는 동안 뚱뚱한 세리에르가 내 옆으로 다가왔다. 그는 긴 코트를 벗은 채 자기 이름이 새겨진 담뱃대를 물고 있었다. 바르베트 카페에 모인 사람들은 모두 비슷한 담뱃대를 갖고 있었다. 뚱뚱한 세리에르가 말했다.

「여보게 친구! 보시다시피 이 직업도 가끔 좋은 때가 있지……. 한마디로 첫 부임지가 사를랑드인 건 행운이지. 첫째, 바르베트 카페의 압생트 맛이 훌륭하고, 또 회사에서도 별로 나쁘지 않을 거고.」

회사라는 것은 학교를 가리키는 말이었다.

「아마도 하급반을 맡을 거요. 아이들을 엄격하게 다뤄야 해요. 내가 그 아이들을 어떻게 훈련시키나 봤어야 하는데! 교장은 나쁜 사람은 아니오. 동료 교사들도 모두 좋은 사람들이고. 노파와 비오 영감만 빼면…….」

「노파라니요?」

나는 소스라치면서 물었다.

「아! 곧 만나게 될 거요. 밤이고 낮이고 할 것 없이 커다란 안경을 쓰고 학교를 돌아다니니까. 교장선생님의 아주머니로, 학교의 경리를 맡고 있소. 아, 못된 할망구! 우리가 굶어죽지만 않는다면 자기 잘못은 없다는 식의 고약한 할망구지.」

세리에르 씨가 말하는 노파는 바로 그 안경 쓴 유령. 나는 얼굴이 빨개졌다. 세리에르 씨의 말을 중단시키고 검은 눈동자의 여인에 대해 묻고 싶었지만 그만두었다. 바르베트 카페에서 그 이야기를 한다는 것이 왠지……!

그 사이에 술잔이 몇 차례 돌아갔다. 술잔은 채워지고 채워진 잔은 다시 비었다. 계속 건배, 아, 오, 하는 소리가 들리고, 당구 큐가 공중으로 치켜 올라갔다. 서로 밀고 당기고, 웃음에 농담에 허심탄회한 이야기까지 오갔다.

나도 점점 수줍음을 벗어버렸다. 나는 잔을 들고 카페 안을 돌아다니며 큰 소리로 떠들었다. 하사관들과도 친해졌다. 하사관 중 한 명에게는 우리 집은 부자인데 젊은 혈기에 바보 같은 짓을 저질러 집에서 쫓겨났다고 했다. 먹고살기 위해 자습감독이 되기는 했지만 오래 머물지는 않을 것이라고 거짓말을 했다. 술기운에 부자라고까지 했다.

아! 리옹에 있는 식구들이 내가 한 황당한 거짓말을 들었다면 어땠을까?

카페 사람들은 보기와는 달리 내가 가난 때문에 교직에 있는 것이 아니고 혈기왕성해 집을 나온 불량기 있는 청년이라고 하자 내게 호감 어린 눈길을 보냈다. 고참 하사관들마저 먼저 나에게 말을 걸려고 했다. 그뿐 아니었다. 떠날 무렵에는 전날 밤에 친구가 된 펜싱 사범 로제가 일어서서 다니엘 에세트를 위해 건배를 제안했다. 말할 것도 없이 나는 한없이 자랑스러웠다.

나를 위한 건배가 끝나자 우리는 일어섰다. 15분 전 10시, 즉 학교로 돌아가야 할 시간이었다. 비오 씨가 문에서 우리를 기다리고 있었다. 그가 송별주로 비틀거리고 있는 세리에르에게 말했다.

「세리에르 선생, 마지막으로 학생들을 데리고 자습실로 가시죠. 학생들이 들어가고 나면 교장선생님과 제가 새로 오신 에세트 선생을 소개하겠습니다.」

정말로 몇 분 후에 교장과 비오 선생과 나는 진지한 표정으로 자습실로 들어갔다.

모두 자리에서 일어났다.

교장은 조금 긴 듯하지만 위엄 있는 연설로 나를 학생들에게 소개시켰다. 이어서 교장은 송별주로 점점 더 괴로워하는 뚱보 세리에르 선생과 함께 물러갔다. 비오 선생은 끝까지 남아 있었다. 그는 연설을 하지 않지만 대신 열쇠가 여전히 쩔렁거리며 위협했기 때문에 학생들은 모두 책상 깊숙이 머리를 처박고 있었고 나도 어찌할 바를 몰랐다.

마침내 끔찍한 열쇠 소리가 교실 밖으로 사라지자 개구쟁이들의 얼굴이 올망졸망 책상 밑에서 나왔다. 모두들 펜의 깃대를 입에 물었고 놀란 조그만 눈들이 반짝반짝하며 조롱하는 듯이 나를 쳐다보았다. 그러더니 교실 안이 술렁거리기 시작했다. 나는 당황해 천천히 교단에 올라가 짐짓 무서운 얼굴로 교실을 한번 둘러보고 교탁을 두세 번 내리치면서 큰 목소리로 말했다.

「여러분, 공부합시다! 공부합시다!」

나의 자습감독 첫 수업은 이렇게 시작되었다.

하급반 아이들

내가 맡은 아이들은 말썽을 부려 속을 썩이는 일도 없이 착했다. 눈에 순수한 마음이 그대로 드러나는 아이들이 좋았다.

나는 아이들에게 벌을 준 일도 없다. 벌이 무슨 소용이 있으랴? 아이들이 너무 시끄럽게 떠들면 '조용히 해!'라고 소리치면 됐다. 아이들은 금방 조용해졌다. 적어도 5분 동안은. 학생 중에서 가장 큰 아이는 열한 살이었다. 나머지는 열 살도 안 됐다! 그런데 그 뚱보 세리에르는 이런 아이들을 엄하게 다루라고 말하다니……!

나는 아이들을 엄하게 대하기보다 항상 친절하려고 애썼다. 아이들이 착하게 굴 때에는 가끔 이야기를 들려주기도 했다. 아이들은 이야기를 좋아했다!

「이 무슨 행운이람! 빨리빨리.」

아이들은 노트를 덮고 책을 닫았다. 교실은 잉크병, 자, 펜 받침대 등을 아무렇게나 책상 한 켠에 밀어놓느라 작은 소란이 일었다. 아이들은 책상 위에 팔짱을 끼고는 눈을 동그랗게 뜨고 듣곤 했다. 나는 아이들이 열광하는 이야기 대여섯 편을 만들었다. '매미의 데뷔', '장 라펭의 역경' 같은 이야기들이었다. 지금도 그렇지만 그 당시에도 문학가들 중에서 라 퐁텐을 제일 좋아했으므로 나의 이야기는 라 퐁텐의 우화에 살을 덧붙이는 데 불과했다.

거기다가 내가 지어낸 이야기를 섞었다. 항상 나처럼 돈을 벌어야 하는 귀뚜라미와 자크 형처럼 울보인 풀범벅이 된 무당벌레가 등장했다. 내 이야기에 아이들은 즐거워했다. 나도 즐거웠다. 하지만 비오 선생은 우리가 그런 식으로 시간을 보내는 데 찬성하지 않았다.

모든 일이 규칙에 맞게 이루어지고 있는지 확인하기 위해서 비오 선생은 일주일에 서너 번 열쇠 소리를 쩔렁거리며 순시를 했다. 하루는 장 라펭의 이야기 중에서 가장 감동적인 대목을 들려주고 있는데 그가 자습실로 들어왔다. 비오 선생이 들어오는 것을 보고 반 전체가 소스라치게 놀랐다. 아이들은 겁이 나서 서로 바라다보고 있었다.

나도 갑자기 이야기를 멈추었다. 놀란 토끼 장 라펭은 당황한 나머지 한 발을 공중에 치켜들고 공포에 사로잡혀 그의 커다란 귀를 쫑긋거리고 있었다. 왜냐하면 그 대목에서 이야기를 멈춰야 했으므로.

얼굴에 미소를 띤 비오 선생은 강단 앞에 서서 아무것도 놓여 있지 않은 아이들 책상을 놀란 눈으로 한참을 둘러보았다. 그는 아무 말도 하지 않았다. 그러나 그의 열쇠는 '쩔렁, 쩔렁, 쩔렁, 이런 건달들, 여기서는 공부 안 하나!' 하는 듯이 사납게 흔들렸다.

나는 부들부들 떨면서 그 끔찍한 열쇠가 조용해지길 기다렸다. 나는 더듬거렸다.

「요즘에 학생들이 공부를 열심히 해서…… 상으로 짤막한 이야기를 하나 들려주려고 했습니다.」

비오 선생은 아무 대답이 없었다. 그는 묘한 웃음과 함께 고개를 끄덕이고 열쇠를 일부러 한 번 더 쩔렁거리곤 나갔다. 오후 4시 휴

식 시간이었다. 그가 다시 내게 오더니 여전히 웃으면서 아무 말 없이 규칙서 12쪽 '학생에 대한 자습감독의 의무' 편을 펼쳐선 내 눈앞에 들이댔다.

나는 학생들에게 이야기를 들려줘서는 안 된다는 것을 깨닫고 그 이후로 단 한번도 이야기를 들려주지 않았다. 아이들은 며칠은 풀이 죽어 있었다.

아이들은 토끼 장 라펭을 그리워했다. 장 라펭을 아이들에게 들려주지 못하는 나의 마음도 찢어졌다. 내가 그들을 얼마나 사랑했는지 모른다! 우리는 좀체 떨어져 있는 법이 없었다. 학교는 상급반, 중급반, 하급반의 세 반으로 구분되어 있었다. 반별로 각각 운동장, 기숙사, 자습실을 따로 사용하고 있었다. 그러니 당연히 하급반 아이들이 내 학생들이고 내 아이들이었다. 나는 마치 내가 서른 다섯 명의 자식을 갖고 있는 것처럼 느꼈다.

그 아이들을 빼면 한 명의 다른 친구도 없었다. 비오 선생은 미소를 지으며 휴식 시간에 나의 팔을 잡기도 하고, 규칙에 관해서 충고를 하기도 했지만 나는 그를 좋아하지 않았다. 그를 좋아할 수가 없었다. 그의 열쇠 소리가 너무 싫었다. 교장을 만날 일은 거의 없었다. 교사들은 나를 그들과는 다른 이상한 동물을 보는 듯 멸시했다.

자습감독들은 비오 선생이 나에게 호감을 보이자 나를 비오 선생만큼이나 멀리했다. 게다가 첫 출근 이후로 다시는 바르베트 카페를 찾지 않자 하사관들도 나를 냉정하다며 미워했다.

수위 카사뉴로부터 펜싱 사범 로제에 이르기까지 하나같이 모두 다 나를 따돌렸다. 특히 펜싱 사범 로제는 내게 악감정을 갖고 있는 듯했다. 내가 곁을 지나가면 서슬이 퍼래서 콧수염을 돌돌 말았다. 한 번은 나를 빤히 바라다보며 들으라는 듯이 자기는 스파이를 싫어한다고 큰 소리로 카사뉴에게 말했다. 카사뉴가 대답은 하지 않았지만 자기도 스파이를 좋아하지 않는다는 표정이었다. 하지만 스파이란 어떤 의미일까? 그 말은 나를 혼란스럽게 만들었다.

이런 적대적인 상황에서 나는 용감하게 내 길을 갔다. 중급반 자습감독과 4층 지붕 밑 다락방을 같이 썼다. 나는 아이들이 정규 수업을 받는 동안 그 방에서 혼자 시간을 보냈다. 같은 방 동료는 바르베트 카페에서 온종일 살다시피 했으므로 그 방은 내 방이나 다름없었다.

그곳은 나에게 유일한 안식처였다. 나는 그 방에 들어가면 방문을 이중으로 잠그고 내 트렁크를 질질 끌어다 잉크와 칼자국이 가득한 책상 앞에 놓고 의자 삼아 그 위에 앉아 책을 보았다.

봄이었다. 머리 위로 파란 하늘이 보였고 운동장의 나무는 이미 잎이 무성했다. 밖은 조용했다. 학생의 책 읽는 단조로운 소리와 화가 난 선생의 고함 소리, 또는 나뭇잎 사이로 참새 소리만 가끔 들려올 뿐이었다. 그러다가 그 모두가 조용해지고 학교 전체는 깊은 잠이 빠진 듯 적막 속으로 가라앉았다.

그러나 나는 게으름을 피우지 않았다. 밤에는 꿈도 꾸지 않고 잠에 곯아떨어졌다. 나는 머리가 빠개질 정도로 그리스어와 라틴어를 쉬지 않고 공부했다. 한창 무미건조한 공부를 하고 있을 때면 알 수 없는 어떤 손이 문을 두드리는 적이 가끔 있었다.

「누구십니까?」

「나예요, 뮤즈. 당신의 오랜 친구, 붉은 노트의 여신! 빨리 문을 열어주세요.」

그러나 나는 문을 열지 않도록 조심했다. 그것은 정말로 뮤즈였던 것이다.

붉은 노트의 여신이여 사라져라! 지금 중요한 것은 그리스어 공부를 열심히 해서 학사 학위를 받아 정식 교사로 임명되는 것이다. 그래서 우리 가족이 다시 모여 살 보금자리를 마련하는 것이었다. 식구를 위해서 공부한다고 생각하니 용기가 났고 힘든 생활이 견딜 만했다.

다락방도 아늑해 보였다. 젊은 날의 소중한 때를 보낸 다락방이여, 그곳에서는 정말 공부가 잘됐다. 그곳에 처박혀 있는 동안 내 스스로를 채찍질하며 삶에 용기와 열정을 불어넣었다.

즐거운 시간이 있는가 하면 괴로운 시간도 찾아왔다. 일주일에 두 번 일요일과 목요일에는 학생들과 야외수업을 해야 했다. 내게는 그 시간이 형벌이었다. 보통 우리는 시내에서 2킬로미터 정도 떨어진 산 아래 있는 잔디밭으로 갔다. 커다란 밤나무들과 노란색으로 칠해진 음식점 서너 곳이 있고, 풀밭 가에는 샘이 흘렀다. 대단히 매력적이고 즐거운 곳이었다. 야외수업은 각반이 따로따로 갔지만 일단 그곳에 도착하면 세 반이 합반을 해 선생 한 명을 지명했는데 항상 내가 지명되곤 했다.

다른 두 교사들은 상급반 학생들이 청해서 옆에 있는 술집으로 한잔하러 갔지만, 나를 청하는 일은 좀처럼 없었다. 학생들 뒤치다꺼리는 내 차지였다. 그런 유원지에서 아이들을 통제하는 일은 쉽지 않았다.

밤나무 그늘이나 풀밭에 누워 졸졸 흐르는 시냇물 소리를 듣고 있다면 얼마나 좋을까! 그러기는커녕 아이들을 감독하고, 악을 쓰고, 벌을 세우고……, 귀찮고 지겨웠다. 정말이지 끔찍했다.

프레리 초원에서 아이들을 감독하는 것보다 더 괴로운 일은 나의 하급반 아이들을 줄 세워 마을을 통과하는 일이었다. 중급반, 상급반 아이들은 나폴레옹의 근위병처럼 발소리를 저벅저벅 내면서 줄을 맞춰 행진했다. 북의 장단과 절도 있는 행진 모습이 훈련병처럼 느껴졌다. 그러나 우리 하급반 아이들은 박자나, 절도에는 관심이 없었다. 행진 내내 줄을 맞추기는커녕 친구 손을 잡고 종알대며 길을 걸었다. 아무리 '앞사람과 간격 유지!' 라고 소리를 쳐도, 내 말은 아이들 귓구멍 밖에 있었다.

앞줄은 어느 정도 마음에 들었다. 듬직하고 키가 큰, 제복 입은 아이들을 앞줄에 세웠던 것이다. 하지만 뒤로 갈수록 흐트러져 엉망이었다. 머리는 온통 헝클어지고 손에는 땟물이 흐르고 넝마 같은 바지를 입은 소란스러운 오합지졸이었다. 차마 눈뜨고 볼 수 없는 지경이었다.

「용두사미로군.」

가끔 재기 넘치는 말을 하는 비오 선생도 웃으며 한마디 거들곤 했다. 하급반의 끝줄은 한심한 꼬락서니를 하고 있는 게 사실이었다. 특히 일요일에 그런 아이들을 데리고 잘 차려 입은 사람들로 가득 찬 사를랑드 시내 한복판, 교회 종소리가 울려퍼지는 대로상에 나타난다는 것이 얼마나 괴로운지 아무도 내 기분을 모를 것이다. 저녁 미사에 가는 여자 기숙생들이며 분홍색 모자를 쓴 모자 장사며 옅은 회색의 바지를 입은 신사들과도 마주쳤다. 낡아빠진 옷을 입은 오합지졸을 끌고 그 한가운데를 지나가야 할 때마다 쥐구멍이라도 찾고 싶은 심정이었다.

일주일에 두 번 야외수업을 가는 더벅머리 악동들 중에서 얼굴이 지지리도 못생긴데다가 옷도 허름해 나를 괴롭게 만드는 아이가 하나 있었다. 웃음이 나올 정도로 키가 작은데다가 더럽고, 머리는 빗지도 않았고, 옷도 제대로 못 입고, 시궁창 냄새가 나고 그것도

모자라 다리는 휘어진 아이였다. 학생이라는 이름뿐 대학 문턱에도 가보지 못할 것은 뻔한 아이였다. 그야말로 학교의 불명예였다.

나는 처음부터 그 녀석이 싫었다. 야외수업 때 그 녀석이 끝줄에서 미운 오리 새끼처럼 뒤뚱거리는 것을 보면 나는 우리 반 명예를 생각해 녀석의 엉덩이를 발로 차주고 싶은 충동을 느꼈다. 우리는 뒤뚱거리는 걸음걸이 때문에 그 녀석을 '절름발이'라는 뜻의 '방방'이라고 불렀다. '방방'은 부잣집 아이는 아니었다. 행동이며 말투나, 그 마을 사람들이 하는 이야기를 들어보면 알 수 있다. 사를랑드에 사는 모든 꼬마가 방방의 친구였다.

야외수업 날이면 그 녀석 뒤로 동네 꼬마들이 줄줄이 따라오면서 땅재주를 넘고 방방의 이름을 부르며 손가락질을 해댔고 먹다 남은 밤 껍질을 던지며 난리를 치곤 했다. 반 아이들은 재미있어 했으나 나는 짜증이 났다.

교장에게 방방으로 해서 생기는 소란에 대해 매주 자세히 보고했지만 보고서에 대한 반응은 없었다. 여전히 지저분하고 더 절뚝거리는 방방을 데리고 거리를 지나야 했다.

화창한 일요일, 그 날은 마침 축제일이기도 했다. 야외 수업을 하러 나온 방방의 모습을 보고 모두 기겁을 했다. 새까만 두 손, 끈이 달아난 운동화, 머리끝에서 발끝까지 온통 진흙투성이였는데……. 영락없는 괴물이었다. 더욱 기가 막힌 것은, 그 날 집에서 보낼 때는 방방을 곱게 매만져 보냈다는 점이다. 머리는 보통 때보다 잘 빗겨졌고 머릿기름을 발라 단정해 보였다. 넥타이는 어머니가 매준 것이 확실했다. 하지만 녀석이 학교까지 오는 길에 개울이 너무 많았다. 방방은 엎어지고 뒹굴며 개울을 건너온 것이었다. 마치 아무 일도 없었다는 듯 그가 웃으며 다른 애들 사이로 끼여들려고 하자,

나는 혐오감과 분노가 치밀어올라서 녀석에게 소리쳤다.

「저리 가!」

방방은 내가 농담을 하는 줄 알고 계속 웃었다. 그는 그 날 자신이 매우 멋있다고 믿는 듯했다. 나는 다시 소리쳤다.

「꺼져버려, 가란 말야!」

그의 슬픈 눈이 나를 바라보며 애원을 하고 있었다. 나는 무시한 채 길 한가운데 꼼짝 않고 서 있는 그를 남겨두고 대열을 이끌고 움직이기 시작했다.

나는 그 날 하루 종일 그에게서 벗어났다고 흐뭇해했다. 그런데 시내를 벗어날 무렵 아이들 웃음소리와 수런거리는 소리에 고개를 돌리니 우리 조금 뒤에 방방이 숙연하게 따라오고 있었다. 나는 앞의 두 줄에게 말했다.

「빨리 걸어!」

아이들은 방방을 놀려먹는 줄 알고 모두들 미친 듯이 뛰기 시작했다. 방방이 계속 따라오는지 보려고 우리는 이따금 뒤돌아보았다. 그애가 과자 장수와 음료수 장수가 늘어선 길을 먼지를 헤치며 터덜터덜 걸어오는 것이 저 멀리 보이자 우리는 통쾌하게 깔깔댔다.

방방은 우리와 비슷하게 프레리 초원에 도착했다. 따라오기 힘들었던지 얼굴은 창백했고 불쌍하게도 다리를 질질 끌면서 걷고 있었다. 그런 모습을 보자 갑자기 측은해졌다. 좀 전의 잔인했던 행동을 부끄러워하면서 나는 부드러운 목소리로 그를 불렀다. 그는 빛 바랜 붉은 체크 무늬의 학생용 덧저고리를 입고 있었다. 리옹 콜레주 시절에 내가 입었던 그런 덧저고리였다. 나는 그 덧저고리를 즉시 알아보았다. 나는 자신에게 말했다.

「불쌍한 자식, 너는 창피하지도 않냐? 네가 괴롭히고 있는 그애가 바로 꼬맹이 너라고.」

나는 눈시울이 뜨거워졌고, 진심으로 그 불우한 아이를 사랑하기
시작했다. 방방은 다리가 몹시 아픈지 바닥에 주저앉았다. 나도 아
이 옆에 앉았다. 그 아이와 이야기를 하고 또 오렌지도 사주었다.
발이라도 씻겨주고 싶은 마음이었다. 그 날부터 방방은 나의 친구
가 되었다.

나는 그 아이의 딱한 사정을 알게 되었다. 아버지는 제철공이었
다. 아버지는 방방의 교육을 위해 가정 형편은 안 되지만 콜레주에
보낸 것이다. 하지만 방방에게 중학교 과정 공부는 무리였다. 학업
을 따라가기가 어려웠다.

등교 첫날, 그 아이에게 선생님은 연습용 글씨본을 주고는 '내리
긋는 획을 연습하라!' 고 했다. 그는 일 년째 내리긋는 획을 연습하
고 있었다. 그의 글씨는 꼬부라지고, 지저분하게 번지고, 찔뚝잘뚝
하고 그야말로 괴발개발이었다.

아무도 그 아이에게 신경을 쓰지 않았다. 방방은 그 어느 반 소속
도 아니었다. 등교해서 아무 반이나 문이 열려 있는 반에 들어가 앉
았다. 하루는 철학반에 앉아 글씨 연습을 하는 것이 눈에 띄기도 했
다. 방방은 참으로 이상한 학생이었다.

그는 자습 시간에 손에 펜을 움켜쥐고 마치 책상을 뛰어넘기라도
하려는 듯 책상을 힘껏 누르며 몸을 종이 위로 푹 수그린 자세를 취
했다. 혀를 내밀고 씩씩거리며 땀을 흘리면서 획을 하나 그을 때마
다 잉크를 다시 찍고, 획이 끝나면 혀를 들이밀고 두 손을 비비면서
한숨을 쉬었다. 방방은 나와 친구가 된 뒤로 한층 열심히 공부했다.
한 쪽을 끝내면 강단을 네 발로 기어올라와 아무 말도 없이 자신의
걸작을 내 앞에 내려놓았다. 나는 다정스럽게 톡톡 두드려주면서

말하곤 했다.

「아주 잘했어!」

사실 못쓴 글씨지만 나는 그 아이를 실망시키고 싶지 않았다.

그러나 실력이 점점 좋아지고 있었다. 펜에서 잉크가 흘러 번지는 일도 줄었다. 이제 내가 그에게 무언가를 가르쳐줄 수 있을 것 같았다.

하지만 불행하게도 운명이 우리 사이를 갈라놓았다. 중급반 감독이 학교를 떠났다. 학년 말이었으므로 교장은 새로운 자습감독을 고용할 생각이 없었다. 수염이 난 수사 학급(우리로 따지면 고등학교 2학년 – 역주) 학생을 하급반 감독으로 배정했고 나는 중급반을 맡게 되었다.

이 일은 나에게 비극이었다. 나는 중급반 아이들이 두려웠다. 프레리 초원에서 중급반 아이들이 야외수업하는 것을 본 일이 있었다. 그 학생들과 함께 생활할 생각을 하니 가슴이 답답해졌다. 그리고 내가 사랑하는 우리 아이들과 헤어져야만 했다. 수염 난 수사 학급 학생이 내 아이들을 어떻게 다룰지? 방방은 어떻게 될까? 나는 정말 마음이 아팠다.

우리 반 학생들도 나와 헤어지는 것을 슬퍼했다. 그들과 마지막 자습이 있던 날, 끝나는 종이 울리자 교실은 눈물 바다였다. 아이들이 모두들 나를 끌어안았다. 몇몇 아이들은 위로의 말을 건넸다. 방방은……?

방방은 아무 말도 하지 않았다. 내가 교실 문을 나서는 순간 그 아이는 얼굴이 빨개지며 다가와 획을 그려 넣은 멋진 글씨본을 내 손에 건네주었다.

아, 불쌍한 방방!

자습감독

나는 그렇게 해서 중급반을 맡게 되었다.

중급반은 한창 말 안 듣는 열두 살에서 열네 살 사이의 볼이 통통한 아이들로 50명 정도였다. 그 아이들은 대개 소작인의 자식들로 부모들이 자신들보다 좀더 낮게 살게 하고자 콜레주에 보냈다. 학비는 석 달에 120프랑씩이었다.

그들은 무례하고 오만하며 교양이 없었다. 내가 못 알아듣는 투박한 세벤느 사투리를 썼으며 하나같이 변성기 아이들 특유의 괴상한 모습이었다. 손은 동상이 걸려 벌겠으며 병든 수탉 같은 목소리에 눈은 흐리멍덩했다. 게다가 제대로 알지도 못하면서 무조건 나를 미워하기 시작했다. 아이들은 나에게 적대감을 가졌다. 내가 강단에 처음 선 날부터 매 순간 불꽃 튀는 전쟁의 연속이었다.

아! 잔인한 아이들, 그 아이들은 나를 괴롭혔다. 지금 그 아이들에 대해서 아무런 원한 없이 말을 하고 싶다. 그 슬픈 시절은 아주 오래 전의 기억이니까! 그러나 그렇게 하기가 쉽지 않다. 이 글을 쓰는 지금도 흥분돼 손이 떨린다. 지금도 내가 그곳에 있기라도 한 듯……

지금 그들은 내 생각을 하지 않을 것이다. 나에 대한 기억이나 내가 좀더 위엄을 갖추려고 장만한 그 멋진 코안경에 대한 기억을 잊었을 것이다. 그때 제자들은 이제 아주 점잖은 어른이 되어 있을 것이다. 수베롤은 세벤느 어딘가에서 공증인 노릇을, 베용네 막내는 법정 서기가, 루피는 약사, 부장케는 수의사가 되어 있을 것이다. 지금쯤 안정된 지위와 함께 배도 좀 나왔을 것이며, 결혼을 해 아내와 귀여운 자식을 둔 가장이 되어 있을 것이다. 하지만 때로 그들 모임에서나 성당 앞 광장에서 마주칠 때면 중학교 시절을 추억하면서 내 이야기를 할지도 모른다.

「이봐, 서기. 그 꼬마 선생 에세트 기억나? 머리는 길게 기르고 얼굴이 꼭 종이찰흙같이 창백했던 사를랑드 콜레주 자습감독말야? 우리 그 선생에게 골탕 많이 먹였지!」

그렇소 선생들. 나를 재밌게 골려 먹었지. 나 역시 아직도 그 일들을 잊지 않고 있어. 아! 불쌍한 자습감독이라구? 골리는 제군들은 실컷 웃었지만 자습감독은 많이 울었지! 그가 울어야 그대들의 장난이 더욱 빛이 났을 게고. 고통스러웠던 하루가 지나고 나면, 불쌍한 자습감독은 침대에 웅크린 채 그대들이 울음소리를 못 듣게 이불을 꽉 물었던 적이 한두 번이 아니었어.

악동들에게 둘러싸여 늘 두려워 신경은 곤두세워야 하고, 늘 조마조마한 채 경계를 게을리 하지 않고 살아야 한다는 것은 끔찍한 일이었다. 내가 아이들을 벌주고 의심을 하고 나면, 그 뒤에는 모든 곳이 함정으로 보이고, 식사도 제대로 하지 못하고, 잠도 편히 자지 못했다.

휴전 중일 때에도 '아……, 저 녀석들이 이번에는 나에게 무슨 꿍꿍이를 꾸밀까?' 하고 전전긍긍하는 일은 정말이지 끔찍했다! 앞으로 백 년을 산다고 해도 나는 중급반을 맡은 이후에 사를랑드 콜레주에서 겪었던 그 모든 고통을 결코 잊지 못할 것이다.

그러나 이제 고백하자면 반을 바꿈으로써 좋은 일도 생겼는데 그것은 검은 눈동자의 아가씨를 볼 수 있게 된 일이었다.

　하루에 두 번 있는 휴식 시간마다 중급반 운동장이 보이는 2층 창문 뒤에서 검은 눈동자의 아가씨가 일하는 것을 멀리서 보곤 했다. 커다란 검은 눈의 그녀는 하루 종일 쉬지 않고 바느질을 하고 있었다. 그녀는 싫은 내색 없이 바느질을 하고 있었다. 안경 낀 마귀할멈은 오직 바느질을 시키려고 기아아동 보호시설에서 그녀를 데려왔다. 그녀는 아빠도 엄마도 모르고 자랐다. 옆에서 실을 잣고 있는 안경 쓴 고약한 할멈의 따가운 감시 때문에 그녀는 일 년 내내 쉴 수가 없었다.

　그녀를 바라다보는 휴식 시간은 너무 짧았다. 그녀가 일을 하고 있는 모습을 볼 수 있는 창가에서 평생을 살라면 살 수도 있을 만큼 그녀를 향한 마음은 애틋했다. 그녀도 나의 존재를 알아챘다. 그녀도 때때로 일감에서 내게 눈을 돌렸고 우리는 말없이 눈으로 대화했다.

　「불행하시죠, 에세트 선생님?」

　「당신도 그래요, 검은 눈동자 아가씨?」

　「저는 어머니도 아버지도 없답니다.」

　「저도 아버지 어머니와 떨어져 있지요.」

　「안경을 쓴 노파가 얼마나 무서운지 모를 거예요.」

　「아이들이 저를 몹시 괴롭힙니다. 자, 이제 그만.」

　「용기를 내세요, 에세트 선생님.」

　「용기를 내세요, 아름다운 검은 눈동자 아가씨.」

　대화는 더 오래 이어지지 못했다. 나는 비오 선생이 쩔렁쩔렁 열쇠와 함께 위쪽 창문 뒤로 나타날까 두려웠다. 아가씨 또한 그녀를 감시하는 할멈이 있었다. 잠시 행복한 대화가 끝나면 아가씨는 할멈의 눈총을 의식하며 재빨리 눈길을 바느질감으로 돌렸다.

사랑하는 검은 눈동자의 그대여! 우리는 만날 수 없어 눈으로 은밀한 대화를 나누었지만 내 온 마음으로 그대를 사랑했다오.

그곳에는 내가 좋아한 제르만 신부도 있었다. 제르만 신부는 철학 교사였다. 그는 좀 괴짜였는데 학교에서는 교장이나 비오 선생까지 모두 그를 두려워했다.

그는 별로 말은 없었지만 심통 사납고 냉랭한 목소리로 우리 모두에게 반말을 했다. 머리를 뒤로 젖히고 신부 옷을 펄럭거리며 용병처럼 버클 달린 단화의 뒤축을 쾅쾅 울리면서 성큼성큼 걸었다. 그는 건장한 체구였다. 나는 한동안 그가 잘생겼다고 생각했다. 나중에 가까이 가서 보니 그 귀티 나는 얼굴이 천연두 자국으로 매우 흉했다.

그는 학교 한 귀퉁이 허름한 건물의 작은 방에서 혼자 지내고 있었다. 신부가 학비를 대는 우리 반 말썽꾸러기 두 놈을 빼고는 그의 방에 들어가 본 사람이 없었다. 저녁에 운동장을 가로질러 기숙사로 가노라면 그 허름한 건물 위로 희미한 불빛이 보였다. 제르만 신부 방의 불빛이었다.

아침 6시 자습을 하러 내려올 때도 안개 속에서 아직도 램프가 켜진 적이 많았다. 그때까지 자지 않고 있는 것이었다. 사람들은 그가 방대한 철학 책을 집필 중이라고 했다.

나는 그 신부와 친분을 맺기 전부터 그에 대해 호감을 갖고 있었다. 곰보 자국으로 얽었지만 이지적인 그의 얼굴이 내 마음을 끌었다. 그러나 그의 괴벽과 난폭한 일화에 대한 이야기를 많이 들어 나는 쉽게 접근할 엄두를 못 냈다. 그러던 어느 날 그에게 찾아갔고

자승감독

결과는 대만족이었다.

그 즈음 나는 철학 이야기에 푹 빠져 있었다. 철학은 나에게는 힘겨운 공부였다! 어느 날 콩디야크를 읽고 싶어졌다. 사실 알다시피 그의 사상은 읽을 가치가 없다. 그저 우스갯소리일 뿐이다. 그의 사상을 다 합쳐봐야 고작 허섭스레기에 지나지 않았다. 하지만 누구나 젊은 날에 한 번쯤은 무모한 도전을 해보기도 하고 그 무엇에 빠져보기도 하는 법이다.

어쨌든 내가 콩디야크에 빠졌던 것이다. 무슨 수를 쓰더라도 콩디야크 책을 봐야 했다. 불행히도 학교 도서관에는 그의 책이 한 권도 없었다. 사를랑드 시내의 책방을 모두 뒤져봐도 그의 책은 없었다. 신부 방에 드나드는 아이들로부터 그의 방에 2000권의 장서가 있다는 얘기를 들은 적이 있었다.

나는 두려웠지만 필요한 책을 그곳에서 찾을 수 있으리라는 믿음에서 그의 골방에 올라가기로 결심했다. 그의 방문 앞에 다다랐을 때 무서워서 다리가 덜덜 떨렸다. 내가 아주 조심스럽게 두드리자 우렁찬 목소리가 울려 나왔다.

「들어오시오!」

괴팍한 제르만 신부는 다리를 벌리고 옷을 걷어올린 채 의자에 말 타듯 걸터앉아 있었다. 검은 스타킹 위로 울퉁불퉁 튀어나온 근육이 드러났다. 그는 의자 등받이에 팔을 걸치고 빨간색 표지의 책을 소리내 읽으면서 짧은 갈색 파이프로 담배를 피우고 있었다. 책에서 눈을 떼지 않은 채 그가 말했다.

「자네로군! 어떻게 지내나……? 웬일인가?」

단답형의 목소리, 책으로 둘러싸인 검소한 방, 말 타듯 의자에 걸터앉은 모습, 이로 담뱃대를 물고 있는 프로필 등 그 모든 게 나를 주눅들게 만들었다. 나는 어쨌든 왜 왔는지를 설명하고 콩디야크의 책이 있는지 물었다. 제르만 신부가 웃었다.

「콩디야크라고! 자네가 콩디야크를 읽겠다고. 요상한 데 관심이 있구만! 거참 나랑 담배나 피우는 게 낫지 않나? 저기 벽에 있는 파이프를 내려서 불을 붙여봐. 이 세상에 있는 콩디야크를 다 합친 것보다 나을걸.」

나는 얼굴을 붉히며 무관심한 표정을 지었다.

「싫어……? 그럼 마음대로 하게. 자네가 찾는 콩디야크는 저기 세 번째 책꽂이 왼쪽에 있네. 내 빌려주지. 절대로 찢거나 낙서하면 안 돼. 그러면 자네 각오해야 되네.」

내가 책장에서 콩디야크를 집어들고 방을 나서려 하자 그가 나를 붙들었다. 그가 내 눈을 뚫어지게 쳐다보며 말했다.

「철학에 관심 있다구? 정말로 그런 거야……? 철학이란 그저 이야기에 지나지 않아, 이 사람아. 허, 나에게 철학을 가르치라니! 무얼 가르친단 말인가? 제로, 무(無)……. 차라리 하늘의 별이나 파이프 담배를 감독하라고 할 일이지……. 아! 나도 참 불쌍하다네! 먹고살려면 원치 않는 일도 해야 한다니까. 자네도 마찬가지 아닌가? 얼굴 붉히긴. 자네가 편치 않다는 걸 알지, 불쌍한 꼬마 자습감독. 아이들이 자네를 괴롭힌다는 것도.」

제르만 신부는 여기서 말을 멈추었다. 그는 몹시 화가 난 듯했다. 담뱃대를 손톱에 대고 톡톡 털었다. 내가 존경하는 분이 나의 운명에 대해 관심을 보이자 나는 완전히 감격했다. 눈시울이 뜨거워지는 것을 들키지 않으려고 콩디야크 책으로 눈앞을 가렸다. 그가 다시 말을 이었다.

「그런데 자네에게 이 말을 한다는 걸 잊고 있었네. 신을 사랑하는

가? 신을 사랑해야 하네, 알겠나? 하느님을 믿고 열심히 기도하게. 그렇지 않으면 곤경을 헤쳐 나가지 못해. 인생에서 고통의 순간에 내가 아는 세 가지 처방이 있네. 일, 기도 그리고 담배 파이프, 흙으로 빚어 구운 아주 짧은 담뱃대여야 하지. 잘 기억해 두게. 철학은 말일세, 절대로 철학에서 위안을 찾을 수 없어. 내가 경험했기에 하는 말이야. 나는 믿어도 되네.」

「신부님 말씀을 믿습니다.」

「이제 가 봐. 자넨 날 귀찮게 하는군. 책이 필요하면 언제든 와서 가져가게나. 방은 항상 열려 있어. 철학 책은 세 번째 책꽂이 왼쪽에…… 이제 내게 아무 말도 하지 말아. 잘 가게!」

그는 다시 책을 읽기 시작했고 내 쪽을 쳐다보지도 않았다.

그 날 이후로 이 세상 모든 철학 서적이 내 거였다. 마치 내 방처럼 노크도 없이 제르만 신부의 방을 드나들었다. 신부가 수업에 들어가면 방이 텅 비어 있었다. 책상 가장자리나 붉은 표지의 작은 책들과 자잘한 글씨로 빼곡한 종이들이 널려진 가운데 작은 담뱃대가 놓여 있기도 했다.

물론 제르만 신부가 있을 때도 있었다. 그는 책을 읽거나 무엇을 쓰고 있었고, 큰 걸음으로 방 안을 왔다갔다했다. 방을 들어서면서 나는 수줍은 소리로 나직이 말했다.

「안녕하세요, 신부님.」

그는 대개 대답을 하지 않았고, 나는 왼쪽 세 번째 책꽂이에서 철학 책을 하나 꺼내 들고 나왔다. 그는 내게 아무런 내색도 하지 않았다. 일 년이 되도록 스무 마디도 이야기를 나누지 않았다. 하지만 그것이 무슨 문제랴! 마음속에서 우린 이미 절친한 친구였다.

방학이 다가오고 있었다. 미술실에서는 방학식 때 있을 상장 수

여식을 위해 음악반 아이들이 하루 종일 폴카와 행진곡을 연습했다. 폴카 연습은 즐거웠고 저녁 마지막 자습 시간에 아이들은 달력을 꺼내서 날짜를 지우며 말했다.

「자, 하루가 또 지났다!」

아이들은 방학을 손꼽아 기다렸다. 운동장에는 연단을 만들기 위한 나무 판자가 널려 있었다. 아이들은 발을 구르고 책상을 두들겨 대며 공부하지 말자고 소리쳤다. 이런 중에서도 자습감독에 대한 미움과 장난만은 끊이지 않았다.

마침내 방학식 날이 되었다. 방학이 조금이라도 늦었다면 나는 도저히 더 이상 버티지 못하고 무슨 일인가 저질렀을 것이다. 중급반 운동장에서 식이 진행되었다.

얼룩덜룩한 텐트, 벽에 둘러쳐진 흰색 휘장, 온통 깃발이 출렁이는 교정의 녹색 나무들 그리고 그 아래로 보이던 기수모, 경관모, 원통형 군모, 헬멧, 꽃이 달린 보닛, 자수가 놓인 오페라 모자며 크고 작은 깃털 장식, 리본, 방울 모양의 술 장식 등의 모습이 지금도 눈에 선하다. 학교 관계자들은 운동장 안쪽에 있는 길다란 연단의 검붉은 벨벳 의자에 앉아 있었다.

아! 그 연단 앞에 서 있던 내가 어찌나 왜소하게 느껴졌던지! 아래 있는 사람들에게 연단은 차마 올라가지 못할 곳으로 다가왔다. 연단 위에 있는 사람들도 평소와 달리 점잖은 모습을 하고 근엄하게 보이려 하고 있었다.

제르만 신부도 연단 위에 있었지만 그들과 달랐다. 그는 고개를 뒤로 젖히고 의자에 누운 듯이 편히 앉아 옆 사람들의 이야기를 듣는 둥 마는 둥, 눈은 마치 상상 속의 파이프 담배 연기를 따라가기라도 하듯이 우거진 나뭇잎 쪽을 바라보고 있었다.

연단 아래 악단들 속에서 트롬본과 오피클레이드가 햇빛을 받아 반짝거렸다. 긴 의자에 빽빽이 세 반 학생들이 앉았고, 그 뒷줄에 자습감독들, 뒤쪽 대열에서는 학부형들이 웅성거리고 있었다. 중급 반 선생은 '어디 빈자리 있나! 빈자리!' 하며 뒤쪽 대열을 비집고 들어왔다. 그리고 운동장 어디선가 비오 선생의 '쩔렁! 쩔렁!' 열쇠 소리가 들려오고 있었다.

더운 날씨 속에 식이 시작되었다. 텐트 속은 바람 한 점도 불지 않는 찜통 그 자체였다. 더위로 얼굴이 상기된 뚱뚱한 부인들이 삼각형 텐트 그늘 아래서 졸고 있었고, 대머리 신사들은 수건으로 머리에 흐르는 땀을 닦아내기 바빴다. 사람들 얼굴, 연단에 깐 천, 깃발, 벨벳 의자……. 모든 것이 붉은색이었다.

세 사람이 연설을 했고 박수 소리가 열광적이었다. 하지만 나는 연설을 듣고 있지 않았다. 마음은 저쪽 2층 창문 뒤의 항상 똑같은 자리에 앉아 바느질을 하고 있을 검은 눈동자의 그녀에게 가 있었다. 불쌍한 검은 눈동자 아가씨! 안경 낀 노파는 그 날도 그녀를 쉬게 내버려두지 않았다.

제일 마지막 학급의 수상자가 호명되는 순간 악대의 행진곡이 울리고 사람들은 자리를 뜨기 시작했다.

교사들은 연단에서 내려오고 학생들은 가족을 만나려 의자를 넘고, 서로 끌어안는 사람들, '여기야! 여기!' 라고 외치는 사람들. 운동장은 금세 아수라장이 되었다. 수상자의 여동생은 오빠의 상장을 뽐내며 교정을 나서고 있었다. 비단 옷이 의자에 스쳐 사각사각 소리를 내고 있었다.

나는 낡은 옷을 창피해하면서 왜소한 몰골로 나무 뒤에 꼼짝 않고 서서 아름다운 여인들을 바라보았다.

운동장이 서서히 비어갔다.

교장과 비오 선생은 정문 앞에 서서 지나가는 아이들을 쓰다듬으며 부모들에게 머리가 땅에 닿도록 인사를 하고 있었다. 교장이 상냥하게 웃으면서 말했다.

「내년에 만납시다! 내년에 만나요!」

비오 선생의 열쇠 꾸러미도 연신 흔들리며 이렇게 이야기하는 듯했다.

「다시 보자구, 어린 친구들! 다음 학기에 다시 보자구.」

아이들은 건성으로 어른들과 포옹을 하며 계단을 뛰어내려갔다.

학생들은 가문의 문장이 장식된 아름다운 사륜마차에 올랐다. 이랴! 이랴……! 고향으로 달려라……!

넓은 정원과 아카시아에 매달린 그네와 희귀한 새들로 가득 찬 조류 사육장과 백조가 노니는 연못과 저녁이면 모여 셔벗을 먹던 테라스를 떠올리며 그들은 떠나가고 있었다.

또 다른 아이들은 이륜마차에 올랐다. 그들 옆에는 하얀 모자에 예쁜 이를 드러내 미소짓는 소녀들이 타고 있었다. 금목걸이를 한 여인이 마차를 몰았다.

「마튀린, 달려라! 우리 농장으로 돌아가자!」

버터 바른 빵에 뮈스카로 만든 백포도주를 마시고 하루 종일 새 사냥도 하고 구수한 냄새가 나는 건초 위에서 뒹굴기도 할 것이다!

행복한 아이들! 그들은 떠나갔다. 모두들 떠나고 있었다.

아! 나도 떠날 수 있다면…….

검은 눈

모두들 떠났다. 학교 안은 고요했다. 낮이건 밤이건 살찐 쥐가 기숙사 안을 제 세상인 양 떼지어 휘젓고 다녔다. 책상 한 구석에 놓인 잉크병들은 바짝 말랐다. 참새들이 온 마을의 참새 떼를 몰고 왔는지 나무 위에서 아침부터 저녁까지 짹짹거리는 소리가 교정을 흔들었다.

나는 지붕 밑 다락방에서 참새 소리를 음악 삼아 공부했다. 내 사정을 아는 학교측에서 방학 동안 학교에 머물 수 있도록 해주었다. 덕분에 나는 방학 동안 그리스 철학을 죽어라 파고들었다. 다만 천장이 너무 낮아 방이 무척 더웠고 안에 있으면 숨이 막혔다. 창문에는 덧문도 달려 있지 않았다. 한낮이면 햇빛이 온 방 안에 불을 질러 용광로처럼 달아올랐다. 대들보의 석회가 갈라져서 떨어졌다. 더위 때문에 몸이 둔해진 왕파리들이 창문에 달라붙어 잠을 자고 있었다. 나는 잠을 좇느라 애를 썼지만 머리가 납덩이처럼 무겁고 눈꺼풀이 처졌다.

'공부해라, 다니엘 에세트! 집안을 일으켜세우는 일이 너에게 달려 있다.'

어쩔 수 없었다. 졸음이 몰리는 이때 마음속 다짐이고 뭐고 없었다. 책 속의 글씨들이 눈앞에서 춤을 췄다. 그러다가 책이 돌고 책상과 방도 빙빙 돌았다. 지독한 졸음을 떨치기 위해 일어서서 몇 걸음 걸었다. 문 앞에 이르러서는 졸음이 폭풍처럼 몰려와서 비틀거리다가 그만 풀썩 쓰러지고 말았다.

바깥에서는 참새가 쨱쨱거리고 매미가 울어댔다. 먼지를 뽀얗게 덮어쓴 플라타너스는 우거진 가지를 햇빛에 쫙 펼치며 껍질을 벗고 있었다. 나는 이상한 꿈을 꾸었다. 누군가 방문을 두드리며 쩌렁쩌렁 울리는 목소리로 부르고 있었다.

「다니엘, 다니엘……!」

나는 누구의 목소리인지 알았다. 예전에 '자크, 너는 당나귀같이 멍청한 놈이야!' 하고 외치던 목소리였다. 그가 더욱 세게 문을 두드렸다.

「다니엘, 다니엘, 아버지다. 빨리 문 열어라.」

아! 끔찍한 악몽 속에서 나는 문을 열기 위해 팔꿈치를 짚고 일어나려고 했지만 머리가 너무 무거워서 다시 쓰러졌다. 그러고는 의식을 잃었다.

다시 정신을 차렸을 때, 나는 쭉 둘러쳐진 푸른 커튼이 그늘을 만들고 있는 흰색 간이침대 위에 누워 있었다. 빛이 부드럽게 들어오는 조용한 방이었다. 똑딱거리는 시계 소리와 도자기 그릇에 부딪치는 숟가락 소리가 들릴 뿐이었다. 나는 내가 어디에 있는지 알 수 없었다. 하지만 마음이 편안했다. 커튼이 살짝 열리더니 아버지가 손에 찻잔 하나를 들고 눈물이 고인 눈으로 웃으면서 나를 향해 다가왔다. 나는 아직도 꿈에서 깨어나지 않은 듯 물었다.

「아버지죠? 우리 아버지 맞죠?」

「그래, 다니엘. 아들아, 나다.」

「그런데 여기가 어디예요?」

「의무실이다. 9일 됐다. 이젠 다 나았지만 네가 그동안 지독하게 앓았어.」

「그런데 아버지는요? 여긴 어떻게 오셨어요? 한 번 안아주세요! 아, 아버지를 보니까 꿈을 꾸고 있는 것 같아요.」

아버지가 나를 껴안아주었다.

「자, 몸을 좀 덮어라, 진정해야지. 의사 선생님이 말을 많이 하면 안 된다고 하셨어.」

아버지는 내가 말을 많이 하지 않도록 내 말을 막더니, 이곳에 오게 된 이야기를 들려주었다.

「여드레 전에 지금 일하는 포도주 회사에서 세벤느로 출장 명령이 떨어졌다. 너를 보러갈 수 있단 생각에 얼마나 기뻤는지 모른다. 세벤느에 도착하자마자 학교로 달려왔지. 방학이라 물어볼 데가 없더구나. 그래서 네 이름을 부르며 너를 찾아다녔다. 그러고 있는데 누가 네 방으로 안내해 주더구나. 방 안으로 열쇠가 꽂혀 있었어. 문을 두드렸지만 대답이 없어 발로 걷어차서 단번에 문을 부쉈지. 들어가 보니 네가 몸이 불덩이가 되어서 바닥에 쓰러져 있는 게 아니냐! 얼마나 놀랐던지. 네가 얼마나 많이 앓았는지 모르지? 헛소리를 닷새 동안이나 했다! 너는 계속해서 헛소리를 하더구나. 집을 일으켜세워야 한다고……. 대체 어떤 집을 말하는 거야, 응? '열쇠는 안 돼요! 자물통에서 열쇠를 치워요!' 라고 외치기도 하더라. 우습냐? 정말이지 나는 웃음이 안 나와. 아이고! 얼마나 끔찍한 밤들을 보냈던지! 알아듣지? 비오 씨가, 그 사람 비오 씨가 맞지? 나더러 학교에서 잘 수가 없다는 게야! 규칙이 어쩌고저쩌고……. 그래! 규칙이라고 하더라! 내가 그 규칙을 알 게 뭐냐? 그 양반이 내 코앞에서 열쇠를 흔들어대면 내가 겁을 낼 줄 알았나 보더라. 그 양반, 내가 단단히 혼을 냈다!」

나는 아버지의 대담한 행동에 더럭 겁이 났다. 하지만 비오 선생 일은 곧 잊었다. 그리고 마치 가까운 거리에 어머니가 있기라도 한 듯이 팔을 뻗치면서 물었다.

「어머니는요?」

「이불을 잘 덮고 있지 않으면 아무 이야기도 안 해준다. 어서! 좀 덮어! 네 어머니는 잘 지낸다. 바티스트 외삼촌 집에 계셔.」

「자크 형은요?」

「자크? 그놈 당나귀같이 멍청한 놈. 그저 내 말투가 그렇다는 것 뿐이라는 걸 알지? 사실 자크는 착한 아이다. 제발 이불 좀 걷어내지 말라니까! 그애 일자리는 꽤나 좋은 편인데도 그애는 늘 질질 짜고 지낸다. 하지만 자크는 만족하는 눈치더라. 사장 비서로 있는데 일이래야 부르는 대로 받아쓰는 것이 고작이라 힘들지는 않지.」

「평생 불러주는 것을 받아쓰면서 살게 생겼군요, 불쌍한 자크 형……!」

그 이야기를 들으며 나는 오랜만에 편하게 웃었다. 아버지는 이불이 흘러내리면 줄곧 꾸짖으면서도 나를 따라 웃었다.

아! 의무실에서 나는 행복했다. 간이침대와 커튼에 둘러싸여 나는 얼마나 즐거운 시간을 보냈는지 모른다. 아버지는 내 곁을 떠나지 않고 종일 침대 머리맡에 계셨다. 나는 아버지가 떠나지 말고 언제나 이렇게 계셨으면 하고 바랐다. 그러나 그럴 수는 없는 일이었다. 아버지는 회사 일을 해야 했다. 세벤느 지방 출장을 끝내야 했다.

아버지가 떠나고 나는 외로운 의무실에 혼자 남았다. 창문 곁 커다란 안락의자에 깊숙이 앉아 책을 읽으며 하루를 보냈다. 안색이 노르스름한 카사뉴 부인이 아침저녁으로 음식을 날라다 줬다.

「부인, 감사합니다.」

나는 수프를 먹고 닭 날개에서 고기를 골라 먹고는 이 말을 잊지 않았다.

그뿐이다. 나는 안달뱅이 부인이 싫어 얼굴을 쳐다보지도 않았다.

그런데 어느 날 아침이었다. 내가 읽던 책에서 눈도 떼지 않고 평소처럼 냉랭하게 '부인, 감사합니다' 란 말을 막 끝냈을 때였다. 매우 다정한 목소리가 들리는 게 아닌가.

「다니엘 선생님, 오늘은 어떠세요?」

깜짝 놀라 고개를 드니, 검은 눈동자의 아가씨가 미소지으며 가만히 내 앞에 서 있었다! 그녀는 나에게 카샤뉴 부인이 아파 자기가 대신 왔다고 했다. 그녀는 검은 눈동자를 살며시 내리깔면서 다니엘 선생님을 뵙게 되어 매우 기쁘다는 말을 잊지 않았다. 저녁에 다시 오겠다고 말하곤 허리를 숙이며 방을 나갔다. 과연 저녁에 그녀가 다시 왔다. 그 다음 날 아침에도, 또 저녁에도 왔다. 나는 기뻤다. 내가 아프다는 것과 카샤뉴 부인이 안 좋은 것 등 이 세상 모든 병에 축복이 있으라. 만약 아프지 않았다면 내가 그녀와 일 대 일로 만나는 행운은 없었을 테니까.

아! 의무실에서의 시간은 축복이었다! 창가 안락의자에서 보내는 회복기 동안 나는 얼마나 행복했던가! 아침이면 그녀의 검은 속눈썹이 햇빛을 받아 반짝였고, 저녁이면 검은 눈동자 속에서 별빛이 흘러나왔다. 나는 검은 눈동자의 그녀를 생각하느라 잠을 설쳤다. 그러고는 새벽부터 일어나서 그녀를 맞을 준비를 했다. 그녀에게 할말이 너무도 많았다. 그러나 정작 그녀가 오면 나는 아무 말도 못했다.

그녀는 나의 침묵에 매우 놀라는 눈치였다. 그녀는 일부러 의무실을 들락날락하며 내 곁에 좀더 있기 위해 이런저런 핑계를 대며 서성였다. 이제는 내가 무슨 말인가를 해줬으면 하는 눈치였다. 그러나 용기 없는 나는 결단을 내리지 못했다.

이따금 용기를 내어 말을 붙여보기도 했다.

「아가씨……!」

금세 그녀의 검은 눈동자가 반짝이면서 미소를 띤 채 나를 바라봤다. 그러나 그녀의 미소를 보면 불행히도 나는 그만 정신이 아뜩해져 떨리는 목소리로 상투적인 인사말만 건네는 것으로 끝냈다.

「친절에 늘 감사하고 있습니다. 오늘 아침엔 국이 너무 맛있군요.」

그러면 그녀는 예쁜 입을 삐죽였다.

'뭐라구요? 겨우 그 말뿐이에요?' 라는 얘기 같았다. 검은 눈동자는 실망한 채 가버리고 말았다. 그녀가 떠나면 나는 후회했다.

「아, 내일은 무슨 일이 있어도 반드시 그녀에게 고백해야지.」

그러나 그 다음 날도 달라지는 것은 없었다.

며칠을 갈등한 후에 그녀에게 고백할 용기가 없다는 것을 안 나는 편지를 쓰기로 작정했다. 어느 저녁 그녀에게 중요한 편지를 써야겠다며 잉크와 종이를 부탁했다. 그녀도 내가 말하는 편지가 무엇인지 대충 눈치를 챈 것 같았다. 그녀는 정말 영리했다. 서둘러서 잉크와 종이를 가져다 놓고는 씩 웃으며 나갔다.

나는 밤이 새도록 편지를 썼다. 아침이 되었을 때 침대 가에 파지만 수북하고 마지막 종이에는 단 세 단어밖에 적혀 있지 않았다. 그 세 단어가 무엇인지 아마 짐작할 것이다. 이 세상에서 가장 감동적인 말이었다. 그 글이 그녀의 가슴에 다가가리라고 믿었다.

자, 이제 그녀가 올 것이었다. 나는 매우 흥분했다. 나는 미리 편지를 준비해 놓고 그녀가 오는 대로 편지를 건네리라고 마음을 먹었다. 그녀가 들어와서 수프와 닭 요리를 탁자 위에 놓고는 '안녕하세요, 다니엘 선생님!' 할 때, 나는 곧 바로 용기를 내서 말할 것이었다.

「사랑하는 아가씨, 여기 당신께 편지를 바칩니다.」

복도에서 사뿐사뿐 발소리가 들리며 그녀가 오고 있었다. 나는 편지를 집어들었다. 가슴이 두방망이질 쳤다. 숨이 막힐 것 같았다. 문이 열렸다. 아, 그런데 이 무슨 끔찍한 일인가!

그녀 대신 안경 쓴 고약한 할멈이 와 있었다. 나는 감히 웬일이냐고 물어볼 엄두도 못 내고 경악했다. 왜 그녀는 오지 않은 것일까? 다시 초조하게 저녁을 기다리지만 저녁에도 역시 그녀는 나타나지 않았다. 그 다음 날도 또 그 다음 날도 그녀는 영영 오지 않았다. 그녀는 설탕을 훔치다 쫓겨나 보호시설로 다시 갔다. 그녀는 거기서 성인이 될 때까지 4년 동안 지낼 것이라고 했다.

의무실의 아름다운 날들과도 작별을 해야 했다. 그녀는 이제 가고 없었다. 설상가상으로 학생들이 다시 돌아오기 시작했다.

어느새 새 학기가……, 아! 이번 방학은 왜 이렇게 짧은지!

나는 해쓱하고 더 야윈 몸으로 그 전보다 더 작아져 6주일 만에 처음으로 운동장을 밟았다. 학교 전체가 꿈틀거리기 시작했다. 학교 구석구석 대청소를 하느라 복도는 물로 흥건했다. 전처럼 비오 선생의 열쇠 소리가 요란했다. 비오 선생은 방학 동안 자기 규칙에 몇 가지 조항을 첨부했고 열쇠 꾸러미의 열쇠도 늘었다. 나는 그저 얌전히 있으면 그만이었다.

학생들이 속속 도착했다. 이랴! 이랴……! 방학식 때 보았던 사륜마차들이 학교 문 앞에 와 섰다. 출석을 부르니 오지 않은 아이들이 몇 명 있었다. 새로운 학생들이 그 자리를 채웠다. 학급이 새로 편성되었다. 나는 계속해서 중급반 아이들을 맡았는데 벌써부터 떨리기 시작했다. 속으로 올해 아이들은 그전보다 덜 심술궂을지 모른다고 위안해 보았다.

개학식 날, 성당에는 웅장한 음악 소리가 울려퍼졌다. 성령미사를 올리는 것이었다.

「창조자 성령이여 오소서……!」

교장은 은빛 교육공로훈장이 달린 예복을 입었고 그 뒤로 예복을 입은 교사들이 자리했다. 이과반 교사들은 주황색 띠를 두르고, 문과반 교사들은 흰색 띠를 두르고 있었다. 중급반 교사는 특이한 예복에 옅은 색 장갑을 끼었다. 그것이 못마땅한지 비오 선생의 얼굴이 붉으락푸르락해졌다.

나는 어수선한 학생들 틈에서 위풍당당한 예복과 은빛 교육공로훈장들을 부러운 눈으로 보았다. 나는 언제 정식 교사가 될 것인가? 언제 집안을 다시 일으켜세울 것인가? 아! 그렇게 되기까지 괴로운 시간이 얼마나 지나야 하는 것일까!

나는 가슴속에서 일렁이는 슬픔을 주체할 수 없었다! 파이프 오르간 소리를 듣자 울음이 나올 것 같았다. 바로 그때 합창단 옆에서 흉터가 있지만 보기 좋은 얼굴 하나가 내게 미소를 보냈다. 그 미소에 위안을 받았다……. 제르만 신부를 다시 만나다니, 나는 다시 힘을 얻었다!

성령미사가 있은 지 이틀 후 또 다른 행사가 있었다. 교장이 주최하는 축제일이었다. 아주 오랜 옛날부터 이 날은 학교 전체가 프레리 초원에 모여 차가운 고기 요리와 리모산 포도주를 푸짐하게 차려 놓고 테오필 성인을 기리는 축제를 벌였다. 교장은 여느 때와 마찬가지로 이번에도 이 교내 행사를 가족적인 분위기 속에 치르고자 했다. 비용도 허용된 범위 내에서 아낌없이 썼다.

새벽부터 시를 상징하는 깃발로 장식된 대형 합승마차가 학생과 교사를 가득 태운 채 서서히 출발했다. 행렬 뒤로 포도주 광주리와 음식 바구니를 실은 커다란 짐마차 두 대가 그 뒤를 이었다. 맨 앞 첫 번째 마차에는 높은 분들과 악대가 타고 있었다. 오피클레이드를 힘차게 연주하라는 명령이 떨어졌다. 주민들은 축제의 행렬을 보려고 새벽부터 나이트 캡을 쓴 채로 창문 앞에 서 있었다.

축제는 프레리 초원에서 열리기로 되어 있었다. 도착하자마자 풀밭 위에 식탁보가 펼쳐지고 음식을 담은 접시가 돌려졌고 술병이 열렸다. 사람들 눈에 열기가 올랐다. 사람들이 웅성거리며 분위기는 달아올랐다. 갑자기 나는 가슴이 두방망이질 치고 얼굴이 달아올랐다. 교장이 종이를 들고 일어섰다.

「여러분, 방금 무명 시인의 시 몇 편을 건네받았습니다. 우리의 핀다로스 비오 선생이 올해는 라이벌을 만난 듯합니다. 시가 저를 미화한 경향이 없지는 않은데 읽어도 괜찮을까요?」

「네, 네……. 괜찮아요……! 읽어주세요……!」

교장은 시상식 때처럼 부드러운 목소리로 시 낭송을 시작했다. 그것은 교장과 교사들을 찬양하는 시였다. 모든 사람에게 한 송이의 꽃을 바치듯 헌사가 담겨 있었다. 시인은 안경 쓴 할멈에게는 '식당의 천사'라는 이름을 붙여주었다.

박수가 열광적으로 이어지고 몇몇 사람이 '누가 썼냐'고 물었다. 나는 석류 알처럼 얼굴이 빨개져 일어나 겸연쩍은 듯 허리를 굽혔다. 모두들 환호했다. 나는 축제의 주인공이 되었고 교장이 나를 껴안았다. 선배 교사들이 예상했다는 듯 나에게 악수를 청했다. 어떤 교사는 신문에 싣겠다며 원문을 부탁했다. 나는 매우 기뻤다. 나는 리모산 포도주 기운과 함께 마음이 들떴다. 다만 제르만 신부가 '멍청한 놈!'이라고 하는 소리와 비오 선생이 거세게 열쇠를 흔드는 것 같아 들뜬 기분이 약간 가라앉았다. 흥분된 분위기가 어느 정도 가라앉자 교장은 장내를 정리시켰다.

「자, 여러분. 비오 선생, 당신 차례요! 경쾌한 뮤즈 다음에 진지한 뮤즈의 시입니다.」

비오 선생은 제스처와 함께 주머니에서 두툼한 노트를 꺼내더니 나를 곁눈질하면서 읽기 시작했다. 비오 선생의 작품은 베르길리우스풍으로 학교의 규정을 찬양하는 전원시였다. 메날크 학생과 도릴라스 학생이 교대로 한 구절씩 주고받는 형식으로 되어 있었다. 메날크는 규정을 잘 지키는 학교의 학생역이었다. 도릴라스는 규정을 안 지키는 학교의 학생역이었다. 메날크는 엄격한 규칙에서 오는 절제의 기쁨을 이야기했다. 도릴라스는 무절제한 자유에서 오는 실속 없는 즐거움에 대해서 이야기했다. 각본대로 도릴라스가 졌다. 그는 메날크의 손에 승자의 트로피를 건넸다. 두 사람은 규칙에게 바치는 노래를 불렀다.

시 낭송은 끝났다. 무덤 속 같은 침묵이 흘렀다. 낭독이 진행되는 동안 학생들은 풀밭 끝에서 메날크와 도릴라스와 상관없이 먹고 떠들었다. 비오 선생은 쓴웃음을 지으며 그들을 바라보았다. 교사들은 자리를 지키고 있었지만 박수를 치지는 않았다. 불행하게도 비오 선생의 실패였다. 교장이 위로하려 했다.

「주제가 딱딱했음에도 불구하고 아주 성공적인 작품입니다.」

「저도 아주 아름다운 시라고 생각합니다.」

승리자의 불안감이랄까, 나는 내숭을 떨었다. 위로 받을 생각이 없는 비오 선생에게 나의 이 말이 무슨 의미가 있었으랴. 비오 선생은 쓴웃음을 지은 채 허리를 굽혔다. 비오 선생은 그날 하루 종일 쓴웃음만 짓고 있었다. 돌아오는 저녁, 아이들의 노랫소리와 악단의 반주, 인적 드문 포장도로 위를 구르는 시끄러운 마차 소리 속에서 비오 선생의 열쇠가 심술궂게 투덜대는 소리가 내 귀에 들려왔다.

「쩔렁! 쩔렁! 쩔렁! 시인 선생, 당신에게 반드시 복수하고 말겠다!」

부쿠아랑 사건

성 테오필 축제와 함께 방학도 끝났다. 그 뒤로 우울한 나날이 계속됐다. 사육제가 끝나는 참회의 화요일 다음 날처럼 쓸쓸하고 허전했다. 학생이고 선생이고 모두 권태로워했다. 두 달 동안 쉬고 나서 다시 제자리를 잡는 일이 쉽지 않았다. 일상적인 등하교도 힘들어 했다. 마치 태엽을 감지 않아 녹슬기 시작한 시계의 톱니바퀴처럼 모든 일이 삐걱거렸다. 그러나 비오 선생의 감독 아래 서서히 모든 것이 질서를 잡아가기 시작했다. 등교 종이 울리면 곁문들이 열리고 마치 병정처럼 뻣뻣한 아이들이 두 줄로 서서 나무 아래로 지나갔다. 다시 종이 댕그랑! 댕그랑! 울리면 아이들이 들어왔던 문을 통해 돌아갔다. 댕그랑 댕그랑! 기상! 댕그랑 댕그랑! 취침! 댕그랑 댕그랑! 공부해! 댕그랑 댕그랑! 놀아! 일 년 내내 한결같았다. 규칙의 완벽한 승리였다! 메날크 학생이라면 이 학교에서 비오 선생의 엄한 감독을 받으며 지내는 것이 오히려 행복했을 것이다.

학교의 질서 속에서 오직 나만이 적응을 못 하고 있었다. 나의 자습 시간은 제대로 진행되지 않았다. 산악 지방 아이들인 중급반 학생들은 흉한 모습에다 더 악착스럽고 사나워져서 돌아왔다. 나 역시 예민해져 있었다. 병을 앓고 난 후라 신경질적이 되었고 쉽게 화를 내며 쉽게 폭발했다. 지난해에는 양같이 순하던 내가 올해는 지나칠 정도로 엄격해졌다. 마음 한구석에는 중급반 망나니들을 꼼짝 못 하게 하고 싶은 의지가 강했다. 그래서 아이들이 조금이라도 삐딱한 낌새가 있으면 학급 전체에 숙제를 내주거나 학교에 남으라는 벌칙을 주었다.

벌로 아이들을 휘어잡으려는 방법은 비효율적이었다. 벌을 남발하다 보니 벌의 효과가 혁명력 4년의 아시냐 지폐만큼이나 떨어졌다. 내 자신이 무중력 상태에 빠진 어느 날 학급 전체가 반란을 일으켰다. 내가 폭동 진압에 쓸 탄약은 이미 바닥난 상태였다. 야유에다 울음소리, 불평과 휘파람 소리 한가운데서 나는 미친 듯이 고함을 지르며 싸웠다. 아이들은 외쳐대고 있었다.

「물러가라……! 꼬꼬댁 꼬꼬……! 으흥……! 으흥……! 폭군은 물러가라……! 부당한 벌을 더 이상 받을 수 없다!」

잉크병이 날아오고, 종이찰흙이 교탁 위로 떨어져서 떡이 되고, 녀석들은 강단에 포도송이처럼 다닥다닥 달라붙어서 정글의 마카카류 원숭이처럼 괴성을 질러댔다.

나는 도저히 어떻게 할 수가 없어서 비오 선생에게 도움을 청했다. 사실 그것은 수치스러운 일이었다. 그는 성 테오필 축제 이후 나에 대해 앙심을 품고 있었다. 그는 나의 고난을 즐거워했다. 그가 열쇠 꾸러미를 찔렁이며 자습실로 들이닥치면 마치 개구리가 우글대는 연못에 돌이라도 던진 것처럼 잠잠해졌다. 순식간에 모두 제자리로 돌아가 책에 머리를 박았다. 쥐죽은듯이 조용했다. 비오 선생은 열쇠 꾸러미를 흔들면서 조용한 교실을 이리저리 돌아다니다가 빈정거리는 시선으로 나를 바라보고는 말 한마디 없이 나가버리는 것이었다.

그 즈음 나는 불행했다. 교사들과 자습감독 동료들도 나를 비웃었다. 교장 역시 나에게 냉담했다. 비오 선생이 장난을 친 것이 분명했다. 엎친 데 덮친 격으로 부쿠아랑 사건이 터졌다.

아! 부쿠아랑 사건은 분명 그 해의 대사건으로 학교 연감에 기록되어 있으며 사를랑드 주민들 사이에서도 그 일은 심심찮게 이야기되고 있을 것이다. 나도 가슴속에 웅어리진 이 끔찍한 사건을 이제는 이야기하고 싶다. 이제 진실을 밝혀야 할 때가 된 것이다.

눈이 왕방울 같고 이마가 좁고 두툼한 손에 커다란 발이 천상 농장 머슴이라고 할 부쿠아랑은 열다섯 살이었다. 그는 중급반의 공포의 대상이었지만 사를랑드 콜레주에 다니는 단 한 명의 세벤느 귀족이었다. 교장은 학교에 그나마 귀족 냄새를 풍기게 한다는 점에서 그를 매우 아꼈다. 학교에서는 녀석을 '후작'이라고 불렀다. 모두들 그를 두려워했다. 그런 탓인지 나도 그에게 말할 때는 조심하곤 했다. 우리는 한동안 사이좋게 지냈다.

후작은 나를 바라보거나 대답을 할 때 무례한 태도를 취했다. 봉건시대 귀족의 안하무인으로 거들먹거리는 태도에 나는 무관심한 척했다. 내심 강적이라 생각했기 때문이다. 그러던 어느 날 자습 시간에 그놈의 후작이 뻐딱한 태도로 대답을 했다. 나는 화가 치밀어 올랐지만 냉정을 잃지 않고 말했다.

「부쿠아랑군, 당장 책가방을 싸 가지고 나가시오.」

이건 일찍이 상상도 못 해본 일이었다. 그는 동그랗게 눈을 뜬 채 꼼짝 않고 나를 쳐다보았다. 아뿔싸 내가 뭔가 일을 저질렀다고 느꼈다. 그러나 물은 이미 엎질러졌다. 다시 명령했다.

「나가게, 부쿠아랑군……!」

교실은 찬물을 끼얹은 듯 조용했고 긴장이 흘렀다. 내 두 번째 명령에 정신이 돌아온 후작이 느물거렸다. 그놈은 뻔뻔한 표정으로 대답했다.

「나가지 않겠어요!」

교실에서 작은 탄성이 터졌다. 나는 화가 치밀어 의자에서 일어났다.

「나가지 않겠다고……? 어디 두고 봅시다.」

나는 교단에서 내려왔다. 그 순간 폭력을 행사하겠다는 생각은 털끝만큼도 없었다. 나는 단지 단호한 태도로 후작에게 겁을 주고 싶었다. 그러나 내가 내려오는 것을 본 그가 가소로운 듯 내 전신을 훑어보며 꼬나보았다. 나는 녀석을 의자에서 끌어내려고 그의 목덜미를 잡는 시늉을 했다.

그 야비한 녀석은 제복 속에 커다란 쇠자를 감추고 있었다. 내가 손을 드는 순간 그놈이 쇠자로 내 팔을 세게 내리쳤다. 예상치 못한 기습에 나는 비명을 질렀다. 아이들은 책상을 두드리고 발을 구르며 소리를 질렀다.

「잘한다, 후작.」

드디어 나는 이성을 잃었다. 순식간에 나는 책상 위로 펄쩍 뛰어올라 후작에게 달려들었다. 녀석의 뒷덜미를 잡고 다리는 물론 주먹, 이까지 총동원해 마침내 자리에서 끌어냈다. 그 통에 그는 교실 밖으로 튕겨져 나와 운동장 한복판까지 대굴대굴 굴러갔다.

순식간에 일어난 일이었다. 나도 내가 그렇게 기운이 센지 미처 몰랐다.

아이들은 경악했다. '잘한다, 후작!' 하던 소리도 사라졌다. 아이들은 겁을 집어먹었다. 교장의 비호를 받던 무소불위의 부쿠아랑을 꼬맹이 자습감독이 넘어뜨리다니! 이건 놀라운 사건이었다. 나는

그동안 잃었던 권위를 찾았고 후작은 개망신을 당하는 순간이었다.

흥분이 가시지 않은 채 휘청거리며 창백한 얼굴로 내가 교단에 다시 섰을 때 아이들은 책상 위로 고개를 숙였다. 반 아이들이 내 손 안에 잡힌 것이다. 그러나 교장과 비오 선생은 이 사건을 어떻게 생각할 것인가? 아! 감히 내가 학생, 그것도 학교의 유일한 귀족인 부쿠아랑 후작에게 손을 대다니! 학교에서 쫓겨나려고 마음먹지 않고서야.

후련한 한편 혼란스러웠다. 후작이 가서 이를 것이라는 생각이 들자 교장이 당장에라도 교실에 들어서리라는 생각에 자습 시간 내내 조바심이 일었다. 하지만 아무도 오지 않았다. 쉬는 시간에 부쿠아랑이 다른 아이들과 웃고 노는 것을 보고 매우 놀랐다. 마음이 놓였다. 그 날 하루가 별 탈 없이 지나가자, 그놈이 떠들 생각이 없나 보다 여기고 사건의 두려움에서 벗어났다.

사건 다음 날인 목요일은 학생들이 외출하는 날이었다. 후작은 저녁까지 기숙사로 돌아오지 않았다. 나는 불길한 예감에 밤새 한숨도 자지 못했다. 이튿날 첫 자습 시간에 부쿠아랑의 빈자리를 보면서 아이들이 수군댔다. 나는 내색은 안 했지만 걱정이 되어 죽을 맛이었다. 7시가 되자 드르륵 문이 열렸다. 아이들이 일제히 자리에서 일어났다.

나는 제정신이 아니었다.

교장을 위시해 비오 선생이 뒤따르고 그 뒤로 목까지 단추를 채운 긴 외투를 입고, 목 위로 높게 올라오는 컬러에 리본식 타이를 맨 나이 지긋한 키 큰 신사가 들어섰다. 나는 그가 부쿠아랑의 아버지 드 부쿠아랑 후작이라는 것을 바로 알아차렸다. 그는 신경질적으로 긴 수염을 만지면서 투털거리고 있었다.

나는 교단을 내려서 인사할 용기조차 없었다. 그들 역시 들어올 때 내게 인사하지 않았다. 교실 복판에 떡 버티고 선 세 사람은 들어와서 나갈 때까지 내게 눈길 한 번 주지 않았다. 제일 먼저 포문을 연 것은 교장이었다. 그는 학생들을 향해서 말했다.

「제군들, 우리는 지금 아주 괴로운 임무를 수행하려고 여기 왔습니다. 여러분의 자습감독 한 분이 매우 중대한 죄를 지었습니다. 그분을 공개 비난하지 않을 수 없습니다.」

교장은 15분 동안 쉬지 않고 나를 비난했다. 사실이 왜곡되어 있었다. 후작 녀석은 학교에서 가장 우수한 학생인데 내가 아무 이유 없이 그에게 폭력을 행사했다는 것이었다. 결국 내가 자습감독의 의무를 잊고 애꿎은 학생을 못살게 굴었다는 것이었다. 나는 듣고만 있을 수 없어 나를 변호하려고 했다.

「죄송합니다만 교장선생님, 사실은 그렇지 않습니다.」

그러나 교장은 내 말을 들은 체도 하지 않고 비난의 강도를 낮추지 않았다. 교장의 말이 끝나기가 무섭게 부쿠아랑의 아버지가 뒤를 이었다. 그는 검사의 논고처럼 야박하게 떠들었다. 가련한 양반! 그는 내가 자기 아들을 살해할 듯 달려들었다고 주장했다. 내가 마치 야생 물소처럼 자기 아들에게 달려들었다고 했다. 아이는 아예 몸져 누웠으며 녀석의 어머니는 눈물을 흘리며 간호를 하고 있다고 했다.

만약에 어른이 저지른 일이라면 아버지 드 부쿠아랑 후작이 직접 복수를 했을 것이나 자습감독이 어리기에 여기서 끝내지만 이것만은 명심하라고 눈을 부라렸다.

「만약 다시 내 아들의 털끝 하나라도 건드린다면 네 귀를 싹둑 잘라버리겠다.」

후작의 일장 연설이 행해지는 동안 아이들은 속으로 웃었다. 비오 선생의 열쇠도 '너 딱 걸렸다'며 쩔렁거렸다. 나는 교단에서 분을 삭이지 못해 얼굴이 하얘진 채 그 모든 욕설을 묵묵히 듣고 있었다. 대꾸 않고 참아야 했다. 만약 항변했더라면 나는 학교에서 쫓겨났을 것이다. 그렇게 되면 어디로 간단 말인가?

마침내 한 시간쯤 지나자 세 신사는 더 할말이 없는지 교실에서 나갔다. 그들이 나가자 자습실은 술렁거리기 시작했다. 조용히 하라고 했지만 헛수고였다. 아이들은 내 앞에서 나를 조롱했다. 부쿠아랑 사건으로 나의 권위는 땅바닥에 떨어지고 말았다.

그것은 끔찍한 사건이었다.

그 사건은 샤를랑드 사람들을 흥분의 도가니로 몰아넣었다. 모임이나, 카페, 음악회 어디서나 그 이야기였다. 말하기 좋아하는 사람들은 머리털이 쭈뼛 일어서리 만큼 생생하게 옆에서 본 듯 이야기했다. 그 자습감독은 사악한 인간이며 식인귀라고 했다. 듣도 보도 못한 잔인한 방법으로 녀석을 고문했다고 했다. 사람들은 나를 '어린이 학대자'라고 부르기 시작했다.

녀석이 침대 생활에 싫증을 내자 그의 부모는 녀석을 긴 의자에 앉혀 거실 한가운데로 옮겨놓았다. 8일간 그 거실에는 사람의 발길이 끊이지 않았다. 부쿠아랑은 단조로운 일상에 지친 마을 사람들에게 빅뉴스였다.

사람들은 녀석에게 그 이야기를 스무 번도 더 되풀이하게 했다. 그 녀석은 이야기할 때마다 새로운 사실을 꾸며댔다. 순진한 어머니들은 과대 포장된 이야기에 바르르 떨었고 노처녀들은 그를 '불쌍한 천사!'라 부르며 손에 사탕을 건네주었다. 반대파의 신문은 이 사건에 대한 기사를 통해서 샤를랑드 콜레주를 비난하면서 인근의 종교계 학교를 옹호했다.

교장은 노발대발했다. 그가 나를 해고하지 않은 것은 소개한 총장 덕분이었다. 차라리 해고당하는 편이 훨씬 나았는지 모른다. 학교에서 자습감독의 직무는 너무 힘들었다. 아이들은 말을 듣지 않았다. 어쩌다 입만 벙긋해도 자기들도 부쿠아랑처럼 아버지에게 가서 이르겠다고 을러댔다. 마침내 나는 아이들을 지도하는 일을 포기했다.

일이 이렇게 되자 나는 부쿠아랑 부자에 대한 복수심으로 불탔다. 드 부쿠아랑 후작의 얼굴이 눈앞에 아른거렸고 그때마다 그가 내 귀를 자르겠다고 한 위협 때문에 귀가 달아올랐다. 내가 당한 모욕을 잊으려 했지만 도저히 그렇게 되지 않았다. 내가 일주일에 두 번 있는 야외수업 날 레베셰 카페 앞을 지날 때면, 당구대를 들고 서 있는 주둔군 장교들 속에 모자를 벗은 드 부쿠아랑 후작이 문 앞에 버티고 서 있었다. 그들은 조롱 섞인 웃음을 지으면서 우리가 다가오는 것을 기다리고 있었다.

목소리가 들릴 정도로 아이들 대열이 가까워지면 후작은 위압적인 시선으로 나를 경멸하듯 위아래로 훑어보면서 아주 큰 소리로 외쳤다.

「오늘은 괜찮냐, 부쿠아랑!」

「네, 아버지!」

고약한 아들놈은 대열 가운데서 째지는 소리로 외치곤 했다. 그러면 장교들과 학생들과 카페 종업원들이 웃었다. '오늘은 괜찮냐, 부쿠아랑!'은 나에게 고문이었다. 이것을 피할 방법이 없었다. 야외수업을 하려면 레베셰 카페를 지나야 했는데, 늙은 후작은 반드시 그곳에 나타났다.

때로 그에게 결투를 신청하고 싶은 충동이 일었다. 그러나 이를 행동에 옮기지 못하는 두 가지 이유가 있었다.

　첫째, 쫓겨날지도 모른다는 두려움. 둘째, 후작이 근위병으로 있을 때 사람을 많이 죽였다는 결투용 장검, 즉 커다란 콜리슈마르드(루이 14세 때에 사용되던 결투용 검. 칼날의 손잡이 쪽 반은 단면이 납작한 마름모꼴로 되어 있고 나머지 반은 끝이 뾰족한 삼각형으로 되어 있다-원주) 때문이었다.

　하지만 참는 것도 한계에 이른 어느 날 나는 펜싱 사범 로제를 찾아가서는 다짜고짜로 후작에게 결투를 신청하겠다는 결심을 털어놓았다. 그다지 친하게 지내지 않았던 터라 로제는 냉담하게 내 말을 듣고 있더니, 내가 말을 마치자 진심으로 나의 두 손을 잡았다.

　「다니엘 선생, 훌륭한 결심이오. 당신 같은 분이 스파이일 리가 없다고 생각했지요. 그런데 왜 그동안 비오 선생에게 잡혀 지냈소? 어쨌든 결심했다니 지난 일은 모두 잊읍시다. 당신의 생각대로 될 거요. 복수를 감행한다? 좋아요, 해봅시다! 한데 펜싱의 펜 자도 모른다구요? 그러니까 그 늙은 곰의 칼에 찔리지 않는 방법을 가르쳐 달라는 거 아닙니까? 잘됐습니다! 연습실로 갑시다. 여섯 달만 연습하면 그자를 이길 수 있습니다.」

　나는 로제가 열렬하게 나를 지지하자 기뻤다. 우리는 일주일에 3시간씩 펜싱 수업을 하기로 했다. 교습비는 따로 정했다. 나중에 사실을 알았지만 그는 내게서 다른 사람 교습비의 두 배를 받았다. 모든 것이 결정되자 로제는 다정하게 내 팔을 꼈다.

　「다니엘 선생, 오늘은 첫 수업을 하기에는 너무 늦었습니다. 하지만 바르베트 카페에 가서 우리 교습 계약을 맺는 일은 불가능할 게 없죠. 어린애처럼 겁내지 마시오! 바르베트 카페에 가는 게 겁납니까? 그렇지 않으면 갑시다, 제기랄! 유식한 채 그만하고……. 그곳에 가면 좋은 친구들도 만날 수 있지요. 그들과 어울리다 보면 당신도 계집애 같은 티를 벗고 남자다워질 수 있소.」

결국 나는 유혹에 넘어갔다. 우리는 바르베트 카페에 갔다. 고함소리와 담배 연기, 빨간 바지(1915년 이전의 프랑스군 보병의 군복 바지−역주), 모든 것이 예전과 같았다. 똑같은 보병 군모와 허리띠가 그 벽에 걸려 있었다.

로제의 친구들은 쌍수를 들어 나를 환영했다. 그의 말이 옳았다. 모두 '좋은 친구'들이었다! 나와 후작 사이에 있었던 사건과 내 결심을 듣고는 한 명씩 다가와 내게 악수를 청했다.

「훌륭해, 아주 훌륭한 결심이야.」

'좋은 친구' 들 사이에 끼니 나도 '좋은 친구' 였다. 나는 펀치를 한 잔 주문했다. 다가올 승리를 위해 우리 모두 건배했다. 즉석에서, 학년 말에 내가 드 부쿠아랑 후작을 한 칼에 쓰러뜨리기로 계획을 세웠던 것이다.

비참한 나날

겨울이 왔다. 산악 지방의 겨울은 음울한 잿빛 공기에다 건조하며 지독히 추웠다. 꽁꽁 얼어붙은 땅에 잎 하나 없는 앙상한 나무들로 해서 학교 운동장은 쓸쓸해 보였다. 우리는 동트기 전에 일어났다. 세면대가 얼어 있을 정도로 날씨가 추워 학생들은 이래저래 느려질 수밖에 없었다. 학생들을 재촉하는 종을 몇 번씩 울려야 했다. 자습감독들은 몸에 열이 나게 하려고 이리저리 걸어다니며 소리쳤다.

「빨리빨리, 서둘러요!」

학생들은 대충 꾸물거리며 줄을 서 어둠침침한 큰 계단을 내려와 지독한 바람이 부는 기다란 복도를 지났다.

나에게는 괴로운 겨울이었다! 하던 공부도 그만두고 말았다. 자습실에 있으면 활활 타오르는 난로 열기로 꾸벅꾸벅 졸기 일쑤였고, 자습실에서 수업이 있을 때면 내 다락방이 너무 추워 바르베트 카페로 달려가서 틀어박혀 있다가 카페가 문을 닫을 때쯤 그곳을 빠져나왔다. 로제는 그곳에서 나에게 펜싱 교습을 해주었다. 날씨가 추워 펜싱 연습실을 쓸 수 없었으므로 그곳에서 펀치를 마시면서 큐를 가지고 연습했다. 하사관들이 타격에 대한 판정을 했다. 그들은 나를 친구로 여겼다. 그들은 매일 가증스러운 드 부쿠아랑 후작을 죽일 수 있는 결정적인 새로운 한방을 가르쳐주었다. 그들은 압생트 술에 어떻게 단맛을 내는지도 알려주었다. 그리고 그들이 당구를 칠 때는 내가 점수를 계산했다.

그 해 겨울은 나에게 참기 힘든 고통의 시간이었다.

그 우울한 겨울 어느 날 아침, 내가 바르베트 카페에 들어서는 순간이었다. 요란한 당구 소리와 도자기 난로에서 나던 불타는 소리가 아직도 내 귀에 생생하다. 로제가 급히 내게 다가왔다. 그는 알 수 없는 표정을 하고 나를 구석방으로 끌고 갔다.

「잠깐 이야기 좀, 다니엘 선생…….」

사랑 이야기였다. 그 덩치 큰 남자가 내게 사랑 이야기를 털어놓자 나는 가슴 뿌듯해졌다. 그런 식으로 조금씩 어른이 돼가는 것이라 생각했다.

그 사랑 이야기는 이렇다. 펜싱 사범이 구체적으로 장소를 말할 수 없는 시내 모처에서 한 여자를 만났는데 한눈에 반했다. 그녀는 사를랑드에서 아주 귀한 가문 출신으로 펜싱 사범인 자기한테는 오르지 못할 나무와 같지만 사랑하므로 괴롭다고 했다. 그는 사랑에는 국경이 없으므로 이루어질 것이라고 믿고 있었다. 그래서 편지로 사랑을 고백할 생각인데 문제는 그의 글솜씨가 영 시원치 않는 것이었다. 상대가 바람기 있는 처녀 정도면 괜찮으나, 좋은 가문의 그녀에게는 상투적인 방법으로는 어림없다고 생각한 것이다. 훌륭한 시인의 문장력이 필요한 것이다. 나는 알 만하다는 듯 말했다.

「무슨 말씀인지 알겠어요. 그녀에게 보낼 연애 편지를 써줄 사람으로 저를 생각하신 거네요.」

「아, 맞아요.」

「도와드리죠. 사범께서 편하실 때 시작합시다. 단 한 가지, '완벽

한 비서(편지 모음집 - 역주)'에서 그대로 베낀 티가 나지 않게 하려면 저에게 그녀에 대해 알려줘야 하는데…….」

펜싱 사범은 주위를 살피더니 바싹 다가와 소곤소곤 말했다.

「금발의 파리 아가씨인데 그녀에게 다가서면 꽃 내음이 나죠. 이름은 세실리아예요.」

그러나 그녀가 고위층 자녀라 더 이상은 말해 주지 않았다. 그 정도면 충분했다. 바로 그 날 저녁 자습 시간에 나는 금발의 세실리아에게 보내는 첫 번째 편지를 썼다.

내가 베일 속의 그녀와 편지 왕래를 시작한 지 한 달이 되었다. 그 한 달 동안 하루 평균 두 통의 연애 편지를 썼다. 그 편지들 중에는 엘비르에게 바치는 라마르틴(엘비르는 프랑스 19세기 낭만파 시인 라마르틴의 〈명상 시집〉에 나오는 라마르틴의 애인 이름 - 역주)의 글처럼 다정하고 우울한 것이 있는가 하면, 소피에게 보내는 미라보(프랑스 혁명기의 정치가 미라보는 여러 번 투옥되고 사형 선고까지 받았던 파란만장한 일생을 보낸 인물로 그가 옥중에서 애인에게 쓴 편지를 모은 서한집 〈소피에게 보내는 편지〉가 유명하다 - 역주)의 편지처럼 열정적으로 울부짖는 내용도 있었다. 그 중 하나는 '오, 세실리아! 때때로 황량한 바위 위에서……' 로 시작하고 '그렇게 하면 죽는다고 합니다……. 우리도 그렇게 해볼까요?' 로 끝나는 편지도 있었다. 때로 이런 시를 쓰기도 했다.

오! 그대의 입술, 불타는 그 입술!
그 입술을 나에게 주오! 그 입술을 나에게 주오!

지금이니까 웃으면서 이야기하지만 당시 나는 매우 심각했다. 편지 쓰는 일에 진지하게 몰두했다. 편지를 다 쓰면 나는 로제에게 건네주었다. 로제는 자신의 멋진 하사관 필체로 그것을 다시 베껴 썼다. 내막을 모르는 그 순진한 여인은 편지를 받고는 답장을 보내왔다. 로제는 즉시 편지를 내게 가져왔다. 그 내용에 맞춰 다음 편지를 썼다.

이 일은 내 마음에 들었다. 금발의, 하얀 라일락 향내 나는 여인은 한시도 내 머릿속에서 떠나지 않았다. 어떤 때는 내가 진짜 내 애인에게 편지를 쓰고 있다는 착각에 빠지기도 했다. 나는 편지에다 내 자신의 사적인 이야기도 썼다. 주위의 비열하고 악한 사람들과 함께 살 수밖에 없는 나의 운명을 저주하는 말도 썼다.

「오, 세실리아! 내게 그대의 사랑이 얼마나 필요한지 그대는 아십니까!」

꺽다리 로제가 지나가다 내게 와서는 손가락으로 수염을 배배 꼬면서 말했다.

「덕분에 잘 나가고 있소……! 그대로 계속 부탁……!」

이럴 때는 은근히 분한 생각이 들었다.

「도대체 그녀가 어떻게 해서 열정과 우수에 넘치는 걸작을 자기에게 써 보내는 사람이 이 꺽다리 팡 팡 라 튤립이라고 믿을 수가 있단 말인가?(「팡 팡 라 튤립」은 1819년 폴 에밀 드브로의 민요풍 샹송에 나오는 바람둥이 주인공의 이름. 이 샹송을 바탕으로 여러 편의 연극과 영화가 제작된 바 있다—역주)」

그러나 그녀는 철석같이 믿고 있었던 것이다. 그러던 어느 날 펜싱 사범이 의기양양해서 방금 받은 답장을 내게 가지고 왔다.

「오늘 저녁 9시에 군청 뒤에서 만나잡니다!」

나의 편지 덕이었을까 아니면 로제의 길다란 콧수염 덕분이었을까? 그 대답은 여러분에게 맡기겠다. 어쨌든 나는 그 날 밤 기숙사 골방에서 어수선한 꿈자리를 맞았다. 세실리아처럼 귀한 집 여인들이 콧수염에 키가 큰 나에게 군청 뒤에서 만나자고 약속을 하고 있었다.

가장 웃지 못할 일은 내가 뒤숭숭한 꿈자리로 괴로워한 다음 날 아침 로제가 의기양양한 얼굴로 와서 감미로웠던 지난밤에 대한 헌사를 써달라고 한 것이다.

「꿈만 같은 하룻밤을 내게 준 나의 사랑스런 천사여…….」

사실 나는 배신감에 부르르 떨면서 그 편지를 썼다. 다행히도 편지 쓰는 일은 그것으로 끝이었다. 그 후 얼마 동안 나는 '세실리아'나 '귀한 가문' 운운하는 말을 듣지 못했다.

나의 친구 펜싱 사범

2월 18일. 밤새 눈이 너무 많이 와 아이들은 운동장에서 놀 수가 없었다. 아침 자습이 끝나자 수업 시간이 될 때까지 아이들을 모두 강당에 모아놓고 휴식 시간을 갖게 했다.

이 날 감독은 나였다.

강당은 옛날 해군학교 시절 체육관이었던 곳이다. 장식 없는 높은 벽이 사방으로 둘러 있고 창살 달린 조그만 창문들이 나 있었다. 여기저기 반쯤 빠져나온 기억자 갈고리가 걸려 있고, 사다리가 있었던 흔적이 보였으며, 천장 대들보에서 늘어진 줄 끝에 커다란 쇠고리가 매달려 흔들렸다.

아이들은 창문에 다닥다닥 매달려 길가의 눈을 삽으로 퍼 덤프트럭에 담는 광경을 바라보느라 정신이 없었다. 그러나 내게는 강당이 떠나갈 듯한 소리가 들리지 않았다.

나는 한 구석에서 혼자 눈에 눈물이 맺힌 채 편지를 읽고 있었다. 그 순간 아이들이 체육관을 온통 부숴버린다 해도 알아채지 못했을 것이다. 내가 읽고 있는 것은 방금 받은 자크 형에게서 온 편지였다. 파리 소인이 찍혀 있었다. 편지 내용은 이렇다.

사랑하는 다니엘!

내 편지를 받고 많이 놀라겠지. 나는 15일 전부터 파리에 와 있다.

생각도 못 했지, 안 그래? 나는 아무에게도 알리지 않고 리옹을 떠났다. 아무 생각 없이 내린 결정이었어. 무슨 다른 도리가 있었겠니? 그 끔찍한 도시가 너무 지겨웠어. 특히 네가 떠난 뒤로는 더했지.

단돈 35프랑과 생 니지에 주임 신부님의 편지 대여섯 통을 가지고 이곳에 도착했다. 다행히 신의 가호가 있어 곧바로 나이 든 후작한 분을 만나 그분의 집에 비서로 들어갔어. 후작의 회고록을 정리하는 일을 하는데 나는 그분이 부르는 대로 쓰기만 하면 돼. 보수는 한 달에 100프랑. 그리 대단한 일자리는 아니지만 그래도 돈을 아껴서 가끔 얼마씩 집으로 보낼 수 있을 것 같아.

사랑하는 다니엘, 파리는 정말 아름다운 도시야! 파리는 늘 안개가 끼어 있는 건 아냐. 가끔 비가 오기도 하지만 햇빛이 나면서 가볍게 내리는 비라 기분 좋아. 한 번도 이런 광경을 본 적이 없을 거야. 나도 완전히 바뀌었어. 이제는 전혀 울지 않아! 믿을 수 없겠지만.

내가 여기까지 읽자 폭설 속에서 둔탁한 자동차 엔진 소리가 들려왔다. 자동차는 학교 정문 앞에서 섰다. 아이들 소리가 들렸다.

「군수님이다! 군수님이다!」

군수의 방문은 무엇인가 특별한 일을 예고한다. 그는 일 년에 한두 번 정도 사를랑드 콜레주에 왔다. 그의 방문은 하나의 사건이었다. 그러나 군수의 방문보다도, 부산해진 학교보다도 그 순간 내게 더 중요한 것은 자크 형의 편지였다. 그래서 아이들이 군수를 보기 위해서 창문 앞에서 서로 밀치고 있는 동안 나는 내가 있던 구석 자리로 되돌아가서 다시 편지를 읽기 시작했다.

착한 다니엘, 아버지가 브르타뉴의 주류회사에서 능금주 판매 영업을 하고 계신 건 알고 있지? 내가 후작의 비서가 되었다는 사실을 안 아버지께서 후작 댁에 능금주를 몇 통 팔았으면 하셨다. 불행히도 후작은 스페인 포도주만 드신단다. 아버지께 그런 편지를 드렸더니 뭐라고 하신지 아니? 늘 그랬지만 말야, '자크, 너는 당나귀같이 멍청한 놈이야!' 라고 답장이 오더라.

사랑하는 다니엘, 뭐 상관없어. 나는 아버지가 실제로 나를 많이 사랑하신다는 걸 알고 있거든. 어머니는 지금 혼자 계셔. 알고 있지? 어머니께 편지 좀 하거라. 너한테 아무 소식이 없다고 걱정하시더라.

참, 네가 기뻐할 소식을 빠뜨릴 뻔했다. 내 방은 라틴구(파리의 대학가 – 역주)에 있다. 생각 좀 해봐, 라틴구라구……! 소설에 나오는 진짜 시인의 방처럼 작은 창문이 달려 있고 그 창문으로 수없이 늘어선 지붕들과 별이 보여. 침대는 넓지 않지만 필요한 경우 둘이 잘 수도 있다. 방 한 구석에 앉아서 시를 쓸 수 있는 책상도 있다.

네가 이 글을 읽고 나면 지금이라도 당장 날 만나러 오고 싶을 거라는 생각이 든다. 나도 네가 옆에 있었으면 좋겠다. 언젠가 너에게 오라고 연락할 날이 오겠지.

그럼 그 날이 올 때까지 나를 계속 많이 사랑해 다오. 그리고 건강 조심하구, 학교 일에 너무 매달리지 말거라. 네게 따뜻한 키스와 사랑을 보낸다.

－형 자크가

고마운 자크 형! 형의 편지는 나에게 얼마간 감미로운 고통을 안겨주었다. 나는 울면서 웃었다. 펀치술, 당구, 바르베트 카페 등 최근 몇 달 동안의 방탕한 생활이 악몽처럼 느껴졌다.

「자, 이제 잊어버리고 공부를 해야지. 자크 형처럼 용감해져야지.」

그때 종이 울렸고 학생들이 줄을 맞춰 섰다. 그들은 지나가면서 정문 앞에 세워놓은 군수의 차를 가리키며 군수에 대해서 지껄였다. 나는 학생들을 담당 교사들에게 넘겼다. 학생들이 교실로 들어가자 나는 계단 쪽으로 달렸다. 나는 자크 형의 편지를 갖고 내 방에 혼자 있고 싶었던 것이다.

「다니엘 선생, 교장실에서 누가 기다리십니다.」

'교장실이라고……? 누가 나에게 무슨 할말이 있다는 건가?'

수위가 물끄러미 나를 쳐다봤다. 갑자기 군수가 왔다는 데에 생각이 미쳤다. 나는 물었다.

「군수께서 거기 계십니까?」

괜한 희망으로 가슴이 쿵쿵 뛰는 걸 느끼며 두세 계단씩 한 번에 뛰어올라갔다. 살다 보면 사람이 제정신이 아닌 때가 있다. 군수가 나를 기다린다는 사실을 알게 되자 나의 상상력이 발동했다.

방학식 시상식 때 온 그가 나를 눈여겨보았다가 내게 비서 자리를 제안하러 일부러 학교에 찾아왔다고 생각했다. 당연히 그럴 것이라 생각했다. 자크 형의 편지에서 덕망 있는 후작 이야기를 읽었던 터라 내 머리가 잠깐 돌았던 게 분명했다.

한 계단 한 계단 올라갈수록 나의 믿음은 점점 커졌다. 군수의 비서라, 갑자기 하늘로 붕 떠오르는 기분이었다. 복도를 막 도는 찰나 나는 로제와 마주쳤다. 그의 얼굴이 백지장 같았다. 뭔가 말하려는 듯이 나를 쳐다보았다. 군수가 나를 기다리는 시간을 생각해 나는 걸음을 멈추지 않고 지나쳤다.

교장실 문 앞에서 심장이 고동쳤다. 군수의 비서가 된다니. 숨을 돌리기 위해서 잠시 멈추어 넥타이를 고쳐 매고 머리를 다듬은 다음 손잡이를 조용히 돌렸다.

만약 어떤 일이 내게 닥칠지 알았더라면!

군수는 무심한 표정으로 벽난로 대리석에 기대 서 있었다. 금발의 구레나룻과 함께 입가에 미소를 머금었다. 실내복 차림의 교장은 벨벳 모자를 손에 들고 공손히 그 옆에 자리했다. 갑자기 호출을 받은 비오 선생은 한쪽 구석에서 숨을 죽이고 서 있었다.

내가 들어서자마자 군수가 나를 가리키며 말을 했다.

「제 아내의 하녀를 유혹하는 데 재미를 붙인 분이 바로 선생이군요.」

그는 웃고 있었지만 빈정대는 어조로 분명하게 말했다. 처음엔 농담을 하는 줄 알고 나는 아무 대꾸도 하지 않았다. 그러나 농담이 아니었다. 잠시 침묵이 흐른 후에 그가 미소지으면서 다시 말했다.

「영광스럽게도 제가 말씀을 드리고 있는 분이 다니엘 에세트 선생이 아니신가요? 제 아내의 하녀의 마음을 사로잡은 그 다니엘 에세트 선생 말입니다.」

나는 영문을 몰랐다. 그러나 내 얼굴에 대고 두 번씩이나 하녀 운운하는 말을 듣자 나는 수치심으로 얼굴이 달아올랐다. 정말 화가 나서 소리쳤다.

「하녀라니요, 제가요……? 저는 하녀를 유혹한 일이 결코 없습니다.」

내가 이렇게 대답을 하자 교장의 안경 너머로 경멸하는 눈빛이 섬광처럼 스쳐지나갔다. 비오 선생의 열쇠가 교장실 한 구석에서 '혼자서 뻔뻔스런 짓은 다하고 있군!' 하고 속삭이듯 흔들리고 있었다.

군수는 여전히 미소짓고 있었다. 그는 벽난로 선반에서 종이 뭉

치를 집어들더니 돌아서서 나에게 그 뭉치를 흔들어댔다. 처음에 나는 그것이 무엇인지 몰랐다

「선생, 여기 당신의 유죄를 증명하는 뚜렷한 증거가 있습니다. 이것이 바로 그 하녀 방에서 찾아낸 것이오. 물론 서명도 없고 또 하녀가 이름을 밝히진 않았소. 그렇지만 편지에서 자주 콜레주 얘기가 나오고……, 선생께는 안 됐지만 비오 선생께서 선생의 필체와 문체라는 걸 확인하셨소이다.」

이 대목에서 열쇠가 사납게 흔들렸다. 군수가 여전히 미소를 띤 채 덧붙였다.

「사를랑드 콜레주의 교사가 모두 다 시인은 아니지요.」

이 말을 듣자 내 머릿속을 번개처럼 스치는 한 가지 생각이 났다. 나는 편지를 더 가까이서 확인하고자 앞으로 갔다. 불미스러운 일이 일어날까 걱정이 된 교장이 나를 저지하려고 했다. 군수가 침착하게 편지 꾸러미를 내게 내밀었다.

「보시지요!」

맙소사! 이건 세실리아에게 보낸 나의 편지들이었다.

'……오, 세실리아! 때때로 황량한 바위 위에서……' 로 시작하는 편지에서 '꿈만 같은 하룻밤을 내게 준 나의 사랑스런 천사여……' 로 시작하는 감사의 편지까지 모두 들어 있었다! 밤새워 고심해 쓴 아름다운 사랑의 말들을 내가 하녀의 발 밑에 갖다 바쳤다니……! 고관대작의 딸이란 사람이 바로 아침마다 군수 부인의 슬리퍼의 먼지나 터는 하녀였다니……! 내가 얼마나 화가 나고 당황했는지 상상할 수 있을 것이다.

잠시 무거운 침묵이 지나간 후에 군수가 비아냥거렸다.

「자! 돈 주앙 선생? 이래도 이 편지들을 선생이 쓴 것이 아니라고

하겠소?」

나는 대답을 하는 대신 고개를 푹 숙였다. 한 마디면 나의 결백이 밝혀지는 것이었다. 하지만 나는 그 말은 꺼내지 않았다. 로제를 고발하느니 차라리 내가 비난을 받을 준비가 되어 있었다. 이런 상황에서 나는 친구의 우정에 대해서 추호도 의심하지 않았던 것이다. 편지를 보는 그 순간 나는 혼자 생각했다.

'로제가 편지를 베껴 쓰기가 귀찮았던 모양이야. 차라리 당구 한 판을 더 하고 내가 쓴 것을 그대로 보내버렸나보다.'

왜 나는 그리 순진한가! 내가 변명할 생각이 없다는 것을 안 군수는 편지를 주머니에 집어넣고 교장과 그의 심복에게 돌아섰다.

「자, 이제 여러분께서 무슨 일을 해야 하는지 잘 아실 겁니다.」

이 말에 비오 선생의 열쇠가 음울하게 쩔렁거렸고 교장은 땅에 닿을 정도로 머리를 숙이고 말했다.

「에세트 선생을 당장 쫓아내야 마땅하지만 사람들 눈도 있으니 8일 동안만 학교에 더 있게 하겠습니다.」

교장에게는 새로운 자습감독을 구할 만한 시간이 필요했다. 나는 '쫓아낸다'는 말에 용기고 뭐고 다 달아났다. 나는 아무 말 없이 인사를 하고 서둘러 교장실을 나왔다. 밖으로 나오자마자 눈물이 쏟아졌다. 나는 손수건으로 눈물을 감추며 내 다락방까지 단걸음에 뛰어왔다.

로제가 나를 기다리고 있었다. 그는 매우 불안한 모습이었다. 성큼성큼 방 안을 오락가락했다. 내가 들어서자 그가 다가왔다. 그가 곁눈질로 나를 살피면서 말했다.

「다니엘 선생……!」

나는 말없이 의자 위에 주저앉았다. 그는 곧 바로 다시 물었다.

「어린애같이 눈물을 흘리다니, 눈물이 뭔 소용이 있다구……! 무슨 일이 있었습니까?」

나는 교장실에서 일어났던 일을 자세하게 들려주었다. 내 이야기를 다 듣고서 그의 표정이 밝아졌다. 더 이상 그 건방진 눈으로 나를 바라보지 않았다. 그리고 마침내, 자신과의 우정을 지키느라 학교에서 쫓겨나게 됐다는 이야기를 듣자 그는 두 손을 내밀면서 이렇게 말했다.

「다니엘, 당신은 고결한 마음을 가졌소.」

그 순간 밖에서 자동차 소리가 들렸다. 군수가 떠나는 소리였다. 펜싱 사범이 나의 손목을 으스러져라 잡았다. 그는 문 쪽으로 다가가며 말했다.

「고귀한 마음을 가진 당신에게 더 이상 내가 무슨 말을 할 수 있겠소. 하지만 나로 인해 당신이 희생당하게끔은 하지 않겠소. 울지 마시오, 다니엘 선생. 교장을 만나보겠소. 쫓겨나는 사람은 당신이 아닐 거예요. 나를 믿어봐요.」

그는 나가려고 한 발작 옮기더니 다시 내게 와 마치 잊어버렸다는 듯이 작은 목소리로 말했다.

「내가 교장을 찾아가 사실을 밝히기 전에 이 말을 명심하시오. 이 꺽다리 로제는 이 세상에 혼자가 아니오. 고향에 불구이신 어머니가 계시다오. 어머니요……! 오, 불쌍한 나의 어머니……! 모든 일이 다 정리되면 나의 어머니께 편지를 써 주겠다고 약속해 주시오.」

그는 진지하고 침착하면서도 섬뜩한 어조로 말했다.

「아니, 대체 무슨 짓을 하려는 겁니까?」

나는 소리쳤다. 로제는 대답이 없었다. 다만 그는 윗도리를 반쯤 열어 안주머니에 들어 있는 빛나는 권총 손잡이를 보여주었다. 나는 덜컥 겁이 나서 그에게 달려들었다.

「자살을 하려구요. 자살하겠다는 겁니까?」

「내가 군대에 있을 때 스스로 다짐을 한 적이 있소. 만약 내가 실수를 해 스스로 명예를 잃게 되면 치욕스럽게 살지는 않겠다고 말이오. 그 약속을 이행할 때가 온 것이오. 나는 5분 내로 학교에서 쫓겨날 게 분명하오. 분명 불명예지요. 한 시간 후에는 세상이여 안녕! 나는 마지막 한 잔의 자두주를 들이키겠소.」

아주 섬뜩한 그의 목소리를 듣자 나는 과감하게 문을 막아섰다.

「안 돼! 로제, 당신은 여기서 못 나갑니다. 나 때문에 당신이 죽느니 차라리 내가 그만두는 게 나아요.」

「내 의무를 다하도록 좀 내버려두시오.」

그가 더럭 화가 난 어조로 말했다. 나의 노력에도 불구하고 그가 기어이 문을 반쯤 열었다. 그때 나는 그의 어머니, 이 세상 어느 한 켠에서 사는 그 가련한 어머니에 대해 그에게 말해야 한다는 생각을 했다. '그 어머니를 위해 당신은 살아야 한다. 나는 쉬 다른 일자리를 구할 수 있고, 어쨌든 아직은 한 일주일 시간이 있다. 섣부른 결정을 하기보다 그래도 최후의 순간까지 기다려봐야 하지 않느냐고 설득했다. 마지막 말이 그의 마음을 움직였다. 그는 교장을 찾아가는 일과 그 후에 감행할 일을 몇 시간 늦추기로 결정했다.

그때 수업 시작 종이 울렸다. 우리는 서로 부둥켜안았다. 나는 교실로 내려갔다. 인간이란 보잘것없는 존재라는 생각이 들었다. 나는 앞길이 막막해져 다락방에 갔으나 나올 때는 완전히 홀가분해져 있었다. 나는 절친한 친구 펜싱 사범의 목숨을 구해 낸 자신이 자랑스러웠다.

그러나 감격은 사라지고 수업 시간 교단에 서자, 곰곰 되짚어보게 되었다. 로제가 죽지 않기로 한 것은 잘된 일이었다. 하지만 나는 어떻게 하나? 친구를 구한 대가로 그 길로 쫓겨나고 나면 나는 어떻게 될 것인가?

결코 유쾌한 상황이 아니었다. 집안 망신과 눈물을 흘릴 어머니와 노발대발하실 아버지 얼굴이 떠올랐다. 하지만 다행히도 자크 형이 있었다. 바로 그 날 아침 형의 편지를 받은 것이 얼마나 다행인지! 게다가 침대에 두 사람 누울 자리가 있다고 형이 말하지 않았던가? 또 파리에서는 어떻게든 먹고살게 마련이니까……

그러나 떠나려면 돈이 필요했다. 우선 기차 삯이 있어야 하고, 수위에게 줄 것이 58프랑, 꺽다리에게 꾼 10프랑, 또 바르베트 카페에 내 이름으로 달아놓은 외상값도 만만치 않았다. 그 돈을 다 어디서 구한담?

「까짓 것, 그런 일로 고민하다니 난 아직 순진하군. 로제, 그렇지. 로제는 시내에서 강습을 하니까 돈이 있을 거야. 로제는 자기 목숨을 구해 준 내게 몇백 프랑 정도는 빌려줄 거야.」

그렇게 생각하고 나자 나는 그 날 있었던 골치 아픈 사건을 잊고 파리 여행을 생각했다. 기분이 너무 좋아 가만 있을 수가 없었다. 내가 괴로워하는 모습을 보고자 자습실에 내려온 비오 선생은 명랑한 내 표정을 보고 매우 실망한 눈치였다. 저녁도 재빨리 먹어치웠다. 아이들 감독을 할 때도 인심 좋게 굴었다. 마침내 수업을 알리는 종이 울렸다.

우선 로제부터 만나야 했다. 나는 단숨에 그의 방으로 뛰어올라갔다. 방에는 아무도 없었다. 나는 그가 '한 바퀴 둘러보러 바르베트 카페에 간 걸 거야'라고 생각했다. 오늘과 같은 상황에서는 그럴 수 있다고 생각했다.

바르베트 카페에는 아직 아무도 와 있지 않았다. 누군가 '로제는 하사관들과 함께 프레리 초원에 갔다'고 말했다.

'이런 날씨에 거긴 뭐 하러 간 것이람?'

그래서 당구를 치자는 제의도 거절하고 바지 아랫단을 걷어붙이고 펜싱 사범을 찾아서 프레리 초원을 향해서 눈보라를 헤치며 달렸다.

쇠고리

사를랑드의 성문에서 풀밭까지 2킬
로미터는 족히 된다. 그러나 그 날 나는 15
분도 안 걸렸다. 젖 먹던 힘을 다해 그 거리
를 주파한 것이다. 나는 로제가 좀 불안했다. 나와 약속을 했음에도
그 불쌍한 친구가 자습 시간 동안 교장에게 말하지나 않았을까 걱
정했다. 그가 가진 권총의 머리판이 번쩍이던 게 눈에 선했다. 그런
불길한 생각에 번개처럼 달린 것이다.

　그런데 풀밭 방향으로 여러 발자국이 어지럽게 있는 것이 눈에
띄었다. 다행히 로제 혼자가 아니라는 생각에 마음이 놓였다. 그래
서 다소 여유를 찾고 파리와 자크 형과 여행을 생각했다. 그것도 잠
시 다시 불안한 생각이 들기 시작했다.

　'로제가 자살하려는 게 틀림없어. 그렇지 않다면 마을에서 멀리
떨어진 황량한 이곳까지 올 리 없잖아? 바르베트 카페에 들러 친구
를 데리고 온 것은 그들에게 이별을 고하고 떠나기 전에 이별주를
마시려는 거야. 아! 군인들이란⋯⋯!'

　나는 다시 정신 없이 달리기 시작했다. 순식간에 풀밭에 도착했
다. 눈 덮인 나무들이 보였다.

　'불쌍한 친구, 제발 내가 늦기 전에 도착해야 할 텐데!'

　이리저리 어지럽게 난 발자국들을 따라서 에스페롱 술집까지

갔다.

그곳은 소문이 좋지 않은 수상쩍은 곳으로 사를랑드의 난봉꾼들이 난잡한 파티를 벌이는 곳이었다. 나도 그곳에 몇 번 가본 일이 있었지만 그 날 따라 그 집이 유난히 을씨년스럽게 느껴졌다. 주저앉은 문, 지저분한 벽, 창문엔 먼지가 더께로 앉아 있는 낡은 술집이었다. 순백의 평원 한가운데 느릅나무 숲 뒤에 웅크리고 숨어 있었다. 추잡한 영업만큼이나 집 꼴도 말이 아니었다. 다가가려는데 이야기 소리, 흥겨운 웃음소리, 잔 부딪치는 소리가 들려왔다. '마지막 이별주' 라는 생각에 부르르 몸이 떨렸다. 숨을 고르기 위해서 잠시 멈췄다.

술집 뒤켠의 문을 밀고 마당으로 들어섰다. 마당은 산울타리 잎이 다 떨어져 황량했고, 향기가 은은했던 라일락 나무는 앙상한 가지만 남아 있었다. 눈 위로 쌓아올린 쓰레기와 마당의 하얀 정자는 마치 에스키모 오두막처럼 보였다. 눈물이 날 정도로 을씨년스러운 모습이었다. 시끌벅적한 소리는 1층에서 들려왔다. 추위에도 불구하고 먹고 마시느라 열이 났는지 창문 두 개가 다 열려 있었다. 내가 막 현관 계단에 발을 올려놓았을 때 안에서 들려오는 소리에 나는 걸음을 멈췄다. 웃음소리에 섞여 내 이름이 들렸던 것이다. 이상하게도 '다니엘 에세트' 라는 이름만 나오면 모두들 자지러지게 웃었다. 내 이야기를 하고 있는 사람은 로제였다.

나는 무엇인가 모르는 사실을 알아낼 수 있을 것이라 생각하고 숨막힐 듯한 호기심에 이끌려 뒤로 물러났다. 쌓인 눈 덕분에 발소리를 내지 않고 창문 옆으로 갔다. 창문 바로 밑에 정자가 하나 있어 그 안으로 슬쩍 들어갔다.

나는 평생 그 정자의 모습을 잊지 못할 것이다. 정자를 뒤덮고 있

던 말라 죽은 초록 잎들, 진흙투성이 더러운 바닥, 초록 칠이 벗겨질 대로 벗겨진 작은 탁자와 물이 줄줄 흐르던 나무로 된 벤치들……. 정자 위에 쌓인 눈 사이로 햇빛이 인색하게 들어왔다. 눈이 천천히 녹아 내렸고 눈 녹은 물이 내 머리 위로 방울방울 떨어졌다.

나는 무덤처럼 어둠침침하고 추운 바로 그 정자 안에서 사람이 얼마나 악하고 비열할 수 있는지 배웠다. 인간을 의심하고, 경멸하고 미워하는 것을 배운 것도 바로 거기였다. 이 글을 읽고 있는 여러분들은 결코 내가 정자 속에서 겪었던 그런 참담한 경험을 하는 일이 없도록 신께 기도드린다. 나는 선 채로 숨을 참으면서, 수치와 분노로 얼굴이 달아오른 채 술집 안에서 주고받는 말소리를 엿들었다.

여전히 내 친구 펜싱 사범이 계속 떠들었다. 그는 세실리아와의 연애 사건과 연애 편지 대필과 군수가 학교를 방문한 이야기를 하고 있었다. 사람들의 떠들썩한 열광으로 짐작하건대 과장되며 코믹한 몸짓으로 살을 붙여 떠벌리는 게 분명했다. 그 특유의 빈정거리는 목소리로 말했다.

「내가 알제리 보병대에 있을 때 3년 동안 연극을 했던 것이 헛수고가 아니었어. 잠깐 동안은 내가 게임에 진 줄 알았지. 이제는 자네들과 에스페롱 영감의 맛 좋은 포도주를 못 마시는구나 했지. 꼬마 에세트가 그때까지 침묵을 지켰거든. 그때 에세트가 사실대로 이야기할 수도 있었지. 지금 얘기지만 에세트는 내가 자수하기를 바랐을 거야. 그래서 나는 생각했지. '어떻게 사태가 돌아가나 살펴보자, 로제. 그리고 한바탕 연극을 벌여보는 거야!' 라고 혼잣말을 했지.」

그러곤 펜싱 사범은 한바탕 연극, 즉 아침에 내 방에서 그와 나

사이에 일어난 장면을 재연하기 시작했다. 아! 파렴치한 인간! 그는 단어 하나 틀리지 않았다. 그는 연극의 대사를 말하듯이 외쳤다.

「나의 어머니! 불쌍한 나의 어머니!」

이번에는 내 목소리를 흉내냈다.

「안 돼요, 로제! 안 돼요! 당신은 여기서 못 나갑니다…….」

그의 연극은 코미디였다. 모두들 대굴대굴 굴렀다. 분노의 눈물이 내 볼을 타고 흘렀다. 몸서리가 치고 귀가 아득했다. 나는 아침에 로제가 울부짖었던 가증스러운 연극의 내막을 이제 알았다. 자신이 드러나는 것을 막기 위해서 로제는 일부러 내 필적으로 된 편지들을 보냈던 것이며 그의 어머니는 돌아가신 지 이십 년이 지났으며, 그의 파이프 담뱃갑을 내가 권총의 머리판으로 잘못 알았다는 사실도 알게 되었다. 하사관 한 사람이 물었다.

「그러면 세실리아는?」

「세실리아는 아무 말도 하지 않았지. 떠나버렸어. 착한 아가씨야.」

「그럼 다니엘은 이제 어떻게 되는 거야?」

「내가 알게 뭐야!」

로제가 또다시 무슨 우스운 몸짓을 했는지 사람들이 한바탕 웃었다. 그 순간 나는 몹시 흥분했다. 당장에라도 튀어나가 유령처럼 그네들 앞에 우뚝 서고픈 생각이 들었다. 하지만 참아야 했다. 그만큼 조롱당했으면 됐다. 구운 고기 요리가 나오고 잔을 부딪치는 소리가 났다. 그들이 소리쳤다.

「로제를 위하여! 로제를 위하여!」

나는 더 이상 견딜 수가 없었다. 너무 괴로웠다. 들키면 어쩌나 신경 쓸 여지도 없이 마당을 달려나갔다. 뒷문을 단번에 뛰어넘어

미친 듯이 내달렸다.

소리 없이 어둠이 내리고 있었다. 눈 덮인 광활한 벌판은 어슴푸레한 황혼 속에서 이름 모를 우수에 잠겨 있었다. 나는 다친 새끼 염소처럼 그렇게 얼마 동안 달렸다. 심장이 부서진다든지, 심장이 피를 흘린다는 표현이 단지 시에만 나오는 것이 아니라면, 정말이지 그 날 내가 지나온 자리를 따라서 하얀 눈 위로 기다랗게 이어진 핏자국을 볼 수 있었을 것이다.

막막했다. 어디서 돈을 구한다? 어떻게 떠난다? 자크 형을 어떻게 만난다? 이제 와서 로제를 고발해도 아무 소용이 없었다. 세실리아가 떠나버렸으므로 잡아떼면 그만이었다.

하루 종일 시달린 데다가 피로와 고통으로 녹초가 된 나는 눈밭 속에서 밤나무 아래에 쓰러지고 말았다. 아마 그대로 다음 날 아침까지 아무 생각 없이 울고 있었을지 모른다. 갑자기 멀리 사를랑드 쪽에서 종소리가 들렸다. 학교에서 나는 종소리였다. 다 잊고 있던 나는 그 종소리를 듣고 번쩍 정신이 들었다. 학교로 돌아가 강당에서 아이들을 감독해야 했다. 강당을 떠올리는 순간 번개같이 스치는 것이 있었다. 그 순간 울음을 그치고 냉정을 찾았다. 나는 단호한 걸음으로 사를랑드를 향해 갔다.

학교 현관을 지나, 아이들이 모여 있는 강당으로 갔다. 나는 강당 한가운데 매달려 흔들리는 커다란 쇠고리를 뚫어지게 바라보았다. 이윽고 휴식 시간이 끝나자 나는 아이들을 데리고 자습실로 갔다. 아이들에게 자습을 시키고는 비통한 심정으로 편지를 써 내려갔다.

자크 에세트 귀하
보나파르트가, 파리

사랑하는 자크 형, 형에게 이런 고통을 주는 나를 용서해. 형이 이제는 울지 않는다고 했지. 이번엔 내가 형을 울리게 됐어. 아마 이게 마지막 울음이 될 거야. 형이 이 편지를 받을 때쯤이면 불쌍한 다니엘은 이 세상에 없을 거야……

　여기까지 썼을 때 아이들이 한데 몰려서 난리법석을 피우며 떠드는 소리가 났다. 나는 펜을 멈추고 무표정한 얼굴로 몇몇 학생에게 벌을 주고는 다시 써 내려갔다.

　알겠어, 형? 나는 너무 불행해. 자살하는 수밖에 다른 도리가 없어. 미래도 없어. 학교에서 쫓겨났거든. 여자 문제야. 형에게 이야기하기에는 너무 길어. 빚도 있고 이제는 공부도 할 수 없어. 나 자신이 창피하고 지긋지긋해. 사는 것이 역겹고 두려워……. 차라리 죽어버리고 싶어…….

　나는 다시 편지 쓰기를 멈춰야 했다.
　「수베롤, 시 오백 번! 푸케와 루피는 일요일에 학교에 남는다!」
　그러고 나서 나는 편지를 마무리지었다.

　잘 있어, 자크 형! 아직 할말이 많은데 내가 울어버릴 것 같아서……. 그리고 아이들이 나를 쳐다보고 있어. 어머니께는 내가 산책을 하다 높은 바위에서 미끄러졌다거나 아니면 스케이트를 타다가 물에 빠져 죽었다고 해. 알아듣지? 무슨 얘기든 지어내서 불쌍한 어머니가 진실을 모르도록 하란 말이야……! 나 대신 어머니께 키스해 줘. 아, 사랑하는 어머니. 아버지께도 키스를 전해 줘. 그리고

하루 빨리 집안을 다시 일으키는 거 잊지 마. 잘 있어! 형을 사랑해. 다니엘을 잊지 말아.

나는 그 편지를 끝내고 또 다른 편지 한 통을 쓰기 시작했다.

신부님, 이 편지를 저의 형 자크에게 전해 주시기 바랍니다.
그리고 제 머리카락을 잘라서 저의 어머니께 소포로 부쳐 주세요.
수고를 끼쳐 드려서 죄송합니다. 저는 이곳에서 너무 불행했기 때문에 죽을 수밖에 없습니다. 신부님, 신부님께서는 언제나 제게 친절하셨습니다. 감사드립니다.
　　　　　　　　　　　　　　　　　　　　—다니엘 에세트 드림

나는 편지를 다 쓰자, 그 편지와 형에게 보내는 편지를 커다란 봉투 안에 함께 넣었다. 봉투에는 이렇게 썼다.
'나의 시체를 제일 먼저 발견하시는 분은 이 봉투를 제르만 신부님께 전해 주시기 바랍니다.'
일을 마치자 나는 차분히 자습 시간이 끝나기를 기다렸다.
자습 시간이 끝났다. 아이들이 저녁을 먹고, 기도를 드리고 기숙사로 올라갔다.
나는 아이들이 잠들기를 기다리며 어슬렁어슬렁 걸었다. 순찰을 도는 비오 선생이 저만치 오고 있었다. 찰크랑 찰크랑 알쏭달쏭한 그의 열쇠 소리와 마룻바닥에 부딪치는 육중한 발걸음 소리가 들렸다.
「안녕하세요, 비오 선생님!」
「안녕하시오, 선생!」

141

비오 선생은 작은 소리로 답하고는 복도로 사라졌다.

이제 나 혼자 남았다. 나는 살짝 문을 열고 잠시 층계참에 서서 학생들이 깨지나 않을까 주위를 살폈다. 그러나 기숙사 안은 쥐죽은듯 조용했다. 나는 벽이 만드는 그늘을 따라서 종종걸음을 치며 갔다. 문 틈새로 북풍이 불어왔다. 나는 층계 아래로 내려와 회랑 앞을 지나면서 어둠에 잠긴 네 개의 건물에 둘러싸인 눈 덮인 하얀 운동장을 바라보았다.

대작에 몰두하고 있는 제르만 신부 방의 불빛만이 지붕 위를 비추고 있었다. 나는 자애로운 제르만 신부에게 가슴 깊은 곳에서 우러나오는 작별 인사를 보냈다. 그러고서 강당 안으로 들어갔다.

해군학교의 낡은 체육관 안은 냉랭하고 음산했다. 창살을 통해서 희미하게 새어들어온 달빛이 커다란 쇠고리를 정통으로 비추고 있었다. 아! 그 쇠고리. 나는 몇 시간째 오로지 그 쇠고리만을 생각했다. 쇠고리는 달빛으로 은은하게 빛났다. 연습실 한 구석에서 낡은 사다리 하나가 뒹굴고 있었다. 나는 그것을 집어다 쇠고리 아래에 놓고 그 위로 올라갔다. 짐작대로 사다리 높이가 딱 맞았다. 이제 나는 리본처럼 아무렇게나 목에 감고 다니던 보라색의 기다란 비단 넥타이를 풀었다. 나는 넥타이를 고리에 묶고는 당기면 죄어지도록 느슨한 올가미를 만들었다.

한 시를 알리는 종이 울렸다. 이제 나는 죽어야 한다. 나는 떨리는 손으로 올가미를 헐겁게 만들었다. 묘한 전율이 몸을 감쌌다.

「안녕, 자크 형! 안녕, 어머니……!」

그때 갑자기 나를 붙잡는 억센 손이 느껴졌다. 그 손이 내 몸통을 붙잡아 강당 바닥에 내려놓았다. 그때 비웃음이 섞인 무뚝뚝한 목소리가 들렸다.

「이 시간에 공중 곡예를 할 생각을 하다니!」

제르만 신부였다. 신부복 대신 짧은 바지를 입고 있었다. 조끼 위로 앞가슴 장식이 흔들리고 있었다. 얼굴에 칼자국이 있지만 친근한 그의 얼굴이 희미한 달빛 속에 슬픈 미소를 지었다. 나를 잡아내리는데 한 손이면 충분했는지 다른 한 손에는 방금 운동장 급수장에서 길은 물병이 있었다.

나의 놀란 얼굴, 눈물이 그득 고인 눈을 보자 제르만 신부는 미소를 거두고 똑같은 말을 되풀이했다. 그러나 한층 부드럽고 측은해하는 목소리였다.

「다니엘, 이 시간에 공중 곡예를 하려 하다니 무슨 짓이야?」

「저는 공중 곡예를 하려는 것이 아니고 죽고 싶습니다, 신부님.」

「뭐……! 죽어……? 그럼 무슨 힘든 일이 생긴 겐가?」

나는 복받치는 제 설움을 감당 못해 뜨거운 눈물을 흘렸다.

「저기……!」

「다니엘, 따라오게.」

나는 안 된다며 넥타이가 매달려 있는 쇠고리를 가리켰다. 제르만 신부가 내 손을 붙잡았다.

「어서! 내 방으로 가자. 죽으려면 거기 가서 죽어. 거기는 불도 있고 따뜻하단 말야.」

「죽게 내버려두세요, 신부님. 신부님께는 절 죽지 못하도록 하실 권리가 없습니다.」

신부의 눈에 분노가 섬광처럼 스쳤다.

「아! 그래?」

신부는 이 한마디를 내던지고 나의 애원과 저항에도 불구하고 내 허리띠를 잡고 마치 소포 꾸러미나 되는 듯이 나를 자신의 옆구리에 끼고 걸어갔다.

　제르만 신부의 방 벽난로에서 불길이 훨훨 타고 있었다. 불 가까이 램프가 켜진 탁자 위에 담뱃대들이 놓여 있고 작은 글씨가 빼곡이 차 있는 종이가 산더미로 쌓여 있었다. 나는 벽난로 구석에 앉혀졌다. 그리고 몹시 흥분된 어조로 말을 많이 했다. 불행한 현재와 또 왜 내가 그것들로부터 도망치려 했는지에 대해 이야기했다. 신부는 미소 띤 채 듣고 있었다. 그러다가 내가 울먹이며 실컷 이야기를 했다 싶자 나의 손을 잡고 나직하게 말했다.

　「그런 건 모두 아무것도 아니야, 더 험한 일도 있지. 자네 그렇게 사소한 일로 목숨을 끊으려 했다면 어리석은 생각이야. 자네 이야기가 뭔지 알겠네. 학교에서 쫓겨난 것뿐이구만. 오히려 이게 자네한테는 행운일 수도 있지. 어서, 떠나게. 여드레나 기다릴 게 뭐 있어. 당장 떠나게. 자네는 동네북이 아니야, 빌어먹을……! 여행 경비, 빚 같은 것은 걱정 말게. 그 못된 놈에게 꾸려던 돈을 내가 꿔주지. 우리 그 일은 내일 이야기하기로 하고 지금은 아무 말도 하지 말게! 지금 나는 일을 해야 하고 자네는 잠을 자야 하네. 단, 자네가 그 끔찍한 기숙사로 돌아가는 것은 원치 않아. 거기 가면 춥고 무서울 거야. 내 침대에서 깨끗한 시트를 덮고 자게! 나는 밤새도록 글을 쓸 참이네. 졸리면 소파에 누우면 되고. 잘 자게! 이제 됐지?」

　나는 고집을 피울 새도 없이 누웠다. 내게 일어나는 모든 일이 꿈같이 느껴졌다. 오늘 하루 얼마나 많은 일이 있었나! 죽기 일보 직전까지 갔다가 이 아늑하고 따뜻한 방 좋은 침대에서 자게 되다니! 행복감에 젖어들었다. 가끔 눈을 떠 전등 불빛 아래서 친절한 제르만 신부가 담배를 피우며 열심히 하얀 종이 위로 펜을 사각사각 움직여 글 쓰는 것을 바라봤다.

그 다음 날 아침 신부가 어깨를 흔들어 잠을 깨웠다. 자고 나니 아무것도 생각나지 않았다. 그런 나를 보고 신부는 껄껄 웃었다.

「자! 종이 울리고 있어. 서두르게. 아무도 눈치채지 못할 걸세. 평소처럼 가서 아이들을 데리고 나오게. 점심 시간에 여기서 기다릴 테니 그때 이야기하자구.」

내가 신부에게 고맙다는 말을 하기도 전에 신부는 나를 문 밖으로 내몰았다.

자습 시간이 길게 느껴진 것은 두말할 필요도 없다. 아이들이 채 운동장으로 나가기도 전에 나는 제르만 신부 방의 문을 두드렸다. 그는 서랍을 열어놓고 책상 앞에서 금화를 세어 정성스레 나누고 있었다. 그는 내가 들어가는 소리를 듣고 쳐다본 후 아무 말 없이 다시 작업을 계속했다. 계산을 마치자 그는 서랍을 닫고 미소를 지으며 내게 손짓했다.

「이게 다 자네 걸세. 내가 대신 계산해 보았지. 이게 여행 비용, 이것은 수위에게 줄 것, 이것은 바르베트 카페에, 그리고 이것이 10프랑을 꾸어준 그 친구에게 갚을 돈…… 이 돈은 성직자가 될 내 동생 대신 군복무를 해줄 사람을 사기 위해서 모아둔 거야. 동생의 추첨이 6년 후이니까 그 전에 우리가 만날 일이 있겠지.(추첨을 통해서 병역 복무 여부를 결정하는데 군에 가는 제비를 뽑더라도 돈을 내서 대리 복무자를 세우면 병역을 면제받을 수 있었다 - 역주)

내가 뭐라고 말하려 했으나 신부는 틈을 주지 않았다.

「이제, 작별 인사를 하세. 수업 종이 울리고 있네. 수업이 끝났을 때까지 자네가 여기 있는 모습을 보고 싶지 않아. 바스티유 감옥 같은 이곳은 자네한테 전혀 어울리지 않아. 빨리 파리로 도망가게. 열심히 일하고, 신께 기도드리고, 파이프 담배를 피우게. 그리고 어른이 되도록 노력해. 알겠나? 사내 대장부가 되라고. 다니엘, 자네는 아직 어린애에 지나지 않아. 평생 어린애 같은 행동을 할까 걱정돼.」

그는 멋지게 미소지으면서 내게 팔을 벌렸다. 하지만 나는 북받쳐오는 감격에 그의 무릎을 끌어안으며 울음을 터뜨렸다. 그가 나를 일으켜세우더니 나의 두 볼에 키스를 해주었다. 마지막 종소리가 울렸다. 그가 서둘러 책과 노트를 집어들면서 말했다.

「자! 늦겠네.」

그는 방을 나서기 직전 한 번 더 나를 돌아보면서 말했다.

「나도 파리에 형이 하나 있다네. 인자한 신부지. 자네가 찾아가 봬도 좋을 거야. 하지만 지금은 정신이 없으니 주소를 가르쳐줘도 잊어버리겠지.」

그러고는 큰 걸음으로 층계를 내려가기 시작했다. 그의 뒤로 옷자락이 펄럭이고 있었다. 오른손에는 신부 모자를 들고 왼쪽 겨드랑이 밑에는 종이와 책들을 한 뭉치 끼고 있는 훌륭한 제르만 신부! 나는 마지막으로 다시 한 번 그의 방을 둘러보았다. 커다란 책장, 작은 탁자, 반쯤 꺼진 벽난로 불, 내가 앉아서 한참이나 울었던 안락의자, 내가 편안하게 잠을 잔 침대를 마지막으로 바라보았다. 용기와 선의와 헌신과 순명으로 이루어진 신부의 신비한 삶에 생각이 미치자 나 자신의 비겁함에 얼굴이 붉어졌다. 그래서 나는 평생 제르만 신부를 잊지 않겠다고 다짐했다.

그 사이에 시간이 지나가고 있었다. 가방도 싸야 하고, 빚도 갚아야 하고, 합승마차도 예약해야 하고 할 일이 많았다. 방에서 나서려는 순간 벽난로 구석에 새까맣게 된 낡은 담뱃대 여러 개가 눈에 띄었다. 나는 가장 낡고 새까맣고 가장 짧은 것을 하나 기념으로 주머

니에 집어넣고 내려왔다.

　낡은 체육관의 문이 반쯤 열린 채였다. 곁을 지날 때 피치 못해 본 광경에 몸이 오싹했다. 어둡고 냉기로 냉랭한 강당과 반짝이는 쇠고리와, 거꾸러진 사다리 위로 헐겁게 매듭이 지어진 나의 보라색 넥타이가 허공에서 바람에 따라 흔들리는 것을 보았다.

비오 선생의 열쇠

조금 전의 섬뜩한 광경으로 아직도 흥분이 가시지 않은 채 허겁지겁 학교를 나서는데 수위실 문이 갑자기 열리며 누군가 나를 부르는 소리가 들렸다.

「에세트 선생님! 에세트 선생님!」

바르베트 카페 주인과 그의 친구 카사뉴 씨였다. 그들은 당황한 표정이었다.

카페 주인이 먼저 입을 열었다.

「떠나신다고 하던데 맞습니까, 에세트 선생님?」

「예, 바르베트 씨. 바로 오늘 떠납니다.」

바르베트 씨의 얼굴이 하얘졌고 카사뉴 씨도 노랗게 질린 표정이었다. 바르베트 씨가 카사뉴 씨보다 더 질겁한 표정이었다. 그가 더 많은 돈을 꿔줬기 때문이다.

「바로 오늘이라니요!」

「바로 오늘이요. 지금 이 길로 합승마차 좌석을 예약하러 가는데요.」

나는 그들이 나에게 덤벼드는 줄 알았다. 바르베트 씨가 말했다.

「그럼 내 돈은?」

카사뉴 씨가 소리질렀다.

「내 것은?」

나는 대답 대신 수위실로 들어갔다. 그러고는 제르만 신부가 준 금화를 무뚝뚝하게 꺼내 책상 위에 놓고 두 사람에게 빚진 금액을 계산하기 시작했다.

순식간에 상황이 바뀌었다. 마술에라도 걸린 듯 두 사람 얼굴이 환해졌다. 자신들의 돈을 챙기자 돈을 떼어먹고 도망가는 것으로 의심했던 것을 민망해했다. 돈을 온전히 받자 안심이 된 그들은 섭섭하다며 우정의 맹세까지 서슴지 않았다.

「정말, 에세트 선생님, 떠나시는 겁니까? 안타깝네요! 학교가 인재를 하나 놓치는군요!」

그들은 진짜 안타깝다는 듯, 혀를 끌끌 차며 감탄사를 내뱉었고 억지로 눈물을 참는다며 허풍을 떨고 악수를 하면서 한참 난리를 쳤다. 어젯밤만 같았어도 겉으로 친한 체하는 이런 꾐에 넘어갔을 것이다. 그러나 지금은 입바른 우정에 넘어갈 내가 아니었다.

정자에서 보낸 십여 분으로 해서 나는 사람 마음속을 꿰뚫어보게 되었으므로(적어도 나는 그렇게 생각하고 있었다), 그들이 친하게 굴면 굴수록 점점 더 역겨워졌다. 그래서 나는 그들의 어줍잖은 사설을 대충 끊고 학교에서 나와 이 모든 비인간적인 것에서 나를 멀리 데리고 갈 희망의 합승마차를 예약하러 갔다.

마차 매표소에서 돌아오는 길에 바르베트 카페 앞을 지나게 되었지만 들어가지는 않았다. 그곳이 지긋지긋했다. 그러나 나도 모르는 사이에 유리창 너머로 안을 들여다보았다. 카페 안은 만원이었다. 그 날은 판돈을 건 내기 당구가 있는 날이었다. 파이프 담배의 연기 사이로 벽걸이에 걸린 원통형 보병 모자와 빨간 방울 장식 허리띠가 불빛에 번쩍이고 있었다. 겉 다르고 속 다른 인물들이 모두 모인 듯한데 펜싱 사범 얼굴은 보이지 않았다.

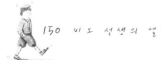

유리창에 비친 피둥피둥 살찐 얼굴들과, 술잔에서 넘실대는 압생트 술과 주둥이가 깨진 오드비(포도주를 증류한 브랜디 – 역주) 병을 잠시 바라보았다. 내가 저런 곳에서 지냈다 생각하니 얼굴이 붉어졌다. 당구대 주위로 다니며 점수를 계산하고 펀치 값을 치르고 수모와 멸시 속에서 하루하루 타락해 가는 그때까지의 나의 모습이 떠올랐다. 담뱃대를 입에서 우물거리거나 군가를 흥얼거리고 있는 모습이 눈에 선했다. 그 기억은 좀 전 체육관에서 보라색 넥타이가 흔들리는 것을 보았을 때보다 더 나를 오싹하게 했다. 나는 그곳으로부터 도망쳤다. 합승마차부의 짐꾼과 짐을 가지러 학교로 가는 중이었다. 광장에서 털 귀마개를 한 펜싱 사범이 지팡이를 휘두르며 반짝반짝 윤이 나는 멋진 장화에 콧수염을 비춰보면서 경쾌하게 걸어오는 것이 보였다. 나는 멀리서 그를 보고 중얼거렸다.

　「저렇게 멀쩡한 사람이 그런 비열한 짓을 하다니!」

　그도 나를 알아봤는지 두 팔을 활짝 벌리고 웃으며 다가왔다. 그를 보자 어젯밤 정자에서 들었던 그의 연극이 떠올랐다.

　「선생을 찾고 있었소. 도대체 떠나다니 무슨 일입니까? 당신이 왜…….」

　그가 하던 말을 딱 멈췄다.

　'나는 네가 어제 한 말을 알고 있다'는 듯한 나의 시선에 그의 거짓말이 입술 위에서 얼어붙었다. 그의 얼굴이 창백해졌고 어쩔 줄 몰라했다. 자기의 얼굴 위로 내리꽂히는 내 시선에서 자기가 탄로 난 것을 읽은 듯했다. 그러나 그것도 잠시, 이내 평상시의 모습을 되찾고 강철처럼 번쩍이는 시선으로 나의 눈을 뚫어질 듯 쳐다보더니 결연한 태도로 두 손을 주머니에 찔러넣고는 불만이 있으면 직접 따지라는 둥 중얼거리면서 멀어져갔다.

「저런 날 도둑놈!」

학교는 수업 중이었다. 짐꾼과 나는 다락방으로 올라갔다. 남자
는 내 가방을 어깨에 짊어지고 내려왔다. 나는 잠시 차가운 방에 앉
아서 장식품 하나 없는 더러운 벽과 낡을 대로 낡은 시커먼 책상과
창문을 통해 눈 덮인 꼭대기가 보이는 플라타너스를 차례차례 바라
다보았다. 정든 그들과 조용히 작별 인사를 했다.

그때 교실에서 아이들을 꾸짖는 고함 소리가 들려왔다. 제르만
신부의 목소리였다. 그 목소리를 듣자 가슴이 따뜻해지면서 눈가에
눈물이 맺혔다. 그리고 나는 다시는 돌아오지 못할 그곳을 눈에 담
기라도 하려는 듯 주위를 둘러보면서 천천히 내려왔다. 검은 눈동
자의 아가씨를 처음 보았던 곳, 창살이 쳐진 높은 창문이 있는 기다
란 복도를 나는 그렇게 지나쳤다.

'사랑하는 나의 검은 눈동자 아가씨여 신께서 당신을 보호하시기
를······!'

비밀스러운 이중 문으로 된 교장실도 그렇게 지나쳤다. 또 몇 걸
음 지나 비오 선생의 방에서 갑자기 걸음을 멈추었다. 기뻤다. 오,
어찌 즐겁지 않으랴! 그 열쇠, 끔찍한 그 열쇠들이 문에 달려 있었
다. 열쇠들이 바람에 가볍게 흔들렸다. 나는 그동안 사탄처럼 나를
괴롭힌 열쇠들을 잠시 바라보았다. 종교적 원죄처럼 나의 뒷덜미를
잡고 있는 그 열쇠! 복수할 생각이 나의 머릿속을 스치고 지나갔다.
나는 그 열쇠 꾸러미를 빼내어 나의 외투 자락에 숨기고 계단을 급
히 뛰어내려왔다. 중급반 운동장 끝에 꽤 깊은 우물이 하나 있었다.
나는 단숨에 그리로 뛰어갔다. 그 시간 운동장에는 아무도 없었다.
안경을 낀 할멈은 아직 커튼을 걷어올리지 않았다. 일을 저지르기
에 완벽한 상황이었다. 나는 많은 고통을 안겨주었던 그 열쇠 꾸러

미를 있는 힘을 다해서 우물 속으로 던졌다. 쩔렁! 쩔렁! 열쇠가 떨어지며 우물 벽에 부딪치다가 마침내 물 속으로 무겁게 떨어졌다. 우물은 아무 일 없다는 듯이 물보라를 가라앉혔다. 완전 범죄를 저지르고 난 나는 회심의 미소를 지으며 그곳을 떠났다.

학교에서 나오다가 현관 앞에서 마지막으로 비오 선생을 만났다. 열쇠를 손에 들지 않은 비오 선생, 공포에 질려 얼이 빠진 듯 이리저리 정신 없이 뛰어다니는 비오 선생. 내 옆을 지나칠 때 그는 불안한 눈으로 나를 잠시 바라보았다. 그는 혹시 내게 '그것' 들을 보지 못했는지 묻고 싶었을 것이다. 하지만 그는 그러지 않았다. 그때 수위가 층계 위에서 몸을 수그린 채 외쳤다.

「비오 선생님, 여기는 없는데요!」

「아! 이를 어쩌나!」

비오 선생의 짧은 비명이 들렸다. 그는 열쇠를 찾으러 미친 듯이 뛰어갔다. 그 광경을 좀더 즐기고 싶었지만 시간이 없었다. 그때 합승마차의 출발을 알리는 경적 소리가 아르므 광장에서 울렸다. 마차가 나를 버리고 떠날까봐 시간의 흔적으로 그을려 우중충한, 낡은 철근과 석조로 된 건물들을 뒤로 한 채 광장으로 뛰어갔다.

사를랑드 콜레주여 영원히 안녕! 엉덩이에 뿔난 중급반 학생들이여 안녕! 잔인한 비오 선생의 규칙서도 안녕! 나는 떠난다. 이제 다시는 오지 않을 것이다. 그리고 드 부쿠아랑 후작, 재수가 좋은 줄 아시오. 당신을 펜싱 검으로 일격에 쓰러뜨릴 계획을 접고 떠납니다.

자아, 가자! 진군이다! 합승마차는 바퀴에 불이 나게 달렸다! 세 마리 말이 힘차게 고향 마을로 향했다. 바티스트 외삼촌 댁으로……. 집에 계신 어머니께 어서 빨리 키스를 하고 싶었다. 그러곤 파리로 가 라틴구의 자크 형을 만나야지……!

바티스트 외삼촌

어머니의 오빠 바티스트 외삼촌은
조금 이상한 사람이었다. 착한 것도 악한

것도 아닌 그는 결혼을 일찍 했다. 외숙모는 키 크고 바짝 마른 여
자였는데 권위적이고 못된 성격이었다. 외삼촌은 외숙모를 무서워
했다. 공처가로 애 같은 외삼촌의 유일한 취미는 색칠하는 일이었
다. 40여 년 전부터 그는 그림물감과 붓과 접시에 둘러싸여 신문 삽
화에 색칠을 하면서 시간을 때우고 있었다. 집에는 〈일뤼스트라시
옹〉이며, 〈샤리바리〉, 〈마가장 피토레스크〉 같은 낡은 신문과 지도
책들로 가득했다. 모두 울긋불긋하게 색칠이 된 것들이었다. 외삼
촌은 외숙모가 신문 살 돈을 주지 않아서 신문을 살 수 없을 때면
책에도 색칠을 했다. 외삼촌이 형용사는 모두 파란색으로 명사는
분홍색으로 또 다른 것들은 다른 색으로 칠해 놓은 스페인어 문법
책을 내 눈으로 직접 본 적도 있다.

어머니는 지난 6개월 동안 이 늙은 편집광과 그의 표독스러운 아
내 사이에서 지냈다. 어머니는 바티스트 외삼촌 방에서 외삼촌 옆
에 앉아 뭔가 도와주려고 애쓰며 하루하루를 보냈다. 붓의 물기를
닦기도 하고 물감 접시에 물을 붓고 씻어다 주면서……. 가장 슬픈
일은 우리 집이 망한 이후 바티스트 외삼촌이 아버지를 경멸했다는
것이다. 하루 종일 어머니 귀에 대고 수없이 '에세트는 생각이 없는

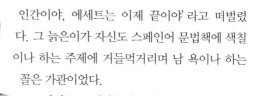

인간이야, 에세트는 이제 끝이야' 라고 떠벌렸다. 그 늙은이가 자신도 스페인어 문법책에 색칠이나 하는 주제에 거들먹거리며 남 욕이나 하는 꼴은 가관이었다.

바티스트 외삼촌의 됨됨이나 어머니의 음울한 더부살이는 한참 지나서 알게 되었다. 그렇지만 내가 외삼촌 집에 도착하자 어머니 말씀과는 달리 그곳에서 행복하지 않다는 것을 알았다. 내가 들어섰을 때 식구들이 막 식탁에 둘러앉으려는 참이었다. 어머니는 나를 보자 기뻐서 벌떡 일어섰다. 어머니가 있는 힘을 다해서 나를 끌어안았다. 하지만 불쌍한 어머니는 거북해했고 고개를 숙인 채 떨리는 가느다란 목소리로 이야기했으며 말을 아꼈다. 꼭 끼는 검은색 옷을 입은 어머니는 초라해 보였다.

외삼촌과 외숙모는 냉랭하게 나를 맞았다. 외숙모가 당황한 얼굴로 저녁 먹었느냐고 물었다. 나는 건성으로 먹었다고 대답했고 외숙모는 안도의 숨을 내쉬었다. 그녀는 내 저녁 때문에 잠시나마 신경이 쓰였던 것이다. 식사래야 완두콩 한 접시와 대구 요리가 다였다. 바티스트 외삼촌이 물었다.

「방학이라 온 거냐?」

「파리에 있는 자크 형이 좋은 일자리를 마련해서 학교를 그만두고 형 만나러 가요.」

불쌍한 어머니가 안심하도록, 또 외삼촌에게 제 앞가림은 하고 산다는 의미로 나는 거짓말을 했다. 내게 좋은 일자리가 생겼다는 말을 듣자마자 외숙모는 눈을 동그랗게 뜨며 말했다.

「다니엘, 어머니를 파리로 모셔야 할 거야. 어머니는 너희들과 떨어져 있는 걸 힘들어하시지. 게다가 우리도 형편이 썩 좋은 것도 아

니고. 외삼촌이 네 가족들의 봉일 수는 없어.」

바티스트 외삼촌이 입에 먹을 것을 잔뜩 넣은 채 말했다.

「사실 말이지, 내가 봉이지.」

봉이라는 말이 외삼촌의 마음에 쏙 들었다. 그는 위엄 있는 표정으로 그 단어를 여러 번 되뇌었다. 노인들과 하는 식사라 시간이 오래 걸렸다. 어머니는 거의 먹지 못했다. 내게 몇 마디 건네고 나를 힐끔 바라다보곤 하셨다. 외숙모가 어머니를 감시하듯 살피고 있었다. 외숙모가 외삼촌에게 말했다.

「고모 좀 봐, 다니엘을 만나니까 식욕이 없나 봐. 어제는 빵을 두 조각이나 먹더니 오늘은 한 조각밖에 먹지 않았네.」

아! 사랑하는 어머니! 나는 그 날 저녁으로 어머니를 모셔가고 싶은 마음이 간절했다. 인정머리 없는 외삼촌 내외의 손아귀에서 어머니를 구하고 싶은 마음이 정말 간절했다. 그러나 나 또한 무작정 가는 길이었고, 가진 거라고는 겨우 달랑 차비 정도였으며, 자크 형의 방도 그리 크지 않았다. 어머니와 이야기라도 편히 하고 키스라도 할 수 있었으면 얼마나 좋았을까! 외삼촌 내외는 한순간도 우리를 그냥 놔두지 않았다. 저녁을 먹자마자 외삼촌은 스페인어 문법책을 집어들었고, 외숙모는 은그릇을 닦았는데, 두 사람 다 곁눈질로 우리를 감시했다. 어머니와 나는 서로 아무 말도 못하고 헤어져야 했다.

외삼촌 집에서 나올 때 나는 가슴이 터질 듯했다. 혼자서 기차역으로 가는 어두운 큰 길을 걸어가면서 이제는 어른스럽게 행동할 것이며 집안을 일으켜세우는 일만 생각하겠다고 굳게 다짐했다.

나의 고무 장화

바티스트 외삼촌은 현재 중앙 아
프리카에 있는 바오밥나무만큼이나
늙었다. 내가 만약 외삼촌만큼 오래
산다고 해도, 3등 열차를 타고 최초로 파리 여행을 하던 날을 결코
잊지 못할 것이다.

2월 말이었다. 날씨가 아직 추웠다. 차창 밖으로 회색 하늘과 싸
락눈과 바람이 부는 가운데 민둥산과 물에 잠긴 벌판에 일렬로 늘
어선 죽은 포도나무들이 휙휙 스쳐지나갔다. 기차 안은 술에 취해
노래를 부르는 선원들과 죽은 물고기처럼 입을 벌리고 자는 뚱뚱한
농부들, 장바구니를 든 키 작은 할머니들, 아이들, 창녀, 젖 먹이는
어머니로 소란스러웠다. 그리고 담뱃대, 브랜디, 마늘이 든 소시지,
곰팡이 핀 짚으로 싼 짐들로 냄새가 풀풀 났다. 가난뱅이들이 타는
3등 열차에서 흔히 볼 수 있는 인생의 단상들과 온갖 잡동사니가 생
생하게 떠오른다. 지금도 그 차 안에 있는 기분이다.

기차에 탔을 때 나는 밖을 보려고 창가 자리를 잡았다. 그러나 8
킬로미터쯤 갔을 때 한 위생병이 자기 아내와 마주 앉겠다면서 내
자리를 요구했다. 소심한 나는 불평도 못 하고 아마인(린넨 씨앗) 냄
새가 나는 그 뚱보 위생병과 내 어깨에 기대 코 고는 상파뉴 출신의
키다리 고적대장 사이에 끼어서 800킬로미터를 가야만 하는 신세

가 되었다.

파리까지 이틀이 걸렸다. 나는 그 이틀 동안 골치 아픈 그 두 사람 사이에 끼어서 머리를 가누지도 못한 채 이를 악물고 견뎌야 했다. 수중에 가진 돈도 없어 이틀 동안 아무것도 먹지 못했다. 먹은 것 없이 버티기에 이틀은 너무 길었다. 40수짜리 동전(1수는 20분의 1프랑)이 하나 있었지만 역에 도착해서 자크 형을 못 만날 경우를 생각해 손을 댈 수가 없었다. 배가 고팠지만 그것을 소중하게 간직했다. 그런데 주위 사람들이 얼마나 먹어대는지, 그걸 보고 있는 게 정말 힘들었다. 내 다리 밑에 매우 무거운 바구니가 있었는데 뚱보 위생병은 쉴새없이 갖가지 돼지고기 가공 제품을 꺼내 자기 아내와 먹었다. 그 바구니가 옆에 있어 나는 매우 고통스러웠다. 특히 둘째 날은 더 심했다. 그러나 그 여행 중에 가장 괴로웠던 일은 그게 아니었다. 나는 사를랑드에서 떠날 때 구두를 신지 않고 기숙사 안을 돌아다닐 때 신던 얇은 고무 장화 하나만 달랑 신고 있었다. 장화가 나쁠 것은 없지만 겨울철에 3등 칸에서는…….

아! 얼마나 추웠던지! 눈물이 나올 지경이었다. 밤에 사람들이 다들 잠들고 나면 나는 발을 좀 데워보려고 몇 시간이고 발을 두 손으로 가만히 감싸쥐고 있었다. 아! 만약 어머니가 그런 나를 보았다면……! 배가 고파 속이 뒤틀리고 추워서 눈물이 날 지경이었지만 나는 행복했다. 상파뉴 고적대장과 위생병 사이에 껴 숨막힐 정도로 좁았지만 그 자리를 이 세상 그 무엇과도 바꿀 수 없었다. 파리에서 자크 형을 만나면 고통이 끝나기 때문이었다.

이튿날 밤 3시쯤 나는 놀라서 벌떡 일어났다. 기차가 이제 막 서려던 참이었다. 기차 안이 술렁거렸던 것이다. 위생병이 부인에게 말하는 소리가 들렸다.

「도착했어.」

내가 눈을 비비면서 물었다.

「어딘데요?」

「아, 물론 파리지!」

나는 황급히 승강구 쪽으로 갔다. 집이 하나도 없었다. 나무 한 그루 없는 벌판에 몇 개의 가스등과 여기저기 석탄 더미가 쌓여 있었다. 저 멀리 붉은 불빛 하나가 보이고 어렴풋이 파도 소리 같은 소음이 들려오고 있었다. 한 남자가 작은 랜턴을 들고 승강구마다 돌아다니면서 소리쳤다.

「파리! 파리! 승차권을 준비하세요!」

새로운 도시에 대한 흥분과 두려움에 나도 모르게 밖으로 내밀었던 머리가 쏙 들어갔다. 파리였다. 말로 만 듣던 대도시, 나는 파리에 대해 지레 겁을 먹었다. 꼬맹이인 내게 당연했다.

5분 뒤에 나는 플랫폼에 들어섰다. 자크 형은 한 시간 전부터 나와 있었다. 나는 진작부터 철책 뒤에서 나에게 손짓을 하고 있는 길다란 팔과 약간 구부정한 큰 키를 보고 형을 알아보았다. 단숨에 형에게 달려갔다.

「자크, 나의 형……!」

「아! 사랑하는 다니엘!」

우리는 서로 힘껏 끌어안았다. 불행히도 역에는 이런 아름다운 포옹을 위한 공간이 마련되어 있지 않았다. 여객실도 있고 화물실도 있었지만 긴 해후를 나눌 수 있는 공간, 진한 정을 도닥일 공간은 없었다. 사람들이 우리를 밀쳐대며 발을 밟고 지나갔다. 개찰구 직원이 소리쳤다.

「거기 서 있지 말고, 빨리 나가시오!」

「가자. 내일 네 짐을 찾으러 사람을 보낼게.」

자크 형이 작은 소리로 말했다. 우리는 다정하게 나란히 팔짱을 끼고 라틴구를 향해서 출발했다.

나는 훗날 처음 파리에 도착했을 때의 느낌과 역에서의 인상을 떠올리려고 몇 번이나 시도했다. 물건이건 사람이건 처음에는 아주 특별한 인상을 받게 마련이었다. 그러나 나중에 이때의 모습을 그릴 수가 없었다. 내가 도착하던 날 파리의 모습이 다시는 생각나지 않았다. 마치 수십 년 전 내가 어렸을 적에 한 번 스쳐지나간 후로 다시 가보지 않은 것 같은 안개 자욱한 도시일 뿐이다.

시커먼 강 위에 놓여 있던 다리와 사람 하나 없는 넓은 강둑과 그 강둑을 따라 펼쳐졌던 넓은 공원이 기억난다. 우리는 한동안 그 공원 앞에 멈추어 서 있었다. 공원 주위에 쳐진 철책 너머로 오두막들과 잔디와 물웅덩이와 서리가 내려 반짝이는 나무들이 어렴풋이 보였다. 자크 형이 말했다.

「동물원이야. 흰곰, 원숭이, 보아 뱀, 하마 같은 것들이 아주 많이 있어…….」

정말로 야생의 냄새가 났고 가끔 날카로운 외마디 울음소리며 거칠게 포효하는 소리가 그 어둠 속에서 울려퍼졌다. 나는 파리의 밤거리에서 만난 그 이상한 동물원으로 두려움과 흥분에 휩싸였다. 형 옆에 바짝 붙어서 철책 안을 들여다보았다. 마치 나에게 달려들 듯이 으르렁대는 사나운 야수들이 들끓는 거대하고 컴컴한 동굴 안에 있는 느낌이었다. 다행히도 나는 혼자가 아니었다. 나의 보호자 자크 형이 있었다.

아, 자크 형! 자크 형! 왜 형은 그동안 내 곁에 없었던 거야?

우리는 끝없이 이어지는 캄캄한 길을 오래 걸었다. 성당이 있는 조그만 광장에서 자크 형이 멈췄다.

「여기가 생 제르맹 데 프레다. 우리 방은 저 위에 있다.」

「뭐라고! 형……! 종루 안에 있다고……?」

「바로 종루 안에 있어. 시간을 알 수 있어서 아주 편리하지.」

　형이 조금 과장해서 말했다. 형은 성당 옆 6~7층쯤 되는 집 다락방에 살고 있었다. 방 창문이 생 제르맹 종루를 향해서 종루의 시계탑과 같은 높이에 있었던 것이다. 방에 들어선 나는 기뻐서 소리질렀다.

「따뜻한 불이야! 와, 안심이다!」

　벽난로로 뛰어가서 고무 장화가 녹건 말건 불 가까이 발을 갖다 댔다. 자크 형은 그제야 내 신발이 이상하다는 것을 알아챘다. 형은 크게 웃었다.

「얘야, 유명인 중에서 구두를 신고 파리에 도착했다고 자랑하는 사람들이 많은데, 너는 고무 장화를 신고 왔다고 자랑해도 되겠다. 내 실내화 신어라. 배도 고플 텐데 어서 파이를 먹자꾸나.」

　그렇게 이야기하면서 자크 형은 한 구석에 차려놓았던 작은 식탁을 불가로 끌어왔다.

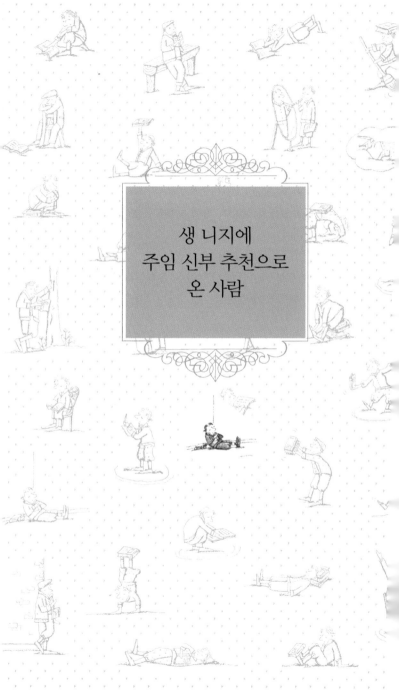

생 니지에
주임 신부 추천으로
온 사람

그날 밤 자크 형의 방은 내가 있었던 이 세상 어느 방보다 편안했다. 식탁보 위로 물든 벽난로 불빛은 드라마틱했다. 오래 된 포도주에서 나는 제비꽃 향이 입 안을 상큼하게 적셨다. 노르스름하게 익은 고기 파이는 먹기 아까울 정도였다. 그 날 이후 그런 파이와 포도주 맛을 다시는 느껴보지 못했다.

자크 형은 나의 맞은편에서 내 잔을 가득 채워주었다. 고개를 들 때마다 어머니처럼 나에게 다정하게 웃는 형의 시선이 좋았다. 내가 그곳에 있다는 것이 너무 행복해서 야릇한 흥분을 느꼈다. 나는 쉴새없이 말했다.

「좀 먹으면서 말해도 늦지 않아.」

자크 형은 내 접시에 계속 음식을 덜어주었지만 나는 말을 하느라 먹지 못했다. 그러자 내 입을 다물게 하려고 형이 말을 꺼내기 시작했다.

형은 우리가 헤어진 후 일 년이 넘는 동안 자신에게 일어난 일을 쉬지 않고 이야기했다. 형이 가장 힘들었던 시절을 이야기할 때는 묵묵히 감내하는 자의 미소를 지으면서 이야기했다.

네가 떠나자 집은 초상집같이 변해 버렸단다. 아버지께서는 일손을 놓고 가게에 나가서 혁명주의자들을 욕하거나 나에게 당나귀 같이 멍청한 놈이라고 외치면서 세월을 보내셨지. 그렇게 한다고 해서 달라질 게 없었어. 매일 아침마다 부도난 어음이 쌓이고 매일같이 집달관이 찾아왔지! 초인종이 울릴 때마다 가슴이 철렁철렁 내려앉았단다. 너는 잘 떠났던 거야.

그렇게 한 달 동안 시달리고 나서 아버지는 포도주 회사에 취직해 브르타뉴로 떠나시고 어머니는 바티스트 외삼촌 댁으로 가셨어. 두 분 모두 내가 배웅을 해드렸어. 내가 얼마나 울었는지 몰라. 그러고 나서 초라한 가구들이 모두 팔려나갔어. 집 문 앞 길거리, 바로 내가 보는 앞에서 집달관들이 팔아버렸어. 가재 도구가 그렇게 하나씩 없어지는 걸 보자니 정말 괴롭더라. 집에 있었던 가구는 우리도 모르게 어느새 우리의 일부가 되어 있었던 거야. 왜 너도 기억할 거야. 바이올린을 들고 있는 사랑의 신 에로스가 분홍색으로 그려져 있는 그 옷장 말이야. 그게 팔려나갈 땐 사간 사람의 뒤를 쫓아가 '저 사람 좀 잡아주세요!' 라고 외칠 뻔했어. 그런 심정 알 수 있지?

마지막으로 가구 중에서 의자 하나와 매트리스 하나, 빗자루 하나만 남았단다. 너도 이제 알겠지만 그 빗자루가 굉장히 요긴하게 쓰였어. 그 남은 가구를 랑테른 거리에 있는 집 한 구석에 놓아두었어. 집세는 두 달치를 선불한 상태였지. 가구 하나 없고 커튼조차 없는 그 큰 집에 나 혼자 남아 있었지.

아! 다니엘, 내가 얼마나 얼마나 처량했겠냐? 저녁때 돌아오면 혼자만 그 집에 있다는 게 막막해져서 갑자기 슬픔이 밀려오곤 했어. 인기척을 내려고 이 방 저 방 다니며 큰 소리나게 문을 닫기도 했지. 어느 날은 가게에서 누가 나를 부르는 것 같아 '나갑니다!' 하고 소리를 지르고 뛰쳐나간 적도 있어. 어머니 방에 들어갈 때면 꼭 어머니께서 창가 안락의자에서 쓸쓸히 뜨개질하고 계시다는 생각이 들기도 했다니까.

아, 그런데 설상가상으로 바퀴벌레가 다시 나타났단다. 리옹에 왔을 때 없애느라 애먹은 그 바퀴벌레들이 식구들이 떠난 걸 알았는지 처음보다 더 끔찍하게 재공격을 시도한 거야. 처음에는 바퀴벌레와 싸우려고도 해봤지. 저녁 내내 부엌에서 한 손에 양초를, 다른 손에는 빗자루를 들고 마치 사자처럼 싸우기도 했어. 여전히 울음만 나오더라. 불행히도 난 혼자여서 소용이 없었어. 아누 아주머니가 있던 시절이 아니었으니까. 게다가 바퀴벌레 숫자도 점점 늘어만 갔어. 그 습기 찬 도시 리옹의 모든 바퀴벌레들이 우리 집을 점령하기 위해서 한 번에 들고일어난 것 같지. 부엌이 온통 새까맸어. 부엌을 그놈들에게 내줄 수밖에. 어떤 때는 열쇠 구멍으로 그놈들을 쳐다보면서 공포에 떨었단다. 수억 마리쯤 됐어. 그놈들이 그 정도에서 멈췄냐고? 아, 천만에! 그놈들은 상당히 공격적이라 문을 닫고 자물쇠를 채웠는데도 부엌에서 내 침대가 있는 식당으로 건너오더라니까. 침대를 가게로 옮기고 또다시 거실로 옮겼어. 너 지금 웃고 있냐? 네가 그런 상황에 처했다면 어떻게 했을까? 한번 봐야 하는데.

그 망할 놈의 바퀴벌레들에게 이 방 저 방 쫓기다가 급기야는 옛날 우리가 쓰던 복도 끝 그 작은 방까지 도망갔어. 2~3일은 조용했지. 그런데 어느 날 아침, 잠에서 깨보니 100여 마리가 그 빗자루를 타고 조용하게 기어올라오는 거야. 또 한 소대는 내 침대로 몰려오고 있었지. 무기도 빼앗기고 최후의 보루까지 몰린 나는 도망치는 수밖에. 매트리스와 의자와 빗자루까지 몽땅 바퀴벌레에게 내주고 할 수 없이 랑테른 가의 그 끔찍한 집에서 쫓겨났어. 그 뒤 다시는 돌아가고 싶지 않았단다.

그 후 리옹에서 몇 달을 더 지냈단다. 아주 길고도 우울한 세월이었어. 눈물로 보냈지. 하도 울어 사무실에서는 아예 나를 막달라 마리아라고 불렀어. 난 어디 갈 데도 없었고 친구도 없었지. 네 편지를 읽는 게 내겐 유일한 즐거움이었단다. 다니엘, 너는 어쩜 그렇게 글을 잘 쓰는지! 네가 원한다면 분명히 신문에 글을 발표할 수 있을 거야. 나와는 다르지. 난 부르는 대로 받아쓰다 보니까, 내 스스로 무언가를 생각해 내지 못해. 그래서 아버지께서 매일 '자크, 당나귀 같이 멍청한 놈'이라고 한 것 같아. 어쨌든 당나귀 같은 바보가 되는 것도 그리 나쁘지는 않아. 당나귀는 착한 동물이야. 잘 참고 힘이 세고 일도 열심히 하고 마음도 착하고 허리도 튼튼하지……. 아까 하던 이야기를 마저 하자.

넌 편지마다 집안을 일으켜세우자고 썼어. 네 편지에 감동받고 나도 똑같은 생각을 하게 되었지. 하지만 내가 리옹에서 버는 돈을 가지고는 혼자 사는 데도 빠듯했어. 그래서 파리로 가겠다는 생각을 하게 된 거지. 파리에서는 좀 나은 돈벌이를 찾을 수 있다 싶어 우리 집을 다시 일으켜세울 수 있겠다 생각했지. 떠나겠다는 결정을 하고 차근차근 준비했지. 털이 다 빠져버린 참새 꼴로 파리의 길거리에서 쓰러지고 싶진 않았으니까. 다니엘, 너처럼 특별한 은총을 받은 아이야 괜찮겠지만 나 같은 울보한테야 어디…….

나는 생 니지에 주임 신부님께 추천서를 써달라고 부탁드렸지. 그분은 포부르 생 제르맹에서 덕망이 높으신 분이야.

신부님은 어느 백작에게 하나, 어느 공작에게 하나 두 통을 써주시더군. 그 자리에서 어느 양복점을 찾아갔지. 주인이 내 인상이 좋다며 멋진 검은색 양복과 조끼, 바지 기타 등등을 외상으로 해주겠다는 게 아냐. 나는 추천서와 옷을 가방에 넣고 리옹을 떠났지. 차비 35프랑하고 일자리를 구할 동안 쓸 돈 25프랑, 주머니에는 달랑 60프랑이 있었지.

파리에 도착한 이튿날, 검은 양복에 노란 장갑을 끼고 아침 7시부터 거리로 나섰단다. 다니엘, 너도 알아두어야 해, 그때 내가 한 짓은 지나고 보니 우스운 짓이더라. 파리에서 7시는 검은 양복을 입은 사람들에게는 적어도 잠자고 있는 시간이야. 그 사실을 몰랐던 거야. 나는 검은 양복에 새 구두 소리를 내면서 으쓱한 기분에 대로를 산책했어. 일찍 나갈수록 운명의 여신을 만날 가능성이 높지 않을까라는 생각에서였지. 그게 실수였어. 파리에서는 운명의 여신도 늦게 일어나.

나는 추천서를 들고 포부르 생 제르맹 부근을 바삐 돌아다녔어. 우선 릴 가에 있는 백작의 집으로 갔다가 생 기욤 가의 공작 집으로 갔단다. 두 곳 모두 그 시간엔 하인들이 마당에서 물청소를 하고 대문에 달린 구리 고리쇠를 닦더구나. 내가 그들에게 생 니지에 주임 신부의 추천으로 주인을 만나러 왔다고 하니까 그들은 나를 비웃으면서 양동이에 든 물을 내 발에 퍼붓는 거야. 어쩌겠어? 내 잘못인 걸. 나중에 알았는데 그 시간에 다른 사람 집에 가는 사람은 발 치료사밖에는 없다는 거야.

너 같으면 다시 그 집에 찾아가 그 하인들의 경멸에 찬 눈초리에 과감히 맞설 생각을 했을까. 하지만 나는 바로 그 날 오후 태연히 찾아가 아침에 그랬던 것처럼 생 니지에 주임 신부의 추천으로 왔으니 주인에게 안내해 달라고 말했어. 용기를 내길 정말 잘했어. 두 사람 모두 면회를 할 수 있었어. 나는 즉시 안내를 받아 두 사람을 만났는데 두 사람이 사람을 대하는 태도가 완전히 다르더라구. 릴가의 백작은 아주 냉랭하게 나를 맞았어. 엄숙하고 진지한 그의 길고 마른 얼굴은 나를 겁먹게 했어. 난 그 앞에서 별 얘기도 못해 봤지. 그도 나에게 별말을 걸지 않더라구. 그는 생 니지에 주임 신부의 편지를 읽고는 자기 주머니에 집어넣더라. 그러고는 내 주소를 묻더니 차갑게 나를 내보내면서 이렇게 말하더라.

「내가 알아보고 처리할 테니 다시 찾아오실 필요가 없습니다. 연락할 일이 있으면 편지를 쓰겠습니다.」

나 원 더러워서……. 나는 그 집에서 바짝 얼어서 나왔어. 다행히도 생 기욤 가에서는 따뜻한 대접을 받았단다. 그 공작은 세상에서 가장 유쾌하고 상냥한 뚱뚱보였는데 그가 생 니지에 주임 신부를 얼마나 좋아하든지! 생 니지에 주임 신부로부터 온 것은 무엇이건 통과였단다……!

아! 인자한 공작! 우리는 곧 바로 친구가 되었지. 공작은 베르가모트 향이 나는 담배를 권하더니 내 귀를 잡아끌어서 내 뺨을 살짝 치고는 멋들어지게 한마디 하더라구.

「당신 일자리를 찾아보지요. 얼마 안 있어서 당신에게 필요한 일이 생길 겁니다. 그 전에라도 오고 싶은 생각이 날 때마다 들르시오.」

나는 듯한 기쁜 마음으로 그곳을 나왔지. 신중하게 보이려고 이틀 동안은 그곳에 가지 않았어. 사흘째 돼서 생 기욤 가의 저택에 갔지. 푸른색과 금빛 옷으로 정장을 한 건장한 남자가 내 이름을 묻더라. 난 으쓱대면서 말했지.

「생 니지에 주임 신부님의 추천으로 온 사람이라고 전해 주시오.」

「공작님께서 매우 바쁘십니다. 선생님께 죄송하다시면서 다른 날 다시 오시랍니다.」

그 말을 듣고 얼마나 무안했던지. 인정머리 없는 공작 같으니! 그 다음 날 같은 시간에 다시 갔지. 전날 보았던 푸른색과 금빛 옷의 건장한 남자가 현관에 서 있는 게 보였어. 그는 나를 알아보자마자 허세를 부리며 말했어.

「공작님은 외출 중이십니다.」

「아! 좋습니다. 다시 오지요. 미안하지만 생 니지에 주임 신부 추천으로 온 사람이라고 전해 주십시오.」

그 다음 날도 다시 갔어. 그리고 며칠 동안 계속해서 갔었어. 그렇지만 계속해서 실패였지. 한 번은 공작이 목욕 중이었고 또 다른 때는 미사에 갔고, 어떤 때는 코트에서 테니스를 하는 중이라더니 또 한 번은 사람들과 함께 있다고 하더라. 사람들과 함께 있다고! 그래, 그렇다면 나는 사람이 아니라는 말이냐?

마침내 나는 매일같이 '생 니지에 주임 신부 추천으로 온 사람' 이라고 하는 내 처지가 면구스러워서 이젠 누구의 추천으로 왔다는 말도 못 했지. 그러면 현관에 버티고 선 꺽다리 문지기는 나를 향해서 그럴 수 없이 엄숙하게 외쳤어.

「선생께서 분명 생 니지에 주임 신부님 추천으로 오신 분이지요?」

그러면 그 집 마당 안에서 일하던 다른 하인들이 웃음을 터뜨렸어. 고약한 놈들 같으니라고! 생 니지에 주임 신부님만 아니면 그놈들을 몽둥이 세례로 때려눕힐 수 있었을 텐데!

파리에 온 지 한 열흘쯤 되었을 때야. 그 날도 생 제르맹 가에 갔다가 별 볼일 없이 저녁에 집으로 오면서 쫓아낼 때까지 계속 거기에 가겠다고 단단히 결심을 했어.

그런데 문지기 방에 릴 가에 사는 백작으로부터 내게 온 편지가 있었어. 백작이 자기 친구인 다크빌 후작에게 당장에 가보라는 거였지. 비서를 구한다는 거야. 너무 기뻤어! 그리고 하나 배웠지. 내가 거의 기대하지 않았던 그 냉랭하고 무뚝뚝한 바로 그 사람이 내일에 신경을 써준 거야. 반면에 그렇게도 친절하던 사람은 일주일 내내 집 문 앞에서 기다리게 해놓고는 나와 생 니지에 주임 신부를 하인들의 웃음거리로 만들었던 거지. 다니엘, 인생은 이런 거란다. 파리에서는 이런 걸 빨리 알게 된단다.

나는 즉시 다크빌 후작 집으로 달려갔단다. 비쩍 마르고 예리하고 명랑한 작은 노인을 만났지. 너도 보면 알겠지만 아주 친절한 분이란다. 귀티 나는 얼굴에 머리칼은 직모고 눈은 애꾸였어.

오래 전에 오른쪽 눈을 칼에 찔려 다쳤거든. 하지만 하나 남은 눈은 뭔가 탐색하는 듯 강렬해서 후작이 애꾸라는 생각이 들지 않을 정도야. 두 눈을 가진 사람처럼 완벽하게 사물을 꿰뚫고 있다는 생각이 들게 해. 그 후작 집에 도착해 내 소개를 하려 하자 갑자기 그가 나의 말을 막더니 이렇게 말했어.

「필요 없는 말은 안 해도 돼요. 본론으로 들어갑시다. 나는 회고록을 쓰고 있고 불행히도 조금 늦게 시작을 했습니다. 내가 하루가 다르게 늙어가고 있어서 낭비할 시간이 없어요. 계산을 해보니 모든 시간을 다 바쳐서 일에 매달려도 3년을 더 해야 일을 마칠 수 있겠어요. 지금 내가 일흔인데 다리 힘은 없지만 머리는 말짱해요. 그러니까 아직 3년은 버틸 수 있고, 또 내 회고록도 마칠 수 있을 것으로 생각됩니다. 다만 일 분이라도 허비할 수 없어요! 내 전 비서가 바로 그 점을 깨닫지 못했죠. 물론 내가 반할 정도로 똑똑한 사람이었는데 갑자기 사랑에 빠져서 결혼을 하겠다는 바람에. 거기까지는 어쨌든 상관이 없는데 오늘 아침에 그 괴짜가 결혼식을 올리게 이틀 동안 휴가를 내달라는 거예요. 아! 이틀 동안 휴가라니! 내게는 일 분도 어림없어요.」

후작은 그간의 일을 설명했어.

「'하지만 후작님……' 하고 비서가 매달렸지. '하지만 후작님……' 따위는 내겐 안 통하네. '자네가 만약 이틀 동안 휴가를 가야 한다면 아예 가버리게'라고 잘라 말했지. 그 괴짜가 '가겠습니다, 후작님' 하기에 뒤통수에 대고 '여행 잘 하게' 하고 끝냈어.」

그렇게 해서 비서는 떠나버린 거였어.

「이봐요 청년, 당신이 그 자리를 맡아주었으면 하네. 근무 조건은 아침 8시에 집으로 점심을 싸 가지고 와 정오까지 받아쓰기를 하고 정오가 되면 비서 혼자서 식사를 하지. 난 점심을 먹지 않으니까 비서가 식사를 끝내면 다시 받아쓰는 거지. 내가 외출을 할 때면 연필과 종이를 가지고 비서도 따라나서는 거지. 나는 계속해서 받아쓰기를 시키네. 차 안에서도 산책할 때도 방문했을 때도 언제 어디서나 받아써야 하네. 저녁 식사는 나와 함께 하고 식사 후에 하루 종일 쓴 것을 같이 읽는 거야. 나는 8시에 잠자리에 드니까 그 다음 날 아침까지는 비서가 할 일이 없는 셈이지. 보수는 한 달에 100프랑이고 저녁 식사가 포함되네. 대단한 금액은 아니지만 3년 후, 회고록이 끝나면 훌륭한 선물이 있을 거네. 내가 부탁하는 것은 시간을 잘 지켜야 한다는 것과 결혼하지 말라는 것과 아주 빨리 받아쓸 수 있어야 한다는 것뿐이야. 받아쓰기 할 줄 아나?」

「아! 물론이지요, 후작님.」

웃음이 나오려고 해서 혼났지. 남이 부르는 것을 평생 받아써야 하는 게 운명이구나 생각하니 정말 어이없더라고. 후작이 말을 계속했어.

「자 그러면 거기 앉지. 여기 종이와 잉크가 있소. 바로 일을 시작하자구. 24장을 하고 있었지. '나와 비렐르 씨 사이의 분쟁', 받아 적게…….」

그 사람은 방 안을 이리저리로 팔짝팔짝 뛰어다니면서 매미 소리같이 작은 목소리로 구술하기 시작했어. 다니엘, 그렇게 해서 내가 그 희한한 사람 집에 들어가게 된 거야. 그분은 사실 훌륭한 사람이지. 지금까지 우리는 서로에 대해서 매우 만족스러워하고 있어. 어제 저녁에 네가 온다는 이야기를 듣자 그분은 오래 된 이 포도주를 주셨어. 저녁마다 이런 포도주를 한 병씩 내놓는단다. 우리가 얼마나 잘 먹는지 알겠지.

점심은 싸 가는데, 가문의 문장이 새겨진 식탁보 위에 놓인 고급 무스티에 접시에 2푼짜리 이탈리아 치즈를 담아 먹는 내 모습을 보면 넌 웃을 거야.

그 노인이 그러는 건 인색해서가 아니라 늙은 요리사 필루아가 내 점심을 준비하는 수고를 덜어주기 위해서야. 내 생활은 그리 나쁘지 않아. 후작의 회고록은 매우 교훈적이야. 언젠가는 반드시 내게 도움이 될 드카즈 씨와 빌렐르 씨에 대해 많은 사실을 알았지. 저녁 8시가 되면 난 자유야.

도서실에 가서 신문을 읽거나 오랜 친구 피에로트 아저씨에게 인사차 들르지……. 피에로트 아저씨 기억나니? 세벤느의 피에로트, 어머니의 소꿉친구말야. 지금은 피에로트 아저씨가 옛날 그 피에로트 아저씨가 아니고 아주 뚱뚱해졌어. 소몽 가에 그 아저씨의 예쁜 도자기 가게가 있어. 아저씨가 어머니를 참 좋아하셨지. 그 집은 항상 열려 있어 아무 때나 드나들 수 있어.

　겨울 저녁에 그 집에 들르면 위안을 받곤 했어……. 하지만 이제 네가 여기 있으니, 저녁 시간도 쓸쓸하지 않게 됐다. 너도 그렇지, 다니엘? 오! 나의 다니엘, 얼마나 기쁜지 모르겠다. 이제 우린 행복하게 지낼 거야.

자크 엄마

자크 형의 이야기가 끝나자 나는 내 이
야기를 시작했다. 사위어가는 벽난로의 불이
'애들아, 가서 잠자거라' 라고 말해도 소용없
고, 촛불이 '잠잘 시간이야! 이제 바닥까지
다 탔단 말이야!' 라고 해도 소용이 없었다.

우리들의 이야기는 밤을 꼬박 새워도 모자랄 지경이었다.

형은 내 말을 아주 관심 있게 들었다. 그것은 내가 사를랑드 콜
레주에서 살아온 이야기였다.

비열하고 난폭한 아이들, 학대, 증오, 모욕, 언제나 화가 나 있던
비오 선생의 열쇠, 숨이 막히던 지붕 밑 다락방, 배반, 눈물짓던 밤
까지.

그리고 자크 형은 착해서 무슨 말이건 다 털어놓을 수 있으니까
바르베트 카페에서의 방탕한 생활, 하사관들과 마시던 압생트, 빚,
자포자기의 절망감. 그리고 마침내는 자살 소동과 '너는 평생 어린
애로 남을 것이다' 라는 제르만 신부의 따끔한 충고에 이르는 그 모
든 이야기들을 다 했다.

자크 형은 팔꿈치를 식탁 위에 괴고 손으로 머리를 감싸안은 채
나의 고백을 끝까지 다 들었다.

그가 때때로 몸서리를 치며 '불쌍한 다니엘! 고생이 심했구나!'

하는 소리도 들었다.

내가 이야기를 마치자 그는 일어나서 내 양손을 잡고 떨리는 목소리로 다정하게 말했다.

「제르만 신부님 말씀이 옳아, 알겠니? 다니엘, 너는 어린애야. 인생을 혼자서 살아갈 수 없는 어린애라구. 나를 찾아오기를 잘했다. 오늘부터 너는 내 동생일 뿐만 아니라 내 아들이기도 하다. 어머니께서 멀리 계시니까 내가 엄마 역할을 하마. 말해 봐, 다니엘? 내가 너의 엄마 자크가 되었으면 좋겠니? 두고 보면 알겠지만 많이 귀찮게 하지는 않을 거야. 내가 네게 바라는 것은 내가 항상 네 곁에서 걸어가면서 네 손을 잡을 수 있으면 돼. 그렇게 되면 너는 어른처럼 편안하게 정면에서 인생을 바라볼 수 있을 거야. 인생이 너를 잡아먹지 않을 테니까.」

나는 그의 목을 끌어안는 것으로 대답을 했다.

'아! 자크 엄마, 엄마는 참 좋은 사람이야!'

그러고 나서 나는 옛 리옹 시절 자크 형이 그랬듯이 오랫동안 뜨거운 눈물을 흘렸다.

이제 자크 형은 울지 않는다고 했다. 본인 말로는 저수지가 다 말랐다고 했다. 어쨌든 더 이상 울지 않을 것이라고 했다.

그 순간 7시를 알리는 종소리가 울렸다.

창 밖이 환해졌다. 희미한 햇살이 사르르 떨면서 방 안으로 스며들어왔다. 자크가 말했다.

「날이 밝았구나. 잠잘 시간이다. 빨리 자리에 누워라. 잠을 좀 자 두어야지.」

「형은?」

「나야 이틀 동안 기차를 타고 온 것도 아니고, 게다가 후작 댁에 가기 전 도서실에 책도 몇 권 반납해야 해. 그냥 있을 시간이 없어. 다크빌 후작은 농담도 안 하시지…… . 오늘 저녁에 8시에 돌아올 거야…… . 너는 좀 쉬고 나서 바람이라도 쐬고 와. 특히 네게 말할 게 있어…… .」

자크 형은 마치 엄마처럼 처음 파리에 온 나를 위해 매우 중요한 충고를 줄줄이 늘어놓기 시작했다.

그러나 불행하게도 형이 여러 가지를 이야기하고 있을 때, 졸음 이 몰려오면서 정신이 가물가물해졌다. 여독과 빈속에 먹은 고기 파이와 신산했던 시간의 눈물로 인해 내 몸의 4분의 3쯤에는 이미 잠이 쏟아져내리고 있었다.

나는 '여기서 가까운 레스토랑이 어디고, 내 조끼에 돈을 넣어두 었고, 다리를 건너야 하고 그 길을 따라가야 하고 순경에게 물어야 하며 생 제르맹 데 프레의 종루를 잊지 말라'는 둥 뭐라는 둥 하는 형의 목소리를 꿈결처럼 들으며 설핏 반 잠이 들었다.

그 중에서 특히 생 제르맹의 종루 이야기가 강한 인상으로 남았 다. 2개, 5개 아니 10개의 생 제르맹 종루가 나의 침대 주위로 마치 도로 푯말처럼 뱅 둘러섰다.

그 종루들 사이로 형이 방 안을 왔다갔다하고, 벽난로 불을 뒤적 거리고, 십자형 유리창의 커튼을 닫고는 내게 다가와 외투로 내 발 을 덮어주고, 내 이마에 입을 맞추더니 문소리를 내면서 가만히 나 갔다.

나는 여러 시간째 자고 있었다. 아무런 일이 없다면 아마도 자크 형이 올 때까지 잠을 잤을 것이다. 그런데 종소리에 놀라 일어났 다. 그것은 사를랑드의 종소리였다. 그 끔찍한 종소리.

'댕그랑 댕그랑! 일어나. 댕그랑 댕그랑! 옷 입어.'

나는 펄쩍 뛰어 일어나서 단번에 방 한가운데 섰다. 기숙사에서처럼 '자아, 학생들!' 하고 외칠 듯이 입을 크게 벌렸다.

그러다가 내가 자크 형의 집에 와 있다는 것을 깨닫자 크게 웃고는 미친 듯이 방 안을 껑충거리고 뛰어다녔다. 인근 작업장에서 나는 종소리를 사를랑드의 종소리로 착각한 것이었다. 그 종소리는 사를랑드의 종처럼 둔탁하고 사납게 들렸다. 그러나 콜레주의 종이 좀더 심술궂고 끔찍한 구석이 있다. 다행히도 그 종은 800킬로미터 떨어진 곳에 있으니 제아무리 크게 울린다고 해도 나를 괴롭히지는 못할 것이었다.

나는 창가로 가서 창문을 열었다. 저 아래로 쓸쓸한 나무들이 서 있는 상급반 운동장이 있고 벽에 가까이 붙어 걸어오고 있는 열쇠를 가진 남자를 볼 수 있겠지 하는 생각을 막연하게 하고 있었던 듯하다. 그때 여기저기서 정오를 알리는 종이 울렸다. 커다란 생 제르맹 종루가 거의 내 귀에 대고 치듯이 연달아 열두 번의 종을 쳐서 제일 먼저 삼종기도 시간을 알렸다.

열린 창문을 통해서 그 육중한 소리가 물방울처럼 터지면서 방 안을 가득 채웠다.

파리의 다른 종소리들이 각각 다른 톤으로 생 제르맹의 종소리에 화답했다. 방 아래 쪽에서 눈에 보이지 않는 파리가 포효하고 있었다.

나는 한동안 돔과 첨탑과 종루들이 햇빛 속에서 반짝이는 것을 보았다. 그러다가 갑자기 도시의 소음이 나에게 몰려왔다. 그 소음과 생활과 열정과 군중 속으로 뛰어들어 뒹굴고 싶은 욕구가 솟구쳐 올라왔다. 나는 취한 듯이 외쳤다.

「파리를 보러 나가자!」

예산에 관한 논의

그 날 파리 사람 중 몇 명은 저녁을 먹으며 '오늘 길에서 별 이상한 꼬마를 다 봤어!' 라고 얘기할 것이다. 지나치게 긴 머리칼과 지나치게 짧은 바지, 파란 양말에 고무 장화, 촌티 나는 모습, 게다가 키가 작은 사람들이 으레 그렇듯 점잖은 체 걷던 내 모습은 분명 우습기 짝이 없었을 것이다.

그 날은 마침 겨울이 끝나갈 무렵으로 따사로운 햇볕이 가득한 날이었다. 파리에서 이런 날은 진짜 봄날보다 더 화창하다고 할 수 있다. 거리는 사람들로 붐볐다. 나는 거리 인파 속 시끌벅적한 소리에 약간 얼이 빠진 채로 쭈뼛거리면서 담들을 따라 앞만 보고 걸어가고 있었다. 사람들이 나를 밀칠 때마다 '죄송합니다' 라고 말하면서 얼굴을 붉혔다. 또 가게 앞에 멈춰 서지 않으려 조심했다. 그리고 어떠한 일이 있어도 절대로 길을 묻지 않으려 했다. 나는 이 골목 저 골목을 지나 무조건 똑바로 앞만 향해 갔다. 사람들은 나를 힐금힐금 쳐다보았고 나는 그것이 거북스럽게 느껴졌다. 걸어가다가 뒤돌아보는 사람들도 있었고 내 옆을 지나가면서 웃는 사람들도 있었다. 한 번은 어떤 여인이 같이 가던 여인에게 '어머, 저 사람 좀 봐' 하고 말하는 소리가 들렸다. 그 말을 듣는 순간 다리가 휘청거렸다. 더욱 나를 난처하게 했던 것은 수상쩍게 바라보는 순경들의 눈초리였다. 거리의 곳곳에서 고약한 그들의 무언의 눈초리가 나를 주시하고 있었고 내가 지나친 뒤까지도 뒤통수에 박히는 따가운 눈길이 느껴졌다. 사실 그때 나는 약간 불안해하고 있었다.

그렇게 한 시간쯤 걸었을까. 기다란 가로수들이 서 있는 큰 길에 이르렀다. 차와 사람 소리로 시끄러워서 갑자기 겁에 질린 나는 그대로 멈춰 섰다.

「여기서 어떻게 빠져나간담!」

대체 어떻게 집에 돌아간단 말인가? 만일 사람들에게 생 제르맹 데 프레의 종루가 어디쯤이냐고 묻는다면 웃음거리가 될 게 분명했다. 마치 부활절에 로마에서 돌아온 길 잃은 부랑자같이 보일 게 틀림없었다.

어떻게 해야 할지를 생각해 볼 요량으로 나는 짐짓 저녁 공연 시간을 살피는 사람처럼 극장 공연 프로그램 앞에 멈춰 섰다. 극장 프로그램은 매우 흥미 있었지만 유감스럽게도 생 제르맹의 종루가 어디쯤에 있는지는 알 수 없었다. 자칫했다가는 통금을 알리는 나팔 소리가 울려퍼질 때까지 꼼짝 못 하고 거기 서 있어야 할 판이었다. 그때 갑자기 자크 형이 내 앞에 나타났다. 그도 나만큼이나 놀란 듯 다가왔다.

「아니! 다니엘, 너 대체 지금 여기서 뭐 하고 있니?」

「보면 몰라! 산책 중이잖아.」

나는 일부러 대수롭지 않다는 듯이 대답했다. 자크 형은 감탄의 눈길로 나를 쳐다봤다.

「세상에, 그놈 벌써 파리 사람 다 되었구나!」

사실 거기서 형을 만나서 너무나 기뻤다. 그래서 예전에 리옹에서 아버지가 선착장으로 우리를 마중 나오셨을 때처럼 어린애같이

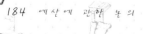

좋아하며 형의 팔에 매달렸다. 자크 형이 내게 말했다.

「여기서 이렇게 만나다니 이게 얼마나 다행이냐! 후작이 목이 쉬어 말을 못 하거든. 다행히도 몸짓으로 구술을 대신할 수도 없는 노릇이고, 그 덕에 내일까지 휴가를 받았지 뭐냐. 잘됐다 우리 산책이나 하자.」

말을 마치고 자크 형이 나를 잡아끌었다. 그렇게 우리는 서로 바짝 달라붙은 채로 함께 자랑스럽게 파리 시내를 돌아다녔다. 이제 형이 옆에 있는 이상 두렵지 않았다. 난 알제리 보병대의 나팔수만큼이나 당당하게 머리를 쳐들고 걸었다.

'누구든지 날 보고 웃기만 해봐라, 혼을 내줄 테니!'

이런 심정으로 말이다. 그런데 한 가지 마음에 걸리는 일이 있었다. 길을 걸어가는 도중에 형이 측은하다는 표정으로 몇 번씩이나 나를 바라보는 것이 아닌가. 난 대체 왜 그러느냐고 묻지 못했다. 얼마 후에 형이 내게 말했다.

「네 고무 장화 말이야, 참 멋지다는 거 너도 아니?」

「그렇지, 형?」

「그래, 그렇고말고. 참 멋지지…….」

「어쨌거나 나중에 돈 많이 벌면 너한테 좋은 구두 한 켤레 사줄게.」

그러고는 미소를 지으며 덧붙였다. 불쌍한 자크 형! 형의 말에 악의라고는 없었지만 그 말 한 마디로 나는 당황해 어찌할 바를 몰랐다. 잊었던 수치심이 되살아났다. 쾌청한 날 그 큰길에서 고무 장화를 신고 있는 내가 우스꽝스럽게 여겨졌고, 자크 형이 내 고무 장화를 아무리 좋게 얘기해도 그 길로 당장 집으로 돌아가고 싶은 마음

뿐이었다.

곧 집으로 돌아온 우리는 난롯가에 앉았다. 그러고는 처마 끝에 내려앉은 두 마리의 참새처럼 재잘거리며 기분 좋은 오후를 보냈다. 저녁 무렵 누가 방문을 두드렸다. 후작의 하인이 내 여행 가방을 갖고 왔다. 형이 말했다.

「잘 됐다! 이제부터 네 옷가지나 좀 살펴보자.」

저런! 내 옷가지라고……! 가방 검사가 시작되었다. 보잘것없는 물건들을 하나씩 꺼내 보는 우리의 가련한 그 표정을 한번 상상해 보라! 자크 형은 여행용 가방 앞에 앉아 내용물을 일일이 소리내면서 끄집어내기 시작했다.

「사전이 하나…… 넥타이가 하나…… 사전이 또 하나…… 아니, 담뱃대라……! 그러니까 너 담배 피우는구나? 담뱃대가 또 있네……. 이거 봐라! 무슨 담뱃대가 이렇게 많냐? 양말이 이렇게 많으면 얼마나 좋겠니. 이 두꺼운 노트는 또 뭐냐……? 징계 일지라……부쿠아랑 500줄, 수베롤 400줄, 부쿠아랑 500줄, 부쿠아랑, 부쿠아랑……이놈의 부쿠아랑이란 녀석은 벌을 많이도 받았구나. 좌우간에 이보다는 셔츠가 20~30장 정도 있었더라면 좋았겠다.」

그 순간 자크 형이 갑자기 놀라며 소리쳤다.

「세상에! 다니엘……. 이게 대체 뭐니? 시, 시 아니냐……. 너, 그러니까 계속 시를 썼구나. 이 새침데기 녀석, 그러면서 왜 편지에다 그 얘길 안 쓴 거야? 내가 이래봬도 문외한은 아니잖아. 나도 왕년에 시를 썼으니까. 너 왜 기억 나냐? 내가 쓴 〈종교여! 종교여!〉 말이야……! 그럼, 시인 선생, 어디 선생 시 좀 구경해 볼까!」

「어, 안 돼. 형 제발 부탁이니 보지 마. 보여줄 만한 게 아니라구.」

「어쨌든 시인 양반들이란 다 똑같다니까. 자, 잔말 말고, 거기 앉아서 한번 읽어봐. 아니면 내가 직접 읽을 테니. 너도 알지? 내가 읽는 데 소질이 없다는 걸!」

형이 이렇게 나오는 데야 어쩔 도리가 없어 읽기 시작했다.

그것은 내가 사를랑드 콜레주에 있을 때 프레리 초원의 밤나무 아래서 학생들을 감독하는 동안 쓴 것이었다. 그것이 잘 쓴 건지 못 쓴 건지는 모르지만 시를 읽는 동안 얼마나 흥분했던지! 한번 생각해 보라! 그것은 여태 아무에게도 보여준 적이 없는 시였다. 게다가 그저 평범한 사람이 아니라 〈종교여! 종교여!〉를 지은 형 앞에서였다. 만일 그가 나를 비웃기라도 한다면? 그러나 시를 읽어내려가면서 나는 점차 시의 운율에 도취되었고, 목소리도 당당해졌다. 창가에 걸터앉은 자크 형은 꿈적도 않고 귀 기울이고 있었다. 지평선 너머로 저물어가는 석양이 형 방 유리창을 새빨갛게 물들이고 있었다. 지붕 끝에선 비쩍 마른 고양이 한 마리가 하품을 하고는 우리 쪽을 보며 기지개를 켜고 있었다. 그 고양이는 마치 비극 대본을 들으며 심각한 표정을 짓고 있는 코미디 프랑세즈의 연극 배우와 흡사했다. 나는 낭송을 하면서 곁눈질로 이 모든 것을 보고 있었다. 예상 밖의 대성공이었다! 낭송이 끝나자마자 흥분한 자크 형이 달려와 내 목을 끌어안았다.

「오, 다니엘! 정말 아름답다! 정말 아름다워!」

나는 약간은 믿어지지 않는다는 표정으로 그를 쳐다봤다.

「정말이야, 형? 정말 그렇게 생각해?」

「그래, 훌륭해! 정말 굉장하다구! 트렁크 속에 이렇게 멋진 보물들을 넣어두고 나한테 말 한 마디 안 했다니! 말도 안 돼!」

그러더니 자크 형은 큰 걸음으로 방 안을 걸어다니면서 손짓까지 해가며 무언가 혼잣말을 했다. 그러다가 갑자기 엄숙한 표정을 지으며 멈춰 섰다.

「더 이상 주저할 게 없다. 다니엘, 넌 시인이야. 계속 시인으로 살면서 그 길을 개척해야 해.」

「아니 형, 그렇게 쉬운 일이 아니야. 특히 처음에는 돈을 못 벌잖아.」

「그까짓 돈! 걱정 마! 내가 두 사람 몫의 일을 할 테니까.」

「그럼 우리 집은? 우리가 다시 일으켜야 할 집안은 어떻게 하고?」

「우리 집안? 그건 내가 알아서 할 거야. 혼자 힘으로도 우리 집안을 다시 일으켜세울 수 있어. 넌, 집안을 빛내는 거야. 네 덕에 우리 가문이 유명해지면 부모님이 자랑스러워하시지 않겠니?」

내가 계속해서 이런저런 반대 이유를 댔지만 자크 형은 그때마다 척척 대답을 해댔다. 아니 솔직히 말하면 나도 그다지 강력하게 반대하진 않았다. 형의 열의에 감복하기 시작했던 것이다. 급기야 시에 대한 확신은 빠른 속도로 나를 부추겼고, 벌써 라마르틴 같은 시인이 되고픈 욕심에 온몸이 근질거렸다. 그러나 한 가지만은 자크 형과 내가 전혀 의견이 달랐다. 자크 형은 내가 서른다섯에 아카데미 프랑세즈 회원이 되길 바랐다. 반면 나는 아카데미 프랑세즈라니! 그건 구식에다가 아주 케케묵은 그야말로 이집트의 피라미드 같은 것이라고 했다. 형이 말했다.

「그러니까 더더욱 아카데미 프랑세즈에 들어가야지. 거기 들어가서 팔레 마자랭에 자리잡은 늙은이들의 혈관에 젊은 피를 넣어야 한다구. 게다가 그렇게만 되면 어머니께서 얼마나 기뻐하실까. 그러니 한번 생각해 봐라!」

그 말에 무슨 대꾸를 하겠는가? 에세트 부인 얘기가 나오면 그 어

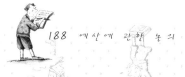

떤 반박도 할 수 없었다. 싫어도 꾹 참고 아카데미 프랑세즈의 녹색 제복을 입어야만 한다. 좋다, 그래 아카데미 프랑세즈 회원이 되는 거다. 만일 동료 회원들이 너무 따분하게 하면 나 역시 메리메가 그랬던 것처럼 탈퇴하면 그만이다.

이런 얘기를 하고 있는 동안 이미 밖은 어두워졌고, 생 제르맹 성당의 종소리는 마치 다니엘 에세트의 아카데미 프랑세즈 입성을 축하라도 하듯 경쾌하게 울려퍼졌다.

「자, 이제 저녁 먹으러 가자!」

자크 형이 말했다. 그러고는 '아카데미 프랑세즈 회원' 과 함께 나서는 것에 의기양양해하면서 나를 생 브누아 거리에 있는 서민 식당으로 안내했다. 그곳은 가난한 사람들이 주로 찾는 작은 식당으로 안쪽으로 단골손님용 식탁이 따로 놓여 있었다. 우리는 입구 가까운 곳에 자리를 잡았다. 굶주린 듯 소리 없이 접시를 샅샅이 핥아가며 먹고 있는 남루한 차림의 사람들 틈에 섞여서 저녁을 먹었다.

「이 사람들은 거의 대부분 글쟁이들이야.」

자크 형이 나직이 속삭였다. 그 얘기를 듣자 마음속에서 무언가 씁쓸한 생각이 떠올랐다. 하지만 자크 형의 들뜬 기분에 찬물을 끼얹을까 걱정이 돼 자크 형에게 별 얘기는 하지 않았다. 저녁 식사는 매우 유쾌했다. 다니엘 에세트는 활기에 넘쳐 보였고, 식욕은 더욱 왕성했다. 식사 후 두 사람은 서둘러 다락방으로 올라왔다. '아카데미 회원' 께서 창가에 걸터앉아 담뱃대를 물고 있는 동안 자크 형은 테이블에 앉아 근심스런 표정으로 계산을 하고 있었다. 손톱을 물어뜯기도 하고, 안달이 난 채 들썩거리며 손가락으로 셈을 하기도 했다. 그러더니 갑자기 승리의 환호성을 지르며 벌떡 일어섰다.

「만세! 드디어 해결됐다.」

「형, 대체 뭘 해결했다는 거야?」

「우리 한 달 예산 짜는 일 말이야. 간단한 일이 아니었거든. 생각해 봐! 한 달에 60프랑 가지고 둘이 살아야 하는 거야!」

「뭐, 60프랑이라고? 난 형이 후작한테서 100프랑을 받는 줄 알았는데.」

「그래 맞아! 하지만 우리 집을 다시 일으키기 위해서 매달 40프랑씩 어머니한테 보내지. 그러고 나면 60프랑이 남는 거야. 거기서 다시 방세가 15프랑, 내가 침구 정돈을 해야 되긴 하지만 보시다시피 방세는 그리 비싼 편은 아니야.」

「형, 그런 일이라면 나도 도울게.」

「넌 안 돼. 아카데미 프랑세즈 회원이 그런 일을 한다는 게 말이 되나. 그건 그렇고 다시 예산 문제로 돌아가서 그러니까 방세가 15프랑에, 석탄이 5프랑⋯⋯. 겨우 5프랑밖에 안 되는 건 내가 매달 공장에 가 직접 사들고 오기 때문이야. 그러면 40프랑이 남네. 네 밥값으로 30프랑을 쓰자. 아까 갔었던 식당에서 저녁을 먹을 거야. 디저트를 먹지 않으면 한 끼에 15수거든. 너도 봤지만 그 정도면 그리 나쁘진 않잖아. 네 점심 값으로 5수를 쳤어. 그거면 충분하겠니?」

「충분할걸.」

「그러고도 10프랑이 남지. 그 중에서 세탁비가 7프랑⋯⋯. 시간이 없는 게 유감이다. 시간만 있으면 직접 할 텐데. 나머지 3프랑은 이렇게 쓸 생각이야. 내 점심 값으로 30수⋯⋯. 난 매일같이 후작 댁에서 좋은 저녁을 먹으니까 점심은 너만큼 신경 쓸 필요가 없거든. 나머지 30수는 담배라든가 우편 요금이라든가 또는 갑자기 쓸 일이 생겼을 때 쓰면 되는 거야. 그렇게 되면 정확히 60프랑이 되지⋯⋯. 야, 어떠냐! 이 정도면 계산이 딱 맞지 않니?」

그러고는 기쁨에 들떠 방 안을 뛰어다니더니 갑자기 자리에 멈춰서서 아연한 표정을 지었다.

「이런! 예산을 다시 짜야겠다⋯⋯. 한 가지 빼먹었어.」

「그게 뭔데?」

「양초 말이다! 만일 초가 없으면 네가 밤에 어떻게 작업을 하겠니? 그건 꼭 필요한 지출이야. 한 달에 적어도 5프랑은 들 거야. 이 5프랑을 대체 어디서 뺀담? 집으로 보내는 돈은 어떤 일이 있어도 건드릴 수 없고. 그렇지, 됐다! 이제 곧 3월이 오고, 3월이 오면 봄이 되고, 햇볕이 들면서 따뜻해지겠네.」

「그래서, 형?」

「다니엘, 날이 따뜻하면 석탄이 필요 없잖아. 석탄비 5프랑을 양초비로 돌리면 된다 이 말씀이야. 확실히 난 천부적인 재무장관감이라니까 안 그러냐? 이번엔 예산이 딱 들어맞았어. 내 생각에 잊은 게 하나도 없거든. 물론 네 신발하고 옷 문제가 남긴 했지만, 그건 따로 생각이 있어. 매일 밤 8시부터는 자유의 몸이니까 어디 조그만 가게의 장부 정리 같은 일을 찾아볼 생각이야. 우리 친구 피에로트라면 어렵지 않게 알아봐 줄 거야.」

「그래, 형? 피에로트 아저씨하고 그렇게 친해? 그 댁에 자주 가는 거야?」

「응, 자주 가지. 저녁엔 음악을 하거든.」

「저런! 피에로트 아저씨가 음악을 하는구나.」

「아니, 아저씨 말고 딸 말이야.」

「딸⋯⋯! 아저씨한테 딸이 있어⋯⋯? 오라, 형⋯⋯. 피에로트 양 미인이야?」

「야! 다니엘, 한꺼번에 다 알려고 하지 마. 다음에 얘기해 줄게. 오늘은 너무 늦었다. 어서 자자.」

침대는 철제로 된 1인용으로 리옹 랑테른 가에서 우리 둘이 함께 쓰던 것과 거의 비슷했다.

「자크 형, 전에 랑테른 가에서 쓰던 작은 침대 생각나? 우리가 몰래 소설책을 읽고 있을라치면 아버지께서 침대에 누운 채 고래고래 소리를 지르셨지. '빨리 불 꺼, 내가 올라가기 전에!' 라고 말이야.」

자크 형은 그뿐만 아니라 다른 것들도 기억하고 있었다. 이런저런 추억에 잠기느라 잠자리에 들 생각도 못 하는 사이에 생 제르맹 종루에서는 열두 시를 알리는 종소리가 울렸다. 자크 형이 단호하게 말했다.

「자, 이제 그만 자라!」

하지만 채 5분도 지나지 않아 형은 이불을 뒤집어쓴 채 킥킥거렸다.

「형, 뭐가 그렇게 우스워……?」

「미쿠 신부님 생각이 나서. 성가대 양성소의 미쿠 신부님 있잖아……. 너도 기억나니?」

「그럼, 물론이지!」

그때부터 우리는 시간 가는 줄도 모르고 웃고 또 웃고 끊임없이 재잘거렸다.

「이제 잘 시간이야.」

이번엔 내가 정신을 차리고, 이렇게 말했지만 얼마 안 가 나는 아까보다 더 신이 나서 떠들어댔다.

「그리고 루제도 있었잖아. 형, 그애 생각나……?」

루제 얘기에 또다시 웃음이 터져나왔고 이야기는 계속 이어졌다. 그때 누군가 주먹으로 치는지 내가 누워 있는 쪽 벽이 갑자기 흔들렸다. 우리는 둘 다 깜짝 놀랐다. 자크가 내게 귓속말을 했다.

　　「쿠쿠블랑이야…….」

　　「쿠쿠블랑……! 그게 대체 뭐야?」

　　「쉿……! 목소리 좀 낮춰. 쿠쿠블랑은 우리 옆방에 사는 여자야. 아마 우리 때문에 잠을 못 잔다고 항의하려는 거겠지.」

　　「세상에! 형, 그 여자 이름 한번 이상하다. 쿠쿠블랑이라니……. 젊은 여자야?」

　　「네 눈으로 직접 확인해 보렴. 언젠가는 층계에서 마주칠 테니. 어쨌든 이제 잠이나 자자. 안 그러면 쿠쿠블랑이 또 화를 낼지도 모르니까.」

　　그 말끝에 자크는 촛불을 껐고, 아카데미 프랑세즈의 회원이 될 다니엘 에세트는 열 살 때처럼 형의 어깨에 기대어 잠이 들었다.

쿠쿠블랑과
2층의 여인

생 제르맹 데 프레 광장의 성당 왼쪽 모퉁이에 있는 6층 건물의 지붕 바로 밑에는 작은 창이 하나 붙어 있다. 그 창문을 올려다볼 때마다 나는 가슴이 미어지곤 한다. 그것은 옛날 자크 형과 내가 살던 방의 창문이다. 지금도 난 그 앞을 지나갈 때마다 어린 내가 창문 앞에 놓인 탁자에 앉아 먼 훗날 처량하게 거리를 지나가는 허리 꼬부라진 내 모습을 떠올려보며 동정 어린 미소를 지었던 일이 생각난다.

아! 생 제르맹의 오래 된 시계를 보면 내가 자크 형과 저 다락방에서 살던 시절, 시계의 종소리가 알려주던 아름답던 시간들이 그리워진다. 오, 생 제르맹의 시계여, 그 젊음과 용기의 시간들을 내게 다시 돌려줄 수는 없느냐? 그 시절 나는 진실로 행복했다. 기쁜 마음으로 창작에 몰두했었는데……

우리는 늘 아침에 해가 뜰 무렵 자리에서 일어났다. 자크 형은 곧바로 집안 일을 시작했다. 물을 긷고, 방을 청소하고, 내 책상을 정리했다. 나에겐 그런 일을 할 권리가 없었다.

「형, 도와줄까?」

「다니엘, 그런 생각은 하지도 마라. 2층 여자가 보면 어쩔래?」

자크 형은 싱긋 웃으며 말했고, 나는 한 마디도 못 하고 입을 다물곤 했다. 다 그럴 만한 이유가 있었다. 우리가 둘이 같이 살기 시작했을 무렵 처음 며칠 동안은 내가 마당으로 물을 길러 다녔다. 다른 시간이었다면 감히 생각도 못 했을 것이다. 하지만 온 건물이 아직 잠들어 있는 아침 시간에는 물동이를 손에 들고 계단을 오르내리는 일로 누군가에게 들켜 나의 허영심에 상처를 입을 염려는 없었다.

나는 잠자리에서 일어나는 대로 대충 아무렇게나 옷을 걸쳐 입고 아래로 내려갔다. 그 시간에 마당은 텅 비어 있었다. 가끔 빨간색 짧은 조끼를 입은 마부가 우물가에서 마구를 닦는 일은 있었지만 말이다. 그는 이 건물에서 사람들이 신경을 많이 쓰는 아주 우아한 2층 크레올(열대 지방 식민지에서 태어난 프랑스계의 백인과 흑인의 혼혈 – 역주) 여인을 위해 일하는 마부였다. 그 마부가 거기 있는 것만으로도 나는 불편했다. 나는 재빨리 물을 길어 반도 채우지 못한 항아리를 들고 허겁지겁 뛰어올라오곤 했다. 일단 다 올라와서는 그처럼 허둥댄 내 꼴이 우스웠다. 하지만 다음 날 마당에서 또다시 빨간 조끼를 만나면 여전히 몸둘 바를 몰라 허둥대곤 했다.

그러던 어느 날 아침이었다. 그 날 따라 빨간 조끼랑 마주치지 않은 나는 물동이에 물을 한가득 채우고 기분 좋게 층계를 오르던 참이었다. 그런데 공교롭게도 2층에 올라서는 순간 아래로 내려오던 한 여인과 정면으로 부딪치고 말았다. 바로 2층 여인이었다. 몸을 곧바로 세운 여인은 들고 있던 책에 두 눈을 고정시킨 채 비단결 같은 옷자락을 출렁이며 천천히 내려오고 있었다. 첫인상은 약간 창백해 보였지만 미인이었다. 특히 입술 아래 자그맣고 하얀 흉터의 인상이 기억에 강하게 남았다. 내 앞을 지나갈 때 그녀가 고개를 들었다. 물동이를 손에 든 나는 너무 부끄러운 나머지 얼굴이 빨개져 가지고 벽에 기대어 서 있었다. 부스스한 머리에다 목이 다 드러나게 셔츠를 반쯤 열어젖힌 채 땀에 젖은 물장수 같은 꼴로 남에게 들키다니. 얼마나 큰 망신인가! 정말이지 쥐구멍이라도 있으면 들어가고픈 심정이었다. 여인은 자애로운 여왕 같은 태도로 가볍게 미소를 지으며 나를 잠시 똑바로 쳐다보더니 지나쳤다. 방으로 올라오자 화가 치밀었다. 이야기를 들은 자크 형은 나의 허영심을 놀려댔지만 다음 날부터는 아무 말 없이 항아리를 들고 직접 물을 길었다. 그 날 이후로 자크 형은 날마다 물을 길었다. 미안한 마음이 들었지만 나는 형이 하는 일을 모른 척 내버려두었다. 솔직히 2층의 여인을 다시 만날까 너무 두려웠기 때문이었다.

집안 일이 끝나면 자크 형은 후작 댁으로 일을 하러 갔고, 저녁이 되어서야 돌아왔다. 나는 매일 혼자서 시의 여신, 뮤즈와 단둘이 마주 앉아서 낮 시간을 보냈다. 아침부터 저녁까지 책상 앞 창문을 활짝 열고, 그 작은 작업실에서 하루 종일 시를 썼다. 이따금 참새 한 마리가 빗물받이 홈통에 들러 물을 마셨다. 녀석은 염치없이 내가 하는 일을 쳐다보다가 방금 본 것을 친구들에게 알리러 날아가곤 했다. 그러곤 잠시 후 지붕 위를 걸어다니는 녀석들의 단조롭고 둔탁한 발자국 소리가 들려왔다.

생 제르맹의 종소리도 하루에 몇 번씩 나를 찾아왔다. 나는 종소리가 들리는 것이 좋았다. 종소리는 요란하게 울리며 온 방 안을 음악으로 채웠다. 어떤 때는 경쾌하고 발랄한 종소리가 16분 음표처럼 흥겹게 울렸으며 어떤 때는 슬픈 종소리로 음산하고 처량한 소리가 마치 눈물방울처럼 하나씩 떨어져내렸다. 어디 그뿐인가. 내겐 삼종기도 시간을 알리는 종소리도 있었다. 정오의 종소리는 태양의 옷을 입은 대천사가 되어 찬란한 빛에 휩싸여 내 방으로 들어왔고, 저녁의 종소리는 우수에 젖어 달빛을 타고 내려온 세라핀 천사처럼 커다란 날개를 흔들며 온 방 안을 촉촉하게 적셔주었다.

뮤즈와 참새들, 그리고 종소리 말고는 찾아오는 이가 없었다. 과연 누가 나를 찾아오겠는가? 파리에서 나를 아는 사람은 아무도 없었다. 생 브누아 거리 서민 식당에 가면 나는 항상 다른 손님들과 떨어진 작은 식탁에 앉아서 고개를 숙인 채 재빨리 먹어치우고는 슬그머니 모자를 집어들고 잰걸음으로 집으로 달려왔던 것이다. 나에게는 기분 전환할 일도 없었으며 산책도 한 번 하지 않았다. 심지어는 뤽상부르 공원에 가서 음악을 듣는 일조차 없었다. 어머니에게서 물려받은 병적인 소심증은 나의 초라한 행색과 불행히도 계속해서 신고 다녀야 했던 그놈의 고무 장화 때문에 더욱 심해졌다. 거리에 나간다는 게 무섭고 부끄러웠다. 이 종루 밑 다락방을 벗어나고 싶은 생각이 전혀 없었다. 그래도 이따금씩 안개가 촉촉이 젖은 파리의 봄날 저녁이면 식당에서 돌아오는 길에 한 무리의 대학생들과 마주칠 때가 있었다. 그들이 서로 팔짱을 끼고 담뱃대를 입에 물고 여자 친구들과 함께 걸어가는 모습을 볼 때면 공연히 허황한 생각이 들기도 했다. 그러면 6층 다락방까지 단숨에 뛰어올라가서 촛불을 켜고, 자크 형이 돌아올 때까지 미친 듯이 시에 매달렸다. 자크 형이 돌아오면 방 안의 분위기가 달라졌다. 방 안은 온통 시끌시끌했고 명랑하고 활발한 기운이 감돌았다. 노래를 부르고, 큰 소리로 웃으며, 서로 그 날의 일과를 물었다. 자크 형은 내게 묻곤 했다.

「오늘 일 많이 했어? 시는 잘 되어가구?」

그리고 나서 괴짜 후작에 관한 새로운 이야기들을 들려주고, 나를 위해 남겨두었던 디저트용 과자를 주머니에서 꺼내주고는 와작와작 깨물어대는 내 모습을 보면서 즐거워하곤 했다. 그 후에 나는 다시 책상으로 돌아가 시 쓰는 작업을 시작했다. 자크 형은 방 안을 두세 번 돌다가 내가 열심히 쓰고 있다고 생각될 때쯤 슬그머니 방을 나서며 이렇게 말하곤 했다.

「네가 일하니까 나는 잠깐 '거기'에 다녀올게.」

'거기'는 바로 피에로트 아저씨의 집을 의미했다. 나는 이미 첫날부터 형이 그곳에 가기 전에 거울 앞에서 머리를 빗고, 넥타이를 서너 번씩 고쳐 매는 것을 보는 순간 형이 왜 그곳에 열심히 가는지 알았다. 하지만 나는 형이 거북해할까봐 모르는 척하고 있었다. 단지 여러 가지 일을 상상하면서 마음속으로 웃었을 뿐이었다.

자크 형이 나가면 본격적으로 시를 쓰는 시간이었다. 그 시간엔 더 이상 어떤 소리도 들리지 않았다. 참새들도, 삼종기도 종소리도, 내 친구들은 모두 잠이 들었다. 오직 뮤즈 여신과 마주 앉아 있는 고요한 시간……. 9시경이면 누군가 건물의 큰 계단과 연결되어 있는 나무로 된 좁은 계단을 밟고 올라오는 소리가 들리곤 했다. 옆방에 사는 쿠쿠블랑이 자기 방으로 돌아오는 소리였다. 이 순간부터는 도무지 글을 쓸 수가 없었다. 나의 온 신경이 뻔뻔스럽게도 옆방으로 옮겨가서 돌아올 생각을 하지 않는 탓이었다. 신비에 싸인 쿠쿠블랑은 도대체 어떤 사람일까……? 그녀에 관해서는 아주 작은 것조차 알 수가 없었다. 내가 그녀 얘기를 꺼내면 형은 위선적인 태도로 이렇게 대답할 뿐이었다.

「뭐라고……! 너 아직도 그 굉장한 이웃을 못 봤단 말이야?」

「형은 내가 그녀를 아는 걸 원치 않는 거야……. 필시 라틴구를 돌아다니는 바람기 많은 여공이겠지.」

형이 아무런 설명도 하지 않아 나는 나름대로 이렇게 결론을 내리고 즐거운 공상에 빠져들었다. 나는 싱싱하고 젊고 즐거운 그 어떤 것, 다시 말해서 바람둥이 여공을 상상했다. 하다 못해 쿠쿠블랑이라는 이름까지도 더없이 딱 맞았다. 그 이름은 분명 뮈제트나 미미 팽송 따위의 귀여운 사랑의 별명임에 틀림없었다. 그렇다 해도 옆방의 이웃은 어쨌거나 꽤 현명하고 품행이 방정한 낭테르의 뮈제트였을 것이다. 매일 같은 시간에 그것도 늘 혼자 들어왔으니 말이다. 며칠을 계속해서 그녀가 귀가하는 시간에 맞추어 벽에 귀를 대고 있었으므로 그 사실을 알게 되었다. 내가 들은 소리는 언제나 변함이 없이 똑같았다. 제일 먼저 병마개를 뽑았다가 다시 끼우는 것 같은 소리가 몇 차례 반복되고, 잠시 후, 쿵! 하고 무언가 육중한 물체가 마루 바닥 위로 떨어지는 소리가 들리며, 그와 거의 동시에 병든 귀뚜라미 소리처럼 가늘고 날카로운 목소리가 눈물을 쏙 뽑을 만큼 구성진 세 가지 음으로 된 곡조를 노래하기 시작한다. 이 곡조에는 가사가 있었지만 대체 무슨 말인지 알아들을 수가 없었다. 그나마 유일하게 내 귀에 들린 것은 마치 노래의 후렴구처럼 여러 번 반복되면서 다른 부분에 비해 강렬한 '똘로코토티냥! 똘로코토티냥!' 하는 이해할 수 없는 음절들이었다. 이 특이한 음악은 거의 한 시간쯤 계속되었다. 그러다가 마지막으로 '똘로코토티냥' 이란 소리가 들리고 갑자기 모든 소리가 멎었다. 그 후로는 느리고 무거운 숨소리만이 들리는데 이 모든 것이 나의 호기심을 지독히 자극했다.

어느 날 아침, 막 물을 길어온 자크 형이 무슨 대단한 비밀이라도 아는 표정으로 급히 방 안으로 들어오더니 내게 다가와 나지막이 말했다.

「너, 옆방 여자를 보고 싶으면……. 쉿……! 지금 저기 있어.」

나는 단숨에 달려나갔다. 거짓말이 아니었다. 쿠쿠블랑은 문을 활짝 열어둔 채 자기 방에 있었다. 드디어 나는 그녀를 찬찬히 뜯어볼 수 있었다. 오! 이런! 정말 해괴한 광경이었다. 가구라고는 거의

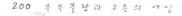

없는 작은 다락방, 바닥에 깔린 짚을 넣은 매트, 벽난로 위에 놓인 브랜디 병 하나, 매트 위쪽에는 괴상하게 생긴 커다란 말편자가 마치 성수반처럼 벽에 걸려 있는 광경을 한번 상상해 보라. 이제 그 지저분한 방 한가운데 검은 양털 가죽을 뒤집어쓰기라도 한 듯 짧고 곱슬곱슬한 머리칼에 반짝이는 왕방울 같은 눈을 가진 끔찍한 흑인 여자가 서 있는 모습을 생각해 보라. 그 여자는 빛이 바랜 캐미솔에 낡아빠진 빨간색 페티코트만 달랑 걸친 채 서 있었다. 미미 팽송이나 베르네레트의 자매쯤으로 내가 꿈꾸었던 옆방의 쿠쿠블랑은 바로 이런 모습으로 내 앞에 처음 나타났던 것이다.

「그래, 소감이 어때…….」

방으로 들어오는 나를 보고 자크가 물었다. 그는 말을 채 마치지 않았다. 당황한 내 얼굴을 보고 형은 그만 배꼽을 잡고 말았다. 나 역시 웃을 정신은 있었다. 두 사람은 그렇게 서로 마주보고 죽어라 웃어대느라 더 이상 말을 잇지 못했다. 그때였다. 반쯤 열린 문틈으로 시커먼 머리통이 보이는가 했더니 이렇게 외치고는 어느새 사라져버렸다.

「백인, 흑인 놀리면 나빠.」

우리가 한층 더 크게 웃어대기 시작했음은 물론이다. 흥분이 좀 가라앉자 자크 형은 그 흑인 여자 쿠쿠블랑이 2층 크레올 여인의 하녀라는 사실을 알려주었다. 이 집에 사는 사람들은 그녀의 매트 위에 걸려 있는 말편자를 증거로 삼아 그녀한테 약간 마녀 기질이 있다고 비난했다. 또 매일 밤 그녀의 주인이 외출하고 나면 쿠쿠블랑은 자기의 다락방에 틀어박혀서 술에 취해 곯아떨어질 때까지 브랜디를 마시고는 얼마 동안 흑인 영가를 불러댄다는 말도 들렸다. 그 얘길 들으니 옆방에서 흘러나온 이상한 소리들의 진상을 파악할 수 있었다. 병을 따는 소리, 바닥에 쓰러지는 소리, 그리고 세 가지 음밖에 없는 단조로운 가락까지도. 그리고 '똘로코토티냥'은 프랑스어의 '롱, 랑, 라' 같은 것으로 희망봉 부근에 사는 흑인들 사이에 널리 퍼져 있는 일종의 의성어라고 했다. 그쪽에 사는 원주민들은 거의 대부분의 노래에 이 후렴구를 넣는 모양이었다.

구태여 말할 필요도 없지만, 그 날을 기점으로 해서 쿠쿠블랑이 옆방에 산다는 사실은 더 이상 내게 즐거움을 주지 못했다. 저녁에 계단을 밟고 올라오는 소리가 들려도 내 심장은 전처럼 빨리 뛰지 않았고, 옆방에서 나는 소리를 들으려고 애써 벽에 귀를 갖다 대는 수고도 하지 않았다. 하지만 가끔씩 밤의 정적 속에서 '똘로코토티냥'이란 후렴구가 내가 앉은 책상까지 들려올 때면 그 슬픈 음절을 들으며 나는 막연한 불안감을 느꼈다. 마치 그 소리가 앞으로 내 인생에서 일어날 일을 예지한 듯이 말이다.

그러는 사이 자크 형은 한 달에 50프랑씩 받기로 하고, 철물점에서 장부 정리하는 일을 맡았다. 그러다 보니 이젠 후작 집에서 끝나는 대로 곧장 그 가게로 가야 했다. 불쌍한 형은 반은 기쁜 마음으로 반은 서글픈 심정으로 이 소식을 내게 알렸다. 내가 대뜸 되물었다.

「그럼 '거기'엔 언제 갈 건데?」

「일요일이 있잖아.」

그러자 형은 눈물을 글썽이면서 대답했다. 그때부터 형은 일요일에만 '거기'에 갔다. 이것이 형에게 물론 고통스러운 일이었다. 그런데 자크 형의 마음을 온통 사로잡은 그토록 매혹적인 '거기'는 대체 어떤 곳이었을까? 어떤 곳인지 알았더라면 좋았을 것이다. 불행히도 형은 내게 단 한번도 같이 가자는 얘길 꺼내지 않았다. 그렇다고 내가 먼저 부탁하기에는 자존심이 상했다. 게다가 이 우스꽝스런 고무 장화를 신고서 대체 어디를 간단 말인가! 그러던 어느 일요일, 피에로트 아저씨 집에 가기 전에 형이 약간 머뭇머뭇하더니 말했다.

「다니엘, 너 혹시 나랑 같이 '거기'에 가보고 싶지 않니? 네가 가면 다들 좋아할 텐데.」

「형, 지금 농담하는 거지…….」

「그래, 네 마음 잘 알아. 피에로트 아저씨 집 거실은 시인이 갈 만한 곳이 못 되지. 거기엔 모두 별 볼일 없는 사람들뿐이니까.」

「아니, 그것 때문이 아니야. 형, 다만 내 옷이…….」

「아, 그렇구나……. 까맣게 잊고 있었다.」

말을 마치자 자크 형은 나를 데려가지 않아도 되는 진짜 이유를 알게 된 것이 기쁘다는 듯 밖으로 나갔다. 계단을 다 내려갔는가 했더니 다시 올라온 형이 헐떡이며 다가왔다.

「다니엘, 만일 남들 앞에 나설 만한 구두와 상의가 있으면 함께 가겠니?」

「안 갈 이유가 없잖아?」

「그래! 그럼 좋다. 나가자. 너한테 필요한 걸 사줄 테니 '거기'에 같이 가자.」

나는 놀라서 형을 쳐다봤다. 나를 안심시키려고 형이 덧붙였다.

「월말이잖니. 돈이 좀 있어.」

나는 새 옷이 생긴다는 사실이 너무 좋아서 형의 흥분한 감정도, 형이 평소와는 다른 어조로 말하고 있다는 사실도 눈치채지 못했다. 내가 이 사실을 알게 된 건 훨씬 후에 가서였다. 그 순간에는 그저 어린애처럼 좋아하며 형을 끌어안았을 뿐이다. 함께 집을 나선 우리는 팔레 루아얄 근처의 중고 옷가게에서 옷을 사 입은 다음 피에로트 아저씨의 집으로 향했다.

피에로트 아저씨
이야기

피에로트 아저씨가 스무 살이었을 때 아저씨가 랄루에트 씨의 뒤를 이어 도자기 장사를 하게 되리라고 생각했던 사람은 아무도 없었다. 그것도 연 20만 프랑의 수입을 보증하는 소몽 가에 있는 훌륭한 가게를 말이다.

그 당시 피에로트는 한 번도 고향을 떠난 적이 없었으며, 세벤느 지방 사투리밖에 할 줄 몰랐다. 누에를 쳐 일 년에 500프랑을 버는 촌사람이었다. 호방한 기질로 오베르뉴 지방의 춤도 잘 추었으며, 유쾌하고 정직한 청년으로 명예를 중히 여겨 술집 주인들에게 피해를 주는 법도 없었다. 또래 청년들이 그렇듯 그는 일요일마다 성당 입구에서 저녁 미사가 끝날 때를 기다렸다가 사귀는 여자와 뽕나무 밑에서 가보트 춤을 추곤 했다. 피에로트의 여자 친구는 키가 커 '꺽다리 로베르트'라 불렀다. 로베르트는 열여덟 살로 피에로트처럼 고아였고 가난했다. 그녀도 누에를 쳤지만 일찍이 읽고 쓰는 법을 알았다. 세벤느 산골에서는 읽고 쓰는 법을 안다는 것을 지참금을 가지고 오는 것보다도 중요하게 여겨졌다. 로베르트를 자랑스러워했던 피에로트 아저씨는 징병소집을 위한 제비뽑기가 끝나는 대로 그녀와 결혼할 예정이었다. 그러나 막상 제비뽑기를 하는 날, 추첨함에 가기 전에 성수 속에 손을 세 번씩이나 담갔음에도 불구하고 불행하게도 4라는 숫자를 뽑았다. 군대에 가야 하는 것이다. 그는 하늘이 무너질 듯한 절망감에 빠졌다. 다행히도 피에로트의 어머니는 에세트 부인의 도움을 받을 수 있었다. 당시만 해도 집안이 부유했던 에세트 부인은 유모였던 피에로트 부인에게 대신 다른 사람을 갈 수 있도록 2000프랑을 빌려주었다. 덕분에 피에로트는 군대에 안 가고 로베르트와 결혼할 수 있었다. 그 착한 부부는 무엇보다도 제일 먼저 에세트 부인의 돈을 갚는 게 도리라고 생각했다. 고향에 있으면 절대 빚을 갚을 수 없다고 판단한 그들은 돈을 벌기 위해 파리로 갔다.

고향을 떠난 지 일 년이 지나도록 그들에 대한 소식이 전혀 들리지 않았다. 그러던 어느 날 아침 에세트 부인은 '피에로트와 그의 아내로부터'라고 쓰여진 감동적인 편지와 함께 그들의 근면 절약의 첫 열매인 300프랑을 받았다. 다음 해에도 마찬가지로 '피에로트와 그의 아내로부터'라는 편지가 500프랑과 함께 도착했다. 3년째 되던 해에는 아무런 소식이 없었다. 필경 하는 일이 잘 되지 않았던 탓이었을 것이다. 그 이듬해에 '피에로트와 그의 아내로부터' 날아온 세 번째 편지에는 남은 1200프랑과 에세트 가족을 위한 축복의 말이 담겨 있었다. 불행히도 마지막 편지가 우리 집에 도착했을 무렵 우리 집은 몰락해 가는 중이다. 이미 공장은 팔렸고 우리 역시 고향을 떠나려던 참이었다. 비탄에 잠긴 에세트 부인은 '피에로트와 그의 아내'에게 답장하는 것조차 잊었다. 그 후로 소식이 끊어졌다. 그런데 파리로 올라온 자크가 랄루에트 상점의 카운터에 앉아 있던 그 착한 피에로트 아저씨를 만났던 것이다. 아, 슬프게도 피에로트 아저씨는 아내를 잃고 홀몸이 되어 있었다.

피에로트 아저씨 부부가 파리에서 기반을 잡기까지 겪은 이야기는 참으로 감동적이었다. 피에로트 부인은 파리에 도착하자마자 남의 집에서 허드렛일부터 시작했다. 첫 번째로 일하게 된 곳이 바로 랄루에트 상점이었다. 상점 주인인 랄루에트 부부는 돈 많은 장사꾼들로 성격이 괴팍하고 구두쇠인지라 점원, 하녀 한 명 두질 않았다. 모든 것을 스스로 해야 하기 때문이었다. 랄루에트 노인은 자랑스럽게 이렇게 말하곤 했다

「이봐요, 젊은이. 난 나이 오십이 되도록 바지 정도는 내가 스스로 만들어 입었다우.」

그러던 부부가 한 달에 12프랑씩 주고 가정부를 고용하는 굉장한 호사를 부리기로 한 것은 늘그막에 이르러서였다. 피에로트 부인은 12프랑을 벌려고 매일 아침 가게와 가게 뒷방과 5층에 있는 아파트를 청소하고, 부엌에서 쓸 물을 들통 가득 2통씩 길어놓았다. 그야말로 세벤느 지방 사람이 아니면 그런 조건에서 일하지 않았을 것이다. 로베르트 아주머니는 젊은 암소처럼 부지런했으며 궂은 일에도 아랑곳하지 않았다. 그 많은 일들을 단숨에 해치웠고 늘 두 노인네에게 웃는 얼굴이었다. 그 웃음만 따져도 12프랑이 넘는 것이었다. 결국 주인 부부도 언제나 밝고 꿋꿋한 모습의 이 용감한 산골 아낙에게 마음이 끌렸다. 노부부는 그녀에게 관심을 갖기 시작했다. 아무리 인색한 사람들도 때론 온정을 베풀 때가 있다.

어느 날, 늙은 랄루에트 씨는 피에로트 아저씨에게 원한다면 사업 밑천을 빌려주겠다고 제안을 했다. 피에로트 아저씨는 하고 싶은 일이 있었다. 늙은 조랑말 한 마리와 짐수레 한 대를 마련해 파리 구석구석을 돌아다니며 외치는 것이었다.

「쓸데없는 물건들 몽땅 치워드립니다!」

영리한 피에로트 아저씨는 물건을 파는 대신 사들였다. 무엇이

든 걸리는 대로 다 샀다. 깨진 화분, 낡은 고철 덩어리, 폐지, 깨진 유리병, 팔아봐야 아무 짝에도 쓸모없는 오래 된 가구들, 아무도 관심을 두지 않는 옷이나 커튼의 끝단 장식용 리본에 이르기까지 값어치는 없지만 대체 어떻게 처리해야 할지 몰라서 그냥 처치하지 않고 집에 보관하고 있던 물건들, 그저 귀찮기만 한 모든 잡동사니들을 사들였던 것이다. 피에로트 아저씨는 그 어떤 물건도 싫다고 하지 않았다. 그는 모든 것을 다 사들였다. 오히려 거저 받았다고 하는 편이 옳다. 대부분 물건을 산 게 아니라 거저 얻었기 때문이다.

「쓸데없는 물건들 몽땅 치워드립니다!」

사람들은 그렇게 쓸모없는 물건들을 처분했던 것이다. 몽마르트르 거리에서 피에로트 아저씨는 매우 인기가 있었다. 돌아다니며 장사를 하는 모든 행상인들이 그렇듯이 거리의 웅성거리는 소음 속에서 자신의 존재를 알리기 위해 특이한 가락을 만들어냈다. 그 가락은 이내 주부들 사이에 친숙한 것이 되었다. 우선은 목청을 다하여 그 가락을 외쳤다.

「쓸-데-없-는 물건들 몽땅 치워드립니다!」

그러고는 느리고 구슬픈 어조로 자기가 '아나스타지유' 라고 부르는 당나귀에게 긴 연설을 늘어놓기 시작했다. 남들이 듣기에는 분명 '아나스타지유' 라고 불렀는데 본인만은 이 당나귀를 '아나스타지' 라고 불렀다고 믿고 있었다.

「자, 아나스타지유! 어서 가자! 아가야, 어서 가자…….」

그러면 선량한 아나스타지유는 고개를 푹 숙인 채 슬픈 듯 인도를 따라 터벅터벅 걸었고 이 집 저 집에서 부르는 소리가 들려왔다.

「어이, 아나스타지유.」

그러고 나면 아나스타지유의 짐수레에 그득하게 고물이 들어차
곤 했다. 짐수레가 가득 차면 아나스타지유와 피에로트 아저씨는
몽마르트르에 있는 고물 도매상으로 갔다. 그 고물상은 아주 헐값
이나 공짜로 얻은 게 대부분인 피에로트 아저씨의 물건들에 대해
적당한 값을 쳐주었다. 고물 장사를 하면서 큰돈을 모을 수는 없었
지만 생활비는 충분히 벌 수 있었다. 장사를 시작한 첫해 랄루에트
부부의 돈을 갚았고, 에세트 부인이 빌려준 돈도 300프랑을 갚을
수 있었다. 그러나 3년째 되던 해엔 수입이 많이 줄었다.
　　때는 바야흐로 1830년, 7월 혁명이 한창 진행되던 격동의 시기였
다. 피에로트 아저씨가 아무리 '쓸데없는 물건들 몽땅 치워드립니
다!'라고 외쳐봐야 소용이 없었다. 그야말로 자신들의 쓸데없는 늙
은 왕을 처치하는데 열중하던 파리 사람들은 피에로트 아저씨의 외
침에 묵묵부답이었고, 이 불쌍한 아저씨는 거리에서 목이 쉬었다.
매일 밤 수레는 비어 있었다. 엎친 데 덮친 격으로 아나스타지유도
죽어버렸다. 바로 그 무렵이었다. 이제 더 이상 모든 것을 스스로
할 수 없게 된 늙은 랄루에트 부부가 피에로트 아저씨에게 가게 점
원으로 올 것을 부탁했다. 피에로트 아저씨는 물론 승낙했다. 하지
만 그는 이런 하찮은 일을 오래 하지 않았다. 파리에 도착하던 날부
터 그의 아내는 남편에게 밤마다 읽고 쓰기를 가르쳤다. 그 덕에 그
는 이미 편지도 읽을 줄 알았고, 남들이 이해할 정도의 프랑스어도
하게 되었다. 랄루에트 씨 가게에서 일하고부터는 야간학교에서 계
산법도 배웠다. 열심히 공부를 한 덕에 몇 달 되지 않아 거의 눈이
보이지 않는 랄루에트 씨를 대신해 카운터를 보았다. 다리가 마음
대로 말을 듣지 않는 랄루에트 부인 대신 판매도 맡았다. 그러는 사
이에 피에로트 부부에겐 딸이 하나 태어났고, 그때부터 그들의 재

산은 늘어갔다. 일단 랄루에트 부부가 하는 장사에 관여했던 피에로트 아저씨는 이윽고 동업자가 되었다. 그러던 어느 날, 시력을 완전히 잃게 된 랄루에트 노인이 가게에서 완전히 손을 떼면서 피에로트 아저씨에게 재산 일체를 양도했다. 피에로트 아저씨는 그 돈을 분할 상환으로 갚았다. 피에로트 아저씨는 혼자 가게를 떠맡게 되자 사업 규모를 크게 확장하여 3년 만에 랄루에트 부부에게 진 빚을 다 갚아버렸고, 급기야는 모든 부채에서 완전히 벗어나 관록 있는 상점의 어엿한 주인이 되었던 것이다. 그런데 바로 그 무렵 마치 남편이 자기 도움 없이 살 수 있을 때를 기다렸다는 듯이 꺽다리 로베르트 아주머니가 병에 걸려 시름시름 앓더니 세상을 떠나고 말았다.

이것이 그 날 저녁 소몽 가로 향하면서 자크 형이 들려줬던 한 편의 드라마 같은 피에로트 아저씨 이야기이다. 자크 형과 나는 방금 사 입은 내 새 옷을 파리 사람들에게 구경시키고 싶은 마음에 길을 돌아서 갔으므로 시간이 꽤 걸렸고 그동안 나는 이 세벤느 산골 사나이에 대해 속속들이 알게 되었다. 선량한 피에로트 아저씨가 자기 딸과 랄루에트 씨를 우상처럼 여긴다는 사실을 알게 되었다. 또한 그가 약간은 수다스러운 편이며, 말을 너무 천천히 하고 더듬으며 발음이 분명치 않다는 것도 알았다.

또 '그래 정말 맞다'라는 말을 세 마디 건너 한 번씩 집어넣는 통에 듣기 답답하다고 했다. 그가 그렇게 하는 데에는 다 이유가 있었다. 이 세벤느 산골 사람은 아무리 노력해도 프랑스어에 익숙해질 수가 없었다. 그의 머리에 떠오르는 모든 생각은 랑그도크 지방의 방언으로 입가를 맴돌았기 때문에 그것을 한 문장 한 문장 프랑스어로 고쳐서 말해야 했던 것이다. 그가 연달아 집어넣는 '그래 정말 맞다' 라는 군말은 머릿속으로 랑그도크 방언을 프랑스어로 옮기는 작업을 하는 시간을 벌게 해주었던 것이다. 자크 형의 말처럼 피에로트 아저씨는 이야기하는 것이 아니라 번역을 했던 것이다.

반면 피에로트 양은 열여섯 살로 이름이 카미유라는 게 그 날 저녁 형에게서 들은 전부였다. 이 문제에 관한 한 형은 마치 철갑상어처럼 침묵으로 일관했다.

우리가 랄루에트 상점에 도착한 것은 거의 9시가 다 되어서였다. 마침 가게문을 닫으려던 참이었다. 나사못과 덧문, 철 빗장 등이 반쯤 열린 문 앞의 보도 위에 어지러이 널려 있었다. 가스등은 이미 꺼져 있었고, 가게 안은 어둠에 잠겨 있었다. 다만 카운터 위에 놓인 도자기 램프만이 카운터와 불그레하고 넉넉한 피에로트 아저씨의 얼굴을 비추고 있었다. 안쪽, 가게 뒷방에서 누군가 플루트를 연주하고 있었다. 자크가 카운터로 다가서며 외쳤다.

「안녕하셨어요, 피에로트 아저씨!」

나는 형 옆에 램프 빛을 받고 서 있었다. 매상을 계산하고 있던 피에로트 아저씨가 자크 형의 목소리에 고개를 드는가 했더니 형 옆에 램프 빛을 받고 서 있는 나를 알아보고는 소리를 지르고 두 손을 모으더니……

「앗, 이게 누구야!」

멍하니 입을 벌리고는 나를 쳐다보며 그대로 서 있었다. 자크 형이 의기양양하게 말했다.

「어때요, 아저씨! 내가 뭐라고 그랬어요.」

선량한 피에로트 아저씨가 중얼거렸다.

「오, 세상에! 세상에 이런 일이! 그러니까 내 생각엔…… 그래 정말 맞다……. 마치 그분을 보고 있는 것 같구먼.」

「특히 눈이 닮았지요, 아저씨, 눈을 한번 보세요.」

자크 형의 얘기를 듣고 피에로트 아저씨가 나를 좀더 자세히 보려고 램프 갓을 들어올리며 말했다.

「게다가 턱은 또 어떻고. 자크, 보조개가 패인 저 턱 좀 보게나.」

나는 이게 대체 무슨 상황인지 이해가 가지 않았다. 두 사람은 나를 쳐다보면서 눈짓을 하고, 신호를 주고받기도 했던 것이다. 갑자기 피에로트 아저씨가 일어서더니 카운터에서 나와 두 팔을 벌리고 내게로 다가왔다.

「다니엘, 어디 괜찮다면 한번 안아보자꾸나. 그래 정말 맞다. 마치 에세트 부인을 보는 것 같군.」

단번에 모든 궁금증이 풀렸다. 그 시절의 나는 어머니 에세트 부인을 많이 닮아 있었고 한 25년 동안 어머니를 못 본 피에로트 아저씨가 나의 모습에 더더욱 감명을 받았던 것이었다. 친절한 피에로트 아저씨는 시간 가는 줄도 모르고 내 손을 잡고 포용하며 눈물이 그윽한 그 커다란 눈으로 나를 쳐다보았다. 그러고는 어머니와 2000프랑과 그의 로베르트와 카미유 그리고 그의 아나스타지유를 이야기했다. 그 이야기를 얼마나 시간을 들여가면서 길게 끌었던지, 자크 형이 다급한 어조로 말했다.

「피에로트 아저씨, 장부 정리 안 하세요?」

이 말이 아니었다면 얼마나 오랫동안 가게 안에 선 채로 이야기를 듣고 있었을지 모를 일이다. 피에로트 아저씨는 곧 입을 다물었다. 그도 너무 많은 말을 한 것이 다소 미안했던 모양이다.

「자네 말이 맞네, 자크. 내가 너무 떠들고 있군. 너무 떠들어댔어. 딸애가……. 그래 정말 맞다. 딸애가 너무 늦게 올라온다고 화를 내겠는걸.」

「카미유는 위에 있나요?」

자크 형이 아무렇지도 않은 듯 물었다.

「그래⋯⋯. 그래, 자크⋯⋯. 그앤 위에 있어. 애타게 기다리고 있다구. 그래 정말 맞다. 다니엘을 만나기를 애타게 기다리고 있단 말일세. 그러니 어서 올라가보게나. 장부 정리를 해놓고, 나도 따라 올라갈 테니까. 그래 정말 맞다.」

자크 형은 더 이상 그의 얘길 들을 것도 없이 나의 팔을 잡고 플루트 소리가 나는 가게 구석으로 끌고 갔다. 피에로트 아저씨의 가게는 넓었고, 물건으로 가득 차 있었다. 불룩한 물병, 오팔 색의 둥근 유리 용기, 엷은 황색의 보헤미아산 유리잔, 길다란 크리스털 잔과 불룩한 수프 접시들이 어둠 속에서 빛나고 있었다. 어디를 둘러봐도 접시들이 천장까지 빼곡하게 쌓여 있었다. 그야말로 도자기 요정의 궁전을 밤에 엿보는 듯했다. 가게 뒷방은 반쯤 벌어진 가스등으로부터 지루한 듯 작은 불꽃이 날름거리며 밤을 밝히고 있다. 우리는 그곳을 지나쳤다. 흘깃 쳐다보니 금발의 키가 큰 젊은이가 침대 겸용 긴 소파에 걸터앉아 구슬프게 플루트를 불고 있었다. 그 곁을 지나칠 때 자크 형은 아주 무뚝뚝하게 인사를 건넸다.

「안녕하십니까?」

금발의 젊은이는 대답 대신 마찬가지로 무뚝뚝한 톤으로 플루트를 두 번 불어 응수했다. 그것은 필시 서로 좋지 않은 감정을 품고 있는 플루트 악사들 간에 인사를 나누는 방식인 듯했다. 계단에 다다랐을 때 자크 형이 말했다.

「가게 점원이야. 저 금발의 꺽다리는 날마다 플루트를 부는데 정말 지겹다니까. 다니엘, 넌 플루트 좋아하니?」

나는 그에게 '그럼, 이 집 딸은 저 소릴 좋아해?' 라고 묻고 싶은

마음이 굴뚝같았지만 형의 마음이 상할까봐 참았다. 그래서 그냥 아주 진지하게 대답했다

「아니, 난 싫어해.」

피에로트 아저씨의 집은 가게가 들어 있는 건물 5층에 있었다. 가게에 모습을 보이기에는 너무 귀하게 자란 카미유는 항상 집에서 지내고 있었고, 식사때가 되어야 아버지의 얼굴을 보았다. 계단을 올라가면서 자크 형이 말했다.

「아, 너도 보면 알겠지만 굉장히 큰 집이야! 카미유한테는 트리부 부인이라고 옆에서 돌봐주는 미망인이 한 사람 있는데 절대 그녀 곁을 떠나지 않아. 그 부인이 어디 출신인지는 잘 모르겠지만 어쨌든 피에로트 아저씨는 그 부인을 잘 알고 있고, 또 아주 훌륭한 부인이라고 칭찬을 하더라. 자, 다 왔다! 다니엘, 벨을 눌러.」

나는 벨을 눌렀다. 그러자 세벤느 지방 여인이 문을 열어주러 나왔고 자크를 보더니 오랜 친구에게 하듯 미소를 지으면서 우리를 거실로 안내했다.

우리가 집 안으로 들어섰을 때 피에로트 양은 피아노 앞에 앉아 있었다. 체구가 좋은 두 명의 노부인이 한 구석에서 트럼프놀이를 하고 있었다. 랄루에트 부인과 '훌륭한 부인'이라는 트리부 미망인이었다. 우리를 보더니 모두들 일어섰다. 잠시 동안의 흥분과 웅성거림이 있은 후 인사말이 오가고 서로 소개를 하고 나자 자크 형은 카미유에게 피아노 앞에 다시 앉기를 권했다. 형은 그냥 간단히 카미유라고 불렀다. 그 사이 '훌륭한 부인'은 랄루에트 부인과 다시 트럼프놀이를 시작했다. 자크 형과 나는 피에로트 양을 사이에 두고 앉았고 그녀는 작은 손으로 피아노 건반을 두드리며 우리와 함께 웃고 떠들었다. 나는 그녀가 말하는 동안 가만히 그녀를 살펴보

았다. 미인은 아니었다. 하얀 살결에 장밋빛 볼, 작은 귀에 가는 머리카락, 하지만 볼이 너무 통통했고, 지나치게 건강하게 보였다. 거기다가 손은 불그레했고, 어딘가 모르게 방학을 맞아 기숙사에서 집으로 돌아온 여학생같이 다소 쌀쌀맞은 매력이 있었다. 더도 덜도 아닌 피에로트 아저씨의 딸이요, 소몽 가의 도자기 상점에서 자라난 한 송이 꽃이었다.

적어도 내가 느낀 첫인상은 그랬다. 그러나 내가 무슨 말을 건네자 피에로트 양은 내리깔고 있던 눈을 천천히 들어 나를 쳐다봤다. 그 순간 마치 마법에 걸린 듯 조그만 부르주아 소녀는 내 눈앞에서 사라져버렸다. 내게는 그녀의 두 눈밖에 보이지 않았다. 나는 눈부시게 아름다운 그 커다란 검은 눈동자를 곧바로 알아보았다.

아! 그것은 기적이었다. 그것은 예전에 낡은 사를랑드 콜레주의 차가운 벽 속에서 그토록 부드럽게 나를 향해 반짝이던 그 검은 눈동자, 안경 쓴 노파에게 붙잡혀 있던 검은 눈동자, 바로 그 검은 눈동자였던 것이었다. 꼭 꿈을 꾸는 기분이었다. 그 순간 이렇게 외치고 싶었다.

'아름다운 검은 눈동자, 진정 당신인가요? 내가 지금 다른 얼굴에서 당신 모습을 보고 있는 건가요?'

그것은 분명 예전의 검은 눈동자였다. 도저히 잘못 볼 수는 없는 일이었다. 똑같은 속눈썹, 똑같은 광채, 억압된 듯한 검은 불길이 이는 바로 그 눈이었다. 이렇게 똑같은 눈이 세상에 둘씩이나 있다니? 게다가 대충 엇비슷하게 생긴 것이 아니라 분명 그때의 그 검은 눈동자였다. 증거로 그 눈동자 역시 나를 알아보았고 그쪽에서 먼저 예전에 함께 나누었던 무언의 대화를 나누려 했다는 데 있다.

바로 그 순간 내가 앉은 곳 가까이, 아니 바로 내 귓가에 무언가를 갉아먹는 생쥐 소리가 들렸다. 그 소리에 놀라서 고개를 돌려보니 피아노 한 모서리에 놓인 팔걸이 의자에 사람이 앉아 있는 것이 눈에 들어왔다. 그때까지 나는 거기에 사람이 있다는 것을 모르고 있었다. 큰 키에 깡마르고 안색이 창백한 노인이었다. 새머리를 연상시키는 머리는 이마가 훤하게 벗어졌고 뾰족한 코에 둥그런 눈에는 전혀 생기가 없었다. 미간이 너무 벌어져 눈이 거의 관자놀이에 붙어 있다고 할 판이었다. 노인이 손에 들고 있던 설탕을 가끔 입에 넣고 깨물지 않았다면 아마 잠들었다고 생각했을 것이다. 노인의 출현에 약간 당황한 나는 꾸벅 인사를 했으나 그는 아무 반응이 없었다. 자크 형이 말했다.

「저분은 너를 보지 못했어. 앞을 못 보니까. 랄루에트 영감님이야.」

'딱 어울리는 이름이군.'

나는 마음속으로 생각했다. 종달새라는 의미가 있는 랄루에트라는 이름의 그 노인을 보지 않으려고 재빨리 검은 눈동자 쪽으로 시선을 돌렸다. 아뿔싸! 마법은 이미 깨져버렸다. 검은 눈동자는 어느새 사라지고 없었다. 대신 딱딱한 인상을 한 자그마한 부르주아 소녀가 피아노 의자에 앉아 있었다.

바로 그때 피에로트 아저씨가 거실 문을 요란스럽게 열며 들어왔다. 플루트를 부는 청년이 겨드랑이에 플루트를 끼고 뒤따라왔다. 그를 보자 자크 형은 물소라도 한 마리 때려잡을 듯한 살기 등등한 시선을 그에게 던졌다. 하지만 플루트 연주자가 꿈쩍도 하지 않고 있는 걸 보아 아마도 자크 형의 시선이 목표물을 제대로 맞추지 못한 모양이었다. 피에로트 아저씨가 딸의 통통한 볼에 입맞추며 말했다.

「그래, 우리 공주님, 이제 만족하셨나? 드디어 너의 다니엘을 데려왔으니. 그래, 다니엘을 어떻게 생각하나? 다정해 보이지, 그렇지 않니? 그래 정말 맞다. 정말 에세트 부인을 꼭 닮았어.」

이 말 끝에 피에로트 아저씨는 아까 가게에서 있었던 장면을 되풀이하면서 모두가 에세트 부인의 눈과…… 에세트 부인의 코…… 보조개가 패인 에세트 부인의 턱을 볼 수 있도록 나를 억지로 거실 한가운데 세웠다. 사람들 앞에서 그런 식으로 구경거리가 된다는 것이 몹시 거북했다. 랄루에트 부인과 트리부 부인은 그들의 게임을 멈추고 안락의자에 등을 기대어 몸을 젖히고 앉아서 냉정하게 나를 관찰하고 있었다. 그녀들은 내가 장터에 팔려고 내놓은 영계라도 되는 듯이 나의 이런저런 생김생김에 대해 큰 소리로 얘기하거나 칭찬을 해댔다. 특히 트리부 부인은 집에서 기르는 어린 새 종류에 대해 상당히 많은 것을 알고 있는 듯했다. 다행히도 자크 형이 피에로트 양에게 피아노 곡을 한 곡 연주해 달라고 부탁함으로써 나의 고통에 종지부를 찍었다.

「좋지요, 뭔가 연주해 봅시다.」

플루트 연주자가 플루트를 들고 앞으로 걸어나오며 힘차게 말했다. 자크 형이 외쳤다.

「아니! 아니, 이중주 말고, 플루트 없이 합시다!」

이 말이 떨어지자 플루트 연주자는 자크 형에게 카리브족이 쏘았다는 독화살처럼 시퍼렇게 독기가 서린 시선을 던졌다. 하지만 형은 꼼짝도 하지 않은 채 '계속해서'라고 외쳤다.

「플루트 없이 합시다!」

결국 자크 형의 승리로 돌아갔고, 피에로트 양은 플루트 없이 흔히 〈로젤린의 명상곡〉이란 이름으로 잘 알려진 트레몰로 곡을 연주했다. 연주를 하는 동안 피에로트 아저씨는 감탄하며 눈물을 흘렸다. 자크 형도 거의 황홀경에 빠진 듯했다. 소리를 내진 않았지만 플루트를 입에 문 플루트 연주자도 어깨로 박자를 맞추며 속으로 플루트를 불고 있었다. 연주가 끝나자 피에로트 양이 내게로 몸을 돌렸다. 그녀가 눈을 내리깔며 말했다.

「저, 다니엘 씨, 이젠 당신 작품을 들려주실 건가요? 시인이라면서요.」

「게다가 훌륭한 시인이죠.」

자크 형이 말했다. 아, 입 가벼운 자크 형……. 하지만 나는 이런 분위기에서 시를 낭송할 생각은 전혀 들지 않았다. 만일 검은 눈동자가 거기에 있었다면 또 모르겠지만……. 이미 한 시간 전부터 그 검은 눈동자의 광채는 꺼져 있었다. 나 혼자서 검은 눈동자를 찾고 있을 뿐이었다. 그리하여 나는 거리낌없는 어조로 피에로트 양에게 대답했다.

「아가씨, 죄송하지만 오늘은 저의 리라를 가져오지 않았습니다.」

나의 은유를 곧이곧대로 해석한 선량한 피에로트 아저씨가 말했다.

「다음 번에는 꼭 가져오게나.」

그 순진한 남자는 정말로 내가 리라를 가지고 있고, 플루트를 연주하는 그의 점원처럼 나 역시 그 악기를 연주한다고 믿었던 것이다. 아! 자크 형 말대로 정말 이곳 사람들은 이상했다.

11시 무렵 차가 나왔다. 피에로트 양은 입술에 미소를 머금고, 의식적으로 손님들에게 설탕을 권하기도 하고, 우유를 따라주기도 하면서 거실을 왔다갔다했다. 내가 검은 눈동자를 다시 본 것은 바로 그 순간이었다. 반짝반짝하는 호의적인 검은 눈동자가 갑자기 내 앞에 나타났다. 그러고는 내가 미처 말을 걸기도 전에 다시 사라져 버렸다. 그때서야 난 한 가지 사실을 깨닫게 되었다. 피에로트 양 안에는 서로 확연히 구분되는 두 개의 인격이 공존하고 있었던 것이다. 하나는 랄루에트 상점 안에 딱 맞는 고급 문양의 머리띠를 한 소공녀 피에로트 양이었고, 다른 하나는 마치 벨벳으로 만든 두 개의 꽃처럼 피어나는 크고 검은 시적인 눈동자였다. 그 매력적인 검은 눈동자가 나타나기만 하면 이 우스꽝스러운 철물점은 환해지곤 했다. 피에로트 양이라면 세상의 그 무엇을 준다 해도 사양했겠지만, 검은 눈동자라면…… 아! 검은 눈동자……!

밤이 깊어가고 있었다. 눈치를 준 것은 랄루에트 부인이었다. 그녀는 커다란 체크무늬 모직 숄을 남편 몸에 둘둘 말더니 남편을 붕대로 감은 미라처럼 끌어안고 사라졌다. 그들을 보내고 나서 우리를 배웅 나온 피에로트 아저씨는 우리를 계단에 세워둔 채 한참 동안이나 연설을 했다.

「자, 그럼! 다니엘, 이제 우리 집에 한번 와 봤으니 앞으로는 자주 들르게나. 사람이 많이 모이지는 않지만 특별한 분들만 오시니까 말일세. 그래 정말 맞다. 우선 내가 전에 모시던 랄루에트 부부가 있고, 자네가 말 상대하기에 충분히 훌륭한 트리부 부인 그리고 우리한테 가끔 플루트를 연주해 주는 우리 가게 점원. 그래 정말 맞다. 자네랑 같이 연주할 수 있겠군. 그렇게 하면 좋을 게야.」

나는 머뭇거리면서 너무 바빠서 원하는 만큼 자주 오지는 못할 거라고 얘기했다. 나의 대답이 그를 웃게 만들었다.

「호오! 저런! 바쁘시다고, 다니엘…… 라틴구에서 자네들이 무슨 일로 그렇게 바삐 지내는지는 내 잘 알지. 그래 정말 맞다. 거기 바람기 있는 아가씨라도 살고 있는 모양이군.」

「사실 쿠쿠블랑이란 아가씨가 있는데 매력이 없는 건 아니죠.」

자크 형이 역시 웃으면서 말했다. 쿠쿠블랑이란 이름을 듣자 피에르트 아저씨가 폭소를 터뜨리고 말았다.

「대체 이름이 뭐라고 했나, 자크? 쿠쿠블랑? 이름이 쿠쿠블랑이란 말이지. 하하하! 아니, 이 총각 좀 보게나. 그 나이에 벌써…….」

그러더니 딸이 자기 얘길 듣고 있다는 걸 깨닫자 말문을 닫았다. 그러나 우리가 계단을 다 내려와서도 커다란 그의 웃음소리는 그치지 않았다. 밖으로 빠져나오자마자 자크 형이 물었다.

「그래, 오늘 만난 사람들 어때?」

「형, 랄루에트 씨는 확실히 이상하게 생겼지만 피에로트 양은 매력적이야.」

「그렇지?」

사랑에 빠진 가련한 형이 얼마나 날카롭게 쏘아붙이던지 웃음을 참을 수가 없었다. 나는 형의 손을 잡으며 말했다.

「야아! 형, 드디어 본심을 드러냈네.」

그 날 밤, 우리는 늦게까지 강가를 산책했다. 우리의 발 밑으로 고요하게 흐르는 검은 강물 위로 수많은 작은 별들이 진주처럼 반짝이며 흘러갔다. 정박한 큰 배들이 삐걱대는 소리가 들려오고 있었다. 어둠 속을 천천히 걸으면서 자크 형의 작은 사랑 이야기를 듣는 것은 기쁨이었다. 그는 자기의 영혼을 다해 그녀를 사랑했지만 그녀가 자기를 사랑하고 있지 않다고 했다. 형은 그녀가 자기를 사랑하지 않는다는 걸 잘 알고 있었다.

「형, 그럼 누군가 다른 사람을 사랑하는 모양이지?」

「아니, 다니엘. 내가 알기로는 적어도 오늘 밤이 되기 전까지는 아무도 사랑하지 않았어.」

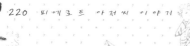

「오늘 밤 전이라니……. 형, 그게 대체 무슨 소리야?」

「글쎄! 모든 사람이 다 너를 좋아하지, 다니엘……. 그러니 그녀도 널 좋아하게 될 거야.」

오! 불쌍한 자크 형! 자크 형이 이 말을 할 때 체념한 듯한 그 표정이 얼마나 슬퍼보이던지. 나는 형을 위로하기 위해 큰 소리로 웃기 시작했다. 내 웃음소리는 생각보다 훨씬 커다랗게 허공을 울렸다.

「세상에! 이봐, 형. 어떻게 그런 생각을 할 수 있어……? 형 얘기대로라면 내가 사랑에 빠지지 않고는 배기지 못할 정도로 매력적이거나 피에로트 양이 너무 쉽게 사랑에 빠지는 성격이거나 둘 중의하나겠네. 절대 아니야! 그러니 안심하라구, 엄마 같은 자크 형. 피에로트 양은 내 마음에서 아주 멀리 있어. 내가 그녀 마음에서 멀리있는 것처럼. 형이 겁낼 사람은 내가 아니라구.」

이렇게 말할 때 나는 정말 진심이었다. 피에로트 양은 내 관심 밖이었다. 혹시 검은 눈동자의 그녀라면 이야기는 다르겠지만.

붉은 장미와
검은 눈동자

랄루에트 상점을 처음으로 방문한 이후 얼마 동안 나는 '거기'에 가지 않았다. 반면 자크 형은 일요일의 순례를 충실하게 계속해 나갔고, 번번이 마음을 담은 매력적인 넥타이 매듭을 만들어냈다. 자크 형의 넥타이, 그것은 정녕 한 편의 시였다. 활활 타오르지만 겉으로 드러나지 않는 사랑의 시, 온갖 사랑의 뉘앙스를 담아서 연인들에게 바친다는 신비한 꽃다발, 바로 그 의미심장한 정염의 꽃다발이었다.

만일 내가 여자였다면 사랑한다는 고백을 듣는 것보다 끊임없이 변하는 자크 형의 넥타이를 보고 더 큰 감명을 받았을 것이다. 하지만 어쩌겠는가, 여자들은 넥타이에 관해서는 아무것도 모르는 것을……. 일요일마다 집을 나서기 전에 사랑에 빠진 가련한 자크 형은 으레 이렇게 말하곤 했다.

「나 '거기'에 가는데, 다니엘…… 같이 갈래?」

「아니, 형. 난 할 일이 있어.」

나의 대답은 늘 같았다. 그 말이 떨어지기가 무섭게 형은 밖으로 나갔고 나는 혼자서 책상에 앉아 시를 썼다. 나는 더 이상 피에로트 아저씨 집에 가지 않기로 작정했다. 검은 눈동자가 두려웠다. 그래서 난 스스로에게 이렇게 다짐했다.

223

'검은 눈동자를 다시 보면, 그걸로 끝장이다.'

사실 검은 눈동자를 다시 보지 않으려고 무척이나 애를 쓰고 있었다. 그 날 이후 그 망할 놈의 커다란 검은 눈동자가 잠시도 내 머릿속에서 떠나지 않았다. 어딜 가나 검은 눈동자가 보였다. 시를 쓸 때도 잠을 잘 때도 항상 생각났다. 나의 노트 여기저기에 속눈썹이 정말로 기다랗게 난 검은 눈동자가 그려져 있었다. 이건 거의 편집증이었다.

아! 자크 형이 희망의 눈을 반짝이며 새 방법으로 넥타이를 매고 들뜬 발걸음으로 소몽 가를 향할 때마다 뒤따라 뛰어내려가서 '형, 같이 가!'라고 외치고 싶은 마음이 굴뚝같았다. 그러나 절대 그럴 수 없었다! 내 마음 깊은 곳에서 그곳에 가는 것은 나쁜 짓이라고 경고하는 목소리가 들렸고, 책상에 남아 있을 만한 용기가 아직은 남아 있었다. 그리하여 난 이렇게 대답했다.

「형, 고맙지만 사양할게. 난 시를 쓸 거야.」

그렇게 몇 주가 흘렀다. 그리고 뮤즈에만 매달렸다면 마침내 나의 뇌리에서 검은 눈동자를 몰아내는 데 성공했을 수도 있었을 것이다. 하지만 불행하게도 검은 눈동자를 다시 한 번 만나는 경솔한 행동을 하고 말았다. 모든 것이 끝났다. 나의 머리도 마음도 완전히 무너졌다. 결국 불상사가 일어난 것이다.

강가에서의 고백이 있은 후로 자크 형은 더 이상 내게 그의 사랑에 대해 이야기하지 않았다. 그러나 그의 태도로 짐작건대 일이 제대로 되어가고 있지 않은 것이 분명했다. 일요일에 피에로트 아저씨의 집에서 돌아올 때면 형은 늘 침울했다. 밤이면 형이 거듭해서 한숨을 내쉬는 소리가 들렸다.

「형, 대체 왜 그래?」

「아무것도 아니야.」

내가 묻기라도 하면 형은 이렇게 거칠게 대답하는 것이 고작이었다. 하지만 그 억양으로만 미루어봐도 무언가 일이 풀리지 않는다는 것을 직감할 수 있었다. 형처럼 착하고 인내심이 있는 사람이 내게 감정의 기복을 드러낼 정도였다. 어떤 때는 마치 싸움이라도 한 것처럼 나를 쳐다보기도 했다. 나는 형이 사랑의 번뇌로 깊이 고민하고 있다는 걸 의심치 않았다. 하지만 자크 형이 그에 관해서 입을 굳게 다물고 있는 한 나 역시 뭐라고 말할 엄두가 나지 않았다. 그러나 어느 일요일 형이 다른 때보다 훨씬 더 침울한 얼굴로 집에 돌아왔을 때 나는 문제가 무엇인지 확실히 알아야겠다고 생각했다. 나는 형의 손을 붙잡으며 물었다.

「형, 대체 무슨 일이야? '거기' 일이 잘 안 되는 거야?」

불쌍한 형은 완전히 풀이 죽은 목소리로 대답했다.

「그래! 안 돼……! 잘 안 풀린다구…….」

「아니, 뭐가 어떻게 돌아가는 거야? 피에로트 아저씨가 뭐라고 한 거야?」

「아니야, 다니엘. 내 사랑에 방해가 되는 건 아저씨가 아니야. 그녀가 나를 사랑하지 않는다구. 아마 영원히 사랑하지 않을 거야.」

「형, 무슨 말도 안 되는 소리를 하고 그래. 그 여자가 형을 사랑하지 않을 거란 사실을 대체 형이 어떻게 알아……. 형이 사랑한다고 얘기했어……? 아직 안 했지……? 거봐, 그러면서 뭘 그래…….」

「그녀가 사랑하는 사람도 얘기는 안 했어. 그 사람은 구태여 고백을 하지 않고도 사랑을 받고 있다구…….」

「형, 그게 정말이라면 혹시 그 플루트?」

「그녀가 사랑하는 사람도 얘기는 안 했어.」

자크 형은 내 말을 듣지 못한 모양인지 그저 똑같은 말을 되풀이 할 뿐이었다. 나로서는 더 이상의 사정을 알 수가 없었다. 그 날 밤 생 제르맹의 종루 옆 다락방에서는 아무도 제대로 잠을 이루지 못했다. 자크 형은 거의 밤이 새도록 창가에 서서 별들을 바라보며 한숨을 내쉬고 있었고, 나는 나대로 생각에 잠겨 있었다.

'내가 '거기'에 가서 무슨 일인지 자세히 알아봐야겠어. 형이 잘못 생각한 건지도 모르니까. 피에로트 양은 아마도 형이 맨 넥타이 매듭 안에 깃들인 사랑의 모든 뉘앙스를 이해하지 못한 걸 거야. 형이 사랑을 고백하지 못한다면 형을 위해 내가 대신 해줄 수도 있잖아. 그래, 바로 그거야. 내가 거기 가서 속물 같은 그 여자한테 이야기를 해주자. 그러고 나서 결과를 보는 거야.'

다음 날 나는 자크 형에게는 알리지 않은 채 그 아름다운 계획을 실행에 옮겼다. 분명히 말하지만 '거기'에 갈 때까지 내가 결코 흑심 같은 걸 품고 있지 않았다는 것은 하느님이 알고 계신다. 내가 거기에 간 것은 자크 형을 위해서, 오직 자크 형만을 위해서였다. 그러나 소몽 가의 모퉁이에서 랄루에트 상점의 녹색 페인트칠과 진열창에 쓰인 '도자기와 크리스털'이라는 글씨를 보는 순간 가슴이 약간 두근거리는 것을 느꼈다. 그 두근거림에서 무엇인가를 감지했어야 하지 않았을까. 나는 가게 안으로 들어섰다. 가게는 텅 비어 있었다. 가게 안쪽에서는 플루트를 부는 사내가 식사를 하고 있었다. 그는 밥을 먹을 때도 플루트를 식탁 위에 놓아두고 있었다.

「카미유가 이런 떠돌이 플루트 연주자와 자크 형 사이에서 고민을 하다니, 말도 안 되는 일이야. 어쨌건 두고 보자구.」

나는 계단을 오르며 혼자 중얼거렸다. 피에로트 아저씨가 딸과 트리부 부인과 함께 식탁에 앉아 있었다. 다행히도 검은 눈동자는 없었다. 내가 들어서자 모두들 놀라움의 탄성을 질렀다. 사람 좋은 피에로트 아저씨가 우렁찬 목소리로 외쳤다.

「야아, 드디어 왔군! 그래 정말 맞다. 같이 커피나 한 잔 하는 게 어떤가?」

그러고는 내게 자리를 만들어주었다. 트리부 부인이 황금색 꽃무늬가 새겨진 아름다운 찻잔을 가져다주었고 나는 피에로트 양 옆에 앉았다.

그 날 따라 피에로트 양은 무척 사랑스러웠다. 귀에서 약간 위쪽으로 머리에 자그마한 붉은 장미 한 송이를 꽂고 있었다. 그 장미는 너무 붉었다. 자그마한 붉은 장미 한 송이엔 마법의 힘이 있는 듯했다. 이 속물 같은 아가씨를 그토록 예쁘게 변신시키다니 말이다.

「아이고 이런, 다니엘. 우리 집에 오지 않으려고 하더니 생각이 바뀐 건가?」

피에로트 아저씨가 다정하게 큰 소리로 웃으면서 말했다. 난 핑계를 대면서 용서를 구했다.

「그래그래, 나도 무슨 말인지 다 아네. 라틴구에서는…….」

세벤느 산골 출신의 피에로트 아저씨가 말했다. 그러고는 더 큰 소리로 웃으며 트리부 부인을 쳐다보았다. 부인은 알 만하다는 듯 헛기침을 하더니 식탁 밑으로 내 발을 가볍게 쳤다. 그 선량한 사람들에게는 라틴구라고 하면 음란한 파티며 바이올린, 가면이나 난동과 깨진 술병들, 그리고 광란의 밤 같은 것들을 의미했다. 아! 내가 그들에게 생 제르맹 종루 옆 다락방에서 보내는 수도사 같은 일과를 이야기했다면 그들은 놀랐을 것이다. 하지만 잘 아시다시피 젊을 땐 불량기를 의심받는 것이 그리 불쾌한 것만은 아니다. 피에로트 아저씨가 이런저런 비난을 해도 나는 다소곳한 태도로 별반 변명도 않은 채 그저 이렇게만 말했다.

「아니에요, 아닙니다. 정말이지 생각하시는 것과는 다릅니다.」

자크 형이 같이 있었다면 그런 나를 보고 틀림없이 웃었을 것이다. 커피 잔이 거의 다 비어갈 즈음에 집 안마당에서 플루트 소리가 들려왔다. 가게에서 피에로트 아저씨를 부르는 소리였다. 그의 뒷모습이 사라지기도 전에 이번에는 트리부 부인이 요리사와 카드놀이인 500점짜리 피케를 하기 위해 자리를 떴다. 우리끼리 얘기지만 이 부인의 가장 큰 재주는 바로 카드를 노련하게 다루는 것이었다. 모두 떠나고 붉은 장미와 단둘이 남게 되자 나는 생각했다.

'드디어 때가 왔다!'

내 입가에는 벌써 자크 형의 이름이 맴돌고 있었다. 하지만 피에로트 양은 내게 말할 기회를 주지 않았다. 갑자기 나를 외면하더니 낮은 목소리로 이렇게 말하는 것이었다. 처음에 나는 그녀가 농담을 하는 것이겠거니 했다.

「쿠쿠블랑 양 때문에 오지 않은 건가요?」

천만에! 그것은 농담이 아니었다. 오히려 빨갛게 달아오른 뺨과 심장 박동에 따라 그녀의 블라우스의 앞판 장식이 빠르게 흔들리는 걸로 봐서 아주 흥분해 있는 듯 보였다. 누군가 그녀에게 쿠쿠블랑에 대한 이야기를 했던 것이고, 그녀는 실제로 일어나지도 않은 일들을 혼자서 막연하게 상상하고 있었던 것이 분명했다. 단 한 마디로 그녀의 오해를 풀어줄 수도 있었다. 하지만 나도 모르는 허영심 때문에 그렇게 하지 않았다. 내가 대답을 하지 않자 피에로트 양은 나를 향해 돌아섰다. 그녀는 그때까지 내리뜨고 있던 눈을 들어 긴 속눈썹이 위로 향하게 하더니 가만히 나를 응시했다. 아니 난 거짓말을 하고 있다. 나를 바라본 것은 그녀가 아니었다. 눈물에 젖어 부드러운 비난을 던지는 것은 바로 검은 눈동자였다. 아! 사랑하는 검은 눈동자여! 내 영혼의 기쁨이여!

그것은 일시적인 환영이었다. 그 기다란 속눈썹은 즉시 아래로 다시 떨어지고 검은 눈동자도 사라졌다. 내 옆에는 피에로트 양만이 남아 있었다. 또다시 내 앞에 환영이 나타나기 전에 나는 서둘러 자크 형 이야기를 꺼냈다. 나는 우선 자크 형이 얼마나 착하고 성실하며 친절하고 관대한지에 대해 이야기했다. 지칠 줄 모르는 형의 헌신에 대해 말했으며, 진짜 어머니라도 감탄할 형의 모성애에 대해 이야기했다. 나를 먹여주고 입혀주고 살게 만드는 것이 바로 자크 형이고 그 때문에 형이 얼마나 고되게 일하고 절약을 강요받는지 모른다고도 했다. 형이 없었다면 난 아직도 그토록 고통스러웠던 사를랑드의 암흑 같던 기억의 감옥에서 벗어나지 못했을 것이라고 했다.

여기까지 이야기했을 때 몹시 감동한 듯 피에로트 양의 뺨 위로 한 줄기 눈물이 흐르는 게 보였다. 나는 순진하게도 그녀가 형을 위해 눈물을 흘린다고 믿고 이렇게 생각했다.

'그렇지! 일이 잘 되어가고 있는 게야.'

그러면서 다시금 열변을 토해 가면서 자크 형의 우울한 마음과 그의 영혼을 갉아먹는 신비하고 깊은 사랑에 대해서 이야기했다. 아! 그런 형의 사랑을 받는 여인은 그 얼마나 행복하겠는가.

바로 그때 피에로트 양의 머리칼에 꽂혀 있던 자그마한 붉은 장미가 어떤 이유인지는 모르지만 스르르 미끄러져 내 발 밑으로 떨어졌다. 마침 자크 형의 사랑을 받는 지극히 행복한 여인이 바로 카미유 자신이라는 걸 깨닫게 하기 위해 뭔가 세련된 방법을 찾고 있던 참이었다. 그 붉은 장미가 떨어지면서 내게 어떻게 해야 할지 알려주었다. 그 자그마한 붉은 장미는 마법의 힘을 가지고 있었다. 나는 떨어진 장미를 재빨리 주워서 주인에게 돌려주는 대신 손에 들고 아주 미묘한 미소를 지으면서 피에로트 양에게 말했다.

「당신이 자크 형에게 주는 선물이라 생각하겠습니다.」

「원하신다면 그렇게 하시죠.」

피에로트 양이 한숨을 내쉬며 대답했다. 그러나 바로 그 순간 검은 눈동자가 다시 나타났고, 이런 말을 하려는 듯 다정하게 나를 쳐다봤다.

'아니에요! 자크가 아니라 바로 당신에게 드리는 거예요!'

아! 이 말을 전하는 검은 눈동자의 열에 달뜬 천진함이란! 마음을 사로잡는 그 수줍음은 정열이란! 하지만 내가 머뭇거리자 검은 눈동자는 몇 번이나 되풀이해야 했다.

'그래요……! 바로 당신……. 당신을 위한 거예요.'

결국 나는 붉은 장미에 입을 맞추고 가슴에 꽂았다. 그 날 저녁 자크 형이 돌아왔을 때 난 평소처럼 책상에 앉아 시를 쓰고 있었고 낮에 나갔다 왔다는 기색은 드러내지 않았다. 그러나 불행히도 옷을 벗을 때 가슴에 꽂아두었던 붉은 장미가 땅에 떨어져 침대 발치로 밀려갔었나 보다. 마법에는 항상 악의가 섞여 있는 법이다. 자크 형은 장미를 보자 집어들고 천천히 바라보았다. 내 얼굴과 장미 중 어느 것이 더 붉었는지 나도 모르겠다.

「이 장미를 알지. 분명 '거기' 거실 창가에 놓인 장미가 틀림없어.」

그러고는 장미를 내게 돌려주며 말했다.

「나한테는 단 한번도 주지 않았어.」

자크 형이 얼마나 슬픈 어조로 그 말을 했던지 내 눈에는 그만 눈물이 고였다.

「형, 맹세하지만 오늘 저녁 전까지는…….」

자크가 부드럽게 내 말을 가로막았다.

「미안해할 필요 없다, 다니엘. 네 스스로 나를 배신할 만한 일을 한 것은 아무것도 없다는 걸 내가 잘 아니까. 난 알고 있었지. 그녀가 널 사랑한다는 걸 말이야. 언젠가 내가 한 말 기억나지. 그녀가 사랑하는 사람은 구태여 고백을 하지 않고도 사랑을 받고 있다고…….」

그 말을 마치고 가련한 자크 형은 방 안을 서성이기 시작했다. 나는 붉은 장미를 손에 든 채 꼼짝도 않고 형을 쳐다보고 있었다. 형이 한참 후에 말을 이었다.

「어차피 이렇게 되게 되어 있었던 거야. 오래 전부터 난 이렇게 되리란 걸 예측하고 있었지. 그녀가 너를 보고 나면 결코 나를 사랑하지 않을 거라는 사실을……. 오랫동안 널 '거기'에 데려가지 않은 게 다 그런 이유에서였단다. 나는 오래 전에 이미 너를 질투하고 있었어. 용서해 줘. 그녀를 너무 사랑했기 때문에 그런 거니까……! 그러던 어느 날 한 번쯤 시험을 해보고 싶었어. 그래서 너를 데리고 간 거야. 바로 그 날. 다니엘, 난 깨달았단다. 모든 게 끝났다는 것을. 채 5분도 지나지 않아서 그녀는 그 어느 누구에게도 던져본 적 없는 눈길로 너를 쳐다보고 있었어. 너도 아마 눈치챘을 거야. 아! 몰랐다고 하진 말아. 너도 분명 뭔가 느꼈겠지. 네가 그로부터 한 달 동안 '거기'에 다시 가지 않은 게 그 증거야. 하지만 가엾게도 너의 그런 마음도 내겐 전혀 도움이 되지 않았단다. 그녀 같은 마음씨를 가진 사람은 찾아오지 않는다고 해서 탓을 하는 법이 없는 모양이더라. 오히려 그 반대였어. 내가 거기 갈 때마다 나한테 네 이야기를 했어. 그것도 아주 순진하게, 무한한 애정과 신뢰를 가지고 말이다. 내겐 정말로 큰 고통이었어. 이제 모든 게 끝났어. 오히려 마음이 편하다.」

자크 형은 계속해서 묵묵히 감내하는 듯한 미소와 부드러움을 그대로 간직한 채 오래도록 이야기했다. 형의 이야기를 들으면서 나는 고통과 기쁨을 동시에 느꼈다. 형이 불행하다는 걸 느꼈으므로 고통스러웠지만 형의 말 한 마디마다 내 모습으로 가득 찬 검은 눈동자가 빛나는 것을 보았기 때문에 기뻤던 것이다. 형이 이야기를 끝냈을 때, 다소 수치스럽기는 했으나 여전히 붉은 장미를 손에 쥔 채로 나는 형의 곁으로 다가갔다.

「형, 이젠 더 이상 나를 사랑하지 않을 거야?」

그가 미소를 지었다. 그러고는 나를 끌어안았다.

「이런 바보 같은 녀석이 있나. 전보다도 더 사랑할 거야.」

그것은 진실이었다. 붉은 장미 사건 이후로도 자크 형은 한결같은 감정으로 나를 대했다. 형이 많이 고통스러워한다는 건 알 수 있었지만 형은 전혀 내색하지 않았다. 단 한번의 탄식도 단 한 마디의 불평도 없었다. 예전처럼 일요일마다 '거기'에 갔고, 누구에게나 상냥한 얼굴로 대했다. 달라진 것은 넥타이 매듭뿐이었다. 변함없이 침착하고 당당하게 몸이 부서져라 일했고 오직 집안을 되살리겠다는 목표 하나에 매달려 용기 있게 생활 속으로 뛰어들었다. 오! 자크 형! 자크 형!

나는 양심의 가책 없이 자유롭게 검은 눈동자의 그녀를 사랑할 수 있게 된 그 날부터 나의 정념에 완전히 몸을 내맡겼다. 나는 피에로트 아저씨의 집에서 거의 살다시피 했다. 거기서 나는 모든 사람들의 마음을 사로잡았다. 하지만 그것이 얼마나 구차한 행동을 한 대가였는지. 랄루에트 씨에게 설탕을 가져다주고, 트리부 부인에게 카드놀이 상대가 되어주는 것쯤 아무렇지도 않았다. 나 스스로 그 집에서 지내는 내 자신을 '사랑받길 원하는 남자'라 불렀다. 대개의 경우 '사랑받길 원하는 남자'는 한낮에 나타났다. 그 시간이면 피에로트 아저씨는 가게에 있었고 카미유 양과 트리부 부인만이 거실을 지키고 있었다. 내가 도착하자마자 검은 눈동자는 바로 모습을 드러냈고, 그와 동시에 트리부 부인은 우리 둘만 남기고 자리를 떠나곤 했다. 세벤느 산골 출신의 피에로트 아저씨가 자기 딸의 보호자 격으로 붙여준 그 고상한 부인은 내가 나타나기만 하면 자기의 짐을 덜었다고 생각하는 것 같았다. 서둘러 요리사 여인과 함께 부엌 방으로 사라져 이내 카드 판을 벌이는 것이었다. 나는 물론 불평하지 않았다. 검은 눈동자와 단둘이 있을 기회를 주는데 무슨 불평을 하겠는가!

담홍색으로 장식된 그 거실에서 보낸 행복했던 시간들이여! 난 거의 매일 내가 좋아하는 시인들의 시집을 들고 가서 검은 눈동자에게 몇 구절씩 읽어주곤 했다. 검은 눈동자는 시를 들으면서 때로는 아름다운 눈물로 뺨을 적셨고 때로는 영롱한 빛으로 반짝거리기도 했다. 그 사이에 피에로트 양은 우리 곁에 앉아 아버지의 덧신에 수를 놓기도 하고 늘 똑같은 〈로젤린의 명상곡〉을 치기도 했다. 분명히 얘기해 두지만 우리는 그녀를 가만히 내버려두었다. 하지만 그 부르주아 아가씨는 시 낭송 중 가장 비장한 대목에 도달했을 때 느닷없이 큰 목소리로 전혀 엉뚱한 얘기를 해서 잔뜩 오른 흥을 깨곤 했다. 이를테면 '이런, 덧신에 수를 두 땀 더 놓았네'라든지 '조율사를 불러야겠네' 하는 식의 얘기 말이다. 그럴 때마다 화가 치민 나는 책을 덮고 더 이상 낭송을 하지 않으려 했다. 그러면 검은 눈동자는 나를 독특한 시선으로 바라보았는데, 그 눈길이 닿으면 나의 마음은 그 자리에서 풀어져 곧 다시 이어서 시 낭송을 하곤 했다.

담홍색으로 장식된 거실에 우리 둘만 남겨두는 것은 분명 경솔한 일이었다. 한번 생각해 보라. 검은 눈동자와 '사랑받길 원하는 남자', 우리 두 사람의 나이를 다 합쳐봐도 서른 넷이 채 안 되었다. 다행히도 우리에겐 잠시도 곁을 떠나지 않는 피에로트 양이 있었다. 그녀는 정말이지 화약고를 지키는 보초처럼 신중하고 빈틈없으며 경계를 늦추지 않는 감독이었다. 기억이 난다. 선명한 5월 어느 따스한 오후 검은 눈동자와 나는 거실의 소파에 앉아 있었다. 창문은 반쯤 열려 있었고 커다란 커튼은 닫혀진 채로 바닥까지 늘어져 있었다. 그 날 읽은 책은 〈파우스트〉였다. 낭송이 끝나고 책이 스르르 내 손에서 미끄러져 내렸다. 우리는 고요한 정적과 어슴푸레한 빛 속에서 잠깐 동안 아무 말 없이 서로 마주 보고 있었다. 그녀가 내 어깨에 머리를 기댔다. 블라우스의 앞판 장식이 살짝 벌어진 틈으로 저만치 깊숙이 작은 은목걸이가 빛나는 게 보였다. 그 순간 갑자기 피에로트 양이 우리 둘 사이에 끼여들었다. 그녀는 나를 즉시 소파 끝으로 밀쳐내고는 일장 훈계를 시작했다. 피에로트 양이 우리에게 말했다.

「철없는 사람들, 당신들이 여기서 하고 있는 일은 아주 못된 짓이에요. 어른들의 믿음을 남용하다니. 당신의 계획을 아버지한테 얘기해야 해요. 보세요, 다니엘! 대체 언제 아버지께 말씀드릴 건가요?」

나는 곧 나의 대작 시가 완성되기만 하면 피에로트 아저씨에게 얘기를 하겠다고 약속했다. 그 약속에 우리 감독의 마음이 약간 누

그러겠다. 하지만 그나저나 마찬가지였다. 그 날 이후로 검은 눈동자는 '사랑받길 원하는 남자'와 나란히 소파에 앉는 걸 금지당했다.

피에로트 양은 어린 나이지만 참으로 엄격한 사람이었다. 처음에 그녀는 검은 눈동자가 내게 편지를 쓰는 것을 허용하지 않았다. 마지막에 가서 마침내 동의를 하긴 했지만 그녀 자신이 모든 편지를 읽어봐야 한다는 단호한 조건이 붙었다. 불행히도 피에로트 양은 검은 눈동자가 쓴 열렬한 사랑을 담은 멋진 편지들을 읽어보는 것으로 만족하지 않았다. 그녀는 종종 제멋대로 다음과 같은 문장들을 끼워넣곤 했던 것이다.

오늘 아침, 나는 정말 슬퍼요. 내 옷장에서 거미를 봤거든요. 아침 거미는 슬픔을 의미한대요.

복숭아씨만으로 살림을 차리진 못해요.

따위의 글 말이다. 그리고 언제나 후렴으로 붙는 다음 구절.

당신의 계획을 아버지한테 얘기해야 해요…….

나의 대답은 한결같았다.

나의 시를 끝내고 나면…….

소몽 가의 시 낭송

마침내 나는 대망의 그 시를 끝냈다. 그것을 마치는 데에 무려 4개월이 걸렸다. 마지막 남은 몇 행을 쓸 때는 흥분과 기쁨과 자랑스러움 그리고 초조함으로 손이 떨려 도저히 글을 쓸 수가 없을 정도였던 기억이 난다.

생 제르맹의 종루 옆 다락방에서 그것은 그야말로 대사건이었다. 자크 형은 그 사건을 기해 딱 하루 동안만 두꺼운 마분지와 풀통을 든 예전의 자크 형으로 되돌아갔다. 그는 멋진 노트를 한 권 만들어 손수 나의 시를 베껴 썼다. 한 줄씩 써 나갈 때마다 감탄으로 탄성을 내질렀고, 열광하여 발을 동동 구르기도 했다. 나는 형만큼 내 작품에 대해 자신할 수는 없었다. 형은 나를 너무 사랑했다. 형의 말을 곧이곧대로 믿을 수는 없는 노릇이었다. 객관적으로 확실하게 평가해 줄 누군가에게 시를 보이고 싶었다. 문제는 그럴 만한 사람이 주위에 없다는 것이었다.

점심을 먹으러 가는 싸구려 식당에서 사람을 사귈 기회가 없진 않았다. 우리 생활에 좀 여유가 생긴 후부터 나는 구석에 있는 단골 손님용 식탁에서 밥을 먹었다. 거기엔 늘 20여 명의 젊은이들이 모여 있었다. 하나같이 작가, 화가, 건축가 아니 좀더 정확히 말하자면 그런 류의 삶을 꿈꾸는 씨앗들이었다. 지금은 그 씨앗들이 자랐다. 이 젊은이들 중 몇몇은 이제 유명해졌고, 신문에서 그네들 이름을 보는 날이면 아무것도 아닌 나는 문득 가슴이 쓰리곤 했다. 내가 처음 그들의 식탁에 가서 앉던 날 그 젊은이들은 쌍수를 들고 나를 환영했다. 그러나 내가 너무 소심한 나머지 그들의 이야기에 끼여들지 못하자 나의 존재는 곧 잊혀졌고 많은 사람들 사이에 끼여서도 바깥쪽의 작은 식탁에서 식사를 하던 때와 마찬가지로 외톨이가되었다. 나는 그저 듣기만 할 뿐 아무 말도 하지 않았다…….

일주일에 한 번씩 우리와 함께 식사하러 오는 사람 중에 꽤 유명한 시인이 있었다. 지금 정확한 이름은 기억이 나지 않지만, 사람들은 그를 그의 시 제목을 따라 바가바라고 불렀다. 그가 오는 날이면 사람들은 18수를 내고 보르도산 포도주를 마셨다. 식사가 끝나고 디저트가 나올 때쯤이면 위대한 바가바가 인도의 시를 낭송했다. 인도 시가 그의 전공이었다. 그의 시에는 〈락사마나〉 〈다사라타〉 〈칼랏살라〉 〈바기라타〉 〈수드라〉 〈쿠노세파〉 〈비스바미트라〉 따위의 제목이 붙어 있었다. 그러나 그 중 가장 아름다운 것은 아무래도 〈바가바〉였다. 아! 시를 낭송할 때면 실내가 떠나갈 듯했다. 소리를 지르고 발을 굴러대고 심지어 식탁 위로 뛰어오르는 사람도 있었다. 내 오른쪽에는 빨간 코에 키가 작은 건축가가 앉아 있었는데, 그는 첫 행부터 눈물을 흘리기 시작하더니 시가 낭송되는 동안 나의 냅킨으로 연신 눈을 문질러댔다.

나도 분위기에 휩싸여 남들보다 더 큰 소리를 지르긴 했지만 솔직히 말해서 〈바가바〉를 좋아하는 것은 아니었다. 이 인도의 시라는 것이 들어보면 모두 다 비슷비슷했다. 연꽃과 콘도르, 코끼리와 물소는 항상 등장하는 단골손님이었고, 가끔 약간의 변화를 주기 위해 연꽃을 수련이라 부르는 게 고작이었다. 어쨌거나 이런 정도의 변형을 제외하면 모두 천편일률적으로 정열도 진리도 독창성도 없었다. 그저 운에 운이 거듭될 따름이었다. 속임수에 지나지 않았다. 이것이 위대한 시인 바가바에 대한 당시 나의 견해였다. 만일 누군가 나에게도 시를 읊어보라고 했다면 아마 이렇게까지 혹평은 하지 않았을 것이다. 하지만 아무도 내게 그런 걸 요구하지 않았고 그것이 나를 냉혹한 비평가로 만들었다. 게다가 인도의 시에 대해 이런 견해를 가진 사람은 나뿐만이 아니었다. 내 왼편에 앉아 있던 사람도 역시 그다지 감탄하지 않는 눈치였다. 그 사람은 꽤 특이했다. 닳아 해진 옷을 입고 기름기가 흐르는 얼굴에 넓은 이마는 벗어져서 반짝거렸으며 길게 늘어진 턱수염에는 늘 국수 몇 가닥이 붙어 있었다. 그는 식탁에 앉은 이들 가운데서 제일 연장자였고 또한 제일 똑똑한 사람이기도 했다. 위대한 사람들이 다 그렇듯이 그 사람은 거의 말이 없었고, 특별히 나서지도 않았다. 하지만 모두 그를 존경했다. 사람들은 이렇게 얘기했다.

「저 양반은 대단한 사람이야……. 사상가니까.」

나는 위대한 바가바의 시를 들으면서 빈정거리며 얼굴을 찌푸리는 모습을 보고 나서 그를 매우 높이 평가하게 되었다.

「심미안이 있는 사람이군……. 저이 앞에서 내 시를 낭송하면 어떨까?」

어느 날 저녁 모두들 식탁에서 일어날 때쯤 나는 브랜디 한 병을 주문해서 그 사상가에게 한 잔 하자고 권했다. 나는 그의 주벽을 알고 있었다. 그는 물론 응했다. 술을 마시면서 나는 화제를 위대한 바가바에게로 돌렸다. 그러면서 연꽃과 콘도르, 코끼리와 물소를 있는 대로 깎아내렸다. 그것은 정말이지 대담한 행동이었다. 코끼리란 놈들이 앙심을 품으면 얼마나 무서운가! 내가 이야기하는 동안 사상가는 아무런 말도 없이 브랜디만 비우고 있었다. 가끔씩 미소를 지으면서 동의의 표시로 머리를 끄덕이기도 했다.

「음……, 음…….」

이런 반응에 용기를 얻은 나는 나 역시 대작 시를 하나 썼으며 그에게 한번 보이고 싶다는 뜻을 전했다. 그는 태연하게 끄떡였다.

「음……, 음…….」

그가 들을 준비가 된 것을 보고 나는 '바로 이때다'라고 생각하며 주머니에서 시를 꺼냈다. 사상가는 아무런 동요도 없이 다섯 잔째 술을 따르고는 내가 원고를 펼치는 것을 조용히 쳐다봤다. 하지만 결정적인 순간에 늙은 주정뱅이는 떨리는 손을 내 소매 위에 얹으면서 말했다.

「여보게 젊은이, 시작하기 전에 한 마디만 묻겠소. 당신의 기준이 무엇이오?」

나는 걱정스런 표정으로 그를 바라보았다. 무시무시한 사상가가 목소리를 높였다.

「당신의 기준 말이오! 당신의 기준이 무어냐니까?」

세상에! 기준이라니……! 그런 것 따위는 없었다. 그런 것이 필요하다고 한 번도 생각해 본 적이 없었다. 나의 놀란 눈과 붉어진 얼굴, 당황한 모습으로 모든 것이 자명해졌다. 사상가는 화가 나서 일어섰다.

「뭐라고! 이 가련한 양반아! 자네는 기준도 없이 시를 쓴단 말인가……? 그렇다면 시를 읽을 필요도 없네……. 안 봐도 뻔하네 그려.」

그 말을 끝으로 이 사상가는 병 밑바닥에 남은 브랜디를 두세 잔 연거푸 부어 마시고는 모자를 들고 노기 등등한 눈을 부라리며 자리를 박차고 나가버렸다. 그 날 저녁 자크 형에게 그 얘기를 하자 그는 버럭 화를 냈다.

「그 사상가란 놈은 멍청한 거야. 기준을 갖는다는 게 무슨 소용이 있냐……? 벵골 사람들이 그런 거 가진 적 있냐? 기준이라니, 그게 대체 뭐야? 어디서 만드는 거야? 그런 거 본 사람 있다던? 엉터리 사상가 나부랭이 같으니!」

마음씨 좋은 나의 자크 형! 자기 동생과 동생의 걸작이 받은 수모에 분개한 나머지 눈에는 눈물이 글썽였다. 그가 잠시 후 다시 입을 열었다.

「내 말 좀 들어봐, 다니엘. 나한테 생각이 있어. 시를 읽고 싶다면 일요일날 피에로트 아저씨 댁에서 읽는 게 어때?」

「피에로트 아저씨 댁……? 형도 참!」

「왜 뭐가 어때서……? 피에로트 아저씨가 대단한 인물은 아니지만 그렇다고 근시안도 아니야. 아주 명확하고 올바른 판단을 한다구. 카미유는 물론 약간의 편견은 있겠지만 훌륭한 심사위원이 될 수 있을 거야. 트리부 부인은 책을 많이 읽었고 새머리의 늙은 랄루에트 영감도 보이는 것만큼 꽉 막히진 않았고……. 게다가 피에로트 아저씨가 파리에 아는 사람이 많으니까 그 날 초대를 할 수도 있겠지. 네 생각은 어때? 원한다면 내가 대신 얘기해 줄게.」

시를 평가해 줄 사람들을 찾아 소몽 가로 가는 것은 그다지 내키지 않는 일이었다. 하지만 시를 낭독하고 싶은 마음이 너무나 절절했기 때문에 일단 한번 싫은 기색을 내보이고 나서 자크 형의 제안을 받아들였다. 바로 다음 날 자크 형이 피에로트 아저씨에게 이야기를 전했다. 사람 좋은 피에로트 아저씨가 시 발표회라는 것을 어떤 취지에서 하는지 제대로 이해했느냐는 의심스럽지만 그 호인은 그것이 에세트 부인의 아들들을 기쁘게 해줄 기회라고 생각했기 때문에 주저 없이 그러마고 대답했다. 그 즉시 초대장이 발송되었다.

　담홍색으로 장식된 작은 거실에서 이러한 행사가 벌어진 적은 한 번도 없었다. 피에로트 아저씨는 내 명예를 위하여 도자기 업계에서는 가장 알아주는 사람들을 초대했다. 시 낭송의 밤에는 늘 보던 사람들 외에 파사종 부부가 알포르 수의학교에서 1, 2등을 다투는 수의사 아들과 함께 참석했으며, 프리메이슨 단원으로 지난번 프리메이슨 그랜드 오리엔트 집회에서 연설을 해 대성공을 거두었던 달변가 페루야 가의 막내도 보였다. 또한 푸주루 부부의 여섯 딸들이 부모와 함께 마치 오르간 음반처럼 나란히 앉아 있었고, 그 날 저녁 화제의 인물이자 카보의 회원인 페루야 가의 맏형도 자리를 함께했다. 내가 이들 심사위원들 앞에 섰을 때 이들의 면면에 감동했는지에 대해선 두말할 필요도 없다. 더구나 작품을 평가하는 자리에 모였다는 걸 아는 이들은 하나같이 모임의 목적에 맞춰 냉정하고 생기 없는 표정을 지어야 하며 웃어서도 안 된다고 생각하고 있었다. 그들은 마치 재판관들처럼 심각한 표정을 하고 머리를 흔들며 낮은 목소리로 서로 이야기를 나누었다. 그렇게까지 비밀결사 모임같이 될 줄 몰랐던 피에로트 아저씨는 놀란 표정으로 모두를 쳐다보고 있었다. 이윽고 모일 사람이 다 모이자 다들 자리를 잡고 앉았다. 나는 피아노를 등지고 앉았고, 청중은 나의 주위로 반원을 그리며 앉았다. 오직 늙은 랄루에트 영감만이 늘 앉던 자리에 앉아 설탕을 먹고 있었다. 잠시 소란이 있은 후 실내가 조용해졌다. 나는 떨리는 목소리로 시를 읽기 시작했다.

　그 시는 거창하게도 〈전원극〉이라 이름 붙여진 극시였다. 감옥 생활 같았던 초창기 사를랑드 콜레주 시절에 꼬맹이는 학생들에게 재미 삼아 귀뚜라미나 나비 혹은 다른 자그마한 동물들이 많이 등장하는 환상적인 얘기들을 들려주곤 했다. 그 얘기들 중 세 개를 골라 운을 맞추어 시구로 연결한 것이 바로 이 〈전원극〉이었다. 나의 시는 세 부분으로 나누어져 있었지만 그 날 저녁 피에로트 아저씨 집에서는 첫 번째 부분만 낭송했다. 여기서 그 날 읽었던 부분을 옮겨 쓰고자 한다. 문학 작품의 일부로서가 아니라 단지 '꼬맹이의 일대기'에 첨부할 증명 서류쯤의 의미로 말이다.

푸른 나비의 모험

무대는 어느 시골, 저녁 6시다. 태양이 지평선 너머로 지고 있다. 막이 열리면 푸른 나비와 어린 수놈 무당벌레가 고사리 잎 위에 걸터앉아 이야기를 나누고 있다. 둘은 아침에 만나서 하루를 같이 보냈다. 날이 어두워지자 무당벌레는 돌아가려는 눈치다.

나비 뭐! 벌써 가려고?

무당벌레 그럼요! 집에 가야 해요. 생각 좀 해봐요, 늦었어요!

나비 제기랄! 조금만 기다려! 집에는 천천히 돌아가도 결코 늦지 않아. 난 집에 있으면 답답하단다, 넌 어때? 문, 벽, 창, 이런 것들이 난 싫어. 밖에 나오면 태양, 이슬도 있고 개양귀비꽃이랑 신선한 공기, 뭐든지 있잖아. 개양귀비꽃이 맘에 들지 않는다면 얘기해.

무당벌레 아! 아저씨, 개양귀비꽃을 무척 좋아해요.

나비 그래? 그렇다면 이 녀석아, 아직 집에 가지 말아라. 나와 함께 있자. 이것 봐라! 날씨도 포근하고 좋잖아.

무당벌레 예, 하지만······.

나비 (무당벌레를 풀숲으로 떠밀면서) 이봐! 풀숲에서 굴러봐라. 풀밭은 우리 거야.

무당벌레 (발버둥치며) 싫어요! 날 내버려두세요. 정말로 가야 한다구요.

나비 쉿! 이 소리 들리니?

무당벌레 (겁에 질려서) 뭐요?

나비 작은 메추라기가 저 옆 포도밭에서 거나하게 취해 노래를 부르는구나. 저 봐! 오늘같이 아름다운 여름밤에 어울리는 노래다. 게다가 우리가 있는 이곳은 또 어떻고······.

무당벌레 그건 그렇죠, 하지만······.

나비 조용히 해.

무당벌레 뭐지?

나비 인간들이 지나간다.

사람들이 지나간다.

무당벌레 (잠시 침묵이 흐른 후 낮은 목소리로) 인간들은 정말 나쁘죠?

나비 아주 나쁘지.

무당벌레 나는 인간들이 나를 납작하게 밟아버릴까봐 늘 걱정이 돼요. 인간들의 발은 정말 큰데 내 허리는 너무 가느니까. 아저씨는 크진 않지만 날개가 있잖아요. 그게 대단한 거죠!

나비 아무렴! 이봐, 꼬마야, 서투른 농부들 때문에 겁이 나거든 내 등에 올라타라. 내 허리는 아주 단단해. 그리고 내 날개는 얇은 잠자리 날개와는 달라. 어디든 네가 원하는 곳을 말해. 실컷 태워줄게.

무당벌레 아니오. 고맙지만 사양할게요! 제겐 결코 그럴 용기가 없어요!

나비 그러니까 내 등에 올라타기만 하면 돼.

무당벌레 아니, 하지만…….

나비 어서 올라타. 이 멍청아!

무당벌레 물론 집에 데려다주시는 거죠? 만일 그렇지 않으면…….

나비 올라타자마자 곧 도착할 거다.

무당벌레 (나비 등에 올라타며) 우리 집에선 저녁에 기도를 해야 하거든요. 아시겠어요?

나비 그렇구나……. 조금만 더 뒤로 가라. 거기야……. 자, 등에 탔으면 출발한다.

푸르르, 날아오른다. 대화는 공중에서 계속된다.

나비 얘야, 참 대단하다. 너는 전혀 무겁지가 않구나.

무당벌레 (겁에 질려서) 아……! 아저씨…….

나비 그래, 왜 그러니?

무당벌레 아무것도 안 보여요. 머리가 어지러워서 내리고 싶어요.

나비 이 바보야! 머리가 어지러우면 눈을 감아. 감았니?

무당벌레 (눈을 감으며) 네…….

나비 좀 괜찮니?

무당벌레 (힘겨운 듯) 네, 조금.

나비 (살그머니 웃으며) 정말이지 비행 실력이 형편없더구나. 너희 무당벌레들은 기술이 없어서 그래.

무당벌레 네, 그래요…….

245

나비 그건 너의 잘못은 아니란다.

무당벌레 아, 그럼…….

나비 자, 손님! 다 왔습니다.

은방울꽃 위에 내려앉는다.

무당벌레 (눈을 뜨며) 미안하지만, 여긴 우리 집이 아닌데.

나비 알고 있어. 아직 시간이 일러서 내 친구 은방울꽃 집에 들렀
단다. 목이나 축이고 갈까. 괜찮아…….

무당벌레 아, 내겐 그럴 시간이 없어요…….

나비 이봐, 1초면 된다구…….

무당벌레 게다가 사람들한테 환영받지도 못할 테구…….

나비 그러니까 가보자. 널 내 아들이라 해둘 테니! 그러면 환영받
을 거라구!

무당벌레 그리고 시간이 늦어서.

나비 이봐! 아니라니까! 아직 늦지 않았어. 저 매미 소리를 한번
들어봐…….

무당벌레 (낮은 목소리로) 그리고…… 저…… 돈도 없어요…….

나비 (무당벌레를 끌어당기며) 가자! 은방울꽃이 대접할 거야.

둘은 은방울꽃 집으로 들어간다.

제2막 커튼이 오르면 거의 밤이다. 두 친구가 은방울꽃 속에서
나온다. 무당벌레는 약간 취했다.

나비 (등을 구부리며) 자, 이젠 가자!

무당벌레 (씩씩하게 기어오르며) 갑시다!

나비 그래! 내 친구 은방울꽃 어떠니?

무당벌레 매력적이에요. 날 잘 알지도 못하면서 대접을 하다니…….

나비 (하늘을 올려다보며) 아! 포이베(달의 여신－역주)가 창으로 얼굴을 내밀고 있구나! 서둘러야겠다…….

무당벌레 서두르다니, 왜요?

나비 이제 집에 빨리 가지 않아도 괜찮다는 거니?

무당벌레 기도 시간에 맞춰서 도착하기만 하면요. 집도 여기서 가까운데요, 뭘……. 바로 저 뒤예요.

나비 네가 바쁘지 않다면 나도 급할 게 없지.

무당벌레 (마음을 터놓고) 아, 아저씬 참 좋은 친구다! 대체 세상 사람들이 전부 아저씨 친구가 아닌 이유를 모르겠다니까. 그런데 왜 사람들은 아저씨더러 방랑자, 반항자, 변덕쟁이…… 이렇게 말해요.

나비 아니, 누가 그런 말을 하든?

무당벌레 음……, 풍뎅이가…….

나비 아, 그래. 그놈의 땅딸보가 그랬군. 자기 배가 나왔으니까 나더러 그런 말을 하는 거야.

무당벌레 풍뎅이만 아저씨를 싫어하는 게 아니라…….

나비 그래? 어디 한번 말해 봐라.

무당벌레 그러니까 달팽이도 아저씨 편은 아니고. 전갈이랑 개미도 싫어한다구요.

나비 그게 정말이니?

무당벌레 (비밀스럽게) 거미한테는 절대 치근대지 말아요. 아저씨더러 꼴불견이라고 했으니까.

나비 누군가 잘못 알려준 거로군.

무당벌레 하지만 송충이도 거의 같은 의견이던데⋯⋯.

나비 좋아. 그렇다면 어디 한번 말해 보렴. 쐐기벌레가 아닌 너희 친구들 사이에서도 내 평판이 그렇게 나쁘니⋯⋯?

무당벌레 글쎄, 각자 나름이죠. 젊은이들은 아저씨 편이고, 노인들은 대개 아저씨한테 도덕심이 없다고들 얘기해요.

나비 (슬픈 듯) 그러니까 내가 호감을 못 받는단 얘기지. 그건 즉⋯⋯.

무당벌레 그래요, 안 됐지만 그게 사실이에요! 쐐기풀들도 미워하고, 두꺼비도 그렇고. 귀뚜라미까지도 아저씨 얘기가 나오면 '그놈의 나⋯⋯ 나⋯⋯ 나비 녀석!' 이라고 하는걸요.

나비 그럼, 너도 그애들처럼 나를 싫어하니?

무당벌레 나⋯⋯! 난 물론 좋아하죠. 날개에 타고 있으니 이렇게 좋은걸요! 언제나 은방울꽃 집에도 데려다주고. 아주 재미있어요⋯⋯! 저 때문에 피곤하면 어디 가서 잠깐 쉬었다 가요. 피곤하지 않아요?

나비 네가 좀 무겁게 느껴지지만 아주 힘든 건 아니야.

무당벌레 (은방울꽃을 가리키며) 자, 여기 들어가서 좀 쉬어요.

나비 아, 고맙다! 은방울꽃은 늘 똑같아. (작은 목소리로) 난 옆집이 더 좋아⋯⋯.

무당벌레 (얼굴이 빨개져서) 장미한테? 오! 그건 안 돼⋯⋯.

나비 (무당벌레를 잡아끌며) 어서 오라니까! 아무도 안 본다니까.

둘은 은밀하게 장미 집으로 들어간다.

막이 내린다.

제3막……

긴 시를 낭송하는 일이란 지루하며 또 들으며 시를 감상하는 것도 쉽지 않으므로 이쯤해서 내 시의 나머지 부분을 간추리기로 한다.

3막이 시작되면 완연한 밤이다. 두 친구는 함께 장미 집에서 나온다. 나비는 무당벌레를 집에 데려다주려고 하나 무당벌레가 이를 거절한다. 무당벌레는 이미 완전히 취해서 풀밭을 뛰어다니며 요란한 소리를 질러댄다. 나비는 어쩔 수 없이 억지로 그를 집에 데리고 간다. 문 앞에서 다시 만날 약속을 하고 헤어진다. 나비는 혼자 쓸쓸히 어둠 속으로 사라진다. 나비도 약간 취했다. 그는 슬프다. 무당벌레가 귀띔해 준 얘기를 기억하면서 왜 많은 사람들이 자기를 싫어할까, 쓸쓸하게 자문한다. 여태껏 아무한테도 해를 끼친 적이 없는데……
달도 뜨지 않은 찌푸린 하늘, 바람 부는 벌판은 완전히 어둠에 잠겨 있다. 나비는 무섭고 춥지만 친구 무당벌레가 따스한 잠자리 속에서 잘 있다는 생각을 하니 기분이 좋다. 그때 어둠 속에서 커다란 밤새들이 소리 없이 무대 위로 날아든다. 번개가 치고 바위 밑에 숨어 있던 심술궂은 동물들이 손가락질을 해대며 나비를 놀려댄다.
「우리가 혼내줄 테다!」
나비가 공포에 질려 이리저리 비틀거릴 때 길가에 있던 엉겅퀴가

그를 칼로 찌른다. 전갈이 자신의 집게로 배를 가르고, 털북숭이 뚱
보 거미는 나비가 입고 있던 파란색 새틴 망토를 잘라낸다. 게다가
박쥐가 날개로 나비의 허리를 부러뜨린다. 치명적으로 부상을 당한
나비가 쓰러진다. 풀밭에 쓰러진 나비가 괴롭게 숨을 헐떡이자, 쐐
기풀은 즐거워하고 개미들은 '그거 잘 됐군!' 하며 쾌재를 부른다.
    새벽이 되어 작은 자루와 물통을 들고 일하러 가던 개미들이 길
가에서 죽은 나비를 발견한다. 개미들은 힐끔 쳐다볼 뿐 묻어줄 생
각도 않고 멀어져간다. 개미들이란 쓸데없는 일을 하는 법이 없다.
때마침 송장벌레 일행이 그 옆을 지나간다. 알다시피 검고 조그만
벌레인 송장벌레는 시체를 매장하는 일이 직업이다. 그들은 경건한
마음으로 죽은 나비의 시신에 달라붙어 그를 묘지로 옮긴다. 호기
심이 발동한 군중들이 그 행렬을 보러 몰려들었고 저마다 큰 소리
로 한마디씩 한다. 문 앞에 앉아 일광욕을 즐기고 있던 갈색의 조그
만 귀뚜라미들은 엄숙하게 말한다.
    「나비는 꽃을 너무 좋아했어!」
    「밤에 너무 돌아다닌 게지.」
    달팽이들도 한마디 거든다. 배불뚝이 풍뎅이들은 황금색 옷을 입
고 뒤뚱거리며 중얼거린다.
    「방랑자였어. 지나친 방랑벽이 있었다구!」
    이렇게 모여 있는 군중들 속에서 죽은 자를 애도하는 말은 단 한
마디도 없다. 다만 주변의 들판에서 백합꽃들이 꽃봉오리를 오므렸
고 매미는 노래를 하지 않았다.
    마지막 장면은 나비들의 무덤에서 펼쳐진다. 송장벌레가 일을 마
치자 행렬을 따라온 근엄한 표정의 풍뎅이가 파놓은 구덩이 앞으로
다가서서 드러누운 채 나비에 관한 애도사를 읊기 시작한다. 안타

깝게도 풍뎅이는 기억력이 형편없다. 그는 사지를 버둥거리며 나비의 일생을 횡설수설하고 있다. 연설이 끝나자 모두 자리를 떠났다. 모든 조문객이 사라진 텅 빈 묘지, 어느 무덤 뒤에서 무당벌레 하나가 나타난다. 1막에서 보았던 바로 그 무당벌레다. 무당벌레는 눈물을 쏟으며 흙이 채 마르지 않은 무덤 앞에 무릎을 꿇고 거기에 묻힌 불쌍한 친구를 위해 감동적인 기도를 올린다.

너는 도자기나
팔거라

내가 〈전원극〉 마지막 행을 읽자 흥분한 자크 형은 브라보를 외치려고 일어섰다가 그 자리에 모인 사람들의 놀란 표정을 보고서 그대로 멈추었다.

솔직히 말해서 요한 계시록에 등장하는 붉은 말이 갑자기 담홍색으로 장식된 그 거실에 나타났다 해도 내 푸른 나비만큼 사람들을 경악케 하지는 못했을 것이다. 파사종 가족과 푸주루 가족들은 내 이야기에 놀라 눈을 동그랗게 뜨고 나를 쳐다보았다. 페루야 형제는 서로 손짓을 하며 자기네들끼리 수군거렸다. 아무도 입을 열지 않았다. 내가 얼마나 처참했는지 한번 생각해 보시라.

갑자기 좌중을 에워싼 경악과 침묵 속에서 마치 유령 목소리같이 차가운 목소리가 피아노 뒤에서 들리는 바람에 의자 위에 있던 나는 놀라 몸을 떨었다.

「그 나비가 죽은 건 잘된 일이야. 나는 나비들이 싫단 말이야……!」

새머리의 랄루에트 영감이 10년 만에 처음 입을 연 것이었다. 그 기묘한 노인은 설탕을 깨물며 사납게 그 말을 내뱉었다. 좌중은 웃음을 터뜨렸고 나의 시에 대해 한두 마디 내뱉기 시작했다. 카보의 회원인 페루야는 내 시가 약간 길다고 평가하면서 내용을 과감히 줄여 프랑스의 전형적인 장르인 짤막한 풍자 가요 한 두 편으로 만들 것을 권했다. 박물학에 일가견이 있는 알포르 수의학교 학생인 파사 종 부부의 아들은 무당벌레에 날개가 있다는 사실을 무시한 점에서 내 시는 사실성이 결여되었다고 했다. 페루야 가의 막내는 이 얘기 를 어디선가 읽은 적이 있다고 주장했다. 자크 형이 낮게 속삭였다.

「저 사람들 이야기에 신경 쓰지 마. 네 시는 걸작이니까.」

피에로트 아저씨는 뭔가 딴 데 정신이 팔린 듯 아무 말도 없었다. 아저씨는 시 낭송이 진행되는 내내 자기 딸 옆에서 그녀의 손을 잡 고 있었다. 이 선량한 양반은 지나치게 감수성이 예민한 딸의 자그 마한 손이 떨리는 것과 검은 눈동자가 사랑에 불타오르는 것을 알 아챘는지도 모를 일이었다. 사실이야 어쨌든, 그 날 피에로트 아저 씨는 보통 때와 다른 표정을 지었다. 저녁 내내 자기 딸 옆에 꼭 붙 어 있어 나는 검은 눈동자에게 한마디 말도 건네지 못했다. 나는 카 보의 회원인 형 페루야가 새로 지은 풍자 가요를 낭송하는 것도 듣 지 않고 일찍 그 집을 나와버렸다. 물론 카보의 회원은 두고두고 이 일을 용서하지 않았다.

잊지 못할 시 낭송회가 있고 이틀 후 나는 피에로트 양으로부터 짧으면서도 설득력 있는 편지 한 통을 받았다.

'빨리 오세요. 아빠가 모든 걸 알고 계셔요.'

나의 사랑하는 검은 눈동자는 편지 끝에 '사랑해요'라고 덧붙이 고 있었다.

나는 사실 이 같은 중대한 소식에 접하자 약간 당혹스러웠다. 이 틀 전부터 원고를 들고 출판사를 찾아다니느라 검은 눈동자의 그녀 보다 내 시에 대해 더 신경을 쓰고 있었던 것이다. 게다가 이 피에 로트 아저씨에게 그녀와의 사이를 설명해야 된다는 점이 내키지가 않았다. 그리하여 검은 눈동자의 다급한 전갈에도 불구하고 나는 '거기'에 얼마 동안 가지 않았다. 마음속으로는 이렇게 스스로를 안심시키면서 말이다.

'원고가 팔리게 되면 가지.'

하지만 불행히도 내 시는 팔리지 않았다. 지금도 그런지는 모르겠지만, 그 무렵 출판업자들은 매우 예의바르며 관대하고 친절한 사람들이었다. 하지만 그들에게 공통적인 단점은 도무지 사무실에 붙어 있지 않는다는 것이다. 마치 천문대의 커다란 망원경으로 볼 수 있는 작은 별들처럼 그들은 모습을 보이지 않았다. 어느 시간에 가든 나중에 다시 오라는 얘기뿐이었다.

나는 이 출판사 저 출판사를 문지방이 닳도록 들락거렸다. 출판사의 유리문 손잡이를 수없이 돌려댔다. 가슴을 두근대면서 혼자서 '들어갈까? 말까?' 망설이며 문 앞에서 발걸음을 멈춘 적이 수없이 많았다. 사무실 안은 더웠고 막 인쇄된 새 책 냄새가 났다. 사무실 안은 바쁘게 돌아갔고 키 작은 대머리들로 가득했다. 그들은 늘 이중 사다리 위에서 나의 질문에 답하곤 했다. 편집장들은 면회가 가능한 법이 절대 없었다. 매일 밤 나는 지치고 짜증이 난 채 어깨가 처져 집에 돌아오곤 했다. 그럴 때마다 자크 형은 격려를 잊지 않았다.

「힘내! 내일은 잘될 거야!」

나는 다음 날 또다시 원고 뭉치를 들고 집을 나섰다. 날이 갈수록 나의 원고 뭉치는 점점 무겁고 거추장스러워졌다. 처음엔 새로 산 우산처럼 자랑스럽게 팔에 끼고 다녔던 그 원고 뭉치가 나중엔 부끄러웠다. 결국에는 남들이 볼까 긴 코트 속에 넣은 뒤 단추를 꼭꼭 채웠다.

그렇게 일주일이 지나 일요일이 되었다. 자크는 여느 때처럼 저녁을 먹으러 피에로트 아저씨 집에 갔다. 형 혼자만 갔다. 나는 보이지 않는 별들을 좇는 전쟁에 지쳐 하루 종일 누워 있었다. 그 날 밤 집에 돌아온 자크는 내 침대 옆에 앉아서 나를 조용히 나무랐다.

　　「이봐, 다니엘! '거기'에 가지 않는 건 잘못하는 거야. 카미유가 울면서 비통해하더라. 그 집 식구들은 네가 보고싶어 죽을 지경이 됐단 말야. 오늘 저녁 내내 네 이야기만 했어. 이 녀석아! 그 아가씨가 널 얼마나 사랑하는데!」

　　이 말을 하는 불쌍한 자크 형 눈가에도 눈물이 맺혔다. 나는 조심스레 물었다.

　　「피에로트 아저씨는? 아저씨는 아무 말 안 해?」

　　「응……, 다만 너를 볼 수 없다는 사실에 놀란 것 같더라. 그곳에 가야 해. 다니엘, 거기 갈 거지?」

　　「내일 당장 갈게, 형. 약속해.」

　　이야기를 나누는 동안 방금 자기 방에 돌아온 쿠쿠블랑이 노래를 부르기 시작했다.

　　「톨로코토티냥! 톨로코토티냥……!」

　　「너 모르지, 카미유가 쿠쿠블랑을 질투하고 있어. 쿠쿠블랑을 라이벌이라고 생각하고 있거든. 내가 아무리 얘기해도 소용이 없다니까. 내 말은 들을 생각을 안 해. 검은 눈동자가 쿠쿠블랑을 질투하다니! 참 우스운 일 아니니?」

　　자크 형이 웃으며 작은 목소리로 말했다. 나도 형을 따라 웃는 척했지만 마음속으로는 부끄러운 생각이 들었다. 검은 눈동자가 쿠쿠블랑을 질투한다면 그것은 다 내 탓이기 때문이다. 다음 날 오후 나는 소몽 가로 갔다. 마음 같아선 피에로트 아저씨를 만나지 않고 바

로 올라가 검은 눈동자의 그녀와 이야기하고 싶었다. 하지만 그 피에로트 아저씨가 길로 난 문간에서 나를 기다리고 있어 피할 수 없는 노릇이었다. 어쩔 수 없이 가게로 들어가 계산대 뒤 그의 옆에 앉았다. 뒤쪽에서 이따금 플루트 소리가 들려왔다.

피에로트 아저씨는 평소와는 달리 확신에 찬 말로 유창하게 말했다.

「다니엘, 내가 알고 싶은 건 간단해. 여러 말하지 않고 단도직입적으로 묻겠네. 그래 정말 맞다. 딸아이가 자네를 사랑하고 있네. 자네도 진심으로 내 딸을 사랑하는가?」

「제 영혼을 다해 사랑합니다, 피에로트 아저씨.」

「그렇다면 됐네. 내가 자네에게 제안하고 싶은 게 있어. 자네나 딸아이나 나이가 있으니 앞으로 3년 동안은 결혼을 생각하기가 힘들지 않겠나. 자네가 사회에서 자리를 잡기 위해 3년이란 여유가 있다는 얘기지. 자네가 평생 '푸른 나비 장사'를 할 생각인지는 모르겠네만 내가 자네 입장이면 아마 이렇게 할 거야. 그래 정말 맞다. 이쯤에서 내 생각을 들려줌세. 나 같으면 일단 랄루에트 상점에 들어와서 도자기 장사가 어떻게 돌아가는지 배우고 나서 말일세, 3년 후에 내 사위 겸 동업자가 되도록 노력할 것 같은데…… 어떤가? 자네 생각은?」

그러면서 피에로트 아저씨는 팔꿈치로 나를 툭 치더니 웃기 시작했다. 나는 기가 막혔다! 그랬다. 이 불쌍한 남자는 자기 옆에서 도자기를 팔라는 제안이 나를 더없이 기쁘게 할 것이라고 믿었던 것이다. 나는 화를 낼 용기는커녕 대답할 기력조차 없었다. 그저 얼이 빠졌을 뿐이다. 접시들과 채색 유리 잔, 순백색의 둥그런 용기들이 내 눈에 들어오기 시작했다.

'너는 도자기나 팔아라.'

계산대 앞의 진열대에서 연한 색 초벌구이 자기로 된 양치기 소년 소녀 인형들이 나를 향해 빈정대는 표정으로 지팡이를 흔들며 외치는 것 같았다.

'그럼, 그렇고말고……. 너는 도자기나 팔아라!'

조금 떨어진 곳에 놓인 보라색 옷의 중국 인형들도 머리통을 흔들며 목동들의 조롱에 맞장구를 쳤다. 가게 뒤쪽에서는 비웃는 듯 엉큼한 플루트 소리가 메아리쳤다.

'너는 도자기나 팔아라……. 너는 도자기나 팔아라…….'

이건 거의 미칠 지경이었다. 피에로트 아저씨는 감동과 기쁨이 넘쳐 내가 할말을 잃었다고 믿었다. 내가 다시 제정신을 차릴 시간을 주느라고 그가 말했다.

「이 얘긴 오늘 저녁 다시 하기로 하고, 일단은 올라가서 딸아이를 보게나. 그래 정말 맞다. 지금 그 아이는 우리 얘기가 끝나기를 애타게 기다리고 있을 거야.」

위층으로 올라가보니 피에로트 양은 여느 때처럼 담홍색으로 장식된 거실에서 트리부 부인과 함께 슬리퍼에 수를 놓고 있었다. 아, 사랑하는 카미유여, 용서해 주오! 그녀가 그 날보다 더 확연한 피에로트 양으로 보인 적은 없었다. 바늘을 빼고 큰 소리로 바늘땀을 세는 그녀의 침착한 태도에 그때처럼 짜증이 난 적이 없었다. 조그맣고 발그레한 작은 손, 꽃처럼 홍조를 띤 뺨, 태평한 태도까지 모든 것이 조금 전 내게 그처럼 건방지게 '너는 도자기나 팔아라'라고 외치던 양치기 소녀 도자기 인형 중 하나를 닮아 있었다. 다행히도 검은 눈동자의 그녀도 거기에 있었다. 검은 눈동자의 그녀는 베일에 가린 듯 희미하고 잠시 우수에 잠겨 있더니 나를 다시 보고는 기뻐

했다. 나는 그만 감동하고 말았다. 하지만 그 감동은 오래 가지 않았다. 내가 올라오자마자 피에로트 아저씨가 뒤따라 들어왔다. 아마도 예전만큼 트리부 부인을 신임하지 않는 모양이었다.

그 순간부터 검은 눈동자의 그녀는 자취를 감추고 양치기 소녀 도자기 인형 같은 피에로트 양만 남았다. 게다가 피에로트 아저씨가 어쩔 줄 몰라하며 떠들어대 참기 어렵게 만들었다. '그래 정말 맞다'라는 말이 수없이 쏟아져 나왔다. 소란스럽고 지나치게 긴 저녁 식사였다. 식사가 끝났을 때. 피에로트 아저씨는 다시 한 번 나를 불러 자신의 제안을 확인시켰다. 다소 여유를 가진 덕분에 나는 침착한 어조로 깊이 생각해 보고 한 달 후에 대답하겠다고 했다. 그는 내가 자신의 제안을 선뜻 받아들이지 않는 것을 보고 놀랐지만 겉으로 마음을 드러내지는 않았다. 그가 말했다.

「알았네. 한 달 후에 얘기하세.」

더 이상 아무 생각도 할 수 없었다. 아무러면 어떠랴! 이미 물은 엎질러졌다. 저녁 시간 내내 불길하고 숙명적인 '너는 도자기나 팔아라' 하는 소리가 내 귓전을 맴돌았다. 부인의 부축을 받아 피아노 옆에 앉은 새머리의 노인이 갉아먹는 각설탕에서도 그 소리가 났고, 플루트 사내의 빠른 연주음에서도 그 소리가 들렸다. 피에로트 양이 그 날도 잊지 않고 〈로젤린의 명상곡〉을 연주했을 때도 들려왔다. 그 예언은 어디에나 있었다. 거기 모인 꼭두각시 같은 부유한 사람들의 행동에도, 그들의 의상에도, 벽에 걸린 양탄자의 무늬나 사랑의 여신 비너스가 장미꽃을 따며 그 장미꽃에서 금박이 벗겨진 에로스가 날아오르는 모습을 표현한 장식 시계의 삽화에도, 가구의 모양에도. 심지어는 매일 밤 똑같은 사람들이 똑같은 말을 되풀이하고 똑같은 피아노가 똑같은 명상곡을 연주해 대는 이 무시무시한 담홍색으로 꾸며진 거실의 자질구레한 소품에서까지 그 말을 읽을 수 있었다. 언제나 한결같은 거실의 저녁 모임의 풍경은 노래가 들어가는 연극의 어느 한 장면을 닮아 있었다. 아름다운 검은 눈동자의 그녀는 어디에 숨었는지 이 풍경 속에는 없었다……?

집에 돌아와서 자크 형에게 피에로트 아저씨의 제안을 얘기하자 형은 나보다도 더 화를 냈다. 착한 자크 형이 화가 나서 얼굴을 붉히며 말했다.

「도자기 장사 다니엘 에세트라니! 설마하니, 어디 그 꼴 한번 보았으면 좋겠구나! 차라리 라마르틴에게 성냥을 팔라거나 생트 뵈브에게 말총 빗자루를 팔라고 하지. 피에로트, 몰상식한 늙은이 같으니! 하지만 그를 너무 나무랄 것도 아니다. 그 불쌍한 양반이 잘 몰라서 그러는 거니까. 네 책이 성공을 거두고 네가 신문에 대문짝만하게 나면 그 양반도 달라질 거야.」

「그야 그렇겠지. 하지만 신문에 이름이 나려면 우선 책이 나와야 하는데 그게 꿈일 뿐이지……. 왜냐고……? 왜냐하면 형, 도무지 출판업자를 만날 수가 있어야지. 이 작자들은 시인을 만나주지 않는다구. 위대한 바가바도 자비로 출판을 해야 했다니까.」

「그래? 그렇다면 우리도 그렇게 하자. 자비로 출판을 하는 거야.」

자크가 주먹으로 식탁을 내리치며 말했다. 나는 놀라서 형을 쳐다봤다.

「자비로…….」

「그래, 자비로 하는 거야……. 마침 후작이 지금 자기 자서전 중 첫 권을 인쇄하고 있거든……. 내가 인쇄업자를 매일 만난단 말씀이야. 빨간 코에 사람 좋아보이는 알자스 사람이야. 필시 외상으로 인쇄해 줄 거야. 암 그렇고말고! 돈은 책이 팔리는 대로 갚아나가면

되지. 자! 얘기는 끝났어. 내일 당장 만나서 얘길 해봐야지.」

다음 날 자크 형은 인쇄업자를 만나고 기쁜 표정으로 돌아왔다. 자크 형은 의기양양했다.

「잘 됐어. 내일부터 인쇄에 들어갈 거야. 다 합쳐서 900프랑이면 된다는군. 그리 큰돈은 아니야. 3개월마다 지불할 수 있게 300프랑 짜리 약속 어음 세 장을 쓰는 거야. 내 이야기를 잘 들어봐. 우선 책 은 한 권에 3프랑씩 팔자. 모두 1000부를 찍을 생각이다. 그러면 모 두 3000프랑이 우리 손에 들어오는 거야……. 알겠니. 모두 3000 프랑이야. 그 돈으로 인쇄업자한테 빚을 갚고, 서점에는 1부당 1프 랑의 마진을 줘야지. 물론 신문사에도 책을 보내야 하고……. 그러 고 나서도 1100프랑은 남을 거야. 어떠냐? 이 정도면 데뷔치고는 상당하지?」

물론 상당하고 말고! 신기루를 쫓아다닐 필요도 없고, 서점의 문 앞에서 기웃거리는 창피를 당하지 않아도 된다. 게다가 집안을 다 시 일으키는 데 1100프랑을 보탤 수도 있다.

이날 생 제르맹의 종루 옆 다락방은 기대에 찬 환희로 출렁거렸 다! 얼마나 많은 꿈과 계획들을 이야기했던가! 그로부터 며칠 간 야 금야금 맛보는 행복은 감미로웠다! 인쇄소를 찾아가고, 교정쇄의 교정을 보고, 표지의 색깔을 의논하고, 자기의 생각이 새겨진 종이 가 아직 마르지도 않은 채 기계에서 나오는 것을 바라보고, 두 번이 고 세 번이고 제본소에 왔다갔다하고, 마침내 완성된 책 한 권을 가 져와 떨리는 손으로 펼쳐보고…….

세상에 이보다 더 큰 즐거움이 또 있을까?

당연히 〈전원극〉 한 부를 제일 먼저 카미유에게 보냈다. 책이 나 오던 바로 그 날 저녁 나는 소몽 가를 찾았다. 자크 형도 나의 승리

261

를 지켜보고자 따라왔다. 우리는 기쁨에 찬 얼굴로 기세 당당하게 담홍색으로 장식된 거실로 들어갔다. 모두 거기에 모여 있었다. 나는 공손하게 피에로트 아저씨에게 얘기했다.

「피에로트 아저씨, 저의 첫 번째 작품을 카미유에게 바치는 것을 허락해 주십시오.」

그리고 나는 기쁨으로 떨고 있는 사랑스런 작은 손에 나의 책을 놓았다. 그녀는 표지 위에 박힌 내 이름을 보면서 검은 눈동자를 반짝반짝 빛냈다. 그 귀여운 눈길이 나를 사로잡았다. 피에로트 아저씨는 그다지 감격스러워하지 않았다. 그가 자크 형에게 이런 책을 내면 대체 얼마나 벌 수 있는지를 묻는 소리가 들렸다. 자크 형이 자신 있게 대답했다.

「1100프랑이요.」

두 사람은 무슨 얘긴지 작은 목소리로 오랫동안 이야기를 나누었지만 내겐 들리지 않았다. 나는 검은 눈동자의 그녀가 책장들 위로 비단결 같은 긴 속눈썹이 달린 눈을 내리떴다가 다시 들어 존경의 눈길을 내게 보내는 것을 보며 마냥 즐거워하고 있었다. 나의 책! 검은 눈동자의 그녀! 이 두 가지 행복은 모두 자크 형 덕분에 얻은 것이었다.

그 날 밤, 방으로 돌아오기 전에 우리는 〈전원극〉이 서점에서 어떤 반응을 얻고 있는지 알아보기 위해 오데옹의 상가를 돌아보기로 했다. 자크 형이 말했다.

「기다려, 내가 가서 얼마나 팔았는지 알아볼게.」

나는 서점 진열장 한가운데 펼쳐져 있는 검은색 윤곽선을 두른 초록색 표지에 흘깃 시선을 던지면서 형을 기다렸다. 자크 형은 잠시 후 돌아왔는데 감동 때문에 얼굴이 창백해져 있었다. 자크 형이 말했다.

「이봐, 다니엘, 벌써 한 권이 팔렸대. 좋은 징조다.」

나는 조용히 그의 손을 잡았다. 솔직히 너무 기뻐서 말이 나오지 않았다. 나는 마음속으로 이렇게 중얼거렸다.

'누군지는 모르지만 내 작품을 사려고 지갑에서 3프랑을 꺼낸 사람이 여기 파리 어딘가에 있는 것이다. 그 사람은 지금 내 작품을 읽고, 그것을 평가하고 있다……. 대체 그 사람이 누구일까? 한번 만나보고 싶구나…….'

아아! 불행히도 나는 얼마 뒤 이 끔찍한 사람이 누구인지를 알게 되었다.

내 책이 출판된 다음 날 나는 싸구려 식당의 단골 식탁에서 그 잔인한 사상가와 함께 점심을 먹고 있었다. 그때 갑자기 자크 형이 숨을 헐떡거리며 식당으로 뛰어들어왔다. 자크 형이 나를 밖으로 데리고 나가며 이렇게 말했다.

「중요한 일이 생겼어! 오늘 저녁 7시에 후작과 함께 떠나게 됐어. 니스에 있는 후작의 여동생이 위독하다고 해서. 아마 오랫동안 거기 머물게 될지도 몰라. 생활비는 걱정 말아. 후작이 월급을 두 배로 올려줬거든. 너한테 매달 100프랑씩 보내줄게. 아니, 왜 그래? 얼굴이 백지장처럼 창백하구나. 어디 보자? 이봐 다니엘, 어린애처럼 굴지 말고. 자, 어서 들어가서 점심을 마저 먹어라. 기분 전환 삼아서 포도주 몇 잔 마시든지. 이제 나는 피에로트 아저씨한테 찾아가 작별 인사를 드리고, 인쇄업자한테도 미리 알려두고, 신문사에도 네 책을 보내라고 일러야겠다. 시간이 별로 없네. 5시에 집에서 보자.」

나는 형이 성큼성큼 생 브누아 거리를 걸어내려가는 것을 바라보다 식당으로 다시 들어왔지만 식욕이 나지 않았다. 포도주 반 병을 비워버린 것은 사상가였다. 몇 시간 후면 자크 형이 멀리 떠난다는 생각을 하니 가슴이 답답해졌다. 시집을 생각하고, 검은 눈동자를 생각했지만 모든 것이 허사였다. 자크 형을 멀리 떠나보내고 나 혼자 파리에 남아 모든 일을 처리하고 책임져야 한다고 생각하니 막막했다.

형은 약속 시간에 돌아왔다. 형도 매우 불안해했지만 마지막 순간까지 쾌활한 척하려 애썼다. 뿐만 아니라 마지막 순간까지 침착하게 자기가 크나큰 열정으로 나를 사랑하고 있다는 것을 보여주었다. 오직 나만을 걱정했다. 나의 행복과 나의 생활만 생각했다. 자기 여행 가방을 챙긴다는 핑계를 대면서 나의 속옷과 옷가지들을 꼼꼼히 살펴보기도 했다.

「셔츠는 이쪽에 있다. 알았지. 다니엘…… 손수건은 바로 옆, 넥타이 뒤에 있고.」

「형 지금 형의 가방을 챙기는 것이 아니네. 그건 내 옷장이라구…….」

나는 몇 번이나 이렇게 말했다. 옷장도 짐도 다 정리가 되자 사람을 시켜 마차를 불러 역으로 출발했다. 가는 도중에도 자크 형은 일일이 주의사항을 알려주었다. 하나에서 열까지 빠진 게 없을 정도로 세심한 주의였다.

「편지 자주 써라. 네 책에 관해서 기사가 실리면 전부 다 오려서 보내. 특히 귀스타브 플랑슈의 비평은 잊지 말아라. 내가 노트를 하나 만들어 그 안에 전부 붙여놓을 거야. 그 노트는 에세트 가문의 가보가 될 거다. 그건 그렇고 세탁부는 화요일 날 온다는 거 알지. 무엇보다 성공에 눈이 어두워서는 안 된다. 네가 큰 성공을 거두게

될 것은 확실하지만 그것은 아주 위험한 거다. 특히 파리에서는 말이지. 다행히도 카미유가 있으니 너를 유혹에서 지켜주겠지. 무엇보다 우선 내가 부탁하고 싶은 건, 다니엘, 거기에 자주 들러서 카미유를 울리지 말라는 거다.」

이 순간 마차는 파리 식물원 앞을 지나고 있었다. 자크가 웃기 시작했다.

「너 기억나니? 넉 달 전인가 다섯 달 전인가, 어느 날 밤에 여기에 왔었지? 응······! 그때의 너와 지금의 네가 얼마나 달라졌냐. 아! 넉 달 사이에 꽤 발전한 거야······!」

착한 자크 형은 정말로 내가 4개월 동안 많은 발전을 했다고 믿고 있었다. 어리석게도 나 역시 그렇다고 믿고 있었다.

드디어 역에 도착했다. 후작은 벌써 나와 있었다. 나는 고슴도치처럼 백발이 곤두서고 키가 작은 기이한 남자가 대합실 안을 이리저리 뛰어다니는 것을 멀리서 보았다.

「서둘러야겠다! 자, 안녕!」

이렇게 말한 자크 형은 내 머리를 커다란 손으로 감싸안고 있는 힘을 다해 서너 번 나를 껴안았다. 그러고는 그를 마구 부려먹는 주인에게로 뛰어갔다.

그가 멀리 사라지는 모습을 보면서 나는 뭐라 형언할 수 없는 감정에 휩싸였다.

내가 더욱더 작아지고 약해지고 소심해졌으며 한층 더 어린애가 되어버린 느낌이 들었다. 마치 멀리 떠난 형이 나의 골수와 뼈와 힘과 용기와 내 절반을 가지고 가버리기라도 한 것 같았다. 주위에 있는 사람들이 두렵게 느껴졌다. 나는 또다시 예전의 꼬맹이로 되돌아갔다.

밤이 다가오고 있었다. 나는 천천히 가장 먼길을 택해 가장 인적이 드문 강변을 따라 종루 옆 다락방으로 돌아왔다. 그 텅 빈 방에 혼자 남았다는 데에 생각이 미치자 지독히도 슬펐다. 차라리 아침까지 밖에서 지내고 싶은 심정이었다. 하지만 돌아가야 했다. 입구를 들어서는데 문지기가 소리쳤다.

「에세트 씨, 편지요……!」

그것은 은은한 향기가 나는 광택지에 쓰여진 세련된 짤막한 편지였다. 검은 눈동자의 글씨보다 더 가늘고 유연한 필적으로 미루어 여인의 편지가 틀림없었다. 대체 누가 이 편지를 보낸 것일까? 나는 서둘러 봉투를 뜯어 층계의 가스등 아래서 읽기 시작했다.

이웃 친구에게

〈전원극〉은 어제부터 제 책상 위에 있습니다. 하지만 저자의 헌사가 없어 유감이군요. 오늘 저녁 차나 한 잔 드시면서 헌사를 써주신다면 감사하겠습니다. 아시다시피 이건 같은 예술가끼리의 만남입니다.

— 2층에 사는 여인 이르마 보렐

2층의 여인이라니……! 나는 이 서명을 보는 순간 온몸에 소름이 돋았다. 어느 날 아침인가 보았던 벨벳 옷으로 바람을 일으키면서 층계를 걸어내려오던 아름답고 차갑고 위압적이던 그녀의 모습과 그녀의 입술의 자그마한 하얀 상처가 떠올랐다. 그리고 그런 여인이 내 책을 샀다고 생각하니 자부심으로 가슴이 두근거렸다.

그는 바로 방으로 갈 것인지 2층에 들렀다 갈 것인지 편지를 손에 든 채 한참을 층계 위에 서 있었다. 그 순간 갑자기 자크 형의 충고가 머리를 스쳤다.

'무엇보다도 다니엘, 검은 눈동자를 울리지 말아라.'

알 수 없는 일이지만 만일 2층 여자의 집에 간다면 검은 눈동자의 그녀가 울 것이고 자크가 슬퍼할 것이라는 예감이 스쳤다. 나는 단호하게 편지를 주머니에 넣고 혼잣말을 했다.

「난 가지 않겠어.」

이르마 보렐

문을 열어주러 나온 건 쿠쿠블랑이었다. 가지 않겠노라 결심한 지 채 5분도 안 돼 나는 이르마 보렐 집 초인종을 눌렀다. 나를 보자 무시무시한 흑인 하녀는 기분이 좋은 듯 식인귀 같은 웃음을 지으며 번들거리는 커다란 검은 손으로 들어오라고 손짓했다. 아주 으리으리한 두세 개의 거실을 지나 신비한 분위기의 작은 문 앞에 멈춰 섰다. 안쪽에서 쉰 목소리로 울부짖는 소리, 흐느낌, 저주의 말, 발작적인 웃음소리가 들려왔다. 그나마 두꺼운 커튼으로 조금 줄어든 소리였다. 흑인 하녀는 문을 노크하는 나를 안으로 안내했다.

얇은 보라색 비단으로 둘러 친 화려한 내실의 번쩍이는 불빛 속에서 이르마 보렐은 혼자 대사를 외우며 이리저리 방 안을 걸어다니고 있었다. 풍성한 레이스가 달린 하늘색 실내복으로 마치 구름이 그 여자를 감싸고 있는 것처럼 보였다. 어깨까지 걷어올린 실내복 소매 사이로 순백의 눈처럼 흰 한쪽 팔이 드러나 있었다. 한 손에는 검의 대용으로 페이퍼 나이프를 들고 휘둘렀고 레이스로 덮인 다른 한 손에는 펼쳐진 책을 들고 있었다. 나는 그만 넋을 잃고 그 자리에 멈춰 섰다. 그 여자처럼 아름다운 여인을 본 적이 없었다. 처음 보았을 때보다 덜 창백했고 베일에 가려진 듯한 청초한 장밋빛을 띤 얼굴이 편도나무 꽃 같은 느낌을 주었다. 그래선지 입가의 상처는 더욱더 희게 보였다. 그리고 자신감에 넘쳐 다소 경직된 인상을 주던 얼굴이 흘러내린 아름다운 머리칼로 인해 한층 부드럽게 보였다. 윤기 나는 잿빛 금발 머리카락에 둘러싸인 얼굴은 마치 금빛 안개 속에 피어 있는 것 같았다. 내가 들어오는 것을 보자 그 여자는 즉시 연습을 멈췄다. 그리고 페이퍼 나이프와 책을 의자 뒤로 던져버렸다. 우아한 동작으로 실내복 소매를 내리고는, 당당하게 손을 내밀었다. 그 여자가 상냥하게 미소를 지으며 말했다.

「안녕하세요, 친구. 한창 비통한 순간을 들켜버렸네요! 클리템네스트라의 역을 연습하는 중이라……. 아주 감동적인 배역이죠, 그렇죠?」

그 여자는 나를 소파에 앉게 하고 내 옆에 앉았다. 나는 감히 '친구'라는 말을 꺼낼 수는 없다.

「연극계에 몸담고 계시는 모양이군요?」

「아! 예, 뭐, 일종의 광기랄까요……. 전에는 조각과 음악에 관심이 있었지만 이번엔, 아주 푹 빠진 것 같아요. 코미디 프랑세즈에서 데뷔하게 될 거예요.」

그 순간 거대한 노란색 후투티 한 마리가 후드득 날개를 퍼덕이며 내 곱슬머리 위에 앉았다. 그 여자는 겁에 질린 내 모습을 보고 웃으며 말했다.

「무서워 말아요. 내가 기르는 앵무새예요. 마르퀴세스 제도에서 데리고 왔어요.」

그 여자는 새를 안고 쓰다듬으며 스페인어로 두세 마디 하더니 방 한쪽의 금색 횃대 위에 도로 가져다놓았다. 나는 놀라 눈이 휘둥그레졌다. 흑인 하녀에, 앵무새, 코미디 프랑세즈 그리고 마르퀴세스 제도까지……. 나는 감탄해서 혼자 중얼거렸다.

「정말 묘한 여자야!」

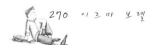

그 여자가 다시 내 옆으로 와 이야기를 이어나갔다. 화제는 물론 〈전원극〉이었다. 그 전날부터 그 여자는 그 작품을 읽고 또 읽었다. 대부분의 구절들을 외우고 있었으며 열정적으로 낭송하기도 했다. 내 허영심이 그때처럼 만족된 적은 없었다. 그 여자는 내 나이와 고향을 물었고, 지금 어떻게 살며, 사교계 모임과 애인에 대해서도 물었다. 나는 모든 질문에 너무도 솔직히 대답해 채 1시간도 안 돼 그 여자는 자크 형과 에세트 가의 내력 그리고 형과 내가 다시 일으켜 세우려는 집안의 불행한 속사정까지 속속들이 알게 되었다. 하지만 피에로트 양에 대해선 한 마디도 하지 않았다. 단지 훌륭한 가문의 한 아가씨가 죽도록 나를 사랑하지만 그녀의 무정한 아버지가(아, 불쌍한 피에로트 아저씨!) 두 사람의 사랑을 방해하고 있다고만 해 두었다. 이런저런 이야기가 한참 무르익을 무렵 한 남자가 들어왔다. 텁수룩한 흰머리 노인이었다. 조각가로 예전에 그녀에게 조각을 가르친 일이 있는 조각가였다.

　　사나이는 악의에 찬 시선으로 나를 보며 속삭이듯 말했다.

　　「저 사람이 당신이 말한 그 나폴리 산호 채집자인가 보지?」

　　「맞아요.」

　　그 여자가 웃으며 말했다. 그러고는 왜 그렇게 불리는지 나에게 설명했다.

　　「우리가 처음 만났던 날 아침 기억나요……? 당신은 그 날 목이 다 드러나게 셔츠를 풀고 머리는 산발을 한 채 물 항아리를 들고 있었잖아요. 그때 나는 나폴리의 바닷가에서 흔히 만날 수 있는 산호를 채취하는 어부를 보고 있는 느낌이었어요……. 그 날 저녁, 친구들에게 그 이야기를 했지요. 그땐 키 작은 산호 채집자가 위대한 시인이라는 사실과 물 항아리 속에 〈전원곡〉이 들어 있으리라고는 꿈에도 생각을 못 했지요.」

내가 이처럼 감탄의 대상이었다는 사실에 나는 몸을 숙이며 미소를 지었다. 이때 쿠쿠블랑이 새로운 손님을 데리고 들어왔다. 그는 식당에서 만났던 위대한 인도 시인 바가바였다. 그는 들어서자마자 그 여자에게 걸어가 초록색 표지의 책을 내밀었다.

「당신의 나비를 돌려드립니다. 별 괴상한 작품도 다 봤습니다……!」

부인이 손짓으로 그의 입을 막았다. 그는 그 작품의 저자가 이곳에 있다는 걸 눈치채고는 어색하게 웃으며 나를 쳐다봤다. 어색한 분위기 속에 침묵이 흘렀으나 다행히도 세 번째 손님이 오면서 분위기가 바뀌었다. 이번에는 발성법을 가르치는 선생이었다. 창백한 얼굴에 붉은 가발을 쓰고는 시커먼 치아를 드러내며 웃는 흉하게 생긴 키 작은 곱사등이었다. 만일 곱사등이만 아니었다면 이 시대에 가장 훌륭한 연극 배우가 되었을 사람이었다. 곱사등이란 사실 때문에 무대에 서지 못하게 되자 학생들을 가르치며 당대 모든 배우들의 험담을 늘어놓는 것이 유일한 위안이었다.

그가 나타나자마자 여인이 소리를 질렀다.

「그 이스라엘 여자 봤어요? 오늘 저녁엔 어땠어요?」

이스라엘 여자란 당시 인기 절정의 위대한 비극 배우 라셸을 말하는 것이었다. 곱사등이가 어깨를 으쓱거리며 말했다.

「그 여자는 갈수록 못해. 그애는 틀렸어. 매춘부야, 진짜 매춘부 말이야.」

「진짜 매춘부예요.」

그 여자가 덧붙었고 뒤이어 두 명의 방문객도 확신에 찬 목소리로 말했다.

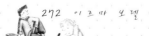

「진짜 매춘부…….」

잠시 후 사람들은 그 여자에게 무엇이든 한번 낭송해 보라고 부탁했다. 여인은 기다렸다는 듯 일어나서 봉투를 여는데 쓰는 페이퍼 나이프를 집어들더니 실내복의 소매를 걷어올리고 낭송을 시작했다.

나는 낭송에는 관심이 없고 눈처럼 하얀 아름다운 팔과, 격렬하게 출렁이는 금발의 물결에 매료 돼 아무것도 들을 수가 없었다. 낭송이 끝났을 때 나는 누구보다도 더 크게 박수를 쳤으며 이번에는 내가 라셀은 매춘부, 진짜 매춘부라고 말했다. 나는 그 날 밤 백설 같은 흰 팔과 황금빛 안개 같은 머리칼이 출렁이는 꿈을 꾸었다. 아침에 책상에 앉았지만 마법의 흰 팔이 또다시 나타나 내 소매를 잡아끌었다. 더 이상 시를 쓸 수도 없고, 외출도 싫었던 나는 2층의 여인에 대해 자크 형에게 편지를 쓰기 시작했다.

자크 형, 이르마 보렐은 굉장한 여자야! 그녀는 모든 걸 다 알고 있어. 소나타를 짓고, 그림도 그려. 벽난로 위에 흙을 구워 만든 아름다운 비둘기 상도 있어. 석 달 전부터는 연기를 하고 있는데 벌써 그 유명한 라셀보다 낫다니까. 그 라셀이란 배우는 창녀인 게 분명해. 이르마 보렐은 형이 상상도 못 해봤을 그런 여자라구. 이것저것 경험도 많고, 안 가본 데가 없어. 그래서 갑자기 '내가 상트 페테르부르크에 있었을 때는……' 하고 말했다가 금방 '나폴리의 항구보다 리오의 항구를 더 좋아한다' 고 말하는 거야. 그녀한테는 마르퀴세스 제도에서 데려왔다는 앵무새가 한 마리 있고, 포르토프랑스를 지날 때 데리고 온 흑인 하녀가 있지……. 하긴 형도 그 흑인 하녀는 알고 있잖아. 우리 옆방의 쿠쿠블랑 말이야. 사나워 보이지만 알고 보면 아주 훌륭한 아가씨야. 조용하고 입이 무겁고 주인한테는 헌신적이

273

지. 그리고 무슨 말을 할 때면 돈키호테의 산초처럼 속담을 섞어 얘기를 하는 거야. 그 집에 들락거리는 사람들이 주인 여자에 대해 '결혼을 했냐' '어딘가에 남편이 있냐' 혹은 '소문처럼 부자냐'를 물어보면 특유의 말투로 '새끼 염소가 어미 양의 일을 어떻게 알겠는가'라든지 또는 '스타킹에 구멍이 났는지는 구두만 안다'라고 대답을 하지. 쿠쿠블랑은 이런 속담을 아주 많이 알고 있어. 입이 오두방정인 사람들도 그녀에게 도저히 이겨낼 재간이 없다니까…….. 그건 그렇고 내가 2층 여자 집에서 누굴 만났는지 알아……? 식당 단골손님인 인도 시인 위대한 바가바야. 2층 여자한테 홀딱 빠져서 연달아 그녀를 콘도르나 연꽃, 물소에 비교해 가며 시를 지어 바치더라구. 하지만 그 여자는 그런 찬사에 대해 별로 신경을 안 쓰는 눈치야. 하긴 그런 아부에는 익숙해져 있겠지. 그 집에 드나드는 예술가들 중엔 유명한 사람도 있는데 모두들 그 여자한테 빠져 있는 것 같아.

그녀는 정말 아름다워! 정말 다른 뭔가가 있어! 솔직히 나 역시 사랑에 빠졌을지도 몰라. 다행히도 검은 눈동자의 그녀가 나를 지켜주고 있지만……. 아, 사랑스런 검은 눈동자! 오늘 저녁에 그곳에 갈 거야. 아마도 저녁 내내 형 얘기를 하겠지.

내가 이 편지를 다 쓸 무렵 누군가 조용히 문을 두드렸다. 2층의 여인이 쿠쿠블랑을 시켜 코미디 프랑세즈에서 라셀의 연기를 보자고 초대한 것이다. 나는 단번에 승낙하고 싶었지만 마땅한 예복이 없어 부득이 거절할 수밖에 없었다. 나는 기분을 잡쳐버렸다.

「형은 떠나기 전에 나한테 예복 한 벌 해줘야 했어……. 꼭 필요한 거잖아. 서평 기사가 실리면 인사하러 기자들도 만나야 하고……. 옷이 없으니 어쩌나?」

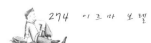

그 날 저녁 나는 소몽 가에 갔다. 하지만 그 집에서도 찜찜한 기분은 사라지지 않았다. 피에로트 아저씨는 너무 크게 웃어댔고, 피에로트 양의 머리칼은 지나치게 갈색이었다.

'나를 사랑해 줘요!' 검은 눈동자가 별들의 신비한 언어로 이렇게 속삭여봐야 소용없었다. 제정신이 아닌 나에게는 아무 소리도 들리지 않았다. 저녁 식사가 끝나고 랄루에트 부부가 올라오자 나는 한쪽 구석에서 시무룩이 앉아 있었다. 소곡이 연주되는 동안 나는 이르마 보렐이 커튼이 걷혀진 극장 좌석에 여왕처럼 있는 모습을 상상하고 있었다. 부채를 흔들고 있는 눈처럼 흰 팔과 극장의 샹들리에 불빛 아래 반짝이는 금빛 머리칼이 아른거렸다.

'그녀가 여기 있는 내 모습을 본다면 얼마나 창피할까!'

며칠 동안은 아무 일도 없었다. 이르마 보렐로부터 아무 연락도 없었다. 2층과 6층 사이엔 건널 수 없는 강이 놓여 있었다. 나는 매일 밤 책상에서 2층 여인을 태운 무개마차 빅토리아가 도착하는 소리를 들었다.

'문 열어주시오.' 마차가 굴러오는 둔탁한 소리에 이어 마부의 소리가 나면 나도 모르는 새에 몸을 바르르 떨었다. 심지어 쿠쿠블랑이 자기 방으로 돌아오는 소리만 들어도 마음이 흔들렸다. 그럴 수 있다면 옆방에 들러 주인 여자의 소식을 묻고 싶었다. 그러나 여전히 검은 눈동자가 내 마음을 차지하고 있었다. 나는 그녀 곁에서 오랜 시간을 보내곤 했다. 그 외에는 방에 틀어박혀서 시 쓰는 일에 몰두했다. 온종일 책상에 앉아 있는 내 모습이 신기했는지 매일 근처 지붕으로부터 참새들이 모여들었다. 소몽 가의 훌륭한 부인네처럼 라틴구의 참새들도 학생들의 방에서 일어나는 일에 대해 야릇한 상상을 하고 있었던 모양이다. 반면 평생 천주를 섬기며 카르멜 수

녀회 수녀들처럼 일생 동안 붙박여 있는 가련한 생 제르맹의 종들은 자신들의 친구인 내가 꼼짝도 안 하고 책상에 앉아 있는 것을 보고 아름다운 음악을 연주해 나의 용기를 북돋워주었다. 그 사이 자크 형의 편지가 도착했다. 그는 니스에 정착했다는 소식과 함께 그곳에서의 생활에 대해 적어보내왔다······.

다니엘, 이곳은 참으로 아름다운 곳이야. 창문 아래로 펼쳐지는 바다를 네가 본다면 영감을 받을 텐데! 나는 그것을 보고 즐기지도 못해. 밖에 나가는 일이 없거든······. 후작은 하루 종일 받아쓰기를 시켜. 정말 지독한 사람이야! 이따금씩 문장을 받아쓰다가 고개를 들어 저 멀리 수평선 위 붉은 돛단배들을 바라보다가 다시 종이 위로 고개를 숙인단다. 다크빌 부인은 몹시 위독해······. 위층에서 계속 기침을 하는 소리가 들려와. 나도 여기 도착하자마자 감기가 심했는데 좀처럼 나을 기미가 보이지 않아······.

몇 줄 아래 2층의 여인에 대하여 이렇게 쓰여 있었다.

······내 말을 믿는다면 절대 다시는 그 여자 집에 가지 말아라. 그녀는 네가 감당하기엔 너무 복잡한 사람이다. 게다가 이 말은 안 해야겠지만 그 여자는 왠지 바람기가 있는 사람같이 느껴진다······. 참, 어제 세계 일주를 하고 온 네덜란드 범선이 항구에 들어왔단다. 돛대는 일본산, 선체의 목재 기둥은 칠레산, 그리고 승무원들은 마치 세계 지도를 펼쳐놓은 것처럼 가지각색이더라······. 그래, 다니엘, 너의 그 이르마 보렐은 이 배와 닮았다는 생각이 드는구나. 범선이 많은 곳을 다녔다면 좋은 범선이겠지. 하지만 여자는 달라. 일반

적으로 그렇게 많은 나라를 다닌 여자라면 다른 사람에게 못할 짓도 많이 한 여자야……. 제발 조심해라, 다니엘, 조심해야 한다. 특히 형이 간절히 부탁하는데 검은 눈동자를 울려서는 안 된다…….

이 마지막 말이 내 가슴에 박혔다. 자신의 사랑을 거부했던 여자의 행복을 지켜주려는 자크 형의 마음이 너무나 고마웠기 때문이다. 나는 마음속으로 다시는 2층의 여인을 찾아가지 않겠다고 결심했다.

'형, 걱정하지 말아. 그런 일은 절대 없을 테니까.'

그 날 저녁, 빅토리아 마차가 현관문을 통과할 때 나는 아무 신경도 쓰지 않았다. 흑인 하녀의 노래에도 마음이 가지 않았다.

곧 폭풍이 일듯 음산한 9월의 어느 날이었다. 나는 문을 반쯤 연 채 시를 쓰고 있었다. 갑자기 내 방으로 이어지는 나무 계단이 삐걱거리는가 싶더니 이내 가벼운 발소리와 드레스 자락이 스치는 소리가 들렸다. 누군가 올라오는 게 틀림없었다. 대체 누구일까……? 쿠쿠블랑은 이미 오래 전 자기 방에 돌아와 있었다. 아마도 2층의 여인이 흑인 하녀에게 무슨 말을 하러 가는 것이리라. 이런 생각이 들자 나는 가슴이 쿵쾅거리는 것을 느꼈지만 그래도 책상 앞에 버티고 앉아 있었다. 발소리가 점점 가까워지더니 6층 계단에서 멈췄다. 잠시 침묵이 흘렀다. 이윽고 쿠쿠블랑의 방문을 두드리는 소리가 들렸다. 대답이 없었다.

'그 여자가 틀림없어.' 나는 내 자리에서 꼼짝하지 않고 문 밖에 온 정신을 집중했다. 갑자기 향긋한 내음과 함께 불빛이 방 안에 퍼졌다. 문이 열리고 누군가 안으로 들어왔다. 나는 뒤돌아보지 않은 채 떨리는 목소리로 물었다.

「누구세요?」

하트 모양 사탕

자그 형이 떠난 지 벌써 두 달이 지났다. 아직 돌아올 때가 되지 않았다. 안타깝게도 다크빌 부인은 사망했다. 후작은 상중임에도 형을 데리고 이탈리아 전역을 돌아다녔다. 물론 그 자서전을 집필하는 일은 단 하루도 쉬지 않았다. 후작으로부터 혹사당하느라 자크 형은 편지 쓸 시간도 없었다. 겨우 시간을 내서 로마, 나폴리, 피사, 팔로마에서 간단히 몇 줄 적어 내게 보냈다. 편지 봉투에 붙은 우표 값은 각각이지만 내용은 언제나 같았다……

'일은 잘 하고 있니……? 검은 눈동자는 잘 지내고……? 귀스타브 플랑슈의 서평은 나왔는지……? 이르마 보렐의 집에 또다시 갔었니……?'

언제나 똑같은 이 질문들에 나 역시 변함없이 열심히 시를 쓰고 있으며 책은 잘 팔리고 있고 검은 눈동자도 잘 있으며 이르마 보렐은 다시 만나지 않았고 귀스타브 플랑슈의 기사는 아직 보지 못했다고 적어 보냈다.

판에 박은 듯한 편지가 몇 차례 오가고 어느 날 밤 나는 흥분과 열정에 빠져 터져버릴 것 같은 내 마음을 담아 편지를 썼다.

피사에 있는 자크 에세트에게

일요일 밤 10시

형, 난 형한테 거짓말을 했어. 두 달 동안 내내 거짓말만 한 거야. 열심히 시를 쓰고 있다고 했지만 두 달 전부터 잉크병은 말라붙었어. 책이 잘 팔린다고도 했지만 두 달 동안 딱 한 권 팔리고는 그만이야. 이르마 보렐을 만난 적이 없다고 했지만 두 달 전부터 그 여자 곁을 떠나본 적이 없어. 검은 눈동자는…… 아! 형, 자크 형, 왜 난 형 말을 듣지 않았을까? 왜 그 여자 집에 다시 찾아갔을까?

형 말이 맞았어. 그 여자는 바람둥이야. 처음엔 똑똑하다고 생각했지만 그렇지 않았어. 그 여자가 하는 말은 전부 누군가 했던 말이야. 머리는 비었고 인정머리도 없는 여자였어. 교활하고, 냉소적인데다 심술궂은 여자야. 화가 났을 때 하녀를 채찍으로 후려치고 땅바닥에 쓰러뜨려서 발로 밟아대는 걸 봤다니까. 게다가 하느님도 악마도 믿지 않으면서 최면술에 걸린 사람의 예언이나 커피 찌꺼기로 치는 점은 맹목적으로 믿는 어이없는 여자야. 비극 배우로서의 소질도 없어. 그 곱사등이 선생한데 교습을 받아 날마다 입에 고무공을 집어넣고 연습을 해봐야 아무 소용이 없다구. 어느 극장에서도 그 여자를 받아주지 않을 게 뻔해. 하기야 사생활에 있어서는 뽐낼 만한 연극 배우지.

자크 형, 나처럼 단순한 사람이 어떻게 그런 여자에게 말려들었는지 나도 정말 모르겠어. 하지만 형에게 맹세할 수 있는 건 이젠 그 여자한테서 벗어났고 모든 것이 끝났다는 사실이야……. 그동안 내가 얼마나 비굴했었는지, 그 여자가 나에게 어떻게 했는지 안다면 형은 뭐라고 할까……! 나 그 여자한테 나에 관한 모든 것을 다 얘기했어. 형에 대해서, 어머니에 대해서, 검은 눈동자에 대해서도 얘기했지. 지금 생각하니 부끄러워서 죽고 싶은 심정이야. 정말이

야……. 난 그 여자한테 온 마음을 바쳤고, 내가 살아온 인생을 모두 고백했어. 하지만 그 여자는 자기 삶에 관해 아무 얘기도 해주지 않아. 난 그 여자가 누군지, 어디서 왔는지도 모르니까. 언젠가 그 여자한테 결혼했냐고 물었더니 피식 웃고 말더라. 형도 알지, 그 여자 입술 주변에 있는 상처 자국 말이야. 그 여자 고향 쿠바에서 칼에 찔려 생긴 상처래. 누가 그런 짓을 했는지 물었더니 '파체코라는 스페인 남자'라고 하고는 그만이야. 대체 그런 대답이 어디 있어! 내가 그놈의 파체코라는 작자를 알기나 하냐구? 내게 뭔가 더 설명을 해줘야 하는 거 아냐……? 얼굴에 칼자국이 있는 게 어디 보통 일이야? 하지만 주변의 예술가들은 이국적이라며 추켜세우더군. 그 여자는 자신의 명예에 집착을 하고 있고……. 아, 이 예술가라는 이들을 증오해. 형은 그들을 몰라. 그들은 그림이나 조각과 함께 살아왔기 때문에 이 세상에 예술만 존재한다고 믿는다니까. 언제나 형태가 어떻고 선이 어떻고 색채가 어쩌니 떠들면서 그리스 예술과 파르테논, 표면의 평평한 부분, 유양돌기 같은 소리들만 지껄이고 있어. 사람을 만나면 코와 팔, 턱을 유심히 뜯어보지. 그 속에서 전형적인 형태와 윤곽선과 '특징'이 있는지를 찾아내려 혈안이 되어 있어. 하지만 우리 가슴속에서 펄떡펄떡 뛰는 열정이나 눈물, 번민에 대해선 죽은 염소 새끼만큼도 신경 안 쓰지. 그들의 얘기에 따르면 내 얼굴엔 '특징'이 있지만 내 시엔 아무것도 없다는 거야. 정말 우습지 않아?

우리의 관계가 시작되었을 때, 이 여자는 아마 나이 어린 천재요 다락방의 대시인을 손에 넣었다고 믿었나봐. 다락방이란 말을 얼마나 반복하던지! 시간이 흐르면서 주변 사람들을 통해 내가 별 볼일 없는 놈이란 걸 알고 나서도 내 얼굴의 특징 때문에 나를 잡아두고 있었어. 형한테 얘기하지만 내 얼굴의 특징이란 게 보는 사람에 따라 다르더라구. 어떤 화가는 내가 이탈리아인의 전형이라면서 이탈리아 악사인 피페라로의 포즈를 취하라고 시켰어. 또 다른 사람은 제비꽃을 파는 알제리 소년의 포즈를 부탁했고 또 다른 사람은 또 무엇을 시켰는데…… 그게 뭔지는 나도 모르겠어. 그 여자 집에 있을 때 그런 식으로 모델을 섰던 거야. 그 여자 마음에 들려고 하루 종일 요란한 천을 어깨에 걸친 채로 그 방 앵무새 곁에 서 있기도 했어. 내가 터키인 분장을 하고 긴 의자 한 구석에 담뱃대를 물고 앉아 있으면 그 여자는 의자 다른 편에서 고무공을 입에 넣고 대사 연습을 하며 시간을 보내기도 했지. 이따금 대사 연습을 중단하고 이렇게 말했어.

「정말 특징이 있는 얼굴을 가졌어요, 사랑하는 다니당!」

내가 터키인으로 분장했을 때 그녀는 날 다니당이라고 불렀어. 이탈리아인일 때는 다니엘로였고. 다니엘이라고 부른 적은 한 번도 없었지. 비참하게도 다음 번 미술 전시회 때 이 두 모델로 전시될 거야. 팜플렛엔 '젊은 음악사 피페라로. 이르마 보렐 부인에게 헌정' 또는 '젊은 아랍인 농부. 이르마 보렐 부인에게 헌정' 따위의 설명이 붙겠지. 그게 나라구…… 창피해 죽겠어!

형, 여기서 잠깐 창문을 열고 밤공기를 들이마셔야겠어. 숨이 막혀……. 이제 아무것도 보이지 않아. 바람을 쐬고 나니 좀 나아졌어. 창문을 열어놓으니까 편지를 쓸 수 있을 것 같아. 지금 비가 오고 캄캄해. 종소리가 울리고 있어. 이 방은 왜 이렇게 칙칙할까……! 아, 정든 다락방! 전엔 이 방을 그토록 사랑했건만 지금은 왜 이리 답답하게 느껴지는 것일까. 그 여자가 이 방을 망쳐놓은 거야. 그렇게도 뻔질나게 드나들었으니. 형 생각해 봐, 그 여자는 이 방에서 나를 자기 손안에 쥐고 놀았던 거야. 그게 더 편리했으니까. 아! 이 방은 더 이상 작가의 방이 아니야……

내가 방에 있든 없든 그 여자는 아무 때나 방에 들어와 뒤적거리곤 했어. 어느 날 밤에 방에 와보니 세상에서 가장 소중한 물건들, 어머니의 편지와 형의 편지, 검은 눈동자의 편지를 넣어두는 바로 그 서랍을 그 여자가 뒤지고 있는 거야. 형도 알겠지만 검은 눈동자의 편지는 금박 상자에 들어 있잖아. 내가 들어섰을 때 이르마 보렐이 그 상자를 막 열려고 하던 참이었어. 나는 잽싸게 달려가서 그걸 빼앗았지. 화가 나서 소리를 질렀어……

「대체 뭐 하고 있는 거요?」

그 여자는 더할 나위 없이 비통한 표정을 짓더라구.

「당신 어머니의 편지는 존중해서 건드리지 않았어요. 하지만 이 편지들은 내 거예요. 읽어봐야겠어요……. 그러니 상자를 돌려줘요.」

「대체 그 상자를 어떻게 하려고 그래요?」

「안에 든 편지를 읽어보고 싶어요.」

「천만에요. 나는 당신 생활에 대해 아는 게 하나도 없어요. 그런 데 당신은 나에 대해 모르는 게 없잖아요.」

「오, 다니당! 다니당, 당신이 그런 식으로 나를 비난할 수 있나요? 당신은 언제든 원할 때 내 집에 들어오지 않나요? 우리 집에 오는 사람들 모두 당신도 잘 알고 지내잖아요?」

이렇게 말하면서 그 여자는 가장 교태로운 목소리로 상자를 빼앗으려 했지.

「그럼, 좋습니다. 사실이 그러니까 상자를 열게 해주죠. 하지만 조건이 있어요…….」

「그게 뭐죠?」

「매일 아침 8시부터 10시까지 어디에 다녀오는지 얘기해 줘요.」

그 여자 얼굴이 창백하게 질렸어. 그리고 내 눈을 뚫어지게 쳐다보더군……. 여태껏 한 번도 그 얘기를 꺼낸 적이 없었거든. 하지만 궁금하지 않았던 건 아니야. 매일 아침의 비밀스런 외출은 하얀 상처 자국이나 파체코, 그리고 기이한 생활 방식처럼 내 맘에 걸리고 나를 걱정스럽게 했었거든. 솔직히 알고 싶기는 했지만 마음 한 구석에는 다 알게 되면 환상이 깨질까봐 두려웠어. 알고 나면 그녀를 떠나지 않으면 안 될 무슨 추악한 비밀이 있을 거란 느낌이 확실히 들었거든……. 그렇더라도 그 날은 그걸 물어보게 된 거지. 그 여자도 꽤 당황하는 눈치였어. 잠시 망설이더니 들릴 듯 말 듯 힘들게 대답하더군.

「상자를 이리 줘요. 그럼 다 말하겠어요.」

마침내 상자를 내줬지. 형, 정말 가증스러운 일이지? 그 여자는 기뻐 전율하면서 뚜껑을 열고 스무 통쯤 되는 편지들을 하나하나 한 줄도 빼지 않고 천천히 낮은 목소리로 읽기 시작했어. 그 풋풋하고 수줍은 사랑 얘기가 그 여자한테는 흥미로웠던 모양이야. 그 여자한테 전에 얘기해 준 적은 있지만 그건 내가 각색한 얘기였어. 검은 눈동자를 귀한 귀족 집안의 딸로 둔갑시키고 그녀의 양친이 신분이 낮은 다니엘 에세트와 결혼하는 것을 반대한다고 말이야. 형도 나의 치기 어린 허영심을 잘 알지.

「어머, 이것 참 귀엽네…….」

「오! 오! 귀족 처녀치고는…….」

그 여자는 이따금씩 편지에서 눈을 떼고 이렇게 중얼거리는 거야. 편지를 다 읽고는 촛불에 갖다대고 기분 나쁜 웃음을 흘리며 편지가

불에 타들어가는 걸 바라보았어. 난 그냥 내버려뒀지. 그 여자가 아침 8시부터 10시까지 어디에 가는지 정말 알고 싶었으니까……

그런데 그 편지들 중에 피에로트 상점의 상호와 주소가 찍힌 편지지에 쓰여진 것이 한 통 있었지 뭐야. 종이 하단에 '도자기와 크리스털, 랄루에트의 계승자 피에로트'란 문구가 새겨져 있고 그 위에 초록색 작은 접시 3개가 그려진 바로 그 종이 말이야……. 가련한 검은 눈동자! 필시 어느 날 가게에 나와 있을 때 나한테 편지를 쓰고 싶어서 손에 잡히는 대로 아무 종이나 집어들었을 테지……. 그것이 그 비극 배우한테는 굉장한 발견이었지! 그 순간까지 그 여자는 내가 꾸며낸 귀족 처녀와 그 양친인 귀족 부부 이야기를 믿고 있었던 거야. 하지만 이 편지 한 통을 보자 모든 것을 알게 된 거지. 박장대소를 하더군.

「오오라, 그러니까 그 귀족 아가씨, 포부르 생 제르맹의 진주의 이름이 바로 피에로트 아가씨네……. 그녀가 소몽 가에서 도자기를 팔고 있다 이 말이지……. 이제야 알겠어. 그래서 상자를 주려고 하지 않았군요.」

그 여자는 웃고 또 웃었어.

자크 형, 그때 도대체 어떻게 해서 그랬는지 나도 모르겠어. 수치감 때문인지 아니면 약이 올랐거나 격분해서 그런 건지……. 더 이상 보이는 게 없었어. 편지를 빼앗으려고 그 여자에게 와락 달려들었지. 그 여자도 겁이 났던 모양이야. 한 발짝 뒤로 물러서다가 옷자락에 걸려 넘어지며 비명을 질렀어. 옆방에 있던 끔찍한 흑인 하녀가 그 소리를 듣고 달려왔지. 흉측스럽게도 온통 시커먼 알몸으로 머리를 다 풀어헤친 채 말이야. 그 여자를 못 들어오게 하려고 했지만 그 번들거리는 큰 손으로 나를 벽에다 밀어붙이더니 주인 여자와 나 사이에 떡 하니 버티고 섰어.

그 사이에 2층 여자는 일어나서 울기 시작했어. 어쩌면 우는 흉내만 낸 건지도 몰라. 울면서도 내내 상자를 뒤적거리고 있었으니까.

「저이가 왜 나를 때리려고 했는지 알아……? 그건 내가 저이가 말하던 귀족 따님이 귀족은커녕 길가에서 접시나 파는 여자란 걸 알았기 때문이야.」

「박차를 갖고 있다고 모두 말 장사는 아니죠.」

늙은 하녀가 그녀 특유의 속담 투로 얘기했어.

「어머, 이것 봐라. 그 가게 아가씨가 준 사랑의 징표 좀 봐……. 머리카락 네 가닥에 싸구려 제비꽃 한 다발이라! 쿠쿠블랑, 램프 좀 이리 가져와.」

흑인 하녀가 램프를 갖다 댔어. 머리카락과 꽃들이 소리를 내며 타들어갔지. 난 그냥 내버려뒀어. 완전히 얼이 빠졌던 거야. 그 여자가 포장용 티슈를 풀어헤치며 말했어.

「호! 이건 또 뭐야? 이빨인가……? 아니, 사탕 같은데……. 오라, 그렇지…… 의미를 담은 사탕이로군……. 사탕으로 만든 하트다 이거지!」

아! 언제였더라. 장터에서 검은 눈동자가 '제 마음을 드려요'라며 내게 사준 하트 모양의 사탕이었어. 흑인 하녀가 군침을 흘리며 바라보고 있었지.

「먹고 싶은 모양이구나. 쿠쿠, 옛다 받아!」

그러면서 마치 강아지에게 던져주듯 하녀에게 던졌어. 흑인 하녀의 절구 같은 입 속으로 들어간 사탕이 우적우적 씹히는 소리를 들으면서 나는 머리부터 발끝까지 온몸이 떨리는 것을 느꼈어. 검은 이를 가진 그 괴물이 그처럼 신이 나서 집어삼키는 것이 마치 다름

아닌 카미유의 사랑의 징표로 고이 아껴왔던 것인데…….

자크 형, 형은 분명 이 사건이 있은 후 우리의 관계가 완전히 끊어졌을 거라 생각하겠지. 그 다음 날도 나는 이르마 보렐의 집에서 그 여자가 곱사등이 선생과 함께 헤르미오네의 배역을 연습하는 동안 한쪽 구석 돗자리 위에 자기 몸뚱이의 3배나 되는 기다란 담뱃대를 입에 물고 앵무새 옆에 웅크리고 앉아 있는 젊은 터키인 다니당이 되었어…….

내가 그렇게 수치스러운 행동을 한 대가로 아침 8시에서 10시까지의 외출에 대한 비밀은 알아냈어. 하지만 겨우 오늘 아침에, 그것도 아주 끔찍하게 싸운 후에야 간신히 알아낼 수 있었어. 마지막 싸움이야. 형한테 그 말다툼에 대해 얘기할게……. 하지만 쉬잇……! 누군가 올라오고 있어……. 만일 그 여자라면, 만일 또 나를 괴롭히러 오는 거라면……? 오늘 아침처럼 격렬하게 다툰 뒤에도 충분히 그러고도 남을 여자지. 잠깐……! 문을 단단히 잠가야겠어……. 그 여자가 들어오지 못하게……. 그 여자가 들어와서는 안 돼.

12시

그 여자가 아니야. 하녀였어. 내가 왜 그렇게 놀랐을까. 그 여자의 마차가 돌아오는 소리도 못 들었는데……. 쿠쿠블랑이 방금 누웠어. 벽을 통해 액체가 흘러내리는 듯한 소리와 그 끔찍한 후렴구 '톨로코토티냥'이 들려……. 이젠 코도 골아. 누가 들으면 커다란 벽시계의 추가 움직이는 소리라고 할 정도야.

이제 우리의 비참한 사랑이 어떻게 끝났는지 얘기해 줄게.

한 3주 전쯤에 곱사등이 선생이 그 여자한테 이제 비극 배우로 성공할 만큼 원숙해졌다고 말하면서 자기가 가르치는 다른 학생들과 함께 데뷔를 시키겠다고 했지. 그 말에 그 여자는 기뻐서 방방 뛰었지……. 마땅한 극장이 없었기에 그 여자 집에 자주 오는 화가의 아틀리에를 극장으로 만들기로 합의를 봤어. 그리고 파리의 모든 극장 감독들에게 초대장을 발송하기로 했어. 오랫동안 논의를 거듭한 끝에 데뷔작으로는 라신의 〈아탈리〉를 선택했고……. 대상 목록에 오른 작품들 중에서 곱사등이 선생의 제자들이 가장 잘 아는 게 바로 그 작품이었거든. 그 작품이라면 전체적인 연결을 한 번 검토한 후에 모두 모여서 연습을 하는 정도면 충분히 무대에 올릴수가 있으니까. 그래서 모두 '아탈리'로 하자고 한 거니까……. 이르마 보렐이 워낙 잘나서 연습을 위해 여기저기 옮겨다닐 수가 없어서 그 여자의 집에서 연습을 했어. 곱사등이 선생은 날마다 제자들과 나타났어. 13프랑 50상팀짜리 프랑스제 캐시미어 의상을 두른 엄숙하고 말라빠진 키 큰 여자들 너덧하고 까맣게 때가 탄 형편없는 옷차림에 금방 바다에서 조난을 당한 것 같은 머리를 한 서너 명의 불쌍한 녀석들이 그 제자들이었지……. 8시부터 10시까지만 빼고 연습은 하루 종일 계속되었어. 연극 연습 중에도 비밀스런 아침 외출은 계속되었던 거야. 이르마도 곱사등이도 학생들도 모두 미친 듯이 연습했어. 이틀 동안 앵무새한테 먹이 주는 것도 잊어버릴 정도였으니까. 젊은 다니당으로 말하면 누구 하나 신경 써주는 사람이 없었지……. 어쨌든 모든 것이 순조롭게 진행되고 있었어. 아틀리에를 치장하고 무대를 만들고 의상을 준비하고 초대장도 돌렸지. 그런데 공연을 3~4일 앞두고 갑자기 어린 엘리아생 역을 맡은 열살 먹은 곱사등이 선생의 여조카가 그만 병에 걸려버린 거야……. 낭패였지. 어디서 갑자기 엘리아생을 구해 오겠어? 3일 만에 자기 역할을 다 외울 수 있는 어린애가 어디 있겠냐구? 모두 어쩔 줄 몰

라했지. 갑자기 이르마 보렐이 나를 쳐다봤어.

「아, 참 그렇지. 다니당, 당신이 그 역할을 맡으면 어때요?」

「내가요? 농담합니까? 이 나이에……! 」

「아무도 당신을 성인 남자로 보지 않을 거예요……. 기껏해야 열다섯 살 정도로 보이니까. 의상을 입고 분장을 하고 무대에 서면 열두 살쯤으로 보일 거예요……. 게다가 그 역은 당신 얼굴과 딱 어울려요.」

형, 내가 아무리 사양해도 소용이 없었어. 언제나 그랬듯이 그 여자가 바라는 대로 해주는 수밖에. 나는 정말 비겁한 놈이야…….

공연을 했지……. 그 날 있었던 일을 재미있게 얘기해 줄 기분은 아니지만……. 우리는 짐나즈 극장과 코미디 프랑세즈 극장 감독들이 올 거라고 기대했어. 하지만 그 양반들은 딴 데 볼일이 있었던 모양이야. 그저 거의 끝나갈 즈음에 변두리 극장의 감독 한 사람 온 것으로도 만족해야 했지. 어쨌거나 그 조촐한 공연은 그다지 실패작은 아니었어……. 이르마 보렐은 열렬한 갈채를 받았거든……. 내가 보기에는 이르마 보렐은 아탈리를 맡아 지나치게 과장된 연기를 하고 표현력이 부족한데다 뭐랄까…… 불어 발음을 스페인의 여가수같이 냈다 싶었지만……. 그 여자의 친구인 예술가들은 그렇게 세세한 데까지 신경을 쓰지는 않았어……. 진짜 의상을 입고 가느다란 발목을 하고 목 부분이 단정하게 여며지는 것만으로도 그 작자들한테는 훌륭했던 거야. 내 연기는 얼굴의 특징 덕에 꽤 성공을 거두었어. 물론 말이 없는 유모 역할을 한 쿠쿠블랑의 성공에 비할 건 못 되었지만. 하기야 흑인 하녀의 얼굴이 나보다 더 특징이 있던 건 사실이니까. 그래서 마지막 5막에서 쿠쿠블랑이 엄청나게 큰 앵무새를 손에 들고 대단히 사나워 보이는 그 허옇고 커다란 눈을 놀란 듯이 굴리며 나타났을 때는 장내에 환호와 박수갈채가 일었지. 아탈리가 환한 얼굴로 말했어…….

「대성공이야!」

형! 자크 형! 그 여자의 마차가 돌아오는 소리가 들려! 불쌍한 여자! 이렇게 늦게 어디 갔다가 오는 걸까? 오늘 아침 그 끔찍했던 일을 벌써 잊은 건가? 난 아직도 그 생각으로 이렇게 몸이 부들부들 떨리는데!

문이 닫혔어……. 제발 그 여자가 올라오지 않았으면……!

형, 증오하는 여자와 이웃해서 산다는 건 정말 괴로운 일이야!

1시

조금 전에 얘기했던 공연은 3일 전 애기야.

3일 동안 그 여자는 쾌활하고 부드럽고 다정하고 매력적이었어. 자기 하녀를 두들겨 패지도 않았고, 형에 대한 안부도 몇 번이나 물었어, 여전히 기침을 하는지 걱정까지 해가면서. 그런데 그 여자가 형을 좋아하지 않는다는 건 너무도 확실한 사실이잖아……. 그때 뭔가를 의심했어야 했는데. 오늘 아침 9시를 알리는 종소리가 들리자마자 그 여자가 내 방에 들어왔어. 9시에……! 그렇게 일찍 그 여자를 본 적이 한 번도 없었는데 말야……!

내 곁으로 다가오더니 웃으며 이렇게 말하는 거야.

「9시예요!」

그러더니 갑자기 숙연해지더라구.

「이봐요. 난 여태 당신을 속이고 있었어요. 우리가 처음 만났을 때부터 난 자유의 몸이 아니었어요. 당신이 내 삶에 들어왔을 때 이미 다른 남자가 있었던 거예요. 내가 사치를 누리고 여가 생활을 하는 것, 아니 내가 가진 모든 것이 그 남자 덕분이에요.」

형, 내가 말했었지, 그 비밀스런 외출에는 뭔가 추악한 것이 있다고.

「당신을 알게 된 날부터 그 관계가 역겨워지기 시작했어요……. 당신한테 얘기하지 않았던 이유는 당신이란 사람이 다른 남자와 나를 나누어가지기엔 너무 자존심이 강하다는 걸 알고 있었기 때문이에요 그렇다고 그 관계를 청산하지도 못했던 건 사치스럽고 나태하게 살 수 있는 이 편한 생활을 포기할 자신이 없었기 때문이죠. 난 그런 생활에 딱 맞도록 태어났거든요. 그러나 이제 더 이상 그렇게는 못 살겠어요. 당신한테 거짓말을 하는 게 짐스럽게 느껴지고, 매일 당신을 속인다고 생각하면 미칠 것만 같아요. 지금 내가 당신에게 한 고백을 듣고서도 여전히 나를 원한다면 모든 것을 포기하고, 당신 곁에서 살고 싶어요. 어디든 당신이 원하는 곳에서…….」

‘어디든지 당신이 원하는 곳에서……’ 라는 마지막 말은 내게 바로 입술에 닿을 만큼 가까이 대고 속삭였어. 나를 유혹할 작정이었나봐…….

하지만 나도 그 여자에게 대답할 용기는 있었지. 아주 냉정한 어조로 말했지.

「나는 가난하고 생활비를 벌 능력도 없는 데다 형한테 내 여자까지 먹여 살리라고 할 수는 없어요.」

이 대답을 듣자 그 여자가 고개를 쳐들고 의기양양하게 말했어.

「그렇다면 만일 우리 두 사람이 서로 헤어지지 않고 확실히 성실하게 생활비를 벌면서 살아갈 수 있는 방법을 찾아낸다면 어떻게 하겠어요?」

그러더니 주머니에서 우표가 붙은 종이를 꺼내서 뭔가를 읽기 시작하는 거야. 그건 파리 근교 극장에서 우리 두 사람을 채용한다는 계약서였어. 그 여자한테는 한 달에 100프랑을, 나한테는 50프랑을 준다고 하더군. 이미 모든 준비가 다 되어 있었고, 그저 서명만 해 주면 되는 거야.

난 겁에 질린 표정으로 그 여자를 쳐다봤지. 그 여자가 나를 나락으로 끌어들인다는 느낌이었어. 한순간 내게는 그 여자를 이겨낼 힘이 없다는 생각이 들더라구. 계약서를 다 읽더니 그 여자는 나한테 대답할 시간조차 주지 않고 들뜬 채 떠들어대기 시작했어. 그곳에서는 우리가 사람들의 눈에서 벗어나 오직 사랑과 예술만을 생각하며 자유롭고 떳떳하게 살면서 배우로서의 명예를 얻고 인생을 화려하게 살 수 있다고 하면서 말야.

그 여자는 지나칠 정도로 장황하게 떠들어댔지. 그게 실수였지. 그 사이에 나는 마음을 가라앉히고 내 맘속에서 어머니와 다름없는 자크 형을 떠올릴 수 있었어. 그리고 그녀의 장황한 연설이 끝났을 때 아주 차갑게 말했어.

「난 배우 따위는 되고 싶지 않아요…….」

물론 그 여자는 포기하지 않고 또다시 그럴싸한 말로 나를 설득하려 애썼어. 하지만 소용없었어……. 그 여자가 무슨 말을 하든 난 똑같은 대답을 했으니까.

「난 배우 따위는 하고 싶지 않아…….」

드디어 그 여자의 인내심은 한계에 도달했어. 하얗게 질린 얼굴로 그녀가 말했어.

「당신은 그러니까 내가 계속 8시부터 10시까지 거기에 가고 모든 게 지금처럼 지속되는 게 더 좋다는 얘기군요…….」

그 말을 듣고 내 말투가 조금 부드러워졌지.

「어느 쪽이 더 좋다는 뜻은 아니에요……. 당신이 스스로 돈을 벌고, 더 이상 8시부터 10시까지 만나는 남자의 신세를 지지 않으려는 건 좋은 일이라 생각합니다……. 다만, 거듭 얘기하지만 난 배우가 되겠다는 소명 의식 따윈 조금도 없고 결코 배우가 되지 않겠다는 것뿐입니다.」

이 말에 그 여자의 분노가 폭발했어.

「아, 그러니까 배우가 되지 않겠다……. 그럼 뭐가 될 건데……? 혹시라도 시인이 되겠다고 생각하는 거야……? 흥, 자기가 시인이라 생각하는 모양이군……! 하지만 이 정신나간 친구야, 당신한테는 시인이 될 소질이라곤 전혀 없어……! 누구 한 사람 사지도 않는 까짓 시집 하나 냈다고 시인이라 착각하는 모양인데……. 하지만, 당신 책은 형편없어. 모두 다 나한테 그렇게 말하더라구……. 나온 지두 달이나 됐는데 겨우 한 권 팔렸잖아. 그것도 내가 사준 거지……. 그런데도 당신이 시인이라구! 그런 바보 같은 사실을 믿고 있는 건 당신 형밖엔 없어……. 그이도 참 순진하기도 하지……! 어리석은 동생한테 꼬박꼬박 편지를 보내주고……. 귀스타브 플랑슈의 비평을 기다린다니 배꼽 잡고 웃을 일이지……. 그런 동생을 먹여 살리려고 자기는 죽을 지경이 되도록 일하고 말야. 정말 기가 막힐 일이지, 당신은 뭘 했어? 지금 뭐 하고 있냐고? 당신 자신은 알고 있을까……? 겨우 자기 얼굴에 특징이 조금 있다는 그거 하나로 버텨온 거지 뭐야. 터키인 분장을 하고는 그게 전부인 양 생각하고 있는 거라구……! 미리 말해 주겠는데 얼마 전부터 당신 얼굴의 특징이 사라져가고 있어……. 당신은 추해, 아주 추하다고. 자! 거울을 들여다보라구……. 이제 그 피에로트인지 뭔지 하는 계집애한테 돌아가 봐야 퇴짜를 맞을 게 뻔해……. 어쨌거나 당신네 두 사람은 천생 연분이야. 둘 다 소몽 가에서 도자기나 팔려고 태어난 운명이니까. 그래, 당신한텐 배우가 되는 것보다 그게 훨씬 더 잘 어울려……」

그 여자는 입에 거품을 물고 숨을 헐떡거렸어. 형은 아마 그런 광란을 본 적이 없을 거야. 난 아무 말 없이 그 여자를 쳐다보고 있었어. 그러고는 그 여자의 소란이 끝났을 때 그 여자 옆으로 다가가서 조용히 말했지. 온몸이 부들부들 떨리더라.

「난 배우가 되고 싶지 않아요.」

이렇게 말하고는 문 쪽으로 가서 문을 열고 그 여자에게 문을 가리켰어. 그 여자가 비웃으며 이렇게 말하더군.

「나가 달라고……? 오! 천만에……. 아직 할말이 남았어.」

더 이상 난 참을 수가 없었어. 온몸의 피가 거꾸로 솟는 거야. 벽난로의 장작 받침쇠 하나를 뽑아들고 그 여자 쪽으로 달려갔지……. 물론 그 여잔 도망을 쳤어……. 형, 그 순간엔 그 파체코란 작자의 심정을 이해하겠더라.

나도 모자를 집어들고 밖으로 나왔어. 하루 종일 술 취한 사람처럼 여기저기 헤매고 다녔지. 아! 형이 여기 있었다면 얼마나 좋았을까……. 문득 피에로트 아저씨의 집에 가야겠다는 생각이 들었어. 가서 피에로트 아저씨 앞에서 무릎을 꿇고 검은 눈동자에게 용서를 빌어야겠다 싶었어. 그 길로 가게 문 앞까지 갔는데 감히 들어갈 용기가 없었어. 거기에 발길을 끊은 지 벌써 두 달이야. 편지가 와도 답장조차 하지 않았고 만나려와도 숨어버렸는데 어떻게 나를 용서할 수가 있겠어? 피에로트 아저씨는 계산대 뒤에 앉아 있었어. 슬퍼보이더라……. 한동안 유리창 앞에 서서 그를 바라보다가 울면서 발길을 돌렸어.

밤이 되자 난 집으로 돌아왔어. 창가에 기대어 한참을 울었지. 그러고 나서 형한테 편지를 쓰는 거야. 오늘은 밤새도록 편지를 쓸 거야. 마치 형이 옆에 있어 얘기를 하고 있는 기분이거든. 그 덕분에 내 마음이 좀 편해졌어.

그 여자는 정말 지독한 여자야! 어쩜 그렇게 나를 쉽게 생각하고 있었을까? 나를 자신의 노리개나 물건쯤으로 생각했던 게야! 형, 이해하겠어? 나를 변두리로 데리고 가서 연극을 시키려는 거야! 형, 어떻게 해야 좋을지 가르쳐줘. 이젠 지긋지긋해. 고통스러워……. 그 여자가 나를 이용했어. 형, 이젠 난 나를 못 믿겠어. 모든 게 의심스럽고 겁이 나. 어쩌면 좋아? 시를 쓰라고? 아! 그 여자의 말이 옳아. 난 시인이 아니야. 내 책은 팔리지도 않는걸……. 인쇄비를 갚아야 할 텐데 어떻게 할 작정이야……?

내 인생은 완전히 망가졌어. 이젠 아무것도 안 보이고, 아무것도 모르겠어. 그저 캄캄할 뿐이야……. 운명적인 이름들이 있지. 그 여자 이름은 이르마 보렐이야. 보렐은 우리 동네에선 학대자란 뜻이야. 학대자 이르마! 그 여자한테 얼마나 잘 어울리냐고! 이사를 갔으면 좋겠어. 이제 이 방도 싫어. 게다가 언제 또 계단에서 그 여자를 마주치게 될지 모르는 일이고. 그 여자가 설마 다시 올라오기라도 한다면……. 하지만 안심해. 다시 올라오는 일은 없을 거야. 그 여자는 나를 잊었어. 그 여자에게는 자기에게 맞는 예술가들이 있잖아.

아아…… 하느님 맙소사! 저건 또 무슨 소리야? 자크 형, 그 여자야. 그 여자라니까. 그 여자가 이리로 오고 있어. 발소리로 알 수 있어……. 바로 곁에 와 있어. 숨소리가 들려……. 눈을 열쇠 구멍에 대고 나를 쳐다보고 있어. 나를 흥분시키고 있어. 나를…….

나는 이 편지를 부칠 수가 없었다.

톨로코토티냥

이제 드디어 내 인생의 가장 암울했던 시절에 접어들었다. 나는 파리 변두리 극장에서 배우 생활을 하며 이르마 보렐과 함께 가난과 수치스런 나날을 보내고 있었다. 내 인생에서 가장 파란만장하고 혼란스러웠던 그 시절은 내게 추억보다는 회한만 남겨놓았다.

내 기억 중에 이 부분은 온통 뒤엉켜 있어서 무엇이 무엇인지 분간할 수 없다. 그러나 잠깐……! 톨로코토티냥! 톨로코토티냥! 눈을 감고 기이하고도 구슬픈 이 후렴구를 몇 번 읊조리기만 하면 잠들어 있던 기억의 편린들이 마치 마술처럼 되살아나고, 죽어 있던 시간들이 무덤 속에서 빠져나와 예전의 나로 되돌아가게 만든다. 이제 몽파르나스 가의 집에서 대사를 외고 있는 이르마 보렐과, 끊임없이 '톨로코토티냥! 톨로코토티냥!'을 불러대는 쿠쿠블랑 사이에서 있는 나의 그 옛날 모습이 뚜렷이 떠오른다.

끔찍스러웠던 그 집! 그 집의 모습이 떠오른다. 수많은 창들, 끈적거리는 초록색 난간, 입을 벌리고 있는 물받이, 번호가 매겨진 문들, 새로 페인트칠을 한 기다란 복도……. 칠한 지 얼마 되지 않았으나 벌써 더러워진 집! 그 건물에는 모두 108개의 방이 있었고 방마다 한 가구씩 살고 있었다. 아, 낮에는 하루 종일 싸움질하는 세입자들, 비명 소리, 물건 깨지는 소리, 복작대는 사람들, 밤이면 또 밤마다 빽빽거리고 우는 아이들 소리, 맨발로 타일 위를 걸어다니는 소리, 요람을 흔드는 둔중하고 단조로운 소리로 어수선했다. 가끔 경찰이 찾아와서 한바탕 휘젓고 가곤 했다.

이르마 보렐과 내가 사랑의 도피처로 삼은 곳은 8층짜리 수상쩍은 건물의 아파트였다. 음울한 장소였지만 나 같은 도피자에게는 딱 어울리는 곳이었다! 우리 두 사람이 그곳을 선택한 이유는 직장인 극장에서 가깝고, 또한 새로 지은 집에 비해 집세도 비싸지 않았기 때문이었다. 신축 건물 입주자를 위한 가격인 40프랑을 내고 3층의 큰 길을 향해 발코니가 난 방 2개짜리 아파트를 얻었다. 그 건물에서 제일 좋은 아파트였다. 우리는 매일 밤 공연이 끝나고 12시가 다 되어서야 귀가했다. 인적이 끊긴 널따란 거리를 걸어서 집에 돌아올 때마다 으스스한 기분이 들었다. 그 시간에 거리를 배회하는 것은 노동자들이거나 서민층 여자들 혹은 순찰대뿐이었다.

우리는 도로 한가운데를 종종걸음으로 서둘러 걸었다. 집에 도착하면 식탁 한쪽 귀퉁이에 놓인 차가운 몇 조각의 고기와 쿠쿠블랑이 기다리고 있었다. 이르마 보렐은 파리를 떠나오면서 흑인 하녀를 데리고 왔다. 8시부터 10시까지 만나던 신사가 마부와 가구와 식기와 마차를 모두 거두어갔고, 이르마 보렐은 흑인 하녀와 앵무새와 약간의 보석과 자신의 드레스들만 챙겨왔다. 물론 그 드레스들은 무대에 설 때 외에는 아무짝에도 쓸모가 없었다. 벨벳 또는 물결무늬 천으로 만든 긴 드레스 자락으로 길바닥을 청소하고 다닐 수는 없었다. 그 드레스들만으로도 두 방 중 하나가 가득 찼다. 드레스들은 방을 빙 둘러가면서 쇠로 만든 옷걸이에 걸려 있었는데 드레스의 부드러운 커다란 주름 장식과 화려한 빛깔은 붉은 빛이 닳아 없어진 타일 바닥과 색이 바랜 가구 사이에서 기묘한 대비를 이루고 있었다. 흑인 하녀가 그 방에서 잠을 잤다.

쿠쿠블랑은 그 방에 자신의 매트와 말편자와 브랜디 병을 가져다 놓았다. 다만 불이 날까 두려워서 불은 켤 수가 없었다. 밤늦게 우리가 돌아올 때쯤이면 쿠쿠블랑이 달빛을 받은 채 매트 위에 엎어져 있었다. 방 안 가득한 신비한 드레스들 사이에서 그녀의 모습은 푸른 수염이 난 마법사로부터 자기가 목매달아 죽인 7명의 부인을 지키라고 명령을 받은 페로의 동화 속에 나오는 늙은 마녀처럼 보였다. 그보다 작은 다른 방은 우리 두 사람과 앵무새를 위한 것이었다. 간신히 침대 하나와 의자 세 개, 식탁 한 개와 황금색 횃대를 놓을 수 있는 작은 공간이었다. 아파트는 이처럼 좁고 옹색했지만 우리는 결코 외출하는 법이 없었다. 극장에서 공연이 없는 날이면 하루 종일 대사를 외우면서 집에 틀어박혀 있었다. 그것은 그야말로 엄청난 소음이었다. 우리가 울부짖는 연극 대사가 세 들어 사는 건물의 이쪽 끝에서 저쪽 끝까지 들릴 정도였다.

「내 딸, 내 딸을 돌려줘요! 여기요, 가스파르! 그애 이름은? 그애 이름은? 가-련-한 것!」

거기에다 앵무새의 찢어지는 울음소리와 끝없이 '톨로코토티냥! 톨로코토티냥!'을 불러대는 쿠쿠블랑의 목소리까지 가세했다. 이르마 보렐, 그녀는 행복했다. 그 생활은 그녀 마음에 들었다. 가난한 예술가 부부처럼 사는 일이 즐거웠던 모양이다.

「난 아무것도 후회하지 않아요.」

그녀는 종종 이렇게 말하곤 했다. 그녀가 대체 후회할 일이 뭐가 있었겠는가? 가난에 지치게 되는 날, 비싸지 않은 평범한 포도주와 싸구려 식당에서 배달되는 브라운 소스를 바른 흉측한 고기 조각을 먹는데 질리게 되는 날, 변두리 극장의 공연 수준에 넌더리가 나는 날, 바로 그 날이 오면 옛날의 생활로 돌아갈 것이라는 사실을 그녀 자신이 누구보다도 더 잘 알고 있었다. 그녀가 마음만 먹으면 잃어버린 모든 것을 되찾을 수 있는 것이었다. 마음속으로 이렇게 믿는 구석이 있었기에 용기를 잃지 않을 수 있었고, '난 아무것도 후회하지 않아요'라고 말할 수 있었던 것이다. 그녀는 아무것도 후회하지 않았다. 하지만 나는 그렇지 못했다……!

우리 두 사람은 멜로 드라마 중에서 그래도 쓸 만한 작품 중의 하나인 〈어부 가스파르도〉로 나란히 데뷔했다. 그녀는 대단한 박수갈채를 받았다. 물론 연기력 때문은 아니었다. 그녀의 목소리는 한심했고 동작은 우스꽝스러웠다. 단지 눈처럼 하얀 팔과 벨벳 드레스 덕분이었다. 그 변두리 극장의 관객들은 눈부신 살결과 1미터에 40프랑이나 나가는 훌륭한 드레스를 입은 여배우를 보는 데 익숙하지 않았던 것이다.

「공작 부인 같다!」

극장 안 여기저기에서 수군거리는 소리가 들렸고, 넋을 잃은 건달들은 귀가 멍멍해질 정도로 박수를 쳐댔다. 그러나 나는 그만큼 성공적이지 못했다. 우선 사람들이 보기에 키가 너무 작았다. 게다가 나는 겁을 내고 부끄러움을 탔다. 그리하여 마치 고백성사를 할 때처럼 작은 목소리로 말했다.

「안 들려! 좀더 크게!」

관객들은 소리치곤 했다. 하지만 목구멍이 막혀 말이 중간에서 걸렸다. 사람들은 야유를 보냈다. 어쩌란 말인가! 이르마가 아무리 얘기해도 소용이 없었다. 내겐 배우가 될 소질이 없었다. 하기사 소질이 없는 시인이라고 해서 훌륭한 배우가 되라는 법이 있는 것은 아니다.

「사람들이 당신 얼굴에서 나오는 독특한 캐릭터를 이해하지 못하

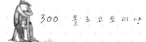

는 거예요.」

종종 이런 말로 그녀는 나를 위로했다. 하지만 극장 감독은 내 얼굴에서 개성을 발견하지 못했다. 야유와 빈정거림 속에서 두 번의 공연이 끝났을 때 감독은 나를 자기 사무실로 불렀다.

「이봐, 아무래도 드라마는 자네 체질이 아니네. 우리가 실수한 거야. 보드빌(가벼운 희극─역주)을 해보도록 하세. 내 생각에 희극을 하면 잘 어울릴 것 같네만.」

바로 다음 날부터 나는 보드빌을 하게 되었다. 나는 미숙한 초기 희극 작품에 출연했다. 샴페인인 줄 알고 설사제로 쓰이는 로제 레모네이드를 얻어 마시고는 배를 움켜쥐고 무대 위를 뛰어다니는 우스꽝스런 얼치기 멋쟁이에다, 극이 진행되는 내내 '잉잉' 하고 울어대는 빨간 가발을 쓴 얼간이나, '아가씨, 사랑해용, 오, 정말 정말용, 아주 많이 사랑한다구용!' 하면서 멍청하게 눈을 굴려대는 시골뜨기 애인 등이 나에게 맡겨진 배역이었다.

우스꽝스러운 역이나 겁쟁이 역할 등 한 마디로 못생긴 역, 사람들을 웃기는 역은 모두 다 내 몫이었다. 사실 나는 그럭저럭 그런 역할들을 잘 소화해 냈다. 관객을 웃긴 것이다. 참으로 설명할 수 없는 일이 있다. 나는 분을 두껍게 발라 분장을 하고, 요란한 의상을 걸친 채 무대에 서는 순간 자크 형과 검은 눈동자를 생각했다. 기이하게 얼굴을 찌푸리거나 익살스런 바보짓을 하고 있는 그 순간 갑자기 그처럼 비열하게 배반하고 떠나온 사랑하는 사람들의 모습이 눈앞에 떠올랐던 것이다. 그 동네 건달들에게 물어보면 알겠지만 나는 거의 매일 밤 긴 독백을 늘어놓다가 갑자기 꿀 먹은 벙어리처럼 말을 잃고 입을 벌린 채 관객들을 바라보면서 그대로 서 있곤 했다. 그 순간 나의 영혼은 육신을 빠져나와 무대 위로 날아올라 극장 천장을 뚫고 자크 형과 어머니에게로 가, 남들이 시켜서 오늘 이렇게 한심한 일을 하고 있음을 한탄했다. 또 검은 눈동자에게도 용서를 빌기 위해서 멀리 멀리 날아갔다…….

「아, 그게 사실이에용! 난 당신을 사랑해용!」

……갑자기 무대 뒤에서 대사를 알려주는 소리가 들렸다. 그러면 나는 꿈에서 깨어나 하늘에서 뚝 떨어진 양 놀란 눈을 크게 뜨고 주위를 돌아보았다. 놀라는 표정이 무척이나 자연스럽고 우스웠기 때문에 장내는 온통 웃음바다가 되었다. 연극 용어를 빌리자면 이게 바로 극적 효과라는 것이다. 고의는 아니었지만 결과적으로 극적 효과를 낸 셈이었다.

우리가 속한 극단은 지방을 돌아다니며 공연을 했다. 일정에 따라 그르넬, 몽파르나스, 세브르, 소, 생클루 등을 돌아다니는 일종의 유랑 극단이었다. 한 지방에서 다른 지방으로 이동할 때면 극장의 합승마차에 짐짝처럼 올라타야 했다. 폐결핵에 걸린 늙은 말 한 마리가 끄는 낡은 합승마차였다. 길을 가면서 단원들은 노래를 부르고 카드놀이를 했다. 자신들의 배역을 다 외우지 못한 단원들은 구석에 앉아 극본을 외웠다. 내 자리도 바로 거기였다.

위대한 희극 배우가 대부분 그렇듯이 나 역시 주변에서 들려오는 시시껄렁한 이야기엔 귀를 틀어막은 채 말없이 한쪽 귀퉁이에 쓸쓸하게 앉아 있곤 했다. 내가 아무리 타락을 했다 해도 그런 뜨내기 배우들보다는 나았다. 그는 그런 무리들과 함께 있는 것이 부끄러웠다. 여자들은 하나같이 지독히 잘난 체하고 시든 얼굴에 분을 덕지덕지 칠하고 아양을 떨고 거만을 피웠다. 남자들은 모두가 꿈도 이상도 없고 교육도 받지 못한 평범한 사람들로 이발사나 감자튀김 장수 아들이 대부분이었다. 그들은 할 일이 없거나 게을러서, 혹은

옆이 나비 모양으로 비죽 나온 모자나 무대의상이 좋아서 배우가된 사람들로 연한 색의 스타킹과 스바로프식 긴 코트를 걸친 변두리의 바람둥이 차림으로 무대에 서는 것을 좋아했다. 늘 옷차림에신경 쓰고 월급을 타면 머리나 수염을 퍼머하는 데에 썼으며 2미터짜리 기름 종이로 5시간 걸려 루이 15세풍 장화 한 켤레를 만들고확신에 찬 표정으로 이렇게 말하는 이들이었다.

「오늘은 큰 일을 했네.」

아! 나는 이 따위 유랑마차에나 처박히려고 피에로트 아저씨의음악이 있는 거실을 비웃었단 말인가. 이런 음울한 모습과 거만스러운 침묵 때문에 동료들은 나를 좋아하지 않았다.

「저놈은 음흉한 놈이야.」

단원들은 수군거렸다. 반대로 그 여자는 모든 이들의 마음을 사로잡았다. 그녀는 마차 안에서 공주처럼 군림했다. 흰 치아를 드러내며 웃고, 가는 목덜미를 강조하려고 머리를 뒤로 젖혀대고, 남자들에게는 '이봐요, 아저씨', 그리고 여자들에게는 '얘야'라며 모든사람에게 다정한 어투로 이야기했다. 극단에서 가장 못된 단원까지도 그녀에게 참 좋은 여자라고 말하곤 했다. 좋은 여자라고, 얼마나가당치도 않은 얘기인가!

웃고 야한 농담까지 해가며 떠들고 나면 마차는 어느새 공연 장소에 도착했다. 공연이 끝나면 눈 깜짝 할 사이에 의상을 벗어던지고 다시 마차에 올라 파리로 돌아왔다. 그때는 이미 깊은 밤이었다. 배우들은 어둠 속에서 무릎을 맞대가며 낮은 목소리로 떠들었다. 이따금 소리를 죽여 웃었다. 포부르 뒤 멘느의 세관에 도착해 합승마차를 창고에 세워놓았다. 마차에서 내리면 배우들은 이르마 보렐을 호위해 누추한 아파트 문 앞까지 데려다주었다. 아파트 문을 열고 들어서면 거의 술에 만취된 쿠쿠블랑이 구슬픈 노래를 부르며 우리를 기다리고 있었다.

「톨로코토티냥!」

「톨로코토티냥!」

둘이 그렇게 매일 붙어다니는 것을 보면 누구든 우리가 서로 사랑하고 있다고 믿을 것이다. 하지만 아니었다. 우리는 서로 사랑하지 않았다. 사랑하기에는 서로에 대해 너무 많은 것을 알고 있었다. 나는 그녀가 거짓말쟁이에다 차갑고 인정이 없는 여자란 걸, 그녀역시 내가 마음 약하고 비겁하리만큼 우유부단한 사람이라는 것을 잘 알고 있었다. 그녀는 속으로 불안해했다.

'언젠가 형이 와서 저 사람을 도자기 가게 딸한테 데려가겠지.'

'언젠가 이 생활이 지겨워지면 8시부터 10시 신사에게 날아가버릴 거야. 그럼 난 혼자서 이 진흙탕 속에 남겠지……'

나름대로 나도 생각했다. 끊임없이 서로를 잃게 될까봐 걱정하는 마음이 우리의 공통분모였다. 우리는 서로를 사랑한다기보다 질투하고 있었다. 사랑도 하지 않으면서 질투를 할 수 있다는 사실이 이상하지 않은가? 하지만 그것이 사실이었다. 그녀가 극장의 누군가에게 다정하게 얘기할 때 내 얼굴은 창백해졌다. 내게 어디선가 편지가 오면 그녀는 급히 달려들어 떨리는 손으로 편지 봉투를 뜯었다. 대부분 자크 형으로부터 온 편지였다. 그녀는 이죽거리며 끝까지 읽고 난 다음 아무 데나 휙 던져버리면서 경멸하듯 말했다.

「늘 똑같은 얘기군.」

아! 그랬다! 언제나 똑같았다. 언제나 변함없는 헌신과 관대함과 자기 희생뿐이었다. 그것이 그녀가 형을 그토록 싫어하는 이유였다. 착한 자크 형은 아무것도 의심하지 않았다. 여태까지 형한테 모

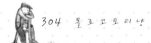

든 것이 잘 되어가고 있고, 〈전원극〉은 4분의 3 이상 팔렸으며, 어음 만기일이 되면 서점에서 필요한 돈만큼 받게 될 것이라고 편지했던 것이다. 여전히 동생을 믿는 착한 형은 보나파르트 거리로 매달 꼬박꼬박 100프랑씩을 부쳐왔다. 그 돈을 찾으러가는 것은 쿠쿠블랑이었다.

자크 형이 보내주는 100프랑에다 극장에서 받는 월급을 합치면 사는 데 전혀 지장이 없었다. 더구나 가난한 사람들만 모여 사는 변두리에서는 더욱더 그랬다. 하지만 두 사람 다 돈이 뭔지를 몰랐다. 나는 돈이란 걸 손에 쥐어본 적이 없었고, 그녀는 늘 돈을 너무 많이 가지고 있었다. 낭비가 너무 심했다! 매달 5일만 지나면 돈주머니로 사용하는 옥수수 껍질로 만든 조그만 자바 덧신은 텅텅 비었다. 우선 혼자서 보통 사람 한 명분 양식을 해치우는 앵무새와 화장분, 입술을 칠하는 가루, 연고 형태의 제품들, 분 바르는 퍼프 등 연극 분장에 필요한 재료와 도구 일체를 사야 했다. 또 여자는 연극 팸플릿들이 너무 낡고 색깔이 바랬으니 새 것을 요구했다. 그녀에게는 꽃도 필요했다. 그것도 아주 많은 꽃이 필요했다. 꽃병에 꽃이 없는 걸 보느니 차라리 굶는 걸 택했을 여자였다.

두 달 사이에 우리는 빚더미에 올라앉았다. 호텔에도, 식당에도, 극장의 수위에게도 빚을 졌다. 이따금씩 기다리다 지친 장사꾼이 아침부터 찾아와서 소란을 피울 때면 별도리 없이 〈전원극〉의 인쇄업자에게 달려가서 자크 형의 이름으로 돈을 빌렸다. 당시 후작의 자서전 제2권을 인쇄하던 인쇄업자는 자크 형이 여전히 다크빌 후작의 비서라는 걸 알아 순순히 돈을 빌려주었다. 그렇게 한 푼 두 푼 쌓여 그에게서 빌린 돈이 모두 400프랑이나 되었다. 〈전원극〉의 인쇄비용 900프랑을 합치면 자크 형의 빚은 1300프랑이 되었다.

아, 불쌍한 자크 형! 돌아와서 자기를 기다리는 이 끔찍한 불행을 어떻게 감당할 것인가? 나는 행방을 감추고, 검은 눈동자는 울고 있으며, 시집은 단 한 권도 팔리지 않았고 갚아야 할 빚은 1300프랑이나 있는 것이었다. 형이 이 문제들을 다 어떻게 해결한단 말인가? 이르마 보렐은 조금도 걱정하지 않았다. 하지만 내 머리에서 그 생각이 떠나질 않았다. 그것은 강박 관념으로 영원한 근심거리였다. 마음을 다른 곳에 돌리고 갤리선의 노예처럼 죽도록 일하고, 익살스런 역할을 새로이 익히고, 거울 앞에서 얼굴을 찡그려가며 표정을 연구해 봐야 소용없었다. 거울 속에 나타나는 것은 늘 내가 아닌 자크 형 얼굴이었다. 뿐만 아니라 대사 연습 때면 언제나 희극에 등장하는 랑글뤼모, 조지아스 같은 이름 대신 자크라는 이름이 눈앞에 아른거렸다. 자크, 자크, 자크뿐이었다! 아침마다 나는 공포에 떨며 달력을 쳐다보면서 첫 번째 어음 만기일까지 며칠이 남았는지를 세어보았다. 그러고는 떨리는 목소리로 중얼거렸다.

「이제 겨우 한 달밖에 안 남았어, 이제 겨우 3주 남았어!」

첫 번째 어음 만기일이 되면 모든 비밀이 밝혀질 것이고 그와 함께 자크 형의 수난이 시작되리란 걸 나는 알고 있었다. 잠자리에 들어서도 이 생각이 나를 떠나지 않았다. 이따금 나는 방금 본 끔찍하고 기괴한 꿈 때문에 심장이 오그라들고 얼굴은 눈물로 뒤범벅이 되어 소스라쳐 잠에서 깼다. 악몽은 매일 밤 되풀이됐다. 낯선 방 덩굴 모양의 낡은 철제 편자가 기어올라가고 있는 옷장이 놓인 낯선 방에 자크 형이 끔찍하리만큼 창백한 얼굴로 소파에 누워 있었다. 막 숨을 거둔 것이다. 카미유 피에로트 또한 거기 있었다. 그녀는 옷장 앞에 서서 자크 형에게 입힐 수의를 꺼내려고 옷장을 열려는 중이었다. 그러나 그녀는 옷장을 열지 못했다. 열쇠를 열쇠 구멍에 꽂으려고 그 부근을 더듬거리면서 애절한 목소리로 이렇게 말하는 것이었다.

「아, 난 문을 열 수가 없어……. 너무 울었나봐……. 아무것도 보이지가 않아…….」

무슨 수를 써서라도 꿈을 꾸지 않으려고 해봤지만 이성의 힘으로도 막을 수 없었다. 눈만 감으면 소파에 누워 있는 자크 형과 장님이 된 카미유가 옷장 앞에 서 있는 장면이 생생하게 떠오르는 것이었다. 나는 회한과 공포로 날이 갈수록 점점 더 우울해지고 성질이 날카로워졌다. 이르마 보렐은 참는 것과는 거리가 먼 사람이었다. 게다가 그녀는 내가 어떻게든 자기 손에서 빠져나갈 것을 어렴풋이 느끼고 있었다. 그것이 그녀를 더욱 화나게 만들었다. 매일 싸움의 연속이었다. 언성이 높아지고, 비명 소리가 들리고 서로 욕지거리를 해댔다. 마치 여자들이 모여 빨래를 하는 세탁장에 있는 것 같은 착각이 들 정도였다. 그녀는 이렇게 퍼부었다.

「그 피에로트 계집애한테 가버려. 가서 하트 사탕이나 받아먹으라구!」

「파체코 놈한테 가서 입술이나 또 찢기고 오지 그래!」

내가 즉각 맞받았다. 그녀는 나를 '부르주아' 라 불렀고, 나는 '탕녀' 라고 맞받아 쳤다. 그리고 나서는 둘 다 눈물을 흘리며 서로에게 용서를 구했다. 그러나 그 다음 날 또 같은 일이 반복되었다. 둘은 그렇게 살았다. 아니 살았다고 하기보다는 둘이 하나의 쇠사슬에 묶인 채 시궁창 속에서 썩어가고 있었던 것이다. 지금도 흑인 하녀가 불러대던 구슬프고 기이한 후렴구 '똘로코토티냥, 똘로코토티냥' 을 웅얼거릴 때면 진흙탕 속에서 뒹굴던 그 시절의 비참했던 나날들이 떠오른다.

납치

어느 날 저녁 9시경 몽파르나스 극장에 서였다. 그 날 첫 번째 작품에 출연한 나는 이제 막 배역을 마치고 분장실로 올라가고 있었다. 올라가다고는 무대 위로 입장하려고 나가는 이르마 보렐과 마주쳤다. 온통 레이스와 벨벳으로 된 의상을 입고 손에는 부채를 든 그녀의 모습은 몰리에르의 작품 〈인간 혐오자〉의 주인공 셀리멘느만큼이나 눈부셨다. 그녀가 지나치면서 말했다.

「객석으로 와요. 나 오늘 컨디션이 만점이에요……. 아주 아름답게 보일 거예요.」

나는 서둘러 분장실로 올라가 재빨리 옷을 벗었다. 다른 두 명의 동료와 함께 쓰고 있는 분장실은 창문이 없는 방으로 천장이 낮았다. 가구라고는 고작 짚으로 만든 의자 두세 개가 전부였다. 조각난 거울, 웨이브가 풀어진 가발, 금은박 스팽글 장식이 달린 누더기 같은 옷들, 색이 바랜 벨벳, 광택이 없어진 금박 장식 등이 벽을 따라 줄줄이 걸려 있었다. 바닥 한 구석에는 뚜껑이 없는 입술 연지갑들과 털이 빠진 퍼프가 뒹굴고 있었다. 나는 방금 전에 들어와 부지런히 화상을 지우고 있었다. 그때 아래쪽에서 무대 장치 담당이 나를 부르는 소리가 들렸다.

「다니엘 씨, 다니엘씨!」

「무슨 일이에요?」

나는 분장실에서 나와 축축한 층계 난간에 기대어 물었다. 그러나 아무 대답이 없었다. 나는 있던 그대로 옷도 제대로 갖추지 못하고 하얗고 빨갛고 분장으로 뒤범벅이 된 얼굴로 눈까지 내려오는 큼직한 노란색 가발을 쓴 채 아래로 내려갔다. 층계 아래에서 누군가와 부딪쳤다. 내가 뒤로 물러서며 소리쳤다.

「자크 형!」

그것은 분명 형이었다. 우리는 잠시 아무 말도 없이 서로를 쳐다보았다. 마침내 자크 형이 두 손을 합장하고 눈물을 글썽이며 부드러운 소리로 중얼거렸다.

「오, 다니엘!」

그것으로 충분했다. 가슴 깊숙한 곳까지 뭉클해진 나는 마치 겁먹은 어린애처럼 주위를 돌아보고 형이 간신히 들을까 말까 한 작은 소리로 말했다.

「형, 나를 여기서 **빼내 줘!**」

자크 형은 몸서리를 쳤다. 그는 동생의 손을 잡아끌어 밖으로 데리고 나갔다. 마차가 입구에서 기다리고 있었다. 우리는 마차에 올라탔다. 자크 형이 말했다.

「바티뇰의 담므 가로 갑시다.」

「허, 우리 집 방향이구먼.」

마부가 즐거운 듯 대답했다. 곧 마차가 덜컹거리며 움직이기 시작했다.

……자크 형이 파리에 도착한 건 이틀 전이었다. 그는 이탈리아의 팔레르모에 있다가 피에로트 아저씨가 3개월 전에 보냈으나 돌

고 돌다가 그때서야 그에게 도착한 편지를 받았다. 피에로트 아저씨의 편지에는 다른 말이 없이 다만 다니엘이 행방불명되었다는 사연만 짤막하게 적혀 있었다. 그 편지를 읽고 자크 형은 모든 것을 짐작했다.

「애가 어리석은 짓을 하고 있구나. 어서 가봐야겠다.」

그는 즉시 후작에게 휴가를 요청했다. 후작이 펄쩍 뛰며 말했다.

「휴가라고? 자네, 지금 제정신인가……? 내 회고록은 어쩌고……?」

「갔다오는데 딱 일주일이면 됩니다, 후작님. 동생의 목숨이 걸린 문제입니다.」

「자네 동생 문제는 내가 알 바 아니야……. 자네를 고용할 때 미리 얘기하지 않았던가? 계약 조건을 잊었느냐구?」

「아닙니다. 잊지 않았습니다. 하지만 후작님…….」

「하지만이라는 말은 필요 없네. 자네한테도 다른 사람들과 마찬가지로 하겠네. 만일 일주일 동안 자리를 비운다면 다시 돌아올 생각은 말게나. 한번 잘 생각해 보게……. 자, 생각하는 동안 거기에 우선 앉게나. 받아쓸 것을 불러줄 테니.」

「이미 충분히 생각한 일입니다, 후작님. 저는 가겠습니다.」

「썩 꺼져버리게나.」

고집불통인 늙은 후작은 그 길로 모자를 집어쓰고 새로운 비서를 구하기 위해 프랑스 영사관으로 갔다. 자크 형은 그 날 밤 바로 떠났다. 파리에 도착하자마자 그는 보나파르트 가로 달려갔다. 마당의 우물가에 걸터앉아 담뱃대를 물고 있던 문지기에게 소리쳤다.

「방에 제 동생 있습니까?」

「동생은 여길 떠난 지 벌써 한참 되었소이다.」

그가 음흉하게 웃으며 말했다. 문지기가 입을 열지 않으려 했지만 100수짜리 동전 한 닢을 주자 모든 사실을 털어놓았다. 그의 말에 따르면 6층의 꼬마와 2층의 여인은 이미 오래 전에 그곳을 떠났고 정확히는 모르지만 파리 어딘가에 숨어 있는 것이 확실했다. 한 달에 한 번씩 쿠쿠블랑이 두 사람 앞으로 온 우편물을 찾으러 온다는 사실로 미루어 알 수 있었다. 그는 다니엘 씨가 떠나면서 집을 비운다는 말을 하지 않았기 때문에 다른 자잘한 빚은 제쳐두고라도 넉 달 치의 방세가 밀려 있다는 말을 덧붙였다.

「알겠습니다. 전부 갚아드리지요.」

자크 형은 이렇게 말하고 1초도 지체하지 않고 여행길에 쌓인 먼지를 털어버릴 시간도 없이 자신의 아이나 마찬가지인 동생의 행방을 찾아나섰다. 그는 우선 인쇄소를 찾아갔다. 현명하게도 〈전원극〉의 재고가 거기 남아 있을 테고 그 덕에 다니엘이 종종 들를 것이라고 생각했기 때문이다. 인쇄소 주인은 그를 보자마자 말했다.

「안 그래도 편지를 올리려 했지요. 아시겠지만 첫 번째 어음 결제일이 나흘 후가 아닙니까?」

「알고 있습니다. 당장 내일부터 서점들을 돌아볼 생각입니다. 판매 대금을 받아야 하니까요. 책은 꽤 많이 나갔어요.」

자크 형은 감정을 드러내지 않고 대답했다. 인쇄소 주인은 알자스 지방 사람 특유의 파란 눈을 둥그렇게 뜨며 되물었다.

「뭐라구요……? 책이 잘 팔렸다구요? 누가 그런 말을 합디까?」

자크 형은 불상사를 예감하고 얼굴이 창백해졌다.

「여기 이쪽에 쌓인 책들을 좀 보세요. 전부 다 〈전원극〉이에요. 서점에 나간 지 다섯 달이 되었지만 딱 한 부 나갔을 뿐입니다. 결국에는 서점 주인들이 포기를 했는지 재고로 가지고 있던 것까지 모두 반품을 했어요. 이젠 종이 값이나 받고 파는 수밖에 없어요. 인쇄는 아주 잘 된 책인데 유감입니다.」

이 사나이의 한 마디 한 마디는 쇠망치가 되어 자크 형의 머리를 후려쳤다. 게다가 다니엘이 자신의 이름으로 돈을 꾸어갔다는 이야기를 듣자 더 이상 할말이 없었다. 무자비한 알자스인이 말했다.

「바로 어제도 그 끔찍한 흑인 하녀를 시켜 나한테 40프랑을 꿔달라는 게 아니겠소. 물론 내가 딱 잘라 거절을 했지요. 우선 굴뚝 청소부처럼 시커먼 얼굴을 한 그 이상한 하녀한테 전혀 믿음이 가지 않은 것도 있었지만…… 에세트 씨, 나는 부자가 아니란 말이외다. 그런데 당신 동생이 나한테서 이제까지 빌려간 돈이 무려 400프랑이 넘는단 말입니다.」

「알고 있습니다. 하지만 걱정 마세요. 돈은 곧 갚아드리겠습니다.」

자크 형이 당당하게 말했다. 그러고는 자기의 감정을 드러낼까 두려워 서둘러 인쇄소를 빠져나왔다. 형은 길거리에 나오자 주저앉았다. 다리가 후들거려 서 있을 수가 없었다. 다니엘은 도피 중이었고, 직장은 날아갔으며, 인쇄업자에게 갚아야 할 돈, 밀린 방세와 수위에게 꾼 돈, 거기다 코앞으로 다가온 어음 만기일까지 모든 것이 귓가를 윙윙거리며 머릿속을 어지럽혔다. 갑자기 그가 벌떡 일어서며 말했다.

「우선 빚을 갚아야 해. 그게 급선무야.」

그러고는 동생이 피에로트 가족에게 비열한 짓을 했음에도 불구하고 주저 없이 그 가게로 찾아갔다. '랄루에트 상점' 안으로 들어서면서 자크는 누렇게 뜨고 퉁퉁 부은 커다란 얼굴이 계산대 뒤에 앉아 있는 것을 보았다. 처음엔 그것이 누구인지 알아볼 수가 없었다. 그런데 문이 열리는 소리에 고개를 들어올린 사람은 입구로 들어서는 방문객을 보자마자 우렁찬 목소리로 '그래 정말 맞다'를 뱉어내었다. 이쯤 되면 도저히 착각을 할 수가 없는 일이었다. 불쌍한 피에로트 아저씨! 자기 딸의 고통 때문에 아버지가 전혀 다른 사람으로 변해 버린 것이었다. 그처럼 쾌활하고 혈색이 좋았던 예전의 피에로트 아저씨는 온데간데없었다. 다섯 달 동안 딸이 흘리는 눈물을 보다 못해 그의 눈은 새빨갛게 충혈되고 뺨은 움푹 들어갔다. 핏기 없는 입술에는 예전의 너털웃음 대신 차가운 웃음이 감돌았다. 그는 더 이상 피에로트 아저씨가 아니었다.

그러나 '랄루에트 상점'에서 변한 것은 피에로트 아저씨뿐이었다. 보헤미아 크리스털 유리잔과 커다란 꽃무늬 접시들 사이에 놓여 있는 채색된 양치기 소녀 자기 인형들과 배 뚱뚱이 보라색 중국인 인형들은 높은 선반 위에서 여전히 입을 크게 벌리고 웃고 있었다. 둥근 수프 접시와 채색 도자기로 만든 카르셀 램프도 진열창 너머 같은 자리에서 빛나고 있었다. 가게 뒷방으로부터 조심스러운 플루트 소리가 흘러나오고 있었다. 자크 형이 힘있게 말했다.

「저예요, 피에로트 아저씨. 아주 어려운 부탁을 드리러 왔습니다. 1500프랑만 빌려주세요.」

「자크, 여긴 그만한 돈이 없네. 잠깐만 기다리게나. 올라가서 가져올 테니.」

피에로트 아저씨는 말없이 금고를 열어 5프랑짜리 은화를 만지작거리더니 다시 금고를 닫고 조용히 일어섰다. 그러고는 나가기 전에 당혹스런 표정으로 덧붙였다.

「같이 올라가자는 말은 못 하겠네. 그애가 보면 괴로워할 것 같아서.」

「맞는 얘기예요, 피에로트 아저씨. 저는 올라가지 않는 것이 좋겠습니다.」

자크 형이 한숨을 내쉬었다. 5분 후에 피에로트 아저씨는 1000프랑짜리 지폐 2장을 가지고 내려와서 자크 형의 손에 건네주었다. 자크 형은 그것을 받으려 하지 않았다.

「1500프랑이면 됩니다.」

「부탁이네, 자크. 다 가져가게나. 나한테 2000프랑이란 숫자는 의미가 있네. 예전에 에세트 부인이 나에게 2000프랑을 빌려주지 않았나. 자네가 거절한다면, 그래 정말 맞다. 자네를 몹시 원망하게 될 거야.」

피에로트 아저씨는 고집을 부렸다. 이렇게까지 말하는데 감히 거절할 수가 없었다. 자크 형은 돈을 주머니에 넣고 나서 피에로트 아저씨의 손을 잡고 아주 간단하게 말했다.

「안녕히 계셔요, 피에로트 아저씨. 고맙습니다!」

피에로트 아저씨는 잡은 손을 놓지 않았다. 두 사람은 감회에 젖어 한동안 말없이 마주 보고 서 있었다. 두 사람 모두 다니엘이란 이름이 입가에 맴돌았으나 감히 입 밖에 꺼낼 수가 없었다. 서로를 아끼는 탓이었다. 각각 아버지와 어머니 입장인 두 사람은 서로를 너무 잘 이해했던 것이다……! 자크 형이 먼저 살그머니 손을 빼냈다. 그의 눈에 눈물이 솟구쳐 올랐다. 그리고 서둘러 가게를 떠났다. 아저씨는 길가까지 그를 배웅했다. 길가에 나오자 이 불쌍한 피에로트 아저씨는 가슴 한가득 쓰린 마음을 더 이상 누를 수 없었다. 그러고는 힐난하듯이 말했다.

「아! 자크…… 자크……. 그래 정말 맞다……! 그래 정말 맞다…… 그래 정말 맞다…….」

너무나도 감정이 격해진 나머지 머릿속에서 하고픈 말을 번역해 낼 수가 없었다. 같은 말만 되풀이했을 뿐이었다. 아아! 그렇다, 이 상황에서 무슨 말을 할 수 있었겠는가……!

자크 형은 피에로트 아저씨와 헤어진 후 다시 인쇄소로 갔다. 알 자스인 사장이 굳이 사양을 했지만 그는 그 자리에서 다니엘이 빌려갔다는 400프랑을 모두 다 갚았다. 거기다 더 이상 빚 걱정이 없도록 지불해야 할 3장의 어음 또한 해결해 주었다. 마음이 다소 가벼워진 그가 말했다.

「자, 이젠 다니엘을 찾으러 가자.」

유감스럽게도 시간이 너무 늦었으므로 그 날로 당장 다니엘을 찾아나설 수는 없었다. 게다가 여행으로 인한 피로와 충격 그리고 오래전부터 그를 괴롭히고 있는 연속적인 마른기침 때문에 꼼짝도 할 수 없는 가련한 자크 형은 보나파르트 가로 돌아와 휴식을 취해야만 했다.

아! 저물어가는 10월의 저녁 햇살을 받으며 다락방에 들어섰을 때, 창문 앞에 놓인 책상, 다니엘이 쓰던 컵과 잉크병, 제르만 신부의 담뱃대를 닮은 짧은 담뱃대까지 방 안에는 다니엘을 추억케 하는 물건들로 가득했다. 안개로 다소 탁하게 울리는 생 제르맹의 종소리가 들려오고, 다니엘이 좋아하던 저녁 기도를 알리는 우수가 깃든 삼종기도의 종소리가 습기 찬 창문을 두드릴 때, 자크 형이 겪었을 큰 고통은 오직 어머니들만이 알 수 있는 그것이었다…….

그는 방 안을 두세 번 둘러보았다. 혹시라도 사라진 동생의 거처를 알려주는 단서를 발견하지나 않을까 하는 기대로 구석구석을 살펴보고 장을 모두 열어보았다. 그러나 불행히도 모두 비어 있었다. 다 낡은 속옷과 허름한 옷가지들만이 남아 있을 뿐이었다. 다락방에는 주인의 타락과 파탄으로 거덜 난 흔적이 다락방에는 남아 있었다. 방의 주인은 떠난 것이 아니라 도망친 것이었다. 바닥 한 구석에는 촛대가 나뒹굴고, 벽난로에는 타다 남은 편지 뭉치 아래 금박 장식이 있는 하얀 상자가 있었다. 그는 그 상자를 알아보았다. 바로 검은 눈동자의 편지를 넣어두던 상자였다. 지금 그 상자가 잿더미 속에 처박혀 있는 것이다. 이 무슨 경우란 말인가!

여기저기를 뒤지던 형은 책상 서랍 속에서 마구 흘려 쓴 글씨로 가득 메워진 종이 몇 장을 어렵사리 찾아냈다. 다니엘이 영감을 얻었을 때의 글씨체였다.

「아마 시를 써 놓았나 보군.」

그것을 읽기 위해 창가로 다가갔다. 다음과 같이 시작되는 한 편의 서글픈 시였다.

형, 난 형한테 거짓말을 했어. 두 달 동안 내내 거짓말만 한 거야.

그 편지는 부쳐지지 않았지만 어쨌든 수신인의 손에 들어왔다. 운명의 여신이 우체국의 역할을 대신해 준 셈이었다. 자크는 처음부터 끝까지 편지를 읽어내려갔다. 그러다가 그 여자가 그토록 집요하게 우기는 것을 끝까지 거부했다고 하는 몽파르나스 극장에 대한 계약 얘기가 나오는 대목에 이르렀을 때 그는 너무 기뻐서 펄쩍 뛰어올랐다.

「이제 다니엘이 어디 있는지 알아냈어.」

그는 이렇게 외치고 편지를 주머니에 넣고서 조금은 편한 마음으로 잠자리에 들었다. 하지만 피로로 온몸이 쑤셔 잠을 제대로 이룰 수가 없었다. 그 망할 놈의 기침은 여전했다. 가을 아침은 왜 이리

더디 오는지……. 그는 새벽이 되자마자 부리나케 일어났다. 이미 행선지는 정해져 있었다.

　그는 옷장 깊숙이 들어 있던 남루한 옷가지들을 챙겨 가방에 넣었다. 물론 금박 장식의 작은 상자도 잊지 않았다. 그러고는 생 제르맹의 종루에게 마지막 인사를 하고 방문과 창문, 서랍장들까지 모두 열어둔 채 방을 나왔다. 이제 다른 사람들이 살게 될 이 방 안에 그들의 아름다웠던 삶의 궤적을 하나라도 남겨두고 싶지 않아서였다. 그러고는 아래로 내려와 방을 내놓겠다는 말을 전하고 밀린 집세를 계산했다. 문지기가 유도 심문을 던졌지만 한 마디 대꾸도 없이 지나가는 마차를 불러세워 바티뇰의 담므 가에 있는 필루아 호텔로 향했다.

　그 호텔은 후작의 요리사인 필루아 영감의 동생이 운영하고 있는 곳이었다. 그곳에선 추천받은 사람들에게만 3개월씩 방을 빌려주어 주변에서는 특별한 평판을 받았다. 필루아 호텔에서 묵는다는 것은 품행이 믿을 만하다는 증거였다. 자크 형을 신임하는 다크빌 후작의 요리사는 자크 형에게 마살라 포도주 한 바구니를 건네주면서 자기 동생에게 전해 달라고 했다.

　주인의 친형 덕에 방 문제는 쉽게 해결되었다. 자크가 수줍게 방을 빌리겠다고 하자 주인은 조금도 주저 않고 1층 정원 쪽으로 난 창이 2개나 있는 아름다운 방을 내주었다. 차라리 수도원의 정원이라고 해도 좋을 정도로 아담했다. 다 해야 서너 그루의 아카시아 나무와 얼마 되지 않는 볼품 없는 바티뇰의 잔디와 열매가 열리지 않는 무화과나무 한 그루와 병든 포도나무 한 그루 그리고 몇 포기의 국화가 전부였다. 그러나 음습한 방은 이것으로 분위기가 한결 밝아졌다.

자크 형은 잠시도 쉬지 않고 방을 정돈하기 시작했다. 벽에 못을 박고, 속옷을 정리하고, 다니엘의 담뱃대를 놓아둘 받침대를 만들고, 에세트 부인의 초상화를 걸어놓는 등 호텔 방의 고정된 분위기를 바꿔보려고 애썼다. 그는 실내 정리가 끝나자 점심을 먹고 바로 길을 나섰다. 나가는 길에 필루아 씨에게 오늘 저녁에는 특별히 늦을 거라고 알려주었다. 그러니 들어오자마자 바로 저녁을 먹을 수 있도록 오래 된 포도주와 함께 2인분의 멋진 식사를 준비해 달라고 부탁했다. 이런 특별 주문에 사람 좋은 필루아 씨는 마치 부임 첫해의 보좌신부처럼 귀밑까지 빨개지며 난처한 표정으로 말했다.

「저, 뭐라고 말해야 될지……. 우리 호텔의 규칙상……, 손님 중엔 성직자들이 있어서…….」

「아! 무슨 말씀인지……. 2인분의 식사 때문에 놀라셨군요……. 걱정 마세요, 친애하는 필루아 씨. 여자를 데려오는 게 아니니까요.」

자크 형이 미소를 지었고 몽파르나스로 내려가는 길에 혼잣말을 했다.

「하기야 그 녀석은 여자야. 용기도 없는 여자, 절대 혼자 내버려 두면 안 되는 철부지 어린애라구.」

자크 형은 몽파르나스에 가면 나를 찾아낼 것이란 걸 확신하고 있었다. 차마 부치지 못하고 놔둔 비극적인 사연의 편지를 쓴 이후에 내가 극장을 떠났을 수도 있고 아예 처음부터 거기에 들어가지 않았을 가능성도 충분히 있었는데 말이다……. 그런데 숨겨진 모성 본능이 그를 인도했다. 그는 그곳에 가면 나를 찾을 수 있고 그 날 밤 당장 나를 데려올 수 있다는 확신을 갖고 있었던 것이다. 그러고는 곰곰이 생각했다.

'그애를 데려오려면 혼자 있을 때를 노려야 해. 그 여자가 아무런 눈치도 채지 못하게.'

극장에 들어가 직접 물어보지 않은 것은 바로 그런 이유에서였다. 무대 뒤란 본래 말이 많은 법이다. 단 한 마디로 모든 게 들통날 수 있다. 그보다는 차라리 단순히 극장 포스터를 찾아보는 방법을 택했다. 그는 즉시 극장 포스터를 보러갔다. 변두리 극장의 공연 광고물은 지방 결혼식 안내처럼 길거리에 있는 포도주 가게의 창문에 붙어 있었다. 자크는 그것을 읽다가 기쁨의 탄성을 내질렀다.

그 날 밤 몽파르나스 극장의 프로그램은 이러했다.

〈마리 잔느〉 5막짜리 비극
출연 : 이르마 보렐, 데지레 레브롤트, 기뉴
그에 앞서서 다음 작품이 공연됨.
〈사랑과 말린 자두〉 단막짜리 보드빌
출연 : 다니엘, 앙토냉, 레옹틴

「만사 오케이야. 두 사람이 같은 작품에 출연하지 않는군. 확실히 성공할 수 있겠어.」

그러고는 납치의 시간까지 기다리기 위해 뤽상부르의 카페에 들어갔다. 드디어 저녁때가 되자 그는 극장으로 갔다. 공연은 벌써 시작되었다. 그는 거의 1시간 동안 순찰대원들이 지키고 있는 극장 입구의 복도를 돌아다녔다.

때때로 극장 안에서 들리는 관객들의 박수 소리가 마치 멀리서 떨어지는 우박 소리처럼 그의 귓가를 때렸다. 아마도 다니엘의 우거지상을 보고 사람들이 환호를 지르는 거라는 생각이 들자 그의 가슴이 답답해져 왔다. 9시경 한 무리의 관객들이 소란스럽게 거리로 빠져나왔다. 보드빌 공연이 막 끝난 것이었다. 극장 안에서는 아직까지도 관객들이 웃고 있었다. 사람들은 휘파람을 불어대고 고함을 질러댔다.

「이봐……! 필루이트……! 랄라이투!」

그야말로 파리의 인간들이 질러댈 수 있는 온갖 울부짖음이 다 나왔다. 정말! 이탈리아 사람들의 관람 태도와는 거리가 멀었다. 그는 시끄러운 군중들 속에 묻힌 채 한동안을 더 기다렸다. 그리고 막간의 휴식이 끝날 즈음, 모든 이들이 다시 극장 안으로 들어간 다음에 극장 옆으로 나 있는 어둡고 끈적거리는 배우들의 전용 통로를 따라 안으로 들어갔다. 그러고는 이르마 보렐을 만나러 왔다고 말했다.

「안 됩니다. 지금 공연 중이라서…….」

자크 형은 원래 속임수라고는 모르는 사람이었다! 그런 그가 조금도 흔들리지 않고 아주 침착하게 대답했다.

「이르마 보렐 양을 만날 수 없으면 다니엘 씨를 불러주십시오. 그 사람한테 전해 줄 말이 있어요.」

잠시 후, 자크 형은 나를 만나자 재빨리 파리의 뒷골목에서 데리고 나갔다.

꿈

「자 봐라, 다니엘. 네가 처음으로 파리에 도착한 날 저녁이랑 똑같지 않니?」

우리가 필루아 호텔 방에 들어섰을 때 자크 형이 말했다.

실제로 파리에 처음 도착했던 날과 마찬가지로 멋진 저녁 식사가 흰 식탁보 위에서 우리를 기다리고 있었다. 고기 파이는 맛있는 냄새를 풍기고 있었고 포도주는 일등품인 듯했다. 촛불의 선명한 불꽃이 방 안을 안온하게 했다.

그러나 옛날과 똑같을 수는 없었다. 세상에는 두 번 다시 맛볼 수 없는 행복이 있게 마련이다. 저녁 식사는 똑같았지만 우리 마음을 설레게 하는 희망은 없었다. 파리에 오면서 가졌던 아름다운 정열도, 장래에 대한 계획도, 영광을 성취하겠다는 꿈도, 웃음을 선사하고 의욕을 느끼게 했던 건전한 신뢰감도 없었다.

파리에 도착해서 가졌던 첫 번째 저녁식사 때의 반가움과 정겨움이 필루아 호텔 방에서는 느껴지지 않았다. 허심탄회한 대화도 할 수 없었다. 그 기억들은 생 제르맹의 종루 옆 다락방에 고스란히 묻혀졌다.

모든 것은 예전과 같을 수가 없었다! 그것을 훤히 알고 있었기에 자크 형의 얼굴을 쳐다보면 기쁘기는커녕 금세 두 눈에서 눈물이 줄줄 흐르는 것이었다. 자크 형 역시 마음속에서는 목놓아 울고 싶은 심정이었을 것이다. 하지만 그는 꾹꾹 눈물을 참으면서 짐짓 쾌활한 채 이렇게 말했다.

「이봐, 다니엘, 이제 그만 울어! 1시간 전부터 그저 울고만 있잖니? 사람을 맞는 방법도 참 별나다! 그렇게 자꾸 우는 걸 보니 내 인생에서 가장 비참했던 시절이 생각난다. 접착제 통을 들고 다니고 '자크, 넌 당나귀같이 멍청한 놈이야!' 라는 말을 매일 듣던 그때 말이다. 자아, 회개하는 자여, 이제 눈물 좀 닦으시지. 그리고 거울 좀 들여다봐. 너도 웃고 말 거다.」

나는 거울을 쳐다봤지만 웃지 않았다. 그저 내 자신이 부끄러웠다. 노란 가발은 이마에 착 달라붙어 있었고 얼굴 가득히 울긋불긋한 분장 자국투성이에다가 땀과 눈물이 범벅이었다. 흉측했다! 혐오스러워 나는 가발을 벗겨 내다 말고 벽 한가운데에 가발을 걸었다. 자크 형이 대단히 놀라는 눈치였다.

「다니엘, 그걸 왜 거기다 걸어두니? 그건 아파치족의 전리품 같이 보기 흉하다. 꼭 폴리치넬라(인형극의 등장인물로 앞뒤가 모두 튀어나온 곱사등이다 – 역주)의 머리 가죽을 벗겨다 놓은 것 같다.」

「아니야, 형, 이건 전리품이 아니야. 나의 회한의 모습이지. 똑똑히 눈으로 볼 수 있고 만져볼 수 있는 나의 회한이란 말이야. 이걸 영원히 내 눈앞에 두고 싶어.」

나는 진지하게 말했다. 자크 형의 입술에 고통스런 미소가 번지는가 했더니 이내 쾌활한 표정으로 되돌아왔다.

「그래, 그럼 그건 그렇게 놔두자. 그렇게 세수를 하고 오니까 훨씬 보기가 좋구나. 자, 귀여운 곱슬머리야, 어서 식탁에 앉자꾸나.

꿈

배고파 죽겠다.」

　그 말은 사실이 아니었다. 형은 배고프지 않았고 나도 마찬가지였다. 세상에! 저녁 식사를 하면서 억지로라도 좋은 얼굴을 하려 했지만 모두 허사였다. 먹은 게 목구멍에 딱 걸려 넘어가질 않았다. 마음을 진정시키려고 노력했지만 눈물이 고기 파이 위로 떨어졌다. 곁눈질로 나를 살피던 자크 형이 얼마 후에 말했다.

　「너 왜 우는 거야? 여기 온 걸 후회하니? 내가 널 데리고 왔다고 나를 원망하는 거야?」

　「그런 말하지 마, 형! 하지만 형이 무슨 말을 해도 나는 할말이 없어.」

　나는 서글프게 대답했다. 우리는 얼마 동안 식사를 계속했다. 아니 먹는 시늉만 했다. 하지만 서로 연극을 하고 앉아 있는 것을 더 이상 참을 수 없었던 자크 형이 접시를 밀쳐놓고 일어섰다.

　「식사는 안 되겠다. 잠이나 자자.」

　'고민과 수면은 침대 위에서 친구가 아니다' 라는 프랑스 속담도 있지만 나는 그 날 밤새 뒤척였다.

　밤새도록 자크 형이 내게 베푼 모든 선과 내가 그에게 돌려준 악을 생각했다. 내 삶과 형의 삶을 비교하고, 나의 이기주의와 형의 헌신을 비교했다. 나의 비열한 영혼과 '이 세상에서 유일한 행복은 타인의 행복이다' 라고 믿는 형의 영웅적 정신을 비교하며 괴로워했다. 이렇게 생각하기도 했다.

　'이제 내 인생은 끝났어. 나에 대한 형의 신뢰도, 검은 눈동자에 대한 사랑도, 내 자존심도 다 잃었으니…… 이제 난 뭐가 될까?'

　이런 두려운 생각에 나는 아침까지 잠을 이루지 못했다. 자크 형 역시 잠을 자지 못했다. 내내 뒤척거리면서 마른 잔기침을 해대는 소리가 들렸다. 그 소리에 눈을 떴다.

한 번은 조용히 형에게 물었다.

「형, 기침이 심한데. 어디 아픈 거 아니야?」

「아무 일도 아니야……. 어서 자라…….」

형의 단답형 대답을 들으며 짐작컨대 형은 겉으로 보기보다 훨씬 더 화가 나 있는 모양이라 생각했다. 그러자 나는 슬픔에 겨운 나머지 이불을 뒤집어쓴 채 소리를 죽여 울기 시작했다. 그러다가 잠이 든 모양이다. 고민은 수면의 방해꾼이지만 눈물은 수면제다.

내가 눈을 떴을 때는 환한 대낮이었다. 자크 형은 곁에 없었다. 벌써 밖에 나갔나 생각하고 커튼을 젖히는데 구석 침대 겸 소파에 누워 있는 형의 모습이 보였다. 형은 너무나도 창백했다. 불길한 생각이 내 머릿속을 스쳐갔다.

「자크 형!」

나는 소리를 지르며 형에게로 다가갔다. 그는 자고 있었다. 나의 소리에도 눈을 뜨지 않았다. 이상한 일이었다! 잠들어 있는 형의 얼굴에는 한 번도 본 적이 없는 슬픈 고통이 드리워져 있었다. 야위어 길쭉해진 얼굴, 창백한 뺨, 병색이 완연한 투명해 보이는 손, 그 모습이 너무 안쓰러워 차마 쳐다볼 수 없을 정도였다. 언뜻 이런 형의 고통스런 모습을 언젠가 본 적이 있다는 생각이 떠올랐다.

그러나 자크 형은 여태껏 한 번도 아프지 않았다. 얼굴이 야위고 눈가에 반원형의 검은 그늘이 생겼던 적이 없었다. 그렇다면 대체 어디에서 이런 환영을 보았단 말인가? 문득 악몽의 장면이 떠올랐다. 그렇다! 확실히 이것은 꿈속에서 본 자크 형의 모습이었다. 끔찍하게 창백한 모습으로 소파에 누워 있는 자크 형, 그는 방금 전에 죽은 것이다……. 자크 형이 죽었다. 그를 죽인 것은 바로 나, 다니엘 에세트다……. 바로 그때 한줄기 햇살이 스며들어오더니 마치 한 마리 도마뱀처럼 사색이 되어 있는 창백한 얼굴 위로 스쳐지나 갔다…….

아! 얼마나 다행한 일인가! 죽은 줄만 알았던 사람이 소생해 눈을 비비며 앞에 있는 나를 보고 유쾌한 미소로 말했다.

「안녕, 다니엘! 잘 잤니? 기침이 너무 많이 나서 말이야. 너를 깨우지 않으려고 소파에서 잤단다.」

「영원하신 하느님, 자크 형을 지켜주세요!」

형은 아무렇지도 않게 말했지만 나는 조금 전에 본 끔찍한 환영 때문에 두 다리가 후들거리는 것을 느끼며 이렇게 마음속으로 기도했다. 이처럼 일어날 때는 불길한 기분이었지만 아침나절은 유쾌했다. 옷을 입으려다 내가 가진 옷이라곤 극장에서 형이랑 도망쳐 나올 때 입고 있던 요상한 연극 의상인 짧은 반바지와 꼬리가 길게 빠진 붉은색 조끼뿐인 것을 알았을 때 형과 나는 예전처럼 멋쩍게 웃어야 했다.

「다니엘, 어쩌지. 여기까진 생각하진 못했다. 아름다운 여인을 납치하러 가면서 옷가지까지 챙겨가는 건 돈 주앙밖에 없어. 어쨌든 걱정 말아. 새 옷을 사줄 테니까……. 네가 처음 파리에 왔을 때와 똑같네.」

마지막 말은 나를 즐겁게 하려고 한 말이었지만 형도 나처럼 모든 것이 예전과 같을 수는 없다는 사실을 알고 있었다. 내 얼굴이 다시 어두워지자 착한 자크 형이 말을 이었다.

「자, 다니엘. 더 이상 지난 일에 대해선 생각하지 말자. 우리 앞에 새로운 삶이 펼쳐져 있어. 회한도 불신도 벗어던지고 새로운 삶을 향해 가자꾸나. 다만 앞으론 옛날처럼 삶이 우리를 골탕먹이지 않도록 하면 되는 거야. 네가 지금부터 무슨 일을 하려고 하는지 묻지 않을게. 다만 다시 시를 쓰겠다면 이곳이 작업하는데 적당한 곳일 거야. 방도 조용하고, 정원에선 새들의 노랫소리가 들리고. 창문 앞에 책상을 놓으면 되겠는데…….」

「아니, 형, 이제 시는 다시 안 쓸 거야. 그건 형한테 너무 비싼 값을 치르게 하는 한때의 꿈이었을 뿐이야. 이제 내가 하고 싶은 건 형처럼 일해서 내 생활비를 벌고, 우리 집안을 다시 일으키기 위해 돕는 거야.」

나는 딱 잘라 형의 말을 막았다. 그러자 자크 형은 조용히 미소를 지었다.

「아주 좋은 계획이군, 파란 나비 선생. 하지만 우리가 선생께 바라는 것은 그게 아니랍니다. 생활비를 버는 게 중요한 게 아니라 한 가지만 약속해 준다면……. 어쨌거나 그 얘긴 나중에 다시 하기로 하고……! 옷이나 사러 나가자.」

나는 외출을 위해 발뒤꿈치까지 내려오는 형의 긴 코트 중 하나를 걸쳐 입었다. 그것을 입은 내 모습은 하프만 매지 않았을 뿐 거의 이탈리아 피에몬테 지방의 악사 꼴이었다. 몇 달 전에 이런 옷차림으로 거리를 돌아다녀야 했다면 분명 수치스러워 죽을 지경이었을 것이다. 하지만 지금은 내게 이것 말고도 수치스러운 일들이 많았다. 내 모습을 보고 여인들이 비웃을 수도 있겠지만 나는 더 이상 파리에 갓 올라온 꼬맹이가 아니었다. 이젠, 절대 예전과 같을 수가 없었다. 옷가게에서 나오며 자크 형이 말했다.

「이젠 너를 필루아 호텔로 데려다줄게. 난 전에 장부 정리를 맡아보던 철물점 주인에게 가 다시 일할 수 있는지 알아봐야지……. 피에로트 아저씨에게 얻은 돈도 조금 있으면 바닥이 나니까 앞으로

328 끝

우리가 살아갈 방도를 생각해야지.」

　'그럼, 형, 어서 철물점에 가봐. 난 혼자 집에 들어갈 테니까.'

　나는 이렇게 말하고 싶었지만 형이 말했던 것은 행여 내가 몽파르나스로 돌아갈까 걱정했기 때문이었다. 아! 형이 내 마음을 읽을 수 있다면……. 형을 안심시키려고 호텔까지 왔다. 하지만 형이 발길을 돌리자 즉시 거리로 나왔다. 나 역시 볼일이 있었다. 내가 호텔로 돌아왔을 때는 꽤 늦은 시간이었다. 안개가 자욱한 정원에서 검은 그림자가 불안하게 서성이고 있었다. 자크 형이었다. 그가 떨리는 목소리로 말했다.

　「지금 오길 잘 했다. 안 그래도 몽파르나스로 떠나려던 참이었어.」

　「형, 나를 너무 의심하는 거 아니야? 이건 좀 지나치지 않아……? 앞으로도 계속 이렇게 살아야 하는 거야? 이젠 더 이상 나를 믿지 못하겠단 얘기냐구? 내가 맹세하는데 형이 생각하는 그곳에서 오는 게 아니라구. 그 여자는 이미 내게 잊혀진 존재고, 다시는 만나지 않아. 형은 나를 완전히 되찾은 거야. 형의 사랑 덕분에 간신히 빠져나왔다구. 그때를 생각하면 후회뿐이지 아쉬움이라곤 눈곱만큼도 없어……. 대체 무슨 말을 해야 형이 나를 믿을까? 아! 정말이지 너무 야속해! 내 가슴을 열어보일 수만 있다면……. 내가 거짓말을 하는 게 아니란 걸 알 수 있을 텐데 말야.」

　자크 형이 뭐라고 대답했는지 기억나지 않지만 어둠 속에서 '그래, 나도 네 말을 믿고 싶어' 라며 쓸쓸하게 고개를 끄덕이던 모습이 떠오른다. 어쨌든 그 순간 나는 매우 진지했다. 아마도 나 혼자였다면 그 여자한테서 벗어날 용기가 없었을 것이다. 하지만 그 여자와 묶여 있던 사슬이 끊어진 지금 나는 말할 수 없이 마음이 편안했다.

마치 연탄불을 피워놓고 자살을 기도하던 사람이 죽기 직전에 후회를 하는 경우와 같았다. 때는 이미 늦어 가스에 질식되어 몸이 제대로 말을 듣지 않는 순간 갑자기 문이 부서지고 이웃이 달려와 신선한 공기가 방 안으로 흘러들어온다. 그 순간 자살 미수자는 아직 살아 있다는 사실에 행복해하며 신선한 공기를 있는 힘껏 들이마시면서 다시는 이런 어리석은 짓을 저지르지 않겠다고 다짐하는 것이다. 당시의 내 심정이 실제로 그랬다. 나는 5개월 동안 도덕적으로 질식 상태에 빠져 있다가 마침내 성실한 삶이라는 신선한 공기를 한껏 들이마시며 나의 폐를 가득 채우고 있었다.

맹세하건대 다시는 그런 짓을 되풀이하고 싶지 않았다. 하지만 자크 형은 이런 나의 마음을 믿으려 하지 않았다. 어떤 말로 맹세를 해도 자크 형에게 내 진심을 믿게 할 수는 없었을 것이다. 아, 불쌍한 자크 형! 내가 형에게 그만큼 못할 짓을 저질렀던 것이다.

우리는 집에서 보내는 첫날밤을 마치 추운 겨울밤처럼 벽난로 가에서 보냈다. 방은 습기 차고 정원의 밤 안개가 뼈 속까지 스며들었기 때문이다.

아시다시피 슬플 때는 따뜻한 불꽃이 위안이 되는 법이다. 자크 형은 일을 시작했다. 장부 계산을 맞추고 있었다. 그가 없는 동안 철물점 주인이 자기 손으로 장부 정리를 했는데 그게 엉망으로 뒤죽박죽 섞여 있어 정리만도 한 달이 족히 걸리는 큰 일이었다. 물론 내가 형을 도울 수 있다면 좋았겠지만 불행히도 나는 수학과는 담을 쌓았다. 나는 빨간 줄이 수두룩이 그어져 있고, 상형문자 같은 이상한 글자들이 빼곡한 두꺼운 가게 장부와 한 시간쯤 씨름한 후에 마침내 포기해야 했다. 하지만 자크 형은 따분한 그 일을 참아내며 훌륭하게 해냈다. 겁도 없이 빽빽한 숫자에 머리를 묻고, 아무리 복잡한 문제도 잘 풀어나갔다. 가끔씩 고개를 들어 나를 보고는 내가 딴 생각에 잠겨 있을까 걱정이 돼 이렇게 묻곤 했다.

「이렇게 있으니 좋지 않니? 심심하진 않지?」

물론 심심하지는 않았다. 하지만 형이 애쓰며 일하는 모습이 슬퍼서 쓸쓸한 심정으로 이런 생각을 했다.

「대체 나는 왜 사는 것일까? 내 손으로 할 줄 아는 게 아무것도 없잖은가……. 이 나이에 아무런 밥벌이도 하지 않고 있어. 단지 사람들을 괴롭히고, 사랑하는 사람들의 눈에 눈물이나 흐르게 하고 있으니…….」

나는 검은 눈동자를 생각했다. 그러고는 자크 형이 일부러 괘종시계 뚜껑 위에 올려놓은 금박 입힌 작은 상자를 바라보았다. 이 작은 상자는 내게 너무도 많은 것을 말해 주었다.

'검은 눈동자는 너에게 자기의 마음을 주었다. 너는 그것을 어떻게 했지? 너는 그걸 짐승의 먹이로 내던진 셈이야……. 쿠쿠블랑이 그걸 집어삼켰지.'

나는 아직도 내 마음 한구석에 한 가닥 희망을 간직한 채 내 손으로 지워버린 옛 행복들을 떠올려보려고 애썼다. 나는 생각했다.

'쿠쿠블랑이 그것을 먹었어! 쿠쿠블랑이 그것을 먹었어!'

각자의 일과 몽상에 잠겨 벽난로 앞에서 보낸 그 긴 밤은 그 후로 우리가 살아갈 삶의 모습을 그대로 보여주는 것이었다. 그 뒤에도 매일매일 밤이 비슷했다. 물론 몽상을 하고 있는 쪽은 나였다. 형은 10시간 이상 머리를 박은 채 두꺼운 장부와 씨름했다. 나는 그동안 부지깽이로 벽난로 불을 들쑤시면서 작은 상자에게 말을 걸고 있었다.

'자, 검은 눈동자 얘기 좀 할까! 어때?'

형에겐 검은 눈동자 얘길 꺼낼 생각조차 할 수 없었다. 왠지는 모르지만 그는 각별히 그 문제에 관해 언급하지 않으려고 애썼다. 피에로트 아저씨 얘기도 한 마디도 하지 않았다. 단 한 마디도……. 그래서 나는 작은 상자에게 하고픈 말을 털어놓았다. 정오가 되어 갈 무렵 자크 형이 장부에 정신이 팔려 있는 것을 보면 나는 문 쪽으로 살금살금 다가가 조용히 밖으로 나가면서 이렇게 말했다.

「잠시 나갔다 올게, 이따가 봐.」

「나가려구?」

자크 형은 어디로 가는지 묻지 않았다. 풀이 죽어 묻는 걱정스런 형의 말투로 보아 여전히 나를 믿지 않는다는 사실이 느껴졌다. 2층 여인의 존재가 아직도 형의 머리에서 떠나지 않았던 것이다. 형은 이런 생각인 것 같았다.

'저애가 그 여자를 다시 만나면, 우린 끝장이야……!'

어쩌면 형의 생각이 옳았는지도 모른다. 만약 마녀 같은 그 여자를 다시 만났다면, 그 여자의 금발과 입술가의 흰 상처의 마력에 끌려 내가 또다시 희생양이 되었을지도……. 하지만 하느님이 보우하사 나는 그녀를 다시 만나지 못했다. 그녀에게 '8시에서 10시' 의 신사가 하나 생겨서 다니당을 잊은 것이 틀림없었다. 어쨌거나 그 이후로는 단 한번도 그녀나 흑인 하녀 쿠쿠블랑에 관한 소식을 들은 적이 없었다.

그러던 어느 날 저녁 나는 평소처럼 행선지를 알리지 않고 나갔다가 집에 돌아오는 길로 곧바로 방으로 들어서며 기뻐서 소리쳤다.

「형, 자크 형! 좋은 소식이 있어. 일자리를 구했어. 형한테는 아무 말도 안 했지만 열흘 동안 일자리를 찾으러 다녔던 거야. 드디어 찾아냈어. 당장 내일부터 우리 집 근처 몽마르트르에 있는 울리 학교

332 꿈

에서 학생사감으로 일하게 되었다구. 아침 7시부터 저녁 7시까지……. 형하고 같이 있는 시간은 줄었지만 밥벌이를 할 수 있게 되었고 덕분에 형 짐을 조금은 덜게 되었어.」

「정말이냐, 네가 나를 돕겠다니 잘 된 일이다. 우리 집안을 일으키는 일이 혼자선 좀 벅차단 생각이 들었어. 얼마 전부터 몸이 좀 안 좋아.」

자크 형은 장부에서 고개를 들더니 다소 냉랭하게 대답했다. 갑자기 기침이 심해져 말을 계속할 수 없었다. 그는 우울한 표정으로 펜을 놓고는 소파에 드러누웠다. 형이 너무나도 창백한 얼굴로 눕는 것을 보자 다시 한 번 악몽 속에서 본 환영이 눈앞을 스쳐갔다. 하지만 그건 아주 잠깐이었다. 바로 그 순간 자크 형은 몸을 일으키더니 넋이 나간 내 표정을 보고 웃기 시작했다.

「아무것도 아니야, 바보야. 약간 피곤할 뿐이야. 요 며칠간 일을 너무 많이 했나봐. 이제 네가 일자리를 얻었다니 좀 쉬엄쉬엄 해야겠다. 일주일만 지나면 씻은 듯 나을 거야.」

형이 활짝 웃으면서 자연스럽게 말하자 나의 불길한 예감이 한순간에 사라져버렸다. 거의 한 달 만에 처음이었다. 내 머릿속에서 불길한 예감이 검은 날갯짓을 멈춘 것이다. 다음 날 나는 울리 학교에 부임했다.

울리 학교는 이름은 거창했지만 막상 가보니 학교라기엔 뭣한 작은 시설이었다. 학교 운영자는 목 양쪽으로 드리워진 나선형 웨이브 머리를 한 나이 든 부인으로 아이들은 이 부인을 '좋은 친구'라고 불렀다.

학교에는 약 스무 명의 꼬마들이 있었다. 셔츠 자락이 언제나 밖으로 삐져나와 있는 정말로 천진난만한 그 아이들은 바구니에 싼

간식을 학교에 들고 왔다.

　이 꼬마들이 바로 우리 학생이었다. 울리 부인은 아이들에게 성가를 가르쳤고 나는 그애들을 신비한 알파벳의 세계로 안내했다. 또 암탉들과 꼬마 녀석들이 몹시 무서워하는 칠면조 한 마리가 있는 마당에서 보내는 휴식 시간에 아이들을 돌보는 것도 내 임무였다.

　게다가 이따금씩 '좋은 친구'가 아플 때는 교실 청소까지 내 몫으로 돌아왔다. 사감이라는 직책에는 어울리지 않았지만 내 손으로 돈을 번다는 사실이 너무 즐거웠으므로 군말 없이 해냈다.

　저녁 무렵 필루아 호텔에 가면 저녁상이 차려 있었고 자크 형이 엄마처럼 나를 기다리고 있었다. 저녁 식사가 끝나면 정원을 몇 바퀴 돌고는 난롯가에서 시간을 보냈다.

　우리는 그렇게 살았다. 이따금 아버지나 어머니가 보내온 편지가 도착하는 날은 그야말로 대사건이었다. 어머니는 여전히 바티스트 외삼촌 댁에 있었고 아버지는 여전히 포도주 회사의 일로 여기저기 출장을 다니고 있었다. 아버지는 그동안 모은 돈으로 리옹에서 진 빚도 4분의 3 정도는 갚았다. 일이 년 후면 남은 빚을 모두 갚게 될 것이니 이제 가족들이 한 자리에 모여 살 계획을 세워도 무방했다.

　나는 그 날이 오기를 기다리면서 우선 어머니를 우리가 있는 필루아 호텔로 모셔오는 것이 어떻겠냐는 생각을 했다. 하지만 자크 형은 찬성하지 않았다. 그때마다 형은 묘한 표정을 지으면서 대답하곤 했다.

　「안 돼! 아직은 일러, 아직은……. 좀더 기다리자!」

　「형은 나를 못 믿는 거야. 어머니가 여기 와 계실 동안 내가 무슨 미친 짓이라도 할까봐 두려운 게지. 그것 때문에 좀더 시간을 두자는 게 틀림없어.」

언제나 같은 대답을 들으며 나는 가슴이 찢어지는 아픔을 느꼈다. 그러나 내 생각은 빗나갔다. 자크 형이 '기다리자'고 한 이유는 따로 있었다.

겨울비……

만일 강인한 정신의 소유자로 꿈이란 걸 그저 우스갯소리쯤으로 여기며 한 번도 앞으로 일어날 사건에 대한 예감으로 가슴 찢어지는 고통에 울부짖어 본 일이 없는 사람이라면, 오직 현실만이 중요해 미신 따위는 전혀 믿지 않는 냉혹한 머리를 가진 실증주의자라면, 그래서 어떤 경우에도 초자연적인 사실을 믿거나 불가사의한 것을 인정하려 하지 않는 사람이라면 내가 지금부터 하려는 이야기가 진실된 것이어도 내 말을 믿지 않을 것이다.

12월 4일이었다. 그 날 나는 평상시보다 서둘러 울리 학교에서 퇴했다. 아침에 몹시 피로하다고 호소하는 자크 형을 집에 두고 나왔기 때문에 형이 어떻게 하고 있나 몹시 궁금했다. 급히 정원을 지나치다가 나는 그만 무화과나무 옆에 서 있던 필루아 씨와 부딪치고 말았다. 그는 거기서 장갑의 단추를 끼우려 애를 쓰는 키가 작고 다리가 굵은 뚱뚱한 남자와 나직나직 이야기를 나누는 중이었다. 사과를 하고 그냥 지나치려는데 필루아 씨가 나를 불러세웠다.

「다니엘 씨, 잠깐만!」

그러고는 키가 작은 남자를 향해 돌아서면서 덧붙였다.

「좀 전에 얘기했던 젊은이랍니다. 미리 말해 두는 게 좋을 것 같은데요……」

나는 몹시 궁금해서 그 자리에 멈춰 섰다. 대체 이 뚱뚱한 남자가 내게 무슨 말을 한단 말인가? 장갑이 너무 작아서 손이 안 들어간다고 말하려는 걸까? 그거야 말하지 않아도 알 수 있는데……. 잠시 동안 거북한 침묵이 흘렀다. 필루아 씨는 있지도 않은 열매를 찾는 듯 고개를 들어 무화과나무를 살폈다. 장갑을 낀 남자는 여전히 장갑의 단추 구멍을 당기더니 단추에서 손을 떼지는 않은 채 드디어 입을 열었다.

「나는 20년 전부터 이 호텔의 주치의로 일해 왔습니다. 오늘 얘기하고자 하는 것은……」

「우리 형 때문에 오셨군요. 많이 아프지요?」

나는 그의 말이 끝나기를 기다리지 않았다. 의사라는 말에 감이 왔다. 내가 떨리는 목소리로 물었다. 나는 이 의사가 나쁜 사람이라고 생각지는 않는다. 하지만 그 순간 그는 장갑에만 정신이 쏠린 나머지 지금 말하는 상대가 자크의 피붙이라는 사실에 대해 전혀 신경 쓰지 않고 있었다. 상대가 받을 충격을 완화시키려는 노력 없이 단도직입적으로 말했다.

「많이 아프냐구요? 물론이죠. 아마 오늘 밤을 넘기기가 어려울 걸요.」

무엇으로 머리를 한 대 세게 맞은 느낌이었다. 순간 집과 정원, 필루아 씨와 의사, 모두가 빙빙 돌아 무화과나무에 몸을 기대야만 했다. 필루아 호텔의 주치의의 주먹은 매서웠다……! 게다가 그는 눈치도 없이 여전히 장갑 단추를 채우려 애쓰면서 차분하게 말을 이었다.

「치명적인 급성 폐결핵입니다. 어떻게 손을 쓸 도리가 없어요. 적

어도 확실한 방도가 없단 말이오. 게다가 이번 환자도 나한테 너무 늦게 알렸소.」

사람 좋은 필루아 씨는 흘러내리는 눈물을 감출 요량으로 계속해서 무화과 열매를 찾는 시늉을 하면서 말했다.

「의사 선생님, 그건 제 잘못이 아닙니다. 제 잘못이 아니에요. 난 오래 전부터 이 불쌍한 에세트 군이 아프다는 사실을 알고 있었어요. 그래서 의사를 불러야 한다고 몇 번이나 충고를 했지만 그 사람은 도무지 제 말을 들으려 하지 않았습니다. 동생한테 걱정을 끼칠까봐…… . 두 형제는 그렇게 우애가 좋았답니다.」

나의 폐부로부터 절망적인 흐느낌이 터져나왔다.

「어! 이봐요. 용기를 가져야지! 누가 알겠소. 의학은 마지막 선고를 내렸지만 자연은 아직 결정을 내리지 않았어요. 내일 아침에 다시 들르리다.」

장갑을 낀 사내가 희망적인 태도로 말하고 나서 빙 돌더니 안도의 한숨을 내쉬고는 사라졌다. 막 단추 하나를 채우는데 성공했던 것이다! 나는 눈물을 닦고 마음도 가라앉히기 위해 잠시 밖에 머물렀다. 그리고 용기를 내어 결연한 표정을 지으며 방 안으로 들어섰다.

문을 열자마자 내 앞에 나타난 광경은 나를 전율케 했다. 그것은 분명 나를 위해서였다. 자크 형은 침대를 비워 두고 침대 겸용 소파를 펼쳐서 침대로 사용하고 있었다. 그는 얼마 전의 꿈속에서와 똑같이 몹시 창백한 얼굴로 그 위에 누워 있었다. 그것을 보자 형에게로 달려가서 침대건 어디건 제발 그 자리가 아닌 다른 곳으로 옮겨 놓아야겠다는 생각을 했다. 하지만 곧 이런 생각이 들었다.

「너는 형을 옮길 수가 없어. 형이 얼마나 큰데!」

게다가 여지없이 꿈속에서 그가 죽으리라던 바로 그 자리, 그 죽음의 침상에 누워 있는 자크 형을 보니 그만 용기가 꺾이고 말았다. 사람들은 죽어가는 사람을 안심시키기 위해 쾌활한 척하기도 하지만 나는 그럴 수가 없었다. 나는 폭포처럼 흘러내리는 눈물을 쏟으며 소파 곁에 주저앉았다. 자크가 간신히 내게로 고개를 돌렸다.

「다니엘, 너로구나. 의사 선생님을 만났구나, 그치? 그 뚱뚱이한테 너를 놀라게 하지 말라고 부탁했는데. 네 표정을 보니 그이가 내 말을 안 들었네. 이제 모든 사실을 다 알았구나……. 아우야, 손 한 번 잡아보자……. 누가 이런 일이 일어날 줄 상상이나 했겠니? 폐병을 고치려고 니스에 가는 사람들도 많다는데 나는 가서 폐병을 얻어왔으니 말이다. 참 별난 일이지. 너 아니? 네가 그렇게 슬퍼하면 내가 용기를 낼 수 없지. 벌써 힘이 많이 빠졌으니 말이야. 오늘 아침에 네가 나가고 나서 병이 악화되고 있다는 걸 깨달았단다. 그래서 생 피에르 성당의 신부님을 불러달라고 했어. 신부님은 아까 오셨다 가셨다. 곧 성사를 하시러 다시 오실 거야. 나에겐 기쁜 일이야, 알겠니……? 신부님이 참 좋은 분이더라……. 사를랑드 콜레주에 계신다는 네가 아는 그분과 성이 같더구나.」

그는 더 이상 말을 잇지 못했다. 그러고는 눈을 감으며 베개 위로 머리가 젖혀졌다. 나는 형이 숨을 거두는 것이다 싶어 소리를 질러댔다.

「형! 형! 자크 형……!」

그는 여러 번 아무 말 없이 조용히 하라는 손짓을 했다. 그때 방문이 열리고 필루아 씨가 들어섰다. 그 뒤로 뚱뚱한 남자가 소파를 향해 공이 굴러가듯 달려들며 소리쳤다.

「자크, 이게 대체 무슨 날벼락인가……? 그래 정말 맞다…….」

「안녕하세요, 아저씨!」

자크 형이 눈을 뜨며 말했다.

「그동안 안녕하셨어요? 이렇게 금방 달려오실 줄 알았어요…….
다니엘, 거기 앉으시게 해. 둘이서 할 얘기가 있다.」

피에로트 아저씨는 커다란 머리를 죽어가는 사람의 창백한 입술
에 닿을 듯 가까이 들이댔다. 두 사람은 그렇게 오래오래 작은 목소
리로 이야기를 나누었다. 나는 방 한가운데서 꼼짝 않고 서서 그들
을 지켜봤다. 나는 학교에서 갖고 온 책을 그때까지 그대로 겨드랑
이에 낀 채로 있었다. 필루아 씨가 무슨 말인지를 중얼거리며 그 책
들을 가만히 빼냈지만 나는 아무 소리도 듣지 못했다. 이내 그는 촛
불을 켜고 식탁 위에 커다란 흰 수건을 깔았다. 나는 생각했다.

「왜 식탁을 차리는 걸까……? 함께 저녁을 먹을 건가……? 하지
만 난 전혀 배가 고프지 않은걸!」

밤이 되었다. 정원에는 호텔 사람들이 모두 나와 우리 방 창문을
바라보면서 서로 얘기를 나누고 있었다. 자크 형과 피에로트 아저
씨의 대화는 여전히 계속되고 있었다.

「알았어, 자크……. 알았어, 자크.」

이따금씩 피에로트 아저씨가 그 굵은 목소리로 울먹이며 말하는
소리가 들렸다. 나는 감히 그쪽으로 가까이 가지 못했다. 마침내 자
크 형이 나를 부르더니 그의 머리맡에 피에로트 아저씨 옆에 서게
했다. 한참 동안 아무 소리 없이 가만히 있더니 형이 말했다.

「다니엘, 얘야! 너를 떠나야만 하다니 마음이 몹시 아프단다. 하
지만 한 가지 나를 위로해 주는 게 있다면 너를 이 세상에 혼자 내
버려두지 않아도 된다는 거야……. 피에로트 아저씨가 네 곁에 계
실 거다. 인정 많은 아저씨는 너를 용서하고 나 대신 너를 돌봐주시
기로 약속하셨어.」

「그래그래, 자크, 내 약속함세……. 그래 정말 맞다……. 내, 약속한다구…….」

자크 형이 말을 이었다.

「알겠니, 애야, 너 혼자서는 결코 우리 집안을 일으켜세울 수 없어. 네 마음을 아프게 할 생각은 없다만 너는 그런 일을 할 만한 능력이 없단다. 하지만 피에로트 아저씨의 도움을 받는다면 우리의 꿈을 실현시킬 수 있을 거라 믿는다. 너보고 어른이 되어 달라고 요구하진 않을게. 나도 제르만 신부님처럼 네가 평생 어린애로 남아있을 거란 생각이 든다. 하지만 부탁한다. 언제나 착하고 훌륭한 어린애로 남아주렴. 특히 무엇보다도……. 이리로 좀 가까이 오려무나 귓속말 좀 하자……. 절대로 검은 눈동자를 울리지 말아라.」

이 말을 하고 나의 사랑하는 자크 형은 잠시 쉬었다가 다시 말을 이었다.

「모든 게 끝나면 아버지, 어머니께 편지를 써라. 다만 여러 차례에 나누어 한 번에 조금씩만 얘기해 드려야 한다. 한꺼번에 모든 사실을 알게 되면 두 분한테 충격이 너무 크지 않겠니……. 이제 알겠니, 내가 왜 어머니를 모셔오려 하지 않았는지? 난 어머니가 여기 계시길 바라지 않았다. 이런 건 어머니에게 보여드려서는 안 되는 거야…….」

그는 말을 멈추고 문 쪽으로 시선을 던지더니 미소를 지으며 말했다.

「하느님께서 오셨다! 우리더러 이제 그만 떨어지라고 하신다.」

노자성체를 위해 신부가 성체를 가지고 온 것이었다. 하얀 식탁보 위로 촛불이 켜져 있고 한가운데 성체와 성유가 놓여 있었다. 곧이어 신부가 침대로 다가서고 이내 의식이 시작되었다……. 내겐

끝도 없이 길게만 느껴졌던 성사가 모두 끝났을 때 자크 형이 조용히 나를 불렀다.

「나를 안아다오.」

그의 목소리가 하도 작아서 마치 아득히 먼 곳에서 들려오는 듯했다……. 사실 그는 이미 저만치 가고 있는 것이 분명했다. 이미 12시간 전부터 급성 폐결핵의 마수가 야윈 그를 자기의 등에 들쳐업고 번개같이 달려 그를 죽음의 나라로 데려가고 있는 중이었다.

포옹을 위해 형에게 다가서다가 그의 손을 스치게 되었다. 사랑하는 형의 손은 고통 때문에 땀에 흠뻑 젖어 있었다. 나는 그 손을 와락 움켜잡고 놓지 않았다. 그렇게 시간이 얼마나 흘렀는지 모른다. 아마도 한 시간쯤…… 아니면 영원한 시간이 흘러갔는지도 모른다. 나는 아무것도 모르겠다……. 자크 형은 이제 더 이상 나를 보고 있지 않았다……. 더 이상 내게 아무런 말도 하지 않았다. 단지 마치 '네가 거기 있다는 걸 알고 있어'라고 말하는 듯 몇 번씩이나 형의 손이 내 손 안에서 움직이는 것이 느껴질 뿐이었다. 갑자기 형의 마른 몸을 머리부터 발끝까지 뒤흔드는 경련이 일어나 오랫동안 지속되었다. 형이 눈을 뜨고 마치 누구를 찾는 듯 주위를 두리번거리고 있었다.

「자크, 너는 당나귀같이 멍청한 놈이야……. 자크, 너는 멍청한 놈이야…….」

내가 얼굴을 가까이 대자 형이 모기 소리 만하게 그렇게 두 번 반복해서 말했다. 그러고는 끝이었다…….

형은 숨을 거두었다…….

아! 그 꿈!

그 날 밤 바람이 몹시 심하게 불었다. 싸락눈이 12월의 창에 와서 부딪쳤다. 방 한 구석에 놓인 탁자 위에선 은으로 만든 그리스도 상이 두 자루의 촛대 사이에서 빛나고 있었다. 낯선 신부 하나가 그리스도 상 앞에 무릎을 꿇고 바람 소리가 거세게 나는 가운데 우렁찬 목소리로 기도를 드리고 있었다. 나는 기도하지 않았다. 더 이상 울지도 않았다. 내 머릿속에는 오직 한 가지 생각밖에 없었다. 내가 꼭 붙들고 있는 차갑게 식어버린 사랑하는 자크 형의 손을 따뜻하게 해주어야 한다는 생각뿐이었다. 그러나 아침이 다가올수록 형의 손은 얼음장처럼 차갑게 변해 갔고 더욱 무거워져만 갔다.

갑자기 그리스도 상 앞에서 라틴어로 기도를 드리던 신부가 자리에서 일어나 내 곁으로 와서 가볍게 어깨를 두드렸다.

「기도를 해보게……. 그게 자네에게 도움이 될 거야.」

그때서야 비로소 나는 그를 알아보았다……. 그는 바로 사를랑드 콜레주의 오랜 친구, 제르만 신부였던 것이다. 상처는 있지만 잘생긴 얼굴도, 신부 옷을 입은 기병 같은 당당한 풍채도 모두 그대로였다. 형을 잃은 고통으로 지친 탓일까. 나는 제르만 신부를 거기서 만났지만 전혀 놀라지 않았다. 그저 당연한 일로 여겨졌다. 그가 그 자리에 나타나게 된 사연은 이러했다.

「나도 파리에 형이 하나 있다네. 인자한 신부지. 자네가 찾아가 봬도 좋을 거야. 하지만 지금은 정신이 없으니 주소를 가르쳐줘도 잊어버리겠지.」

운명의 힘이란 무섭다! 내가 사를랑드 콜레주를 떠나던 날 제르만 신부가 나에게 말했었다. 제르만 신부의 형은 몽마르트르의 생 피에르 성당의 주임 신부였고, 그분이 바로 불쌍한 자크가 죽어가면서 오게 한 그 신부였다. 그런데 바로 그 무렵 파리에 들렀던 제

르만 신부가 형의 사제관에 묵고 있었다. 12월 4일 저녁 생 피에르 성당의 주임 신부는 집에 들어가면서 동생에게 이렇게 말했다.

「여기서 아주 가까운 곳에서 죽어가는 불쌍한 젊은이에게 종부성사를 해주고 오는 길일세. 자네도 그 친구를 위해 기도해 주게나.」

제르만 신부가 대답했다.

「내일 미사 봉헌 때 기억해서 기도하지요. 그런데 이름이 뭡니까……?」

「잠깐만…… 남부 지방의 이름이었는데 꽤 어려워서 기억하기가 힘들어……. 자크 에세…… 그래, 맞아……. 자크 에세트야…….」

그 이름을 듣자 신부는 자기가 알고 있는 꼬마 자습감독을 떠올렸고, 지체하지 않고 필루아 호텔로 달려왔던 것이다. 그는 들어서면서 내가 꼼짝 않고 자크 형의 손을 꼭 잡고 서 있는 것을 보았다. 그는 나의 슬픔을 방해하지 않으려고 나와 함께 밤을 새우겠다고 얘기하면서 다른 사람들을 집으로 돌려보냈다. 그러고는 무릎을 꿇고 앉아 기도를 시작했다. 그러다가 이미 밤이 깊어도 내가 미동도 없이 그대로 서 있자 걱정되어 나의 어깨를 치며 자신의 존재를 알린 것이었다.

그 순간부터 무슨 일이 있었는지 나는 잘 모른다. 그 끔찍했던 밤이 어떻게 끝났는지 또 그 다음 날과 다음 다음 날, 그리고 그 뒤로 이어진 다른 많은 날들이 어떠했는지 내겐 그저 희미한 기억만이 남아 있을 뿐이다. 그 무렵에 대한 내 기억의 필름은 끊겨 있었다. 그러나 마치 몇백 년 전 일처럼 흐릿하게나마 몇 가지 기억들이 떠오른다. 피에로트 아저씨와 제르만 신부 사이에서 머리에 모자도 쓰지 않은 채 검은 영구차를 따라 진흙탕이 되어버린 파리의 거리를 끝없이 걸어갔다. 싸락눈이 섞인 비가 얼굴을 때렸다. 피에로트 아저씨가 커다란 우산을 들었지만 억수같이 쏟아지는 비가 그대로 들이쳐 제르만 신부의 신부복은 줄줄 흘러내리는 빗물에 젖어 번들거렸다……! 비! 비! 아, 비가 엄청나게 쏟아졌다!

검은 옷의 키 큰 남자가 흑단 지팡이를 짚고 우리 바로 옆에서 영구차를 따라가고 있었다. 그는 장례식을 주관하는 사람으로 일종의 죽음의 시종 역할을 하는 사람이었다. 모든 시종이 다 그렇듯이 그 역시도 비단 외투에 검을 차고, 짧은 바지에다 커다란 오페라 모자를 쓰고 있었다. 환각 작용일까……? 내 눈에는 그 남자가 사를랑드 콜레주의 비오 선생과 닮아보였다. 비오 선생처럼 키 크고 머리가 어깨 쪽으로 비스듬히 기울어져 있는 그가 나를 쳐다볼 때마다 비오 선생의 차갑고 위선자 같은 미소가 스쳐지나갔다. 비오 선생은 아니지만 어쩌면 그의 그림자인지도 모른다는 생각이 들었다.

영구차는 계속해서 앞으로 가고 있지만 속도가 무척이나…… 더뎠다. 영원히 목적지에 도착할 수 없을 것만 같았다……. 그러나 우리는 마침내 발목까지 푹푹 빠지는 쓸쓸한 진흙투성이 공원에 도착해 미리 파놓은 구덩이 앞에 멈춰 섰다. 짧은 외투 차림의 사내들이 그 구덩이 안으로 내려놓을 커다란 무거운 상자를 가져왔다. 작업이 힘들게 진행되었고 비에 흠뻑 젖어 뻣뻣해진 밧줄이 도무지 미끄러지지가 않았다. 남자들 중 하나가 외치는 소리가 들렸다.

「발을 앞으로 뺍시다! 발을 앞으로……!」

구덩이 맞은편 내 바로 앞에서 비오 선생의 그림자가 여전히 머리를 어깨 쪽으로 삐딱하게 기울인 채 나를 향해 부드럽게 미소짓고 있었다. 꽉 조이는 장례 예복을 입은 길고 마른 그의 모습은 비에 흠뻑 젖은 커다란 검은 메뚜기처럼 잿빛 하늘을 배경으로 두드러져 보였다.

이제 나와 피에로트 아저씨 단 둘만 남았다. 우리는 포부르 몽마르트르를 걸어내려왔다. 피에로트 아저씨가 마차를 찾아보았지만 지나가는 마차가 없었다. 나는 모자를 손에 들고 그의 옆에서 걸었다. 여전히 영구차 뒤를 따라가는 기분이었다. 우리가 포부르 몽마르트르를 걸어가는 동안 내내 사람들은 울면서 합승마차를 불러대는 뚱뚱한 남자와 모자도 없이 세차게 내리는 비를 맞으며 걸어가는 아이를 힐끔거리며 뒤돌아보았다.

　우리는 걷고 또 걸었다. 나는 기진맥진했다. 머리가 무거웠다……. 드디어 소몽 가 랄루에트 상점에 도착했다. 페인트를 칠한 덧문 위로 초록색이 줄줄 흐르고 있었다. 우리는 가게 안으로 들어가지 않고 곧바로 피에로트 아저씨의 집으로 올라갔다. 2층을 지날 때 온몸의 힘이 빠져버렸다. 나는 계단에 주저앉았다. 더 이상 움직일 수가 없었다. 머리가 너무나도 무거웠다……. 피에로트 아저씨가 고열로 몸을 떨며 거의 죽은 상태가 된 나를 안고 층계를 오르는 동안 나는 소몽 가의 진열창에 탁탁 부딪치는 싸락눈 소리와 빗물받이 통에서 시끄럽게 마당으로 떨어지는 물 소리를 들었다……. 비! 비! 아아! 웬 비가 이렇게 쏟아진담!

꿈의 결말

나는 아팠다. 나는 죽어가고 있었다. 이틀에 한 번씩 갈아내는 짚으로 만든 커다란 매트리스를 보고 소몽 가의 사람들이 수군거렸다.

「저기 어느 집에서 부자 노인네가 죽어가는 모양이군.」

하지만 죽어가는 것은 부자 노인네가 아니고 바로 나였다……. 의사들마다 가망이 없다고 했다. 2년 동안 두 번이나 장티푸스를 앓는 것은 허약한 내가 감당하기에는 너무 벅찬 일이었다. 영구차를 준비해야 할지 모를 일이었다! 키가 큰 메뚜기가 또 한 번 흑단의 지팡이를 갖추고 애도의 미소를 지을지 모를 일이었다. 나는 아팠다. 나는 죽어가고 있었다.

랄루에트 상점 사람들도 놀랐다. 피에로트 아저씨는 거의 잠을 이루지 못했고 검은 눈동자는 비탄에 빠졌다. 트리부 부인은 나를 위해 다시 한 번 기적을 일으키게 해달라고 빌면서, 치료법을 찾으려고 미친 듯이 라스파유의 저서를 읽었다. 담홍색으로 장식된 거실에는 사람이 모이지 않았다. 피아노는 죽었고, 플루트도 연주되지 않았다. 그 중에서도 가장 애처로운 것은, 바로 아침부터 저녁까지 계속해서 말없이 눈물을 흘리며 집안 한 구석에 앉아 뜨개질을 하는 검은 옷의 작은 여인의 모습이었다.

랄루에트 상점 사람들이 모두 밤낮으로 탄식을 하고 있을 때 나는 주위 사람들이 눈물을 흘리는지도 모른 채 커다란 깃털 침대에 조용히 누워 있었다. 눈은 뜨고 있지만 아무것도 보지 못했다. 주위의 사물들을 식별할 수 없었다. 나는 소라 껍질에 귀를 대고 들을 때처럼 그저 윙윙거리는 둔한 소리, 어수선한 소음 외에는 아무 소리도 듣지 못했다. 나는 아무 말도 못 했고 생각도 하지 못했다. 마치 병든 꽃과 같았다. 머리에 차가운 물수건을 대주고, 입에 얼음 조각을 넣어주는 것 외에는 나를 위해 해줄 수 있는 일이 없었다. 얼음이 녹아버리거나 물수건이 불덩이 같은 나의 머리 위에서 말라버릴 때면 나는 신음 소리를 냈다. 이것이 내가 하는 의사표현의 전부였다.

시간이 멈춰버린 것처럼 그렇게 며칠이 흘렀다. 그러던 어느 날 아침 나는 이상한 감각을 느꼈다. 마치 방금 바다 밑으로부터 끌어올려진 느낌이었다. 사물이 보이고, 소리가 들렸다. 서서히 숨을 쉬고 의식을 되찾은 것이다. 뇌의 한쪽 구석에서 잠들어 있던 생각의 톱니바퀴가 잠에서 깨어 움직이기 시작했다. 처음에 천천히 움직이던 기계가 점점 빨라지면서 급기야는 모든 것을 부수어버릴 기세로 미친 듯이 빨리 돌아가기 시작했다. 째깍, 째깍, 째깍. 그 신비한 기계는 다시는 잠들지 않으려는 듯 잃어버린 시간을 찾으려고 바삐 돌아가기 시작했다. 째깍! 째깍! 째깍……! 여러 가지 생각들이 서로 교차되면서 비단실처럼 엉클어졌다.

「이런, 내가 지금 어디에 있는 거지……? 이 큰 침대는 뭐야……? 창가에 있는 세 여인은 지금 뭘 하고 있는 건가……? 등을 돌리고 앉아 있는 저 검은 옷의 키 작은 여인은 혹시 내가 아는 사람 아닌가……. 마치…….」

어디선가 본 듯한 검은 옷의 여인을 자세히 보기 위해 나는 고통스럽지만 팔꿈치를 딛고 몸을 일으키며 상체를 침대 밖으로 기울인

다. 방 한가운데에 낡은 철제 편자무늬가 덩굴식물처럼 그려진 호두나무 옷장이 보이자 갑자기 질겁하고 뒤로 나자빠지고 만다. 이 옷장은 그토록 끔찍했던 악몽 속에서 보았던 바로 그 옷장이다. 째깍! 째깍! 째깍! 아아! 이제야 모든 것이 떠오른다. 필루아 호텔, 자크 형의 죽음, 장례식, 빗속에서 피에로트 아저씨의 집으로 왔던 일까지……. 이 모든 장면이 떠오르고 모든 기억이 살아났다. 나는 뼈 아픈 고통 속에 다시 태어난 것이다. 나의 첫마디는 탄식이었다.

이 탄식 소리에 창가에 있던 세 여인은 소스라치게 놀랐다. 그 중 가장 젊은 여인이 일어서면서 '얼음! 얼음!' 하고 외쳤다. 그러고는 재빨리 벽난로로 뛰어가 얼음 조각을 집어와서는 나에게 권했다. 하지만 나는 내 입술 앞에 놓인 얼음을 든 손을 가만히 밀어냈다. 간병인의 손이라기엔 너무도 작고 가냘픈 손이었다! 잠시 후 나는 떨리는 목소리로 말했다.

「카미유! 안녕하세요……?」

카미유 피에로트는 죽어가는 환자가 말을 하자 너무도 놀란 나머지 손을 펼친 채로 두 팔을 늘어뜨리고 멍하니 서 있었다. 냉기 때문에 분홍색으로 변한 차가운 손끝에서 투명한 얼음 조각이 떨고 있었다. 내가 다시 한 번 말했다.

「카미유, 안녕하세요? 당신을 잘 알아볼 수 있어요. 정신이 들었다구요. 그런데 당신은 내가 보이나요? 나를 볼 수 있겠어요?」

카미유 피에로트가 눈을 크게 떴다.

「다니엘! 당신이 보이냐구요? 물론 당신이 보이지요!」

옷장은 환영이었고 카미유 피에로트는 장님이 아니며, 끔찍한 그 꿈이 사실이 아니라는 걸 알게 된 나는 용기를 내서 이것저것 물어보기 시작했다.

「내가 많이 아팠던 모양이죠, 카미유?」

「네. 다니엘, 몹시 아팠죠…….」

「오랫동안 누워 있었나요……?」

「내일이면 꼭 3주예요…….」

「맙소사! 3주일……! 사랑하는 나의 자크 형이 죽은 지 벌써 3주일이…….」

나는 말을 끝맺지 못하고 베개에 얼굴을 파묻고 흐느끼기 시작했다. …… 바로 그때 피에로트 아저씨가 방에 새로운 의사를 데리고 들어왔다. 앞으로 병이 계속되면 의사란 의사는 모두 이 집에 와야 할 판이었다. 지금 막 데려온 의사는 서두른다는 의미의 '브룽브룽'이란 별명이 붙은 유명한 의사였다. 그는 자기가 할 일을 하는 쾌활한 성격으로 환자를 앞에 두고 갑갑 단추나 채우고 있을 의사가 아니었다. 들어서자마자 곧바로 내 곁으로 온 그는 맥박을 재고 눈과 혀를 살펴보더니 피에로트 아저씨를 향해 말했다.

「대체 아까 한 얘기는 뭡니까? 이 청년은 이미 다 나았어요.」

「나았다구요?」

사람 좋은 피에로트 아저씨가 두 손을 맞잡으며 되물었다.

「그렇소이다. 이 환자는 완전히 나았으니 이런 얼음 조각일랑은 집어치우고 포도주와 함께 닭 날개라도 먹이도록 하시오. 자, 아가씨도 이제 걱정 마세요. 다 죽어가던 이 친구는 일주일 후면 거뜬히 일어나 걸어다닐 거요. 내가 보장하지요. 그때까지는 침대에 누워서 안정을 취하도록 하고, 감정적인 동요나 충격을 받지 않도록 조심하세요. 그것이 무엇보다 중요합니다. 나머지야 자연이 해결해 줄 겁니다. 자연에는 당신이나 저보다 훨씬 효과적인 치유력이 있어요.」

이렇게 말하면서 유명한 '브룽브룽' 선생은 손가락을 한 번 튕겨

서 죽어가던 젊은 환자를 살짝 건드리고는 피에로트 양에게 미소를 던지며 재빨리 자리를 떠났다. 사람 좋은 피에로트 아저씨는 기쁨의 눈물을 흘리면서 계속해서 중얼거리며 의사를 모시고 나갔다.

「아, 선생님, 그래 정말 맞다……. 그래 정말 맞다…….」

방에 남은 카미유는 환자를 재우려고 했지만 나는 기를 쓰고 말을 듣지 않았다.

「카미유, 부탁이니 가지 말아요……. 나를 혼자 두지 말아요……. 마음속에 이렇게 큰 슬픔이 있는데 어떻게 잠을 자겠어요?」

「자야 해요, 다니엘. 당신은 반드시……, 잠을 자야 해요. 당신은 휴식이 필요해요. 의사 선생님이 그렇게 말씀하셨어요. 자, 눈을 감고 아무 생각도 하지 마세요. 금방 다시 올게요. 당신이 한잠 푹 자고 나면 좀더 오래 같이 있어 줄게요.」

「알았어요……. 이제 잘게요…….」

내가 눈을 감으며 말했다. 그러나 이내 생각이 바뀌었다.

「잠깐만, 카미유! 한 가지만 더 물어볼게요. 조금 전에 여기 있었던 검은 옷의 여인이 누구죠?」

「검은 옷이라구요……!」

「그래요! 당신도 알고 있죠? 아까 저기 창가에서 당신이랑 같이 일을 하고 있었잖아요. 지금은 없어졌어요……. 하지만 조금 전에는 있었다구요, 분명히…….」

「그럴 리가 없어요! 다니엘, 잘못 본 거겠죠. 내가 아침부터 트리부 부인과 같이 일하고 있었는데요. 당신도 잘 알고 있는 트리부 부인 말이에요. 당신이 늘 훌륭한 부인이라고 불렀잖아요. 하지만 그분은 검은 옷을 입지 않았는데……. 여느 때처럼 초록색 드레스를 입고 있었어요. 정말이에요, 검은 옷을 입은 사람은 없어요. 아마 꿈을 꾼 거겠죠. 자! 이젠 나가봐야겠어요. 편히 주무세요.」

　말을 마치고 카미유 피에로트는 마치 거짓말을 한 사람처럼 얼굴이 빨개져서 어쩔 줄 모르고 황급히 그 자리를 떠났다. 나는 혼자 남았지만 잠은 오지 않았다. 섬세한 톱니바퀴가 달린 기계가 나의 머릿속에서 미친 듯이 돌아갔고 비단실은 서로 교차하면서 엉클어졌다. 나는 몽마르트르의 흙 속에 잠들어 있는 사랑하는 형을 생각했다. 검은 눈동자에 대한 생각도 했다. 하느님께서 그를 위해 일부러 밝혀주신 것 같았던 아름다운 그 검은 눈동자를 생각했다.

　그때 누군가 들어오려는 듯이 방문이 아주 가만히 열렸다. 그와 동시에 카미유 피에로트가 작은 목소리로 말하는 소리가 들렸다.

　「들어가지 마세요. 충격 때문에 병세가 악화될지도 몰라요. 혹시 잠에서 깨어나기라도 하면…….」

　문은 열릴 때 그랬던 것처럼 아주 가만히 스르르 닫혔다. 불행하게도 검은 옷자락이 문틈에 끼었다. 그리고 침대에 있던 꼬맹이는 이 검은 옷자락의 여인이 누군지 알게 되었다. 그 순간 나의 심장이 두근거리고 눈이 빛났다. 팔꿈치로 바닥을 짚고 상체를 일으키면서 아주 큰 소리로 외치기 시작했다.

　「어머니! 어머니! 왜 와서 나를 안아주시지 않는 거예요……?」

　문이 열리고 검은 옷의 키 작은 여인이 방 안으로 달려들어왔다. 더 이상 자제할 수 없었던 것이다. 그러나 두 팔을 벌리고 나를 애타게 부르면서 침대 쪽으로 오는 게 아니라 반대편으로 달려가고 있었다.

　「다니엘! 다니엘!」

　내가 팔을 벌리고 웃으면서 소리쳤다.

　「어머니, 여기예요. 이쪽이요! 어머니는 내가 안 보이세요?」

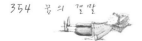

그때서야 에세트 부인은 침대 쪽으로 몸을 반쯤 돌리고 떨리는 손으로 허공을 더듬으면서 비통한 음성으로 대답했다.

「오오! 그래, 내 귀여운 다니엘, 불행히도 에미 눈에는 네가 안 보이는구나……. 이제 다시는 네 얼굴을 못 보겠지……. 난 눈이 멀었단다.」

이 말을 듣자 나는 커다란 비명을 내지르면서 침대 위로 꼬꾸라졌다.

가난과 고통에 찌들어 20년의 세월을 사는 동안 집안 식구들은 뿔뿔이 흩어지고 남편과도 오래 떨어져 지내다가 급기야는 두 아들을 먼저 저 세상으로 떠나보낸 가련한 에세트 부인은 눈물이 마르다 못해 두 눈마저 멀어버린 것이었다. 물론 충분히 그럴 수도 있는 일이었다. 하지만 내겐 그렇지가 못했다. 모든 것이 꿈에서 본 것과 똑같았다. 운명은 나에게 가혹했다. 과연 마지막엔 죽게 되지나 않을까?

아니, 그렇지 않다. 나는 죽지 않을 것이다. 내가 죽으면 안 된다. 나마저 세상을 떠난다면 장님이 된 가엾은 어머니는 어찌 된단 말인가? 세 번째 아들의 죽음을 애도할 눈물을 어디서 찾아온단 말인가? 더구나 병석에 누운 아들을 찾아보러올 시간도, 죽은 아들의 무덤에 꽃 한 송이 던져주러올 시간도 없이 떠돌며 포도를 팔아야 하는 장사꾼 유태인 아버지는 또 어떻게 되란 말인가? 언젠가 두 노인네가 얼어붙은 손을 녹이러 찾아올 행복한 가족의 보금자리는 누가 다시 일으켜세운다는 말인가……? 안 돼! 안 돼! 나는 결코 죽고 싶지 않았다. 오히려 나는 죽을힘을 다해 생명의 줄에 매달렸다. 사람들이 말하길 빨리 회복하려면 생각하지 말아야 한다고 했다. 나는 생각도 하지 않고 말도 하지 않았다. 울어서도 안 되므로 울지도 않

355

앉다. 평온한 표정으로 침대에 누워 눈을 뜨고 무료함을 달래기 위해 이불에 달린 장식 술을 만지작거릴 뿐이었다. 진정 회복을 위해 최선을 다하는 모습 그대로였다.

나를 중심으로 랄루에트 상점 식구 모두가 조용한 중에 부지런히 움직이고 있었다. 에세트 부인은 날마다 환자의 침대 곁에서 뜨개질을 하며 시간을 보냈다. 장님이 된 사랑스런 이 여인은 뜨개질이 워낙 손에 익어서 눈이 잘 보이던 때에 못지 않게 능숙했다. 트리부 부인도 늘 그 자리를 지켰다. 그리고 피에로트 아저씨도 편안한 얼굴로 수시로 들락거렸다. 심지어 플루트를 연주하는 사내까지도 하루에 네다섯 번씩은 올라와 안부를 물었다. 하지만 이 친구가 보러 오는 것은 환자가 아니라 트리부 부인이었다. 카미유 피에로트가 그의 플루트 연주를 원하지 않는다는 것을 공개적으로 밝힌 뒤부터 이 혈기왕성한 연주가는 트리부 미망인 쪽으로 관심을 돌렸다. 비록 그 부인이 세벤느인의 딸에 비해 인물이나 경제적 능력이 떨어지는 건 사실이었지만 매력도 있고 또 저축해 놓은 돈도 있기 때문이었다. 플루트 연주자가 이 몽상가 부인에게 기울인 노력은 헛되지 않았다. 세 번째 만남에서 이미 결혼 얘기까지 나왔고, 부인이 저축해 둔 돈으로 롱바르 가에 약초 판매를 하자는 이야기도 막연하게나마 나왔다. 이 젊은 플루트의 거장은 이런 좋은 계획들이 수포로 돌아갈까 봐 두려워 하루에도 몇 번씩 문병을 핑계삼아 올라왔다.

피에로트 양은 내가 고비를 넘긴 후 거의 들어오지 않고 있었다. 그녀가 방에 들어오는 것은 이따금 지나치는 길에 장님인 다니엘의 어머니를 식탁으로 모시고 가는 것이 고작이었다. 그러나 내겐 단 한마디도 하지 않았다.

'당신을 사랑해요.'

붉은 장미의 시절, 이 말을 하기 위해 검은 눈동자가 벨벳 꽃처럼 활짝 피어나던 그 시절은 먼 옛날 이야기였다. 나는 침상에 누워서 날아가버린 그 시절을 회상하며 한숨을 지었다. 나는 그녀가 이제 나를 사랑하지 않으며 나의 존재를 피하고 있을 뿐만 아니라 나를 끔찍하게 싫어한다는 것을 잘 알고 있었다. 하지만 이런 결과를 자초한 사람은 바로 나였다. 내겐 불평할 권리가 없다. 외로움에 빠져 있을 때 마음을 따스하게 해줄 사랑이 옆에 있다면 얼마나 좋을까!

 어쨌든 이젠 엎질러진 물이다. 더 이상 생각하지 말자. 공상은 이제 끝났어. 내 인생에서 이젠 행복해진다는 건 꿈도 못 꿀 일이야. 그저 의무를 다하는 일만 남았다. 내일 피에로트 아저씨에게 얘기를 해야지.'

 실제로 나는 그 다음 날 새벽부터 침대 커튼 뒤에서 기회를 엿보고 있다가 피에로트 아저씨가 가게로 내려가려고 발끝으로 가만가만 가고 있을 때 그를 불러세웠다.

 「피에로트 아저씨! 피에로트 아저씨!」

 피에로트 아저씨가 침대로 다가오자 나는 너무 흥분한 나머지 눈을 바로 보지 못하고 말했다.

 「아저씨, 덕분에 제 몸도 거의 다 나아갑니다. 그래서 아저씨하고 진지하게 상의드릴 일이 있어서요. 어머니와 저한테 베풀어주신 은혜에 대해 감사의 말씀을 드리려는 것은 아니지만……」

 피에로트 아저씨가 말을 가로막았다.

 「다니엘, 그런 얘기라면 더 이상 아무 말 말게나! 모두가 당연히 해야 할 일을 한 거야. 모두 자크와 굳게 약속한 것이네.」

 「네, 잘 알고 있습니다. 이런 말씀을 드릴 때마다 늘 똑같은 대답을 하시리란 것도 잘 알고 있어요. 그 말씀을 드리려는 게 아니라

한 가지 부탁을 드리려고…… 저, 가게의 점원이 곧 그만둔다는 얘기를 들었는데 저를 대신 써주시겠습니까? 아저씨, 제발 제 얘기를 끝까지 들어주세요……. 그런 비열한 행동을 저지른 이상 이 집에서 살 권리가 없다는 것을 잘 알고 있습니다. 이 집에 제가 있는 것만으로도 고통을 받고 저를 보는 것만으로도 지긋지긋하게 느끼는 사람이 있으니까요. 그건 백 번 지당한 일입니다. 하지만 제가 그 사람과 얼굴이 마주치지 않도록 조심하고 절대로 여기 올라오는 일 없이 가게 안에만 있겠다면 말입니다. 절대 집 안으로는 들어오지 않는 마당의 개처럼 식구와 어울리지 않고 이 집에서 일만 하겠다면 말입니다. 그런 조건으로 저를 받아주실 수는 없는지요?」

피에로트 아저씨는 커다란 손으로 나의 곱슬머리를 붙잡고 힘껏 껴안아주고 싶은 마음을 꾹 참고 침착하게 다음과 같이 말했다.

「글쎄! 내 말 좀 들어보게나, 다니엘. 딸아이와 상의해 봐야 알겠네. 나한테야 자네 제안이 꽤 적합하다고 느껴지지만 딸아이는 어떨지……. 어쨌든 한번 두고 보자구. 딸애가 지금쯤 일어났을 텐데……. 카미유! 카미유!」

꿀벌처럼 부지런한 카미유 피에로트는 벌써 일어나 거실 벽난로 위에 놓인 붉은 장미에 물을 갈아주고 있었다. 아침 실내복 차림에 머리를 중국식으로 말아올린 그녀가 꽃 향기를 풍기면서 명랑하고 생기발랄하게 들어왔다.

「애야, 다니엘이 곧 떠나는 가게 점원 대신 우리 집에서 일을 하고 싶다는구나. 다만 자기가 여기 있으면 네가 너무 힘들어할까봐 걱정이란다…….」

피에로트 아저씨가 말했다. 카미유 피에로트가 얼굴색이 변해서 말을 끊었다.

「내가 너무 힘들어한다구요?」

그녀는 길게 말하지 않았다. 하지만 검은 눈동자가 대신 모든 것을 얘기했다. 그렇지! 밤처럼 깊고, 별처럼 반짝이는 검은 눈동자가 내 앞으로 나서더니 '사랑! 사랑!' 하고 소리쳤다. 그 정열의 불길이 얼마나 거세던지 가엾은 환자의 가슴에도 이내 불이 붙었다. 그러자 피에로트 아저씨가 슬그머니 웃으며 말했다.

「저런, 둘이서 얘기를 나눠보게나……. 아무래도 뭔가 오해가 있었던 것 같으니.」

그러고는 창가로 가서 세벤느 지방의 부레 춤곡의 박자에 맞추어 유리창을 톡톡 두드렸다. 두 아이가 이야기를 충분히 나누었다고 생각한 피에로트 아저씨는(맙소사, 겨우 세 마디쯤 나눌 만한 시간이나 흘렀을까!) 그들에게로 되돌아오더니 가만히 그들을 바라다보면서 물었다.

「그래, 결론은?」

내가 그의 손을 잡으며 말했다.

「아, 아저씨! 카미유도 아저씨처럼 마음씨가 착해요. 절 용서해 줬어요!」

그때부터 환자는 빠른 속도로 회복되었다. 정말 그렇다. 검은 눈동자의 그녀는 그 방을 떠나지 않았다. 사람들은 미래를 계획하느라 몇 시간씩이나 결혼 이야기를 하고 우리 집안을 다시 일으키는 이야기를 했다. 사랑하는 자크 형의 이름이 나올 때마다 우리는 여전히 눈물을 쏟아냈다. 하지만 아무래도 괜찮다. 랄루에트 상점에는 사랑이 있었다. 만일 사람을 잃은 슬픔과 눈물 속에서 새로운 사랑이 꽃필 수 있다는 사실에 놀라는 사람이 있다면 한 번쯤 묘지에 가서 무덤을 비집고 자라나는 아름다운 꽃들을 보라고 말해 주고 싶다.

난 사랑에 빠져 의무를 망각하지 않았다. 비록 어머니와 검은 눈동자에게 둘러싸여서 커다란 침대에 누워 있는 게 한없이 행복했지만 나는 하루빨리 툭툭 털고 일어나 가게로 내려갈 수 있기를 학수고대했다. 도자기에 마음이 끌려서 그런 것은 물론 아니다. 다만 자크 형이 몸소 보여준 헌신과 노동의 생활을 하루라도 빨리 시작하고 싶어 안달이 났을 뿐이었다. 그리고 무엇보다도 이르마가 얘기하는 것처럼 '소몽 가에서 접시를 파는 것'이 울리 학교에서 청소를 하거나 몽파르나스 극장에서 야유를 당하는 것보다는 훨씬 나았다. 시의 여신 뮤즈에 관해서는 누구도 얘기를 꺼내지 않았다. 다니엘 에세트는 여전히 시를 좋아했지만 자신의 시는 아니었다. 인쇄소에서 999권의 〈전원극〉 재고분을 보관하기가 어려워 소몽 가의 가게로 가져왔을 때 가엾은 옛 시인은 용감하게도 이렇게 말했다.

「모두 불태워 버려요!」

세상 물정에 좀더 밝은 피에로트 아저씨가 나섰다.

「이걸 다 불에 태운다구……! 그건 안 되지……! 차라리 가게에 놔두는 게 좋겠어. 어딘가 분명 소용이 있을 테니까. 그래 정말 맞다. 마침 얼마 후에 마다가스카르로 계란 반숙용 잔을 보낼 일이 있거든. 그 사람들은 한 영국인 선교사의 부인이 반숙을 먹는 것을 보고는 계란은 꼭 그렇게 먹어야 하는 걸로 생각한다는 거야. 다니엘, 자네가 허락한다면 자네 책으로 계란 반숙용 잔들을 싸서 보내면 좋겠군.」

그렇게 해서 〈전원극〉은 2주일 후에 저명한 라나발로 왕비의 나라로 먼길을 떠나게 되었다. 부디 〈전원극〉이 그 나라에 가서는 파리에서보다 큰 성공을 거두기를 진심으로 바랐다.

밝은 햇살이 비치는 춥고 건조한 어느 일요일 랄루에트 상점에는 온통 기쁨이 넘쳐흘렀다. 그 날은 내가 완전히 회복되어 이제 막 처음으로 자리를 털고 일어난 날이었다. 아침에는 이 즐거운 일을 축하하기 위해 의술의 신 아스클레피오스를 기리며 투렌 지방의 백포도주를 곁들여 싱싱한 굴을 수십 개나 먹었다. 이제 온 가족이 모두 거실에 모였다. 날씨는 좋고 벽난로에선 장작불이 이글거렸다. 성에가 낀 유리창에 비친 겨울 햇살이 은빛 풍경을 만들어냈다.

나는 벽난로 앞에서 졸고 있는 가련한 어머니의 발치께 앉아 피에로트 양과 이야기를 나누고 있었다. 벽난로에 가까이 앉아 있는 탓인지 그녀의 뺨은 머리에 꽂은 붉은 장미보다도 더 붉게 물들어 있었다. 이따금씩 쥐가 무엇을 갉아먹는 듯한 소리가 들렸다. 랄루에트 영감이 한쪽 구석에서 설탕을 갉아먹는 소리였다. 때론 약재 상 낼 돈을 카드놀이로 잃고 있는 트리부 부인의 절망적인 탄식 소리가 들렸다.

카드놀이에서 이긴 랄루에트 부인은 의기양양하고 덕분에 장사 밑천을 잃은 플루트 연주자는 근심 어린 미소를 지었다. 피에로트 아저씨는 담홍색 커튼에 반쯤 가려진 채 창틀에서 땀을 뻘뻘 흘리며 열심히 무슨 일인가 하고 있었다. 그의 앞에 있는 자그만 원탁 위에는 컴퍼스와 연필, 대자와 직각자, 먹과 붓들이 놓여 있었다. 피에로트 아저씨는 도화지를 입힌 길다란 판자 위에 독특한 기호를 써넣는 중이었다. 작품이 만족스러운 모양인지 5분마다 고개를 들어 한쪽으로 갸우뚱하고 흐뭇한 표정으로 자신의 서툰 솜씨를 보면서 미소지었다. 대체 무슨 일을 그렇게 비밀스레 하고 있는 것일까? 피에로트 아저씨가 일을 끝냈다. 그는 커튼 뒤에서 나와 카미유와 내 등뒤로 조용히 다가섰다. 그러고는 갑자기 커다란 도화지를 붙인 판자를 두 사람의 눈앞에 펼쳐보였다.

「자, 연인들, 이걸 어떻게 생각하나?」

두 사람은 탄성을 질렀다.

「아빠!」

「아저씨!」

「무슨 일이 있어요……? 무슨 일이에요……?」

갑자기 잠에서 깨어난 어머니가 묻자 피에로트 아저씨가 즐겁게 대답했다.

「에세트 부인, 무슨 일이냐고 물으셨어요? 그러니까……. 그래 정말 맞다. 몇 달 후에 우리 가게에 붙일 새 간판의 초안입니다. 자, 다니엘, 큰 소리로 한번 읽어보게나. 어떤 느낌을 주는지 보게 말이야.」

나는 마음속 깊은 곳에서 파란 나비들에게 마지막 작별의 눈물을 바치고는 두 손으로 판자를 들었다.

'자, 꼬맹아, 이젠 어른이 되는 거야!'

나는 자신에 찬 커다란 목소리로 가게의 간판을 읽어내려갔다.

거기엔 내 자신의 미래가 큰 글씨로 쓰여 있었다.

도자기와 크리스털 판매
랄루에트 상점
에세트와 피에로트.